Ines Thorn ist mit Leib und Seele Autorin. Sie ist in Leipzig aufgewachsen und lebt seit 1990 in Frankfurt. Im Rowohlt Taschenbuch Verlag ist bereits von ihr erschienen «Die Pelzhändlerin» (rororo 23762). «Die Silberschmiedin» erzählt das Schicksal von Eva, der Tochter der Pelzhändlerin.

Ines Thorn

DIE SILBER-SCHMIEDIN

Historischer Roman

Rowohlt Taschenbuch Verlag

Veröffentlicht im Rowohlt Taschenbuch Verlag,
Reinbek bei Hamburg, Januar 2006
Copyright © 2006 by Rowohlt Verlag GmbH,
Reinbek bei Hamburg
Umschlaggestaltung any.way,
Barbara Hanke/Cordula Schmidt
(Abbildung: Lais von Korinth, Gemälde,
1526 von Hans Holbein d. J. 1497/8–1543,
Öffentliche Kunstsammlung, Basel /
The Bridgeman Art Library)
Satz New Baskerville PostScript (InDesign)
bei Pinkuin Satz und Datentechnik, Berlin
Druck und Bindung Clausen & Bosse, Leck
Printed in Germany
ISBN 13: 978 3 499 23857 4
ISBN 10: 3 499 23857 8

Teil Eins

Prolog

Wir hatten uns einen ruhigen Schlaf angewöhnt. Wir lebten mit der Möglichkeit der Verdammnis und in der tiefen Gewissheit, dass die Verdammnis an uns vorüber ginge. Warum auch nicht? Hatten wir nicht stets nach dem Guten gestrebt?

Ich, Johann von Schleußig, würde gern behaupten, dass es so war. Das Leben war nicht leicht, aber übersichtlich. Es gab gut und böse, schwarz und weiß, und jeder, der wollte, hatte das Werkzeug, die Dinge zu unterscheiden.

Dann kam das Silber in die Stadt. Schwarz und weiß waren nicht mehr voneinander zu trennen, alles war zu Silber geworden.

Silber ist Schweigen, heißt es nicht so?

Mit dem Silber gingen die Worte. Sie verloren ihre Bedeutung, wechselten plötzlich den Sinn. Aus Liebe wurde Mut, aus Mut wurde Angst. Aus Angst wurde Tod.

Die Worte standen zwischen den Zeiten. In diesem Zwischenraum suchten die Menschen nach sich selbst und ihrem Platz in der neuen Zeit. Sie lebten, liebten, arbeiteten; sie gewannen und sie scheiterten.

Am Ende stand ein Anfang.

Ich, Johann von Schleußig, möchte die Geschichte der Silberschmiedin erzählen, weil sie exemplarisch ist für das Leben in dieser Zeit. Es ist nicht alles so gewesen, wie ich es erzähle, doch es hätte alles so gewesen sein können. Ich möchte kein Urteil fällen über das, was geschehen ist.

Kapitel 1

Frankfurt am Main im August 1494

Die Hitze der letzten Augusttage hatte der Stadt Frankfurt und ihren Bewohnern zugesetzt. In den Straßen und Gassen stank es zum Gotterbarmen. Abfälle verrotteten in den Gräben zwischen den Häusern, Myriaden von Fliegen schwirrten umher, setzten sich in die Augen der räudigen Hunde, die erschöpft am Rande der Gassen lagen. Die Luft war stickig, machte das Atmen schwer, Haut und Haar klebrig. Händler stritten mit Hausfrauen, Ehemänner versetzten ihren Frauen Maulschellen, Mägde zogen einander an den Haaren, und die alten Leute liefen in die Kirchen und stifteten Kerzen, wo selbst der Priester nur stöhnte und sich den Schweiß vom Gesicht wischte.

Doch plötzlich schlug das Wetter um. Die Wolken, die schwer und träge wie nasse Wäschestücke über den Dächern hingen, ballten sich zu wütenden schwarz-violetten Gebirgen zusammen. Wind kam auf, hetzte durch die Straßen und riss an den Hauben der ehrbaren Frauen. Die Menschen zogen den Kopf zwischen die Schultern und hasteten heimwärts, den Blick fest auf die Gassen gerichtet.

Die Händler auf dem Markt packten ihre Siebensachen zusammen, ließen die letzten Kunden einfach stehen und beeilten sich, als stünde das Jüngste Gericht bevor. Ein seltsames schwefelgelbes Licht lag über der Stadt. Unheilvolle Ahnungen wurden flüsternd weitergegeben. Zürnte ihnen Gott? Schickte er eine neue Sintflut?

Am Main zogen die Fischer ihre Kähne weit auf die Uferwiesen hinauf und banden sie mit dicken Seilen an die wenigen Bäume. Doch plötzlich ließen sie alles stehen und liegen, vergaßen ihre Befürchtungen und eilten ans Ufer.

Eva saß im Wohnraum des reichen Bürgerhauses in der Krämergasse an einem Schreibpult, an dem ihre Mutter für gewöhnlich die Korrespondenz erledigte. Sie spielte mit einem Gänsekiel, dessen Spitze von der Tusche ganz schwarz war, und sah zu ihrer Mutter.

Sibylla stand am Fenster und spähte durch die gelben Butzenscheiben. Eine ältere, überaus unansehnliche Magd stand hinter ihr, hielt einen Rosenkranz zwischen den Fingern und murmelte ununterbrochen Gebete: «Herr Jesus, verschone uns vor dem Jüngsten Gericht. Wir alle sind Sünder, vergib uns unsere Schuld, wie auch wir vergeben unsern Schuldigern. Behüte, beschütze und beschirme die Männer, Frauen und Kinder dieser Stadt.»

Die Mutter sah die Magd von der Seite an. «Hast du die Wäsche ins Haus gebracht?», unterbrach sie die Litanei.

Die Frau zuckte zusammen. Sie sah mit erschrockenen Augen hoch und schüttelte den Kopf.

Eva lächelte. Sie kannte ihre Mutter so gut, dass sie

genau wusste, was diese gleich sagen würde. Ich bezahle dich nicht fürs Beten.

«Dann hole sie. Aber eile dich. Gleich wird es sintflutartig gießen. Du bekommst deinen Lohn für deine Arbeit, nicht fürs Beten und Barmen.»

Eva hätte am liebsten aufgelacht, doch sie beherrschte sich.

«Aber ... es heißt ... der Teufel geht um, bevor ein Gewitter kommt», stammelte die Magd angstvoll.

Gleich wird sie sagen: Dann kannst du ihn dir ja mit dem Kreuz um deinen Hals vom Leibe halten, dachte Eva.

«Du kannst ihn ja mit deinem Rosenkranz abwehren», erwiderte die Mutter. Eva schlug sich die Hand vor den Mund, um nicht zu kichern.

Die Magd verzog das Gesicht, als wolle sie weinen, und trat von einem Fuß auf den anderen. «Der Teufel geht um. Ich weiß es. Die ganze Stadt spricht darüber. Ich habe Angst. Wegen ein paar Stück Wäsche setze ich meine Seele nicht aufs Spiel», beharrte die Magd.

Plötzlich drang Lärm bis in die Stube hinauf. Das Geschrei kam von der Straße. «Eine Tote am Mainufer. Man hat eine Tote gefunden!»

Eva eilte ans Fenster und öffnete es. Ein Junge lief durch die Gasse und verkündete aus Leibeskräften die Neuigkeit. Plötzlich war das drohende Gewitter vergessen.

Die Mutter öffnete das Fenster: «Was ist los?», rief sie.

«Ein totes Mädchen ist am Mainufer angeschwemmt worden. Nicht weit vom Hafen. Ein Gesicht ganz von Silber soll sie haben. Eine Wasserhexe vielleicht oder ein

Kind der Sterne», antwortete der Junge und rannte weiter.

Diese Nachricht goss Öl in die aufgeflackerte Neugierde. Aus allen Häusern strömten die Menschen. Niemand wollte sich das Spektakel entgehen lassen, welches größer zu werden versprach als ein heftiges Sommergewitter.

«Ein silbernes Gesicht? Das glaube ich nicht. Ich möchte selbst sehen, was da los ist», sagte auch Eva.

«Warte, ich komme mit.»

Mutter und Tochter eilten gemeinsam die Krämergasse hinunter, die Magd keuchte hinterdrein. Sie überquerten den Römer, hasteten am Bartholomäusdom vorbei und hatten endlich das Mainufer erreicht.

Die halbe Stadt hatte sich bereits versammelt.

Energisch bahnte sich die Mutter mit ihren Ellbogen einen Weg durch die dicht gedrängte Menge. Eva und die Magd folgten ihr.

Als Eva die Tote sah, schrie sie leise auf. Sie war nackt und vollkommen haarlos. Die Beine waren schlank und fest, die Scham sah so unschuldig aus wie bei einem kleinen Mädchen.

Ihr Leib war jung, gerade erst erblüht und ohne Zeichen des Welkens.

Über dem Gesicht aber prangte eine silberne Maske.

Eva und die Mutter standen starr. Auch den anderen Schaulustigen hatte es die Sprache verschlagen. Stumm machten sie der Stadtwache Platz, die mit umgehängten Hakenbüchsen nach vorn drängte.

Selbst diese beiden Männer waren für einen Augenblick wie gelähmt. Dann aber erinnerte ein Donnergrollen an das bevorstehende Gewitter. Ein Wachmann beugte sich über die Tote und löste vorsichtig die Maske vom Gesicht. Die Umstehenden stöhnten auf. Was zum Vorschein kam, hatte keine menschlichen Züge mehr. «Die Fratze des Teufels», keuchte die Magd und bekreuzigte sich.

Anstelle von Augen sah man nur dunkle Löcher. Die Haut hing in Fetzen und entblößte das Fleisch, die Lippen waren verbrannt und gaben die Zähne frei. Ihr Haar aber war grau wie das einer alten Frau und stand in einem schmerzhaften Widerspruch zu ihrem jungen Leib.

Voller Grauen wandte Eva den Blick ab. Sie musste ein Würgen unterdrücken.

«Es scheint, als hätte tatsächlich jemand ihr Gesicht mit heißem Silber überzogen. Oder einen Abdruck von Ton genommen und ihn direkt auf der Haut gebrannt», stellte ihre Mutter fest. «Sie muss unendliche Schmerzen dabei gelitten haben. Das Blut hat ihr sicher in den Adern gekocht, falls sie noch gelebt hat, und die Augen sind ihr in den Höhlen geschmolzen.»

Eva schüttelte den Kopf. «Wer tut so etwas? Das kann kein Mensch gewesen sein!»

«Das Ende der Welt ist nahe», vermutete die Magd. «Die ersten Boten des Satans mischen sich unter das Volk und verüben ihre grausigen Werke. Besonders vor einem Unwetter, ich sage es ja.»

Sie nickte zufrieden und ließ den Rosenkranz durch ihre Hände gleiten. Jetzt würde die Herrin bestimmt nicht mehr von ihr verlangen, dass sie vor dem Gewitter noch die Wäsche holte.

«Wie kann so etwas passieren?», fragte Eva fassungslos.

Sie betrachtete das Mädchen, das sehr schön gewesen sein musste und dem die silberne Maske, die der Wachmann wieder zurückgelegt hatte, nun etwas Königliches verlieh.

«Wie ist sie nur in diese Lage gekommen?»

«Tja, wie ist die Maid da wohl hingeraten?», wiederholte die Magd Evas Frage. «Sie wird sich wohl mit einem Burschen herumgetrieben haben, einem Satansjünger. Mit ihren festen Brüsten wird sie gewippt haben, wenn er in der Nähe war, den Hintern wird sie geschwenkt haben, wenn er hinter ihr ging. So lange, bis ihm der Sabber aus dem Mund lief. Als er sich dann holen wollte, was ihm zustand, hat ihm das Mädchen eine Abfuhr erteilt. Auch der Satan ist ein Mann, der zum Knüppel greift, wenn ihm die Frau nicht zu Willen ist. Ihre Unschuld hat sie bewahren wollen, so wie es Gott will, das gute Kind. Sie ist lieber in den Tod gegangen, als mit dem Teufel zu buhlen.»

«Schluss jetzt!», unterbrach Sibylla das Geschwätz. «Du gehst zurück und holst die Wäsche. Sofort!»

Die Magd setzte zu einer Antwort an, doch als sie Sibyllas Blick sah, machte sie sich wortlos auf den Weg.

Eva aber starrte noch immer auf die Tote.

«Eines ist gewiss: Wer immer das Mädchen dort so zugerichtet hat, er versteht etwas vom Umgang mit Silber», überlegte Sibylla.

Die Mutter hatte sich gefasst und betrachtete die Tote wie einen Gegenstand.

«Ein Silberschmied also?», fragte Eva schaudernd.

Die Mutter zuckte die Achseln. «Ein Silberschmied, ein Kannengießer, ein Waffenschmied, ein Bronzegießer, ein Aufbereiter oder einfach nur ein Verrückter.»

Eva schluckte und legte eine Hand an ihre Kehle: «Kein Mensch hat einen solchen Tod verdient.»

Sie schüttelte sich, dann fragte sie die Umstehenden: «Weiß man, wer sie ist?»

«Ein Mädchen aus einem der Badehäuser. Sie ist wohl erst seit der Fastenmesse in Frankfurt und hatte ungefähr Euer Alter. 18 Jahre, sagte der Besitzer des Badehauses. Ich kannte sie; sie war ein nettes, hübsches Ding», antwortete eine Frau, deren gelber Schleier am Gewand verriet, dass sie selbst in einer Badestube arbeitete.

Wieder grollte ein Donner. Wenige Sekunden später zuckte ein Blitz über den Himmel. Die Leute sahen nach oben und bekreuzigten sich.

Die Mutter zupfte Eva am Ärmel. «Komm, lass uns gehen, bevor der Regen kommt.»

Sie zog Eva davon, doch Eva konnte den Blick nicht von der Toten lassen und folgte ihrer Mutter nur zögernd.

Das tote Mädchen ging Eva auf dem Heimweg nicht aus dem Kopf. Wer konnte so eine Tat begangen haben? Ein Silberschmied? Kannte sie ihn etwa?

In Frankfurt hatten sich nicht allzu viele Silberschmiede niedergelassen. Eva selbst arbeitete in der Werkstatt des Rundscheiner, seitdem sie aus Florenz zurückgekehrt war, wo sie bei dem berühmten Goldschmied Andrea della Robbia ihr Handwerk verfeinert hatte. Außer ihm gab es nur noch wenige Goldschmiede in der Stadt. Ausgerechnet einer von ihnen sollte ... «Nein», Eva schüttelte unwillkürlich den Kopf. Es musste ein Kannnengießer oder Waffenschmied gewesen sein, keiner aus ihrer Zunft.

Die ersten Regentropfen fielen, ihre Mutter bemerkte Evas Nachdenklichkeit und forderte sie auf, sich zu beeilen.

Eva gehorchte, und zum wiederholten Mal wunderte sie sich, wie schnell ihre Mutter zum Alltag übergehen konnte. Auch als sie aus Italien wiedergekommen waren, war es Sibylla schnell gelungen, wieder ihre Geschäfte aufzunehmen. Sie hatte fast nahtlos an ihre früheren Erfolge anknüpfen können, die aus einer kleinen Kürschnerei eine weithin bekannte Werkstatt gemacht hatten. Dafür bewunderte Eva ihre Mutter sehr. Doch manchmal war ihr ihr Ehrgeiz unheimlich, und sie fragte sich, was aus der Mutter geworden war, die sie in Florenz erlebt hatte: Liebend und glücklich war sie damals gewesen. Doch all das war mit Isaaks Tod verschwunden, und Sibylla war wieder die eiskalte Geschäftsfrau von früher. Eva selbst war ganz anders. Sie wusste viel über griechische Philosophie, schrieb kleine Gedichte, doch seit ihr Vater tot war, gab es niemanden in ihrer Umgebung, der sich für dieselben Dinge interessierte. Sie hatte keine Freundin. Ihre kleinen Geheimnisse und Sehnsüchte teilte sie mit Adam, ihrem Stiefbruder, der seit dem Eintritt seiner Mutter in ein Kloster mit der stummen Dienerin Ida allein in einem Haus lebte und sich medizinischen Studien widmete. Und manchmal mit Susanne, der älteren Tochter von Sibyllas zweitem Mann Wolfgang Schieren. Doch Susanne war verheiratet, hatte wenig Zeit und Verständnis für das Leben Evas.

Der Regen wurde nun stärker. Sibylla und Eva fingen an zu laufen und erreichten die Haustür gerade noch rechtzeitig, bevor das Gewitter richtig losbrach. Auch der Magd war es noch gelungen, die Wäsche hereinzubringen.

Sibylla gab ihr Anweisungen, zog sich dann mit Eva in den Wohnraum zurück und begann die Kontorbücher zu prüfen.

Eva sah auf die gelb getönten Butzenscheiben, gegen die der Regen trommelte.

«Hoffentlich ist das Mädchen schon in die Krypta der Kirche gebracht worden», sagte Eva seufzend.

Die Mutter sah hoch und betrachtete sie prüfend. «Vergiss die Tote», sagte sie. «Du kannst ihr ohnehin nicht helfen. Es gibt hier genug Dinge, über die du nachdenken kannst. Zum Beispiel, wie es mit dir weitergehen soll. Seit Monaten geben sich die Männer die Klinke in die Hand, die um dich freien wollen.»

«Nun, heute wird sie wohl der Regen abhalten», erwiderte Eva und lächelte schwach.

«Oh, täusche dich nicht, Kind. Wenn Männer etwas wollen, dann lassen sie sich schwerlich von ein bisschen Regen hindern.»

Sibylla öffnete eine der zahlreichen Schubladen ihres kostbaren Schreibtisches, der nach italienischer Machart gefertigt war. Sie entnahm ihr einen Bogen und hielt ihn Eva entgegen.

«Seit unserer Rückkehr aus Florenz haben sich zahlreiche Männer um dich beworben. Die besten Söhne der Stadt sind vorstellig geworden. Ich habe begonnen, eine Liste anzulegen. In dieser Woche haben sich gleich drei angemeldet: Matthias Fürneisen, Schlossermeister und Vize der Zunft, dann Magister Groh und der Apotheker

Kemper aus der Römerapotheke. Auch der Stadtmedicus hat sich nach dir erkundigt.»

«Ich weiß jetzt schon, dass ich keinen von ihnen heiraten möchte», entgegnete Eva und sah weiter dem Regen zu.

«Gestern, als du bei der Zunft warst, kam der Hutmacher Enke. Ich habe dir noch nicht davon erzählt», sprach sie weiter.

«Melchior Enke?»

«Ja, genau der. Er ließ sich melden, kam in den Wohnraum und überreichte mir ein aus Brotteig gebackenes Herz. Als ich ihn fragte, was mir die Ehre seines Besuches verschaffe, begann er hin und her zu hüpfen, bemerkte dann, dass er seinen Hut noch auf dem Kopfe trug. Er riss ihn herunter, brachte dabei sein Haar in Unordnung und wusste offenbar nicht, wohin mit dem Hut. Schließlich knüllte er ihn zusammen und steckte ihn in die Tasche seines Wamses. ‹Gekommen bin ich, Jungfer Eva, um Euch zu fragen, ob Ihr Hüte und Hauben gern mögt.›

‹Ja›, erwiderte ich. ‹Welche Frau hat keinen Sinn für diese Dinge?›

‹Nun›, sprach er weiter. ‹Ich würde für Euch die schönste Haube der ganzen Stadt fertigen.›

‹Und was erwartet Ihr dafür von mir?›

‹Mein Weib sollt Ihr werden, Jungfer Eva.›

‹Was?›, tat ich empört. ‹Ihr wollt meine Unschuld gegen eine Haube eintauschen?›

‹Nein ... nein›, stammelte der Mann und strich sich über den Bart. Auf seiner Oberlippe erschienen ein paar Schweißperlen, und seine Wangen färbten sich rot. Er sah sich nach einer Sitzgelegenheit um, doch ich tat, als bemerke ich es nicht. Stattdessen biss ich in das Gebäckstück, das er mir mitgebracht hatte, und fragte ihn.

‹Liebt Ihr mich denn?›

‹Lieben, nun ja. Ich werde Euch ein guter Gemahl sein und Euch jeden Sonntag zur Kirche begleiten, wenn Ihr dafür sorgt, dass das Haus in Ordnung ist, die Kinder wohl versorgt und Ihr mir gehorcht. Es wird Euch an nichts fehlen, Jungfer Eva.›

Ich entgegnete: ‹Meister Enke, mir fehlt es auch jetzt an nichts. Und ich muss mich noch nicht einmal um Haus und Kinder sorgen und brauche auch niemandem gehorchen.›

Und dann widersprach er mir tatsächlich. ‹Frauen müssen immer gehorchen›, wandte er ein. ‹Vor Gericht und vor den Zünften sind Frauen keine eigenen Personen?›

‹Pah›, erwiderte ich. ‹Hat meine Mutter nicht das Gegenteil bewiesen?›

‹Ähem ... nun ... ja›, stammelte er. ‹Ihr werdet Zeit brauchen, um eine Entscheidung zu treffen. Ich werde Euch gewiss nicht drängen.›

Dann verbeugte er sich und wäre beinahe vornüber gefallen, weil er dabei seinen Hut aus der Tasche zog. Er stülpte sich das lädierte Ding auf den Kopf und stolperte aus dem Haus.»

Die Mutter lachte, als Eva ihre Rede beendet hatte.

«Ich glaube nicht, dass es in Frankfurt auch nur einen Mann gibt, den ich heiraten möchte. Hier werde ich immer die Tochter der Pelzhändlerin Sibylla sein. Nicht ein einziger wird vergessen, wie reich und mächtig du bist. Im Grunde kommen sie alle wegen dir hierher. Würdest du verkünden, dass du einen neuen Ehemann suchst, so würden sie um deine Hand freien», fuhr Eva fort. «Liebe kann ich in dieser Stadt wohl nicht erwarten. Die Männer hier sehen nicht mich, sie sehen nur die Tochter der Pelzhändlerin.»

Die Mutter ließ den Papierbogen sinken: «Ja, das ist leicht möglich. Aber irgendwann wirst du dich für einen entscheiden müssen.»

«Warum? Ich möchte lieber warten, bis die Liebe mich findet. Die Männer, die um meine Hand angehalten haben, wollen ohnehin in erster Linie die reiche Mitgift. Nun, wenn es ihnen schon ums Geld geht, so kann ich doch im Gegenzug Liebe erwarten, oder nicht? Warst du es nicht, die gesagt hat, ein Leben ohne Liebe sei kein Leben?»

Ein Schatten zog sich über das Gesicht der Mutter. Sie wirkte ernst. «Ja, das habe ich in Florenz wohl gesagt», erwiderte sie nachdenklich.

Sie nahm einen Bogen Papier, dessen Siegel aufgebrochen war, und wedelte damit herum. «Hier drin könnte deine Zukunft stehen», sagte sie, doch ihre Worte gingen in einem gewaltigen Donnerschlag unter. Sibylla stand auf und stellte sich neben Eva ans Fenster.

Aus dem Regen war ein Wolkenbruch geworden, der die Gasse in kurzer Zeit in einen Bach verwandelt hatte. Abfälle wurden weggeschwemmt, ein Hund rannte mit eingekniffenem Schwanz und winselnd am gegenüberliegenden Haus vorbei.

Die Frauen standen so nahe nebeneinander, dass sich ihre Schultern berührten. Plötzlich umfasste Sibylla die Hüfte ihrer Tochter.

«Du bist mir gleich, Eva. Und weil das so ist, weil ich in dir lesen kann wie in einem Spiegel, werde ich dich nicht zwingen zu heiraten. Man hat in der Nähe von Leipzig Silbervorkommen entdeckt. Du bist Silberschmiedin. Geh dorthin und gründe eine Werkstatt. Andreas Mattstedt, ein einflussreicher Handelsherr, zu dem ich seit Jahren gute Beziehungen habe, wird dir dabei helfen. Er erwartet dich bereits», sagte Sibylla.

Eva hob den Kopf und sah ihre Mutter von der Seite an.

«Nach Leipzig? Was soll ich in Leipzig? Dein Leben wiederholen, Mutter?», fragte sie. «Soll ich deine Geschäfte bis nach Sachsen ausdehnen? Bin ich dir so ähnlich? Nein, das will ich nicht. Ich bin nicht du. Und deine Pläne sind nicht meine.»

«Rede keinen Unsinn, Kind. Wir sind vom gleichen Blut. Du kannst mein Leben zwar nicht führen, weil die Umstände anders sind, aber wir haben immer dasselbe gewollt. Ich gebe dir die Möglichkeit, die ich nie hatte: Werde, die du bist, und beweise dich. Zeige, was du kannst. Und hüte dich vor den Fehlern, die ich gemacht habe.»

Eva wandte den Blick ab. Das Vertrauen der Mutter ehrte sie, aber sie war sich nicht sicher, ob sie das richtige Bild von ihr hatte. Wusste ihre Mutter tatsächlich, wer sie war? Eher als sie selbst?

Eva sah nachdenklich aus dem Fenster. Das Gewitter

hatte inzwischen aufgehört. Die Straßen wurden von kleinen Rinnsalen durchzogen. Dort, wo kein Pflaster war, stand der Schlamm knöcheltief. Die ersten Kinder waren bereits ihren Müttern entflohen, hüpften durch die Pfützen und bewarfen einander mit Dreck. Der Regen schien jeden Gedanken an die Tote vom Mainufer weggespült zu haben. Der Alltag forderte sein Recht.

Eva gab sich einen Ruck. «Der Gedanke, in Leipzig zu leben, gefällt mir. Dort müsste ich mich selbst behaupten. Niemand wüsste, dass ich die Tochter der Pelzhändlerin und des Arztes Isaak Kopper bin. Ich müsste allein zeigen, was in mir steckt, wer ich bin.»

Eva lächelte, dann gab sie ihrer Mutter einen Kuss auf die Wange. Im selben Augenblick hämmerte unten jemand mit beiden Fäusten gegen die Haustür.

Die Mutter sah Eva fragend an, dann eilte sie die Treppe hinab.

Die Magd hatte den Gewandschneider Schulte bereits hereingelassen.

«Ich muss mit Euch reden», sagte er, als er Sibylla sah. «Es ist dringend.»

«Gut. Gebt der Magd Euren Umhang und kommt hoch. Lasst Euch einen Krug Most geben und bringt ihn mit.»

Wenige Minuten später saß Bernhard Schulte der Mutter gegenüber. Eva hatte wieder am Schreibtisch Platz genommen und betrachtete den Mann ihrer Stiefschwester Susanne mit Neugier. Schulte war eigentlich ein ruhiger Geselle. Aber irgendetwas schien passiert zu sein. Er wirkte nervös und fuhr sich ein um das andere Mal mit der Hand durch die Haare.

«Es ist wegen Susanne», begann er. Die Mutter goss ihm von dem Most ein, und Eva sah zu, wie Schulte den Becher in einem Zug herunterstürzte.

«Was hat das Weib diesmal angestellt?», fragte Sibylla.

«Ihr habt von der Toten mit der silbernen Maske gehört?»

Eva und die Mutter nickten.

«Nun, das Mädchen war zwei Tage vor ihrem Tod bei uns. Ein Kleid, das sie bestellt hatte, gefiel ihr nicht. Es gab Streit. Susanne hat sie aus dem Haus gejagt. Beinahe wäre es zu einer Prügelei zwischen den Frauen gekommen. Eine Nachbarin hat gehört, wie Susanne das Mädchen verflucht hat. ‹Der Teufel soll dich holen›, hat Susanne geschrien.»

«Nun, Susanne hat es noch nie geschafft, ihre Zunge zu zügeln», sagte die Mutter und zuckte mit den Achseln. Eva erinnerte sich an die Erzählungen der Mutter über das kleine Mädchen, welches Wolfgang Schieren mit in die Ehe gebracht hatte. Zwölf Jahre war Susanne damals gewesen, aber schon eitel, aufsässig und anmaßend. Niemand hätte geglaubt, dass Susanne es ob ihrer Trägheit einmal zu einer der besten Köchinnen in Frankfurt bringen würde. Ihr Haushalt war ein Muster der Ordnung. Sie hielt das Geld zusammen und sorgte dafür, dass sowohl Schulte als auch ihre beiden Kinder und sie selbst stets so gekleidet waren wie die Patrizier.

«Ich wünschte, ich wäre dieser Frau niemals begegnet. Die sieben Plagen können nicht schlimmer sein», klagte Schulte und ließ den Kopf hängen. Susanne hatte sich nie damit abgefunden, dass er nur ein Gewandschneider für die kleinen Leute war, und verachtete ihn. Ihr ewiges Gekeife nahm ihm die Ruhe und die gute Stimmung. Inzwischen war er lieber im Gasthaus als in seinem eigenen, aus dem Susanne einen Palast machen wollte.

«Nun, soviel ich weiß, habt Ihr bisher aus dieser Ehe großen Nutzen gezogen. Immerhin habe ich Euch zur Hochzeit die Werkstatt und den Titel verschafft. Ohne mich, Schulte, würdet Ihr Euer Dasein immer noch als Geselle fristen», erinnerte Sibylla.

Schulte sah hoch. «Ja, das stimmt. Aber ich weiß schon lange nicht mehr, ob es das wirklich wert war. Könnte ich, gäbe ich Euch noch heute Werkstatt und Titel zurück, wenn Ihr mich dafür von dieser Frau befreien würdet.»

«Ihr heiratet Susanne, und ich sorge dafür, dass Ihr immer Euer Auskommen habt. So lautete die Vereinbarung, Schulte.»

«Ich weiß. Doch was wird aus der Werkstatt, wenn eine Hexe darin haust?»

«Eine Hexe? Schulte, seid Ihr noch bei Trost?»

Schulte schüttelte den Kopf und beugte sich über den Tisch. Er hob eine Hand und winkte Sibylla mit dem Finger, näher zu kommen: «Sie ist eine Hexe. Ich habe es zuerst nicht glauben wollen, doch die Nachbarn sagen es auch. Jedes Mal, wenn ich ihr zürne, lässt sie die Milch sauer werden. Und vor einer Woche hat sie mir ein Gerstenkorn ans Auge gehext, weil ich mich geweigert habe, ihr Stoff für ein neues Kleid zu geben. Und vorgestern die Auseinandersetzung mit dem Mädchen aus dem Badehaus. Susanne verflucht sie, und zwei Tage später ist sie tot. Ich habe Angst, Sibylla. Angst vor meiner Frau.»

«Ihr seid ein Dummkopf, Schulte. Lasst die Milch nicht ewig stehen, dann wird sie auch nicht sauer. Und ein Gerstenkorn bekommt jeder hin und wieder. Weiß der Himmel, woher das rührt. Susanne mag anmaßend und aufsässig sein, aber eine Hexe ist sie nicht.»

«Wisst Ihr das so genau? Ein Buch ist erschienen, in dem steht, woran man die Hexen erkennt. ‹Der Hexenhammer› heißt es. Und zwei Dominikanermönche reisen damit durch das Land auf der Suche nach Hexen. Die Nachbarin war schon bei den Dominikanern im Frankfurter Kloster und hat sich kundig gemacht. Sie hat Susanne angezeigt. Man will nach den Inquisitoren schicken lassen, sagte sie.»

«Was?»

Die Mutter sprang auf. «Das ist nicht Euer Ernst, Schulte! Wollt Ihr helfen, Susanne auf den Scheiterhaufen zu bringen?»

Schulte zuckte mit den Schultern. «Was soll ich machen? Ich konnte die Nachbarin nicht aufhalten.»

«Und jetzt kommt Ihr zu mir, damit ich Euch helfe?»

Schulte sackte zusammen und ließ Kopf und Schultern hängen.

«Was soll ich denn tun? Was geschieht, wenn sie doch eine Hexe ist? Was wird aus mir, aus den Kindern und aus der Werkstatt? Seit Susanne die Badedirne verflucht hat, bleiben die Kunden weg. Und heute Morgen stand ein Pentagramm aus Kreide auf der Schwelle.»

«Mutter!», mischte sich Eva jetzt ein, die bis dahin geschwiegen hatte. «Susanne muss da weg. Die Menschen sind dumm genug, sie auf den Scheiterhaufen zu werfen.

Sie wäre nicht die Erste. Wir müssen ihr helfen. Schließlich gehört sie zur Familie.»

Ohne lange nachzudenken, fasste Eva einen Entschluss. «Susanne kann mit mir nach Leipzig kommen, Mutter.»

Sibylla starrte auf die Tischplatte und überlegte.

Schließlich blickte sie auf. «Gut», sagte sie mit entschiedener Stimme. «Susanne wird Eva nach Leipzig begleiten und dort ihrem Haushalt vorstehen. Ihr, Schulte, gebt ihr einen Scheidebrief, in dem steht, dass sie sich nichts hat zuschulden kommen lassen und dass Ihr sie aus der Ehe freigebt. Lasst ihn von zwei Zeugen unterschreiben. Wir werden inzwischen eine Wagenkolonne zusammenstellen, die Waren aus unserem Hause und alles, was Eva braucht, nach Leipzig bringt. Gebt uns zwei Wochen.»

«Und wo soll Susanne die ganze Zeit bleiben? Es ist zu gefährlich für sie, wenn sie weiter bei Schulte wohnt», warf Eva ein.

Sibylla dachte kurz nach und schlug dann vor: «Adam. Susanne wird zu Ida und Adam gehen. Dort ist sie sicher. Und niemand wird sie da vermuten. Schulte, Ihr haltet den Mund. Kommt nur eine Silbe über Eure Lippen, so gnade Euch Gott.»

Eva nickte zustimmend. Bei Ida und Adam würde Susanne in Sicherheit sein. Eva mochte die alte Haushälterin ihres Vaters, die nicht sprechen konnte, weil man ihr die Zunge herausgerissen hatte, als sie noch als Nonne in einem Kloster lebte und dort etwas entdeckt hatte, das unausgesprochen bleiben sollte. Und sie mochte, nein, sie liebte Adam Kopper, ihren Halbbruder. Im Stillen wünschte sie sich, er würde sie nach Leipzig begleiten.

Doch sie wusste, dass er mitten in seinen Studien steckte. Arzt wollte er werden. Wie sein Vater.

Sibylla stand auf und sah Schulte auffordernd an. Der Mann verstand, erhob sich, dankte, grüßte erleichtert und verschwand.

«Schickt Susanne gleich zum Kopperhaus. Hört Ihr? Nicht nachher, nicht morgen, sondern sofort», rief Sibylla ihm nach.

Kaum war Schulte verschwunden, suchte sie nach ihrem Umhang und rief Eva zu sich. «Wir gehen zu Adam und Ida und nehmen Susanne in Empfang. Ich muss mit eigenen Augen sehen, dass sie gut untergebracht ist.»

«Ida wird gut für sie sorgen, Mutter.»

«Als ob es darum ginge!»

Hastig verließen sie das Haus und eilten zum Kopperschen Haushalt in der Schäfergasse. Wenige Minuten später traf auch Susanne ein. Schulte hatte Wort gehalten.

Sibylla unterrichtete Ida und Adam mit wenigen Sätzen über das Vorgefallene. Wie zu erwarten hatten die beiden nichts gegen einen Gast. Dann wandte sich die Mutter an Susanne: «Männer sind unberechenbar. Wer weiß, was Schulte noch alles in den Sinn kommt, Susanne. Ich habe keine Lust, mich wegen dir noch weiter in Unkosten zu stürzen. Dies ist deine letzte Chance, und ich rate dir: Nutze sie!»

Susanne hatte bei diesen Worten den Mund verzogen, aber nichts erwidert. Sie wusste, dass sie gegen Sibylla nichts ausrichten konnte. Das war schon ihr ganzes Leben lang so gewesen.

Als sie 16 war, hatte ihre Stiefmutter sie in ihre Gewandschneiderei zur Lehre gegeben. Zur Lehre! Dabei hätte ihr doch eine feine Erziehung in einem Stift oder Kloster zugestanden. Schließlich war sie eine Schierin und keine gemeine Handwerkerstochter. Sie hatte die Arbeit verweigert, und als Sibylla dahinter gekommen war, hatte sie sie zu einem alten Gerber als Magd geschickt. Das waren die schlimmsten Monate ihres Lebens gewesen. Schließlich war der Gerber gestorben, und Sibylla hatte sie dem jüngeren Sohn des Meisters Schulte zur Frau gegeben – nicht dem älteren, der die feine Werkstatt am Liebfrauenberg geerbt hatte. Statt ihrer hatte sie Katharina vorgezogen, eine simple Näherin, ein Nichts von geringer Geburt. Sie bediente jetzt die vornehmsten Kunden, und sie, eine Schieren, musste sich mit den einfachen Leuten aus der Neustadt begnügen. O ja, Susanne wusste, was sie ihrer Stiefmutter verdankte.

«Hast du mich verstanden?»

Sibylla stand vor Susanne und sah sie drohend an.

«Ja, ich habe verstanden. Ich werde Eva den Haushalt führen. Wenn ich mich noch einmal verheiraten möchte, muss ich mich selbst um eine Aussteuer kümmern. Von dir, Stiefmutter, bekomme ich keinen einzigen Gulden, kein Stück Leinwand, kein Geschirr oder gar Möbel.»

«So ist es», bestätigte Sibylla. «Eva wird dir Lohn zahlen wie einer ganz normalen Haushälterin. Zehn Groschen pro Woche müssen reichen. Damit kannst du dir eine Aussteuer zusammensparen, wenn du dein Geld beieinander behältst. Du bekommst überdies zu Ostern Stoff für ein neues Kleid und zu Weihnachten neue Leibwäsche. Und jetzt hilf Ida beim Abendbrot.»

Mit diesen Worten schickte sie Susanne fort.

Adam, der Sohn Isaak Koppers, hatte dem Gespräch ruhig zugehört. Obgleich er gerade mal so alt wie Eva war, war er ausgeglichen und besonnen wie sein Vater. Er hatte es Sibylla niemals übel genommen, dass sie mit seinem Vater nach Italien gegangen war. Während Sibylla, Isaak und Eva in der Toskana waren, hatte er ein Medizinstudium begonnen und das Kopperhaus verwaltet.

«Es geht mich nichts an, Sibylla», warf er ein. «Trotzdem finde ich, dass du an eine Entwicklung des Menschen glauben solltest. Im selben Maße, wie der Körper altert, sollte der Geist zunehmen. Vielleicht ist Susanne erst jetzt reif für ein Leben in eigener Verantwortung.»

Sibylla lachte und zerzauste ihm das Haar. «Du bist ein echter Kopper, Adam. Hast zwar gerade erst begonnen, Medizin zu studieren, redest aber schon wie ein alter, erfahrener Medicus.»

Adam lächelte die Mutter seiner Halbschwester an und griff nach ihrer Hand. «Du tust immer so streng, Sibylla, aber in Wirklichkeit hast du ein weiches Herz.»

«Rede kein dummes Zeug, Junge, kümmere dich lieber um deine Studien. Gehofft hatte ich, dass du Eva nach Leipzig begleiten kannst, aber ich sehe ein, dass es besser ist, wenn du hier erst einige Erfahrungen sammelst.»

«Sibylla, ich verspreche dir, dass ich nach Leipzig gehen werde, sobald ich kann. Sollte mich Eva vorher dringend brauchen, so weiß sie, dass ich immer für sie da bin.»

Der Tag des Abschieds rückte näher und näher. Es gab so viel zu tun, dass für Wehmut keine Zeit blieb.

Mehrere mit Lederhäuten bespannte Planwagen standen vor dem Haus in der Krämergasse, die zu den teuersten Straßen Frankfurts gehörte. Knechte beluden die Wagen mit schweren Kisten und Truhen. Heinrich, der Altgeselle, der statt Adam die beiden jungen Frauen begleiten sollte, stand daneben und überwachte die Arbeiten.

Gleich morgen früh würden die Wagen sich in einen bewachten Tross einreihen und den langen Weg nach Leipzig antreten.

In derselben Kolonne würden Eva und Susanne in einer Reisekutsche ebenfalls nach Leipzig gelangen.

Der letzte Abend brach an. Sibylla ging zu ihrer Tochter in die Kammer, die so leer war wie ein Vorratsspeicher im Frühjahr.

«Morgen früh wirst du mich verlassen», sagte Sibylla und betrachtete ihre Tochter aufmerksam.

Eva nickte und seufzte lächelnd. Noch einmal sah sie sich in dem kargen Raum um, in dem sie so viele Jahre verbracht hatte. Neben dem Fenster hing noch ein Sträußchen von getrocknetem Lavendel, das sie aus Florenz mitgebracht hatte. Ihr Waschgeschirr stand in einem Ständer neben einem kleinen Wandbord, das mit Erinnerungen an ihre Jugend übersät war: eine getrocknete Feldblume, die ihr beim letzten Maitanz ein Bursche geschenkt hatte, bunte Bänder für das Haar, Glasbehälter, in denen einmal Duftwässer gewesen waren.

Daneben war ein heller Fleck. Evas Bücher, Kostbarkeiten von großem Wert, waren längst in die Reisetruhen verpackt.

«Ich habe ein Geschenk für dich, Eva», sagte Sibylla, nahm ihre Tochter bei der Hand und führte sie in die eigene Schlafkammer.

«Hier, diesen Spiegel aus venezianischem Glas schenke ich dir.»

«Mutter, das ist der Spiegel, den mein Vater für dich anfertigen ließ!»

«Ich weiß, Kind. Und deshalb sollst du ihn auch haben. Ich habe keine Verwendung mehr dafür. Ich weiß, wer ich bin, und kein Spiegelbild wird mich eines anderen belehren. Und ich weiß, wie ich aussehe.»

Eva umarmte ihre Mutter und flüsterte: «Ich werde dich vermissen. Du warst immer mein Vorbild und wirst es bleiben. Aber ich bin nicht so wie du, auch wenn ich deine Tochter bin. Hoffentlich enttäusche ich dich nicht.»

Wenn Evas Worte Sibylla rührten, so ließ sie es sich nicht anmerken. Sie klopfte ihrer Tochter auf den Rücken, dann wand sie sich aus der Umarmung und verließ das Zimmer.

Im Flur hörte Eva sie rufen: «Wo sind die Knechte, he? Sie sollen den Spiegel einpacken. Morgen früh geht er mit Eva auf Reisen. Worauf wartet ihr noch?»

Kapitel 2

Die Sonne war gerade aufgegangen, als die Reisekutsche inmitten eines Trosses von Planwagen und Kutschen von Frankfurt aus aufbrach. Bewaffnete Männer ritten der Kolonne voran. Reisen über Land waren gefährlich. Die Zeiten waren schlecht, viele Bauern waren aufgrund der immensen Abgaben an die Kirche und den Lehnsherrn so in Armut geraten, dass sie ihre Familien nicht mehr ernähren konnten. Diese armen Bauern, aber auch Soldaten, die keinen Feldherrn mehr hatten, entlassene Sträflinge und andere Wegelagerer lauerten entlang der bekannten Strecken.

Dennoch fühlte sich Eva inmitten des bewachten Trosses geborgen. Solange die Kutsche nicht kaputt ging, keine Achse und kein Rad brachen, waren sie, der Hausrat und die Pelze sicher. Angenehm würde diese Reise trotzdem nicht werden. In der Kutsche war es unerträglich heiß und eng.

Eva gegenüber saß Heinrich, der Altgeselle, der von Anfang an für ihre Mutter gearbeitet hatte und Eva in den langen vaterlosen Jahren ein guter Ratgeber geworden war. Nun hatte er die 50 längst überschritten und fühlte sich nach dem Tod seiner Frau, mit der er nur wenige Jahre gemeinsam gehabt hatte, unnütz. Sibyllas Angebot, Eva in Leipzig mit Rat und Tat zur Seite zu stehen, schien ihm ein Wink des Schicksals. Er war zwar Kürschner, doch hatte er, wie die meisten Handwerker, auch ein großes Geschick für andere Gewerke.

Neben ihm hatte eine dicke Spezereienhändlerin Platz genommen, die bis Erfurt ihre Weggefährtin sein würde. Ihr rotbackiges Gesicht mit den wasserblauen Augen sah freundlich in die Gegend.

Eva blickte aus dem Fenster und warf einen letzten Blick auf die Frankfurter Häuser, deren Dächer im Licht der aufgehenden Sonne wie poliertes Kupfer glänzten.

Sie war aufgeregt. Ihre Hände knüllten unentwegt den Stoff ihres Kleides. Zum ersten Mal stand sie allein im Leben.

Nicht ganz, kaum hatten sie die Stadttore hinter sich gelassen, sah sie Susanne vor einer Mühle warten. Sie machte dem Kutscher ein Zeichen anzuhalten.

Kurz darauf drängte Susanne sich auf den Platz neben Eva.

«Gott mit Euch», sagte sie und klopfte Heinrich, der sie verwundert anstarrte, aufs Knie.

«Na, Heinrich, du hättest nicht gedacht, dass wir uns noch einmal wiedersehen, nicht wahr?»

Heinrich blickte Eva vorwurfsvoll an. Sie seufzte. Ihr war klar gewesen, dass die Vorgehensweise den treuen Ehrenmann verletzen würde, aber ihre Mutter hatte den Altgesellen nicht in Susannes Geschichte einweihen wollen, um ihn nicht zu gefährden. Auch die Mitwisserschaft von Hexenwerk und Teufelstun wurde mit dem Tode bestraft. Doch davon konnte er natürlich nichts ahnen. Sie würde es ihm später erklären müssen.

Heinrich fing sich wieder, schob Susannes Hand vom Knie und murmelte missmutig: «Nein, Susanne, das hätte ich wirklich nicht. Und ich glaube auch nicht, dass mir was gefehlt hätte.»

Susanne lachte, dann küsste sie Eva auf die Wange und wandte sich an die Spezereienhändlerin. «Ich bin Susanne», stellte sie sich vor. «Und das hier ist meine Schwester Eva. Unsere Mutter Sibylla Schieren – Ihr werdet sicherlich von ihr gehört haben – hat uns nach Leipzig geschickt, um neue Geschäfte zu tätigen.»

«Aha», nickte die Händlerin und betrachtete die beiden jungen Frauen. «Wie Schwestern wirkt Ihr nicht gerade.»

Ihr war das abgetragene Kleid der Älteren aufgefallen.

«Red keinen Unsinn, Susanne», wies Heinrich sie zurecht.

Sofort brauste Susanne auf: «Neidest mir wohl meine Stellung, was? Wir sind Schwestern, sind gleich, denn schließlich tragen wir denselben Geburtsnamen.»

«Hört auf!», versuchte Eva die Streithähne zu bändigen. So konnte es nicht weitergehen. «Im Augenblick sind wir eine Reisegesellschaft und wollen hoffen, dass wir gesund dort ankommen, wo wir hinwollen.»

«Recht hat die junge Frau», mischte sich die Krämerin ein. «Wir sollten freundlich miteinander sein. Wie schnell kommt doch der Tod. Und wie oft auch unerwartet.»

Ja, sie hat Recht, dachte Eva. Der Tod ihres Vaters fiel

ihr ein. Er war in der Toskana gestorben, wo sie zwei glückliche Jahre verbracht hatten. Evas Gedanken gingen zurück zu dem Abend, der seinem Begräbnis gefolgt war. Sibylla war vor Schmerz fast wahnsinnig geworden. Stundenlang hatte sie mit ihrem toten Liebsten Zwiesprache gehalten. Eva hatte dabeigesessen und die Geschichte ihrer Eltern zum ersten Mal gehört.

Sibylla hatte vor einem Wandschrank gestanden und in den Schubladen gesucht. Dabei hatte sie leise vor sich hin gesprochen: «Wo sind die Lichter? Ich hatte doch Wachskerzen gesehen. Isaak, weißt du, wo unser Lichter hingekommen ist?»

Eva zog eine andere Lade auf und zeigte ihr die Kerzen, die in Reih und Glied lagen. Dann setzte sie sich auf einen Stuhl in eine Ecke und beobachtete ihre Mutter.

Sibylla nahm ein weißes Wachslicht aus der Lade, steckte es in einen Leuchter und entzündete es umständlich mit dem Feuerschwamm. Dann lief sie, den Leuchter vor sich herhaltend, mit langsamen Schritten durch die Wohnstube. «Unsere erste Begegnung, Isaak – erinnerst du dich? –, stand schon im Zeichen des Todes. Ich war schwanger von Jochen Theiler, meinem ersten Mann. Doch als ich dich sah, wusste ich, dass ich Theiler nicht liebte. Du hast mir das Leben gerettet, als der Pöbel mir das Kind im Bauch zerquetschte. Hast mein Leben gerettet, aber meine Seele hielt ich von dir fern. Vom ersten Augenblick an wusste ich, dass du allein in meine Seele sehen konntest.»

Die Mutter hatte den großen Tisch in der Mitte des Zimmers umrundet und war wieder vor der Schublade angelangt. Sie nahm ein weiteres Licht, steckte es in einen Leuchter auf dem Fenstersims und entzündete es. Die Flamme flackerte ein wenig und warf einen goldenen Schein auf Sibyllas Antlitz.

«Als Jochen starb, wolltest du mich heiraten. Ich konnte nicht, Isaak. Wen hätte ich dir zur Frau geben sollen, Isaak? Du hast gedacht, ich sei eine Kürschnermeisterin, erfolgreich, stark und mutig. Doch das war nicht die ganze Wahrheit.

Nein, ich habe dich nicht nur zurückgewiesen, weil ich die Werkstatt behalten wollte und dazu einen Kürschnermeister brauchte. Das war nur ein Grund. Der andere lag tiefer, viel, viel tiefer. Ich war nicht die, die ich zu sein vorgab. Aber dich wollte ich nicht belügen. Also musste ich dich meiden.

Wäscherin bin ich gewesen, Isaak. Das hättest du nicht gedacht, nicht wahr? Durch Betrug bin ich an die Stelle der wahren und toten Sibylla geraten. Luisa hieß ich eigentlich, Isaak. Ich war die Tochter einer Wäscherin, die im Kürschnerhaushalt ihr Brot verdiente.»

Sie entzündete eine weitere Kerze. «Sieh, Isaak, dieses Licht brennt für dich. Du hast die Schatten der Vergangenheit verjagt, ohne sie zu kennen. Ich danke dir dafür, Isaak. Du weißt gar nicht, wie sehr. Und ich habe versäumt, dir zu sagen, wie sehr ich dich liebe. Auch ohne Worte hast du es gewusst, nicht wahr?»

Sibylla hielt sich mit den Händen am Fenstersims und konnte doch nicht verhindern, dass die Kraft sie verließ, als wäre sie ein leckes Gefäß. Langsam rutschte sie an der Wand hinunter auf den Boden und schlief ein.

Eva holte leise ein paar Felle und deckte ihre Mutter damit zu. Dann schloss sie den Holzladen und das Fenster, löschte die zahlreichen Kerzen und verließ auf leisen Sohlen das Wohnzimmer.

Die Stimme der Krämersfrau riss Eva aus ihren Gedanken und verjagte die schmerzliche Erinnerung.

»Habt Ihr von dem Mädchen gehört, das mit einer silbernen Maske gefunden wurde? Eine Hexe war es, die ihr Kind zu Tode gebracht hat, heißt es. Eine Hexe oder der Leibhaftige selbst.«

Bei diesen Worten verfinsterte sich Susannes Gesicht. Eva bemerkte es. Nachdenklich sah sie die Stiefschwester an. Sie glaubte zwar nicht an Hexen. Doch es gab etwas in Susanne, das in ihr ein leises Unbehagen hervorrief. Susanne schien so fest zu wissen, wer sie war und was sie wollte. Nie schien sie Unsicherheit, Zweifel oder gar Ängste zu spüren. Auch jetzt, mit der Inquisition auf den Fersen, saß sie in der Kutsche und sah sich um, als gehöre sie in diesen Tross voll wertvoller Güter.

Um sich von ihren unangenehmen Gedanken abzulenken, blickte Eva aus dem Fenster.

Gerade kamen sie an einem kleinen Weiher vorbei. Eine alte Frau pflückte Pflaumen vom Baum, und bei diesem Anblick stiegen in Eva Erinnerungen an das Pflaumenmus der treuen Köchin in der Toskana auf. Zu dieser Jahreszeit hatte sie es immer auf den Tisch gebracht, und jedes Mal war es ein besonderer Schmaus gewesen.

Fast glaubte sie, es riechen zu können, so deutlich war die Erinnerung daran. Eva musste schlucken. Sie warf noch einmal einen wehmütigen Blick auf die Alte, dann war die Kutsche weitergerumpelt und kam an einem Hügel vorbei, auf dem ein Galgen stand. Ein vor kurzem gehenkter Mann hing daran, Eva konnte die Zunge erkennen, die ihm aus dem Mund hing.

«Ich muss mal. Es ist die Aufregung. Der Kutscher soll anhalten», verlangte Susanne und sah Eva auffordernd an.

Eva schreckte hoch und klopfte an die Wagenwand, um den Kutscher zu verständigen. Sofort zügelte der Mann die Pferde. Susanne sprang heraus, und auch Eva nutzte die Gelegenheit. Sie stieg aus, reckte und streckte ihre Glieder.

Der Mann am Galgen schwankte leise im Wind hin und her, das morsche Holz knarrte. Plötzlich kam ein Raubvogel und setzte sich oben auf den Galgen. Obwohl sie ahnte, was jetzt gleich passieren würde, ging Eva näher heran.

Der Vogel flog auf die Schulter des Gehenkten. Eva sah, wie er mit dem Schnabel nach den Augen des Toten hackte. Unwillkürlich musste sie an das Mädchen vom Flussufer denken.

Heinrich war neben sie getreten.

«Überall Tod und Abschied», sagte Eva traurig. «Es ist, als ob alles zugleich stirbt. Die Blätter fallen von den Bäumen, die Heimat geht verloren, und hinter jeder Wegbiegung lauert der Tod. Vielleicht haben die Priester doch Recht, und der Untergang der Welt ist tatsächlich nahe.»

Heinrich nickte. «Ich habe schon viele Gehenkte gesehen, habe auch schon gesehen, wie Tiere sich an Toten zu schaffen machten. Aber nie so viele wie in diesem Jahr. Die Sünde, scheint es, ist in die Welt gekommen. Wenn der Teufel sich sogar schon die Jungfrauen holt, dann dauert es nicht mehr lange, bis das ganze Land in Flammen aufgeht.»

«Du meinst die Tote mit der silbernen Maske, nicht wahr? Sag, hast du mehr gehört?», fragte Eva.

Heinrich schüttelte den Kopf. «Ich weiß auch nicht mehr als alle anderen.»

«Wie kann ein Mensch nur so grausam sein?», fragte Eva.

Heinrich zuckte mit den Achseln. «Ich weiß es nicht. Vielleicht war es wirklich der Satan oder eine Hexe. Vielleicht aber auch nicht. So manch einer ist besessen, ohne dabei ein Teufel zu sein. Ich habe mal von einem gehört, der jungen Mädchen das Haar abschnitt, um sich ein Kissen damit zu stopfen. Als er deswegen vor Gericht stand, erklärte er, den Duft der Jungmädchenhaare bannen zu wollen, ehe das Alter ihn vernichtet. Bewahrer der Schönheit nannte er sich.»

Heinrich sah sich nach der Kutsche um und nahm Eva behutsam beim Ellenbogen: «Lasst uns zu den anderen gehen. Wir wollen heute noch ein gutes Stück schaffen.»

Der Rest der Fahrt verging bei leisem Geplauder. Hin und wieder schlief einer der Fahrgäste ein, wurden Äpfel verzehrt oder Most aus einem Schlauch getrunken. Am Abend machte man bei einer Herberge Station. Die Pferde wurden ausgespannt, gefüttert und getränkt, die Reisenden saßen in einem Schankraum und erholten sich bei mit Wermut gewürztem Bier und Braten von der Fahrt auf den unbefestigten Wegen, die ihre Glieder gehörig durcheinander geschaukelt hatte. Waren alle satt und zufrieden, verschwanden Eva und Susanne in einer der Kammern zur Nachtruhe, die anderen aber rückten die Tische und Bänke in der Schankstube zusammen und bereiteten sich auf dem Boden ein Nachtlager.

So verging die Reise, bis sie nach einer Woche endlich die Stadt Erfurt erreichten. Die rotbackige Krämerin verabschiedete sich und ging ihrer Wege. Die anderen schlugen ihr Nachtlager diesmal in der Herberge «Zum goldenen Stern» auf.

Susanne, Heinrich und Eva saßen an einem Tisch im Schankraum der Herberge und aßen einen herrlichen Eintopf aus Bohnen und Hammelfleisch, als Eva bemerkte, dass jemand sie anstarrte.

Sie drehte den Kopf und blickte direkt in die grauen Augen eines jungen Mannes mit halblangem dunklem Haar, der von außergewöhnlicher Schönheit war. Stolz wie ein Edelmann sah er aus, wie die Statue eines griechischen Gottes gar, die Eva in Florenz gesehen hatte. Sein Blick war so intensiv, dass Eva meinte, er könne in ihren Kopf hineinschauen und alle Gedanken lesen. Ein wenig erschrocken, aber auch geschmeichelt wandte sie sich ab. Sie wollte weiteressen, als sei nichts geschehen, doch es gelang ihr nicht. Die Bewegungen, mit denen sie den Löffel zum Mund führte, waren seltsam gespreizt. Als Heinrich eine Bemerkung über das Wetter machte, lachte sie übertrieben und warf das Haar über die Schulter auf den Rücken. Wie von selbst drehte sich ihr Kopf immer wieder dem Fremden zu. Er hatte einen Bogen Papier vor sich auf dem Tisch liegen und ein Stück Kohle in der Hand. Als sich ihre Blicke erneut trafen, lächelte er, stand auf und trat an ihren Tisch.

«Verzeiht», wandte er sich an Heinrich. «Ich bin ein wandernder Geselle und habe Unterhaltung nötig. Gestattet Ihr, dass ich mich zu Euch setze?»

Heinrich sah hoch, nickte und wies mit der Hand auf den Platz neben sich. Dann bestellte er einen neuen Krug Würzbier.

Der Fremdling saß Eva nun genau gegenüber, und seine grauen Augen, die die Farbe von unpoliertem Silber hatten, verfolgten jede ihrer Bewegungen.

Eva schluckte, schlug die Augen nieder und war nicht mehr in der Lage, weiterzuessen. Sie schob die Schüssel mit einem heftigen Ruck in die Mitte des Tisches. So heftig, dass sie umkippte, die Suppe sich über den Tisch ergoss und ihren Ärmel braun färbte.

Der Fremdling reagierte sofort und wischte behutsam über die Flecke auf ihrem Kleid.

«Danke», sagte Eva.

«Oh, gern geschehen. Euer Kleid ist hübsch. Aber es passt nicht zur Farbe toten Hammels. Zu diesem Kleid gehört ein Schmuck aus Silber.»

Er lachte laut. Eva lächelte verlegen, wusste nichts zu sagen. Schließlich dachte sie an den Papierbogen.

«Zeichnet Ihr?», fragte sie ein wenig töricht.

«Ja, hin und wieder», erwiderte er. «Ich verdiene mir mit Porträts ein warmes Essen und ein Nachtlager in den Herbergen.»

Als Susanne das hörte, beugte sie sich vor und fragte: «Würdet Ihr mich auch zeichnen?»

Der Fremdling blickte Susanne kurz an und entgegnete: «Was wäre Euch ein Bildnis wert?»

Susanne kicherte und verdrehte die Augen. Sie zupfte sich eine Haarsträhne unter der Haube hervor und wickelte sie um den Finger. Schließlich erwiderte sie mit einem Lachen, das Eva peinlich war: «Ihr habt die Frage falsch gestellt, Fremdling. Es hätte heißen müssen: ‹Ihr seid es wert, für die Ewigkeit gezeichnet zu werden. Darf ich es wagen?›

«Für die Ewigkeit gezeichnet zu werden», wiederholte der Fremdling nachdenklich und betrachtete Susanne so eindringlich, dass sie schließlich den Blick abwandte.

«Merkt ihn Euch gut, diesen Wunsch. Ich bin sicher, eines Tages werdet Ihr für die Ewigkeit gezeichnet werden.»

Susanne zuckte zurück. Etwas Bezwingendes war in der Stimme des Mannes. Sie wagte keine Erwiderung.

Der Fremdling sah Eva an. «Ich habe Euch gezeichnet», sprach er. «Aber ich habe kein Abbild gefertigt, sondern das gezeichnet, was ich in Euch erkenne. Wollt Ihr es sehen?»

Eva schüttelte den Kopf, dann nickte sie und schlug die Augen nieder, kratzte verlegen mit dem Fingernagel an dem trocknenden Suppenfleck herum.

Der Fremdling holte das zusammengerollte Blatt und überreichte es Eva.

«Habt keine Scheu. Seht es Euch an. Es gereicht Euch nicht zum Schaden», flüsterte er, und wieder war es ihr, als könne er bis auf den Grund ihrer Seele schauen.

Zögernd nahm sie das Blatt und entrollte es.

Sie hatte mit vielem gerechnet, doch nicht damit. Eva

ließ die Zeichnung sofort fallen, als hätte sie sich verbrannt.

Ihre Augen verdunkelten sich und schauten starr, ihr Lächeln verschwand.

Heinrich bückte sich, nahm das Blatt und sah darauf.

«Ihr habt sie als Tier gezeichnet!», rief er aus und schüttelte vor Verwunderung den Kopf. «Als Hündin gar! Eine Jagdhündin.»

Susanne lachte schrill auf. «Ihr kennt die Menschen wohl recht gut?», fragte sie lauernd, und die Genugtuung troff aus ihrer grellen Stimme.

Der Fremdling bedachte sie mit einem so kalten Blick, dass Susanne verstummte.

«Möchtet Ihr noch immer von mir gezeichnet werden?», fragte er kühl. Susanne blieb ihm die Antwort schuldig.

«Ich ... ich bin kein Tier, schon gar keine Hündin», Eva war noch immer bestürzt. «Was soll das? Warum habt Ihr mich so dargestellt? Wer seid Ihr, dass Ihr so etwas wagt?»

Der Fremdling antwortete leise und mit überraschender Zärtlichkeit in der Stimme: «Damit Ihr versteht, dass Ihr vorbestimmt seid, das zu sein, was Ihr sein wollt.»

Eva wurde wütend. Die Empörung färbte ihr die Wangen rot, und aus ihren Augen schossen blitzende grüne Pfeile. «Ich bin die, die ich bin, und die, die ich sein will. Eine Hündin, die dem Pfiff ihres Herrn folgt, jedoch gewiss nicht.»

«Und wer seid Ihr?», fragte der Fremde weiter. «Wer, wenn kein Tierchen voller Sinnlichkeit?»

«Eine Frau bin ich», erwiderte Eva. «Eine unabhängige Frau, die sich ihren Beruf nach eigenem Willen gewählt hat und dasselbe auch in der Liebe vorhat. Niemandes Hündin bin ich und werde es auch niemals sein.»

«Mitten in die Welt habe ich dich gestellt, sprach Gott», sagte der Fremdling. «Damit du umso leichter um dich schaust und siehst, was darinnen ist. Ich schuf dich als ein Wesen weder himmlisch noch irdisch, weder sterblich noch unsterblich, allein, damit du dein eigner freier Bildner und Gestalter seist. Du kannst zum Tier entarten und zum Gott ähnlichen Wesen dich wiedergebären.» Eva erkannte die Gedanken von Pico della Mirandola. Von seiner Rede «De dignitate homini» hatte sie in Florenz viel gehört. Das war das erste Mal, dass jemand in Deutschland darüber sprach. Doch bevor sie dem Fremdling antworten konnte, stand Heinrich auf und stellte sich drohend hinter den Mann. «Pass auf, was du sagst, Fremdling. Wie leicht gerät man in dieser Zeit wegen ein paar unvorsichtiger Worte an den Galgen. Und ich bin mir gar nicht sicher, ob das nicht der richtige Platz für einen Gotteslästerer wie Euch wäre.»

Eva hielt den Atem an. Sie konnte Heinrich jetzt nicht in den Rücken fallen. Er hatte den Fremdling beleidigt. Zwar schuldete die Jugend dem Alter Respekt, doch der Fremdling pflegte sich nicht an die gemeinen Bräuche zu halten. Würde er einen Händel mit Heinrich anfangen?

Doch der Fremdling lachte aus vollem Halse. «Diese Worte sind nicht von mir, auch wenn ich wünschte, sie wären es. Ein italienischer Philosoph, Pico della Mirandola, hat sie verbreitet. Und eine Vielzahl der italienischen Gelehrten stimmt ihm zu.»

Er erhob sich, stand groß und breitschultrig vor dem

eher schmächtigen Heinrich, klopfte ihm auf die Schulter und sagte: «Nichts für ungut, Herr. Ein jeder erschrickt, wenn er erfährt, dass außer Gott noch ein Tier in seiner Seele haust.»

Er verbeugte sich leicht vor Eva, dann verließ er das Gasthaus. Das Blatt lag unbeachtet auf der Bank, bis Susanne es schließlich an sich nahm.

Am nächsten Morgen stieg Nebel aus den Tälern hervor, überzog die ganze Gegend mit einem Dunstschleier und gab den Menschen einen ersten leisen Vorgeschmack auf den kommenden Winter. In der Kutsche wurde es feucht und kalt. Eva zog die Decke enger um sich und versuchte zu schlafen. Nun, da die Krämerin nicht mehr mit von der Partie war, war die Unterhaltung spärlich geworden. Plötzlich setzte sich Susanne aufrecht hin und riss den ledernen Vorhang, der vor Nässe und Kälte schützen sollte, zur Seite. Sie wies mit der Hand nach draußen und rief: «Schaut mal, wer da läuft! Ist das nicht unser großer Zeichenkünstler von gestern Abend? Geschieht ihm nur Recht, dass er im Nebel waten muss.»

Schadenfroh begrüßte sie ihn: «Na, Fremdling, wer von uns ist jetzt wohl eher ein Tier? Wir oder Ihr?»

Der Fremdling lächelte und wischte sich mit einer Hand die Nässe aus dem Gesicht. «Dass in mir ein Tier steckt, weiß ich. Aber wie steht es mit Euch?»

Susanne fletschte die Zähne, krümmte ihre Finger zu Krallen und fauchte gefährlich. «Reicht Euch das, Fremder?»

«Oh, Ihr seht Euch als wilde Katze? Darauf wäre ich

nicht gekommen. Ich hätte Euch eher für ein Schaf gehalten, das nur im Schutze seiner Herde blökt.»

Heinrich verzog belustigt den Mund, und auch Eva konnte sich ein Lächeln nicht verkneifen. Sie dachte daran, wie er Pico della Mirandola zitiert hatte.

«Wir haben noch Platz», beschloss sie. «Der Kutscher soll anhalten, damit er mit uns fahren kann.»

«Warum denn das?», Susanne war nicht einverstanden. «Er wird uns beleidigen, so wie er das schon die ganze Zeit tut. Ich möchte ihn nicht hier drinnen habe. Außerdem ist er ganz dreckig. An seinen Lederstiefeln hängt der Schlamm fingerdick, sein Umhang ist vollkommen durchnässt. Er wird uns hier drinnen alles verschmutzen.»

Eva ließ sich von Susanne nicht beirren. «Es ist unsere Christenpflicht, anderen zu helfen», sagte sie mit Nachdruck.

Die Kutsche hielt an. Der Fremdling klopfte sich den Schmutz von den Stiefeln, nahm seinen nassen Umhang und rollte ihn zusammen, dann schüttelte er die Nässe aus den Haaren und stieg ein. Er setzte sich neben Heinrich, genau Eva gegenüber.

«David Wolf heiße ich, bin ein Silberschmiedegeselle auf Wanderschaft», stellte er sich vor.

Susanne ergriff sofort das Wort. «Ein Silberschmied seid Ihr? Kommt Ihr aus Frankfurt? Habt Ihr dort Station gemacht?»

David schüttelte den Kopf. «Aus der Nürnberger Richtung komme ich. Warum fragt Ihr?»

«Nun», erwiderte Susanne, «in Frankfurt ist vor ein paar Wochen ein junges Mädchen ans Mainufer gespült worden. Sie war nackt und trug eine Maske von Silber. Habt Ihr auch davon gehört?»

Der Fremdling schüttelte den Kopf. «Nein!»

«Und interessiert Euch nicht, was geschehen ist?» Susanne ließ nicht locker.

«Es gibt jeden Tag Tote. Ich interessiere mich mehr für die Lebenden.»

«Aber Ihr seid ein Silberschmied. Gut möglich, dass es einer von Eurem Gewerke war. Könnt Ihr Euch nicht denken, warum er das getan hat?»

David zuckte die Achseln und sah zu Eva: «Vielleicht hat das Mädchen ihm gefallen? Manche Frauen sind von einer solch seltenen Schönheit, dass man diese bannen sollte, bevor sie vergeht.»

«Hätte es da nicht gereicht, sie zu malen? So, wie Ihr es tut?», fragte Susanne. «Auch, wenn am Ende etwas Verkehrtes dabei herauskommt.»

David schüttelte den Kopf: «Nein. Durch eine Zeichnung wird die Schönheit festgehalten, aber nicht gebannt. Wie schrecklich es doch ist, zusehen zu müssen, wie aus einer reinen und keuschen Schönheit ein unförmiger Leib und ein teigiges Gesicht wird. Meine Seele beginnt zu zittern, wenn ich daran denke, was einst aus dieser schönen Eva hier werden wird.»

Er sah sie ohne das geringste Lächeln an. Eva stockte der Atem. Schon wieder fühlte sie sich entblößt. Wie gern hätte sie etwas Kluges, Schlagfertiges gesagt, um den Fremdling in die Schranken zu weisen, doch ihr Kopf war leer wie ein Brunnen nach einem trockenen Sommer. Verlegen sah sie nach draußen.

Der Nebel hatte sich plötzlich gelichtet. Die Wiesen lagen im satten Grün, die Wege waren etwas weniger verschlammt.

«Seht», sagte Heinrich und wies aus dem Fenster. «Der Himmel ist klar. Ich schlage vor, junger Freund, dass Ihr uns nun wieder verlasst.»

David nickte. «Ihr meint, ich sei nicht die beste Gesellschaft für zwei junge Damen von Stand?»

Sein Mund lächelte bei diesen Worten, doch Eva bemerkte, dass seine Augen einen harten Ausdruck angenommen hatten.

«Ich verstehe nicht viel von der Gesellschaft, die junge Damen brauchen», erwiderte Heinrich. «Ich verstehe nur etwas von Achtung und Ehrerbietung. Und daran mangelt es Euch. Deshalb bitte ich Euch nun, unsere Gastfreundschaft nicht länger in Anspruch zu nehmen.»

Der Kutscher hielt, und David nahm seinen Umhang und sein Bündel. «Die Wahrheit tut weh, nicht wahr, alter Mann?», fragte er zum Abschied, dann sprang er aus dem Wagen und verschwand zwischen den Bäumen am Wegesrand.

Kapitel 3

Leipzig, Winter 1494/95

«Am Montag nach dem Tag des heiligen Moritz hat der Rat der Stadt Leipzig den Gold- und Silberschmieden Artikel und Innung bestätigt. Seht, Eva, es steht noch am Rathaus angeschlagen.»

Andreas Mattstedt wies mit der Hand auf die mächtige, mit Eisen beschlagene Tür, zu der einige Stufen führten.

Eva trat einen Schritt näher und las selbst, was dort stand: «Auf Befehl Herzog Albrechts wird verfügt, dass die Chemisten oder Goldmacher als durch welche dem gemeinen Wesen großer Schaden zugefügt wird, nicht allein aus der Stadt Leipzig sollen verwiesen werden, sondern auch nach Befindung der Sachen abgestraft werden.»

Eva lachte: «So ist die Welt. Zuerst kommen die Strafen, dann die Pflichten und am Schluss die Rechte.»

Auch Andreas Mattstedt lächelte. «In dieser Hinsicht stehen die Leipziger den Frankfurtern in nichts nach. Und der Rest wird auch noch kommen. Noch ist Leipzig zwar Hinterland mit noch nicht einmal 8000 Steuerzahlern, von denen allein 400 Scholaren und Magister der Universität sind. Aber durch die im Erzgebirge entdeckten Silber- und Erzvorkommen wird sich die Stadt bald zu einem begehrten Handelsplatz mausern.»

Er wandte sich um und wies mit der Hand über den Marktplatz. «Schaut Euch um, Eva. Händler aus aller Herren Länder kommen schon jetzt zu uns. Vor ein paar Jahren noch wurde hier ab und zu eine Kuh angeboten. Jetzt werden die Rinder herdenweise aus dem Polnischen herangetrieben und für drei Rheinische Gulden das Stück verkauft. Wohin man auch sieht: Fremde, Fremde, nichts als Fremde.»

Eva nickte und betrachtete das emsige Treiben auf dem Markt. Ein Stadtschreiber mit Steuerlisten unter dem Arm eilte von einem Ende des Platzes zum anderen, ein Hauptmann wies gerade seine Büttel zurecht und hieß sie lautstark ihre Hakenbüchsen säubern. Obwohl kein Markttag war und auch die Messe längst vorüber, wimmelte es auf dem großen gepflasterten Platz von Menschen. Inmitten der Menge versuchte ein Wanderprediger die Aufmerksamkeit der Masse auf den drohenden Weltuntergang zum Beginn des neuen Jahrhunderts zu lenken. Doch die meisten Menschen versammelten sich um den Lehrbuben eines Druckers, der immer wieder «Christoph Kolumbus hat die Neue Welt entdeckt. Christoph Kolumbus hat die Neue Welt entdeckt» rief und Flugblätter an alle verteilte.

Eva genoss die angeregte Atmosphäre. Man konnte förmlich spüren, dass eine Neue Zeit anbrach. Und sie würde Teil davon sein.

Ihr Blick glitt über die Häuser der Patrizier, die den Markt umsäumten. Die meisten zogen sich über mehrere Geschosse, einige zählten sogar fünf Stockwerke. Die Fassaden waren hoch gemauert, hatten gestufte Giebel mit reichem Zierrat und Ornamenten. Bleiglasfenster fingen die Strahlen der Sonne auf und warfen sie zurück über den Platz. Die Häuser waren durch Säulen und Bogenhallen miteinander verbunden, die sie an die Arkaden in Florenz erinnerten. Darin hatten die reichen Gewerke, die Drucker und Edelsteinschleifer, die Metallwarenhändler, Kupferstecher, die Perlensticker, Gewandschneider, die Tuchhändler und begüterten Kaufleute ihr Auskommen. Das Rathaus mit dem Spitzdach und der großen Uhr schien dem Glanz der Stadt nicht mehr angemessen zu sein, sodass die Ratsherren schon mehr als einmal darüber gesprochen hatten, ein neues bauen zu lassen. Noch aber fehlte es an Geld dafür, auch wenn die Stadt vor Neuankömmlingen überquoll.

Ein glückliches und stolzes Lächeln überzog Evas Gesicht, als ihr Blick in Richtung Hainstraße schweifte, in der ihr Wohnhaus lag. Auch dieses hatte vier Stockwerke, einen reich verzierten Giebel und vor der Tafelstube sogar einen Balkon. Ein großes gemauertes Hinterhaus sollte schon in wenigen Tagen die Silberschmiedewerkstatt und die Lager beherbergen; die Verkaufsräume jedoch würden unter den Arkaden ihren Platz finden.

«Ach, mir gefällt diese Stadt», brach es aus Eva heraus, dann drehte sie sich mit einem strahlenden Lächeln zu Andreas Mattstedt um.

Der 38-jährige Kaufmann reichte ihr den Arm: «Kommt, Eva, ich habe uns für den Nachmittag beim Feinschmied Nietzsch angemeldet. Er wird die Werkzeuge fertiggestellt haben, die wir für unsere Werkstatt brauchen.»

«Unsere Werkstatt!» Eva kostete das Wort, als wäre es Nektar. Jeden Tag freute sie sich neu an dem Gedanken, von nun an gemeinsam mit Andreas Mattstedt eine Silberschmiedewerkstatt in Leipzig zu besitzen.

Sie ergriff Mattstedts Arm und ließ sich von ihm über den Markt führen. Die Leipziger blieben stehen, die Männer lüfteten die Barette, die Frauen knicksten und warfen Mattstedt bewundernde Blicke zu.

Er war wirklich ein stattlicher Mann. Mit seinen 38 Jahren zählte er zu den reichsten Männern der Stadt. Die Steuerlisten hatten im letzten Jahr 12 000 Gulden vermerkt. Reicher waren nur noch die Familie Hummelshain und der Ratsherr Heinz Scherf. Nicht einmal der Buchhändler Andreas Wollensecker, der sich insbesondere als Geldverleiher einen Namen gemacht hatte, kam auch nur in die Nähe dieser Summe. Und das, obwohl der Wucherer 40 von 100 Gulden als Zins nahm.

Überdies hatte Mattstedt ein angenehmes Äußeres. Die dunklen Haare reichten ihm bis zum Kragen und waren tadellos frisiert, der Kinnbart ordentlich gestutzt, sodass er den sensiblen Mund nicht verbarg. Er hatte braune Augen, die jederzeit bereit waren zu lächeln. Die meisten seiner Geschäftspartner ließen sich bei der ersten Begegnung von seiner Größe einschüchtern, denn Mattstedt überragte die meisten anderen Männer um einen halben Kopf. Doch im Wesen war er freundlich, gerecht und überaus besonnen. Schnelle Geschäfte waren nicht seine Sache, dafür lang anhaltende und sich stetig entwickelnde Verbindungen zu den Kaufleuten in aller Herren Länder. Das Gerücht besagte, dass er auf einer

Reise vor einigen Jahren sogar einmal den Zamorin von Calicut, den Herrscher von Südindien, kennen gelernt haben sollte. Ob das stimmte, wusste niemand genau, doch handelte Mattstedt als bisher einziger Kaufmann der Stadt mit so seltenen und kostbaren Gewürzen wie Safran, Ingwer und Kardamom. Sogar Indigo, das neue Mittel, mit dem man Stoffe blau färben konnte, verkaufte er.

Nur in der Liebe schien er bisher kein Glück gehabt zu haben. Noch immer war er unverheiratet, obwohl an Bewerberinnen wahrlich kein Mangel herrschte.

Eva aber hatte ihn vom ersten Augenblick an gemocht. Der Kaufmann erinnerte sie an ihren Vater. Mattstedt strahlte dieselbe Ruhe aus wie Isaak Kopper. Sie wusste, dass sie ihm vertrauen konnte.

Andreas Mattstedt half Eva galant über einen Haufen Pferdeäpfel hinweg, dann gingen sie an der Hauptkirche der Stadt, an St. Nikolai vorbei und bogen dahinter in die Ritterstraße ein, in der der Feinschmied seine Werkstatt hatte.

Die Hitze und der Lärm waren geradezu infernalisch. Mattstedt musste brüllen, damit der Feinschmied sie bemerkte.

Sofort stellte er einen Gesellen an den Amboss, an dem er gerade gearbeitet hatte, klopfte sich die schwere Lederschürze sauber, wusch sich die Hände und bat die Besucher in die gute Stube, die ein Stockwerk über der Werkstatt lag.

Auch hier oben hörte man immer noch das Klopfen der Hämmer. Doch der Raum war gut gelüftet, auf dem

Boden lagen Binsen mit einigen Blüten darin. Es roch nach Scheuerseife und Bienenwachs.

«Nehmt Platz. Setzt Euch, setzt Euch.»

Meister Nietzsch rückte Eva beflissen einen Stuhl zurecht und reichte ihr ein Kissen für den Rücken.

Dann kam die Meisterin und brachte einen Krug mit frischem Apfelmost.

«Macht Euch keine Umstände, Meister Nietzsch», sagte Mattstedt höflich. «Und auch Ihr, Meisterin, braucht Euch nicht um unser Wohl zu sorgen. Wir sind gekommen, um die Werkzeuge zu holen.»

Der Meister erhob sich von seinem Schemel und ging zu einer Anrichte, auf der mehrere Lederbehältnisse lagen. Er brachte sie zum Tisch und legte sie vorsichtig und sorgfältig vor Eva und Mattstedt hin, so als wären es wertvolle Reliquien. Sie gehörten zwar nicht in eine Kirche, doch kostbar waren die zahlreichen feinen Hämmer, die winzigen Stichel, der kleine Amboss, die Silberstifte, Bechereisen, Feilen, Bohrer, Gewindeschneider, der Zirkel und das Bandmaß aus Silber tatsächlich.

Vorsichtig nahm Eva einen Gewindeschneider zur Hand, hielt ihn gegen das Licht und betrachtete das Werkzeug aufmerksam.

«Eine feine Arbeit, Meister Nietzsch», lobte sie, und der Meister atmete auf.

Nach und nach betrachtete Eva alle Werkzeuge. Sie hatte natürlich ihre eigenen Arbeitsgeräte dabei, doch der Meister, der der Werkstatt vorstehen würde, brauchte ebenfalls gute Werkzeuge. Ein Punzeisen schien ihr nicht recht geraten, und Meister Nietzsch versprach, es nachzuarbeiten. Mit dem Bechereisen, dem kegelförmigen Zylinder aus Eisen, der sich nach einer Seite verjüngte und zum Austreiben des Goldes bis zur Halbkugelform diente, war Eva so zufrieden, dass sie gleich eine neue Bestellung in kleineren und größeren Abmessungen aufgab.

Die Schere zum Schneiden feiner Bleche und die kleine Drahtziehbank ließ sie in der Lederhülle, da Meister Nietzschs Arbeiten sie überzeugt hatten.

Mattstedt, dem die neue Silberschmiedewerkstatt gemeinsam mit Eva gehörte, holte einen Beutel hervor und legte 18 Gulden und sieben Groschen als Restzahlung auf den Tisch.

Er hieß Nietzsch auch die anderen Werkzeuge zurück in die Lederhüllen packen und sie nach der Hainstraße bringen zu lassen, dann verließ er mit Eva die Feinschmiede.

«Jetzt brauchen wir nur noch eine Balkenwaage. Am liebsten hätte ich ja eine Kölner, denn die sind am genauesten. Bis auf das Grän genau abzumessen ist schwierig und ohnehin nur für Apotheker und Edelschmiede notwendig. Aber eine echte Kölner Waage kostet ein Vermögen», sinnierte Eva.

Mattstedt lächelte fein und erwiderte: «Ihr wisst, ich habe keine Ahnung von Eurem Handwerk. Sagt mir, was ist ein Grän? Und was ein Lot?»

Eva blieb stehen und runzelte ein wenig die Stirn. Das tat sie immer, wenn sie nachdachte, und Sibylla hatte sie schon oft deswegen gescholten. «Du holst dir noch vor der Zeit Falten auf die Stirn, Kind», hatte die Mutter immer gesagt.

Doch Sibylla war weit weg, und Mattstedt hatte ihr eine Frage gestellt, die er als erfahrener Kaufmann selbstverständlich ohne die geringste Mühe selbst beantworten konnte. Eva fragte sich, warum er das tat. Wollte er überprüfen, ob sie ihr Handwerk beherrschte?

«Grän bezeichnet den Gehalt an reinem Gold oder reinem Silber», erklärte sie. «Und ein Lot sind sechzehn Grän. Man braucht eine Silberwaage, um den Feingehalt zu messen.»

«Nun, jetzt bin ich wesentlich klüger. Ich werde Euch nach Hause geleiten und hoffen, von Euch noch auf einen Becher gutes sächsisches Salbeibier eingeladen zu werden. Ich habe da nämlich eine Überraschung für Euch ...»

«Gern», sagte Eva. Sie wollte noch etwas hinzufügen, doch dann fiel ihr nichts mehr ein, und sie gingen schweigend bis zum Haus in der Hainstraße.

Als Eva Andreas Mattstedt in den großen Wohnraum führte, erstarrte sie. Susanne saß mit einer Stickarbeit am Fenster und trug einen von Evas Stirnreifen.

Sie hatte den Ring, ein Geschenk ihres Vaters, in die Stirn gedrückt, damit er das Haar hielt, und auf die Haube verzichtet!

Das war ungeheuerlich. Nicht nur, dass sie den Ring, ohne zu fragen, entwendet hatte, nein, viel schwerer wog, dass sie die Haube, das Kennzeichen einer verheirateten, ehrbaren Frau, einfach weggelassen hatte und sich somit wieder als Jungfrau ausgab.

Eva schluckte. Einen Augenblick erwog sie, Susanne sofort und vor Andreas Mattstedt zur Rede zu stellen, doch dann besann sie sich, verengte die Augen zu schmalen Schlitzen und fragte: «Ist noch etwas Bier im Haus? Wir haben einen Gast, den ich gern damit bewirten möchte.»

Susanne schüttelte den Kopf. «Den letzten Rest habe ich zum Mittag getrunken.»

Eva nickte, als hätte sie auf diese Nachricht gewartet. Es fiel ihr schwer, Susanne die Anweisungen zu geben, die sie einer gewöhnlichen Haushälterin geben würde. Stets, sie wusste es selbst, kamen sie im Ton einer Bitte hervor. Und oft genug überhörte Susanne einfach, was Eva ihr auftrug.

Jetzt – sie wusste selbst nicht, was sie dazu bewog – ging sie einen Schritt auf Susanne zu, blickte auf sie herab und sagte in einem Ton, den sie ihrer Mutter abgelauscht hatte: «Dann wirst du jetzt auf der Stelle in die nächste Schenke gehen und für Nachschub sorgen. Soviel ich weiß, gehören solche Dinge zu den Aufgaben einer Haushälterin. Oder irre ich mich?»

Kaum hatte Eva diese Worte ausgesprochen, hätte sie sie liebend gern zurückgenommen. Was war nur in sie gefahren? Sie tat, als wäre sie Sibylla! Lag es an Mattstedt? Wollte sie ihm beweisen, dass sie genauso gut war wie ihre Mutter?

Eva räusperte sich und versuchte die Worte mit einem Lächeln zu mildern.

Susanne maß sie mit einem langen Blick. Dann ließ sie den Stickrahmen zu Boden fallen, sodass er direkt vor Evas Füße fiel.

Eva machte keine Anstalten, die Stickerei aufzuheben. Schließlich erbarmte sich Mattstedt. Er reichte Susanne die Handarbeit und sagte: «Wegen mir müsst Ihr das Haus nicht verlassen.»

Doch Eva spürte, dass sie sich jetzt durchsetzen musste. Wenn sie jetzt nachgab, würde Susanne ihre Anweisungen nie mehr beachten. Schließlich stand Susanne auf, drehte sich mit einem Lächeln dem Kaufmann zu und fragte höflich: «Bevorzugt Ihr Schwarzbier, oder mögt Ihr das helle Bier lieber? Soll es mit Nelken oder Wacholder gewürzt sein?»

Eva atmete auf. Sie wollte keinen Streit mit Susanne. Befreit legte sie ihre Hand auf den Arm der Stiefschwester und sagte: «Am besten bringst du von jedem einen Krug. Und ich danke dir recht schön.»

Susanne nickte kalt, dann verließ sie das Wohnzimmer.

Eva wartete darauf, dass Mattstedt etwas sagte, doch dieser sah sie nur lächelnd an und holte dann aus einer ledernen Tasche, in der er sonst Papiere zu transportieren pflegte, ein längliches Päckchen, das in Samt gehüllt war.

«Packt es aus, Eva. Dies ist mein Ankunftsgeschenk für Euch.»

Eva sah auf und betrachtete einen Augenblick lang sein Gesicht. «Ihr habt mir ein Geschenk gemacht?» Sie war erstaunt.

Mattstedt nickte. «Und ich hoffe, Ihr gestattet mir auch in der Zukunft, Euch hin und wieder mit einer Kleinigkeit zu erfreuen.»

«Warum?», fragte Eva arglos, griff nach dem Samtpäckchen und wickelte es aus.

«Oh, eine Kölner Waage!», rief sie beglückt und strich

beinahe zärtlich über das kostbare Messinstrument, das so hervorragend gearbeitet war wie ein Schmuckstück, und vergaß darüber ihre letzte Frage. Jetzt wusste sie, warum Mattstedt nach den Maßeinheiten gefragt hatte!

Beinahe wäre sie ihm um den Hals gefallen. Sein begehrlicher Blick hielt sie davon ab. Sie spürte, wie das Blut ihre Wangen rot färbte, und sah verlegen auf die Kölner Waage.

«Ein ausgezeichnetes Stück, Mattstedt. Ich weiß gar nicht, wie ich Euch danken soll.»

Mattstedt nahm ihre Hand und küsste sie, dann sagte er: «Gestattet mir einfach, Zeit in Eurer Nähe zu verbringen. Das ist der größte Dank, den ich mir vorstellen kann.»

Eva entzog ihm ihre Hand und strich noch einmal über die Waage. «Warum macht Ihr mir ein so großes Geschenk?»

«Nun, Ihr scheint mir eine besondere Frau zu sein.»

Eva schaute Mattstedt in die Augen und antwortete mit großem Ernst: «Nein, das möchte ich erst werden.»

Sie hielt inne und ließ den Blick schweifen: «Mitten in die Welt habe ich dich gestellt, sprach Gott, damit du umso leichter um dich schaust und siehst, was darinnen ist. Ich schuf dich als ein Wesen weder himmlisch noch irdisch, weder sterblich noch unsterblich, allein, damit du dein eigner freier Bildner und Gestalter seist. Du kannst zum Tier entarten und zum Gott ähnlichen Wesen dich wiedergebären», zitierte sie mit demselben Ernst, mit dem ein Priester von der Kanzel predigte.

«Pico della Mirandola in ‹De dignitate homini› oder auf Deutsch ‹Über die Würde des Menschen›. Ich kenne diese berühmte Rede, die unter den Theologen und Philosophen für Aufruhr gesorgt hat.»

«Ihr kennt sie?» Eva war erstaunt.

Mattstedt nickte. «Ja, gewiss. Es gibt einige kluge Männer und Frauen in unserer kleinen Stadt, die sich unter anderem auch damit beschäftigen. Der Drucker Kachelofen, Euer Nachbar, hat sie sogar gedruckt. Interessiert Ihr Euch dafür?»

Eva nickte eifrig. «O ja, sehr sogar.»

«Kennt Ihr Mirandola vielleicht persönlich? Das könnte gut sein, schließlich wart Ihr zur selben Zeit wie er in Florenz.»

Eva schüttelte den Kopf. «Nein, wir haben sehr zurückgezogen gelebt. Ich habe nur von ihm reden hören. Mein Lehrmeister, Andrea della Robbia, war sein Anhänger.»

«Nun, wenn Ihr wollt, so kann ich Euch sehr gern ein Exemplar davon besorgen.»

Mattstedt hielt inne, sah Eva an und lächelte: «Nein, besser noch, ich nehme Euch mit in unseren kleinen Kreis. Dort könnt Ihr hören, was andere über Mirandola und die Welt denken.»

«Was ist das für ein Kreis? Und welchem Zwecke dient er?» Eva war neugierig geworden.

«Unsere kleine Fraternität beschäftigt sich mit den neuen Fragen des Glaubens», erklärte Mattstedt.

«Ihr widersprecht der Kirche?»

Der Kaufmann schüttelte den Kopf. «Nein, wir versuchen nur, die Dogmen zu überprüfen. Solange die Bibel nur von den Geistlichen ausgelegt wird, hat die Kirche die Macht. Sie entscheidet, was gut und böse ist, sie legt fest, wer an welchem Platze steht, und kann sich ungestraft am Volk bereichern. Das wollen wir ändern. Das Wort Gottes bedarf neuer Vermittlung, es muss direkt vom Volk erfahrbar sein. Unsere Vorbilder sind die Philosophen aus Italien, die die Welt ganz neu erklären.»

«Ihr wünscht Euch ein Leben, das so frei ist wie in Italien?»

«Ja, Eva. Das wünschen wir uns nicht nur, wir wollen sogar versuchen, unseren bescheidenen Beitrag dazu zu leisten.»

«Gern würde ich Euch zu Eurer nächsten Versammlung begleiten.»

«Es wäre mir eine große Freude, Euch in meinem Haus begrüßen zu dürfen», antwortete Mattstedt und verneigte sich ein wenig.

Eva nahm seine Hand. «Ich danke Euch sehr. Für alles, Andreas Mattstedt. Und ich hoffe, ich kann es Euch eines Tages zurückgeben.»

«Ihr seid mir nichts schuldig, Eva.»

Mit diesen Worten verließ der Kaufmann das Zimmer, ohne darauf zu warten, dass Susanne mit dem Bier zurückkam.

Eva blieb nachdenklich zurück. Sie hatte die Worte des Fremden aus der Kutsche nicht zufällig wiederholt. Und nicht zum ersten Mal. Sechs Wochen war sie nun in der Stadt, und keine davon war vergangen, ohne dass sie nicht an die merkwürdigen Worte des Silberschmiedegesellen gedacht hatte. Oder an seine seltsame Zeichnung, die sie als ein Tier dargestellt hatte.

Gestern hatte Eva am Fenster gestanden und auf die Straße hinuntergesehen. Ein Hündin, abgemagert bis auf die Knochen, hatte im Rinnstein nach essbaren Abfällen gesucht. Ein Lehrbube aus der gegenüberliegenden Kannengießerei war mit einem Stück Brot und einer Scheibe Speck auf die Straße getreten, um sein Mittagsmahl zu halten. Kaum hatte die Hündin den Speck gerochen, war sie zu dem Buben geeilt und winselnd um seine Beine gestrichen. Als der Junge nach ihr trat, sprang sie aufjaulend zur Seite, fletschte die Zähne und knurrte bedrohlich. Der Bube brach ein Stück von seinem Brot ab und hielt es der Hündin hin. Sofort vergaß sie das Knurren und kam schwanzwedelnd näher, doch bevor sie nach dem Brot schnappen konnte, trat ihr der Junge erneut kräftig in die Seite, dass sie aufheulte und ein paar Meter die Gasse entlangflog. Zwei- oder dreimal wiederholte sich dieses grausame Spiel, ohne dass es der Hündin gelang, auch nur einen Bissen Brot zu ergattern. Kopfschüttelnd hatte Eva sich abgewandt. Das unterwürfige Verhalten des Tieres hatte sie angewidert.

Aus dem Erdgeschoss drangen Geräusche in die Wohnstube herauf. Susanne war zurückgekehrt. Am Lärm, den sie in der Küche veranstaltete, erkannte Eva, dass ihre Laune nicht die allerbeste war.

Eva seufzte. Sie sehnte sich nach Frankfurt zurück. In diesem Moment wäre sie am liebsten wieder ein Kind, frei von aller Verantwortung.

Hatte der Fremde Recht gehabt? War sie ein Tierchen? Vielleicht war es so. Aber eine Hündin, die dem schmeichelte, der sie schlug, war sie nicht.

Eva richtete sich kerzengerade auf. «Ich werde die, die ich sein möchte», murmelte sie leise vor sich hin. «Eva nämlich.»

Anders als ihre Mutter. Das, was der berühmten Pelzhändlerin wichtig gewesen war – Ruhm, Erfolg, Macht und Reichtum –, war ihr nicht wichtig. Für sie war die Liebe die Essenz ihres Lebens. Liebe, Geborgenheit und Wärme waren die Dinge, nach denen sie strebte.

«Ich bin anders als meine Mutter», sagte sie halblaut vor sich hin. «Ich werde am Ende meines Lebens nicht mit vollen Händen und leerem Herzen dastehen. Meine Mutter wollte geachtet und gefürchtet werden, ich aber möchte geliebt sein.»

Dann ging sie entschlossenen Schrittes in die Küche.

Als sie Susanne sah, die noch immer den Reif auf dem Kopf trug, flammte wieder Wut in ihr auf. Doch dann besann sie sich auf ihre Worte von gerade eben, und statt Susanne den Ring aus den Haaren zu ziehen, sagte sie nur: «Es ist an der Zeit, dass wir uns um eine Magd und eine Köchin kümmern.»

Susanne nickte: «Allerdings. Ich habe nämlich keine Lust, auch nur noch einen Tag länger das Geschirr zu spülen. Am Ende stehe ich noch am Waschtrog. Ich habe mich heute bereits umgehört. Morgen früh wird ein Mädchen aus dem Umland kommen, um hier als Magd vorzusprechen. Nun, ich habe ihr bereits gesagt, dass sie sechs Groschen Wochenlohn bei freier Kost und Behausung erhält.»

Eva vergaß ihre guten Vorsätze und trat dicht vor Susanne. Sie blickte ihr fest in die Augen und sagte: «Es ist gut, dass du dich gekümmert hast. Doch die Entscheidungen in diesem Hause treffe ich. Ich werde selbst mit ihr sprechen.»

Susanne lachte spöttisch: «Meinst du etwa, du verstündest mehr von der Haushaltung als ich? Nein, meine Liebe, das tust du nicht. Ich habe jahrelang einen Haushalt geführt, ich habe Mägden Anweisungen erteilt, ich kann beurteilen, ob eine zum Arbeiten taugt oder nicht.»

«Mag sein, dass du das alles kannst und weißt, doch die Herrin im Haus bin ich. Und du wirst meinen Anweisungen Folge leisten. Wenn dir das nicht passt, dann ...»

«Ja? Was ist dann? Ich höre? Willst du mich dann rausschmeißen, ja? Die eigene Schwester auf die Straße setzen, wie?»

Susanne hatte die Hände in die Hüften gestützt und den Körper beim Sprechen weit nach vorn gebeugt. Aus ihren Augen sprühten Funken.

Eva fing an zu zittern. Was ist bloß mit mir los?, fragte sie sich. Susanne hat sich an meinen Sachen zu schaffen gemacht. Sie müsste sich schämen.

Eva ballte die Hände zu Fäusten, damit Susanne ihre Unsicherheit nicht spürte. Doch die Stiefschwester schnaubte nur, trat einen Schritt auf Eva zu, die sich bemühen musste, nicht zurückzuweichen, und zischte: «Du sagst ja nichts. Hat es dir die Sprache verschlagen, was? Wolltest Sibyllas Moden hier einführen, wie? Oder hast du gemerkt, dass ich Recht habe? In diesem Hause, Eva, leben zwei Schwestern. Die eine ist für die Werkstatt zuständig, die andere für den Haushalt.»

Eva stand starr. Jetzt war Susanne zu weit gegangen:

«Was glaubst du eigentlich, wer du bist?», rief sie mit vor Wut und Scham dunkler Stimme. «Du kannst mit Ach und Krach lesen und schreiben, hast keinen Beruf, keine Bildung, keine Manieren. Ja, du bist noch nicht einmal hübsch. Deine Haare und deine Augen haben die Farbe von billigem Messing, dein Leib ist schwer wie der einer Metzgersfrau. Dein Vater war ein übler Kerl, der nichts in seinem Leben zustande bekommen hat. Froh solltest du sein, in meinem Haushalt leben zu dürfen.»

Susanne lachte, als wäre Eva ein Scherz gelungen. In ihrem Gesicht entstanden fröhliche Grübchen.

«Ach ja?», sagte sie höhnisch und begann, die Bierkrüge in die Vorratskammer zu schaffen. «Und du, Eva? Was hast du schon erreicht? Deine Bildung, die feinen Manieren und das wohlfrisierte Haar sind dir in den Schoß gefallen. Zeigen, wer du wirklich bist und was du kannst, musst du erst hier. Und da fällt dir nichts Besseres ein, als deine Mutter nachzumachen?»

Susanne lächelte sie überlegen an, und Eva wusste in diesem Augenblick, warum sie ihre Stiefschwester fürchtete: Sie sagte immer das, was sie dachte. Kein Taktgefühl, keine Höflichkeit hielten sie davon ab. Und oft hatte sie Recht damit. Aber wer wollte die Wahrheit schon hören? Die Wahrheit schmerzt. Hatte das auch nicht der Fremde gesagt?

Evas Wut legte sich. Sie betrachtete Susanne, als sähe sie sie zum ersten Mal. Ihre Nase war gerade, doch ihr Mund war schmal; leichte Falten neben den Mundwinkeln ließen sie mürrisch aussehen. Aber wenn die Stiefschwester lachte, dann war sie hübsch.

Sie hat zwei Gesichter. Ein mürrisches und ein liebliches. Ich darf das eine nicht über dem anderen vergessen.

Zaghaft lächelte sie sie an und streckte die Hand nach ihr aus: «Behalt den Reif. Er steht dir ebenso gut wie mir.»

Susanne schüttelte den Kopf, zog den Reif ab und legte ihn vor Eva auf den Tisch. «Du hast Recht, er steht mir nicht schlechter als dir. Aber er gehört mir nicht, und ich muss mich nicht mit fremden Federn schmücken.»

Eva schluckte. «Behalte ihn», bat sie. «Ich bitte dich darum.»

Susanne zog fragend die Augenbrauen hoch. Sie wollte etwas erwidern, doch in diesem Augenblick kam Heinrich nach Hause. Eva atmete auf. Sie war froh, dass die Auseinandersetzung mit Susanne dadurch beendet war.

«Den neuen Meister habe ich mir angesehen», erzählte Heinrich fröhlich. «Ich war im Zunfthaus der Goldschmiede. Meister Faber kommt aus dem Thüringischen. Seine Werkstatt dort ist abgebrannt, Frau und Kinder bei dem Brand gestorben. Er ist nach Leipzig gekommen, weil er hier einen Bruder hat, einen Waffenschmied. Andreas Mattstedt hat für Fabers Meistertitel und die Erlaubnis, einer Werkstatt vorzustehen, bereits Geld in die Innungslade gezahlt. So wie der Brauch es will.»

Eva nickte Heinrich zu. «Ja, ja, ich weiß. Ohne Meister keine Werkstatt.»

Eva hätte die Werkstatt am liebsten allein geleitet, doch die Zunftordnung schrieb vor, dass nur ein Meister einer Werkstatt vorstehen könne. Nun, Eva war Gesellin und würde es niemals zur Meisterin bringen. Nicht, weil sie eine schlechte Gesellin gewesen wäre, sondern einfach deshalb, weil Frauen von der Zunft als Meisterin nicht geduldet waren. Sie hatte schon Mühe gehabt, den Gesellenbrief zu erhalten. In Florenz war dies einfacher gewesen als im Heiligen Römischen Reich Deutscher Nation. In Florenz war überhaupt so vieles anders gewesen. Im Nachhinein hatte Eva den Eindruck, dass dort bereits eine neue Zeit angebrochen war, die in Deutschland noch in weiter Ferne lag. So schnell würde sich hier nichts ändern. Eva seufzte. Hoffentlich war der neue Meister wenigstens nett. Auf ihre Frage hin lachte Heinrich. «Das genaue Gegenteil von Sibylla. Seine Nase ist vom Wein blaurot geworden. Der Wanst hängt ihm über dem Beinkleid und ist auch nicht von einem Gürtel zu halten. Den Verlust seiner Werkstatt und seiner Familie scheint er überwunden zu haben. Gemütlich und fröhlich saß er in der Zunftstube und trank ein Bier nach dem anderen. Am Ende stimmte er sogar ein Lied an. Es heißt, er wäre ebenso fleißig, wie er fröhlich ist. Wir werden gut mit ihm auskommen.»

Eva war beruhigt. «Mattstedt weiß, was das Beste für uns ist. Ich bin sehr gespannt auf Meister Faber. Gleich morgen kann er die Werkstatt begutachten und mit der Arbeit beginnen.»

Sie stellte Heinrich noch einige Fragen, die im Grunde ohne Belang waren. Um keinen Preis wollte sie mit Susanne allein in der Küche bleiben. Als Heinrich sich schließlich zur Nacht verabschiedete, schützte auch sie Müdigkeit vor und eilte an Susanne vorbei in ihre Schlafkammer.

Am nächsten Abend beschloss sie, der Innung einen Besuch abzustatten. Zwar hatte Mattstedt bereits alle Angelegenheiten, die Meister Faber betrafen, geregelt, doch Eva wollte, dass die Werkstatt in der Hainstraße auch mit ihrem Gesicht verknüpft war. Schließlich war sie keine gewöhnliche Gesellin, sondern Mitinhaberin.

Mit einem «Gott zum Gruße, Goldschmiede» betrat sie die Zunftstube. Die Männer, es mochten fünf oder sechs an der Zahl sein, saßen um eine lange Tafel, hatten Bierkrüge vor sich stehen und sahen sie nicht besonders freundlich an.

Der Zunftmeister stand auf.

«Was wollt Ihr hier, Frau?», fragte er und verschränkte beide Arme vor der Brust.

Evas Lächeln gefror. «Nun, ich wollte mich Euch vorstellen. Die Siberschmiedin Eva Schieren bin ich und habe gemeinsam mit dem Ratsherrn Mattstedt die Werkstatt in der Hainstraße.»

Der Zunftmeister verzog spöttisch den Mund. «Silberschmiedin seid Ihr? Soviel ich weiß, habt ihr es gerade zur Gesellin gebracht. Und in der Tür geirrt habt Ihr Euch auch noch. Einem Weib mit so schlechten Augen sollte man das Punzeisen abnehmen.»

Eva neigte den Kopf ein wenig: «Ich verstehe nicht, Herr.»

«Nun, wenn es mit Eurem Gedächtnis ebenso schlecht bestellt ist wie mit Euren Augen, dann müssen wir Euch wohl Nachhilfe erteilen.»

Er sah der Reihe nach die anderen an, die bestätigend nickten.

«Die Zunftstube ist nur für Meister. Gesellen sind hier nicht erwünscht. Und Weiber erst recht nicht. Auch Fremde, die sich in unserer Stadt niederlassen und uns die Aufträge wegschnappen wollen, sind hier nicht gern gesehen.»

Eva verstand. Wortlos drehte sie sich um und verließ die Innungsräume.

Auf dem Rückweg dachte sie an die Bräuche in Florenz. Wie oft hatte sie dort mit den besten Goldschmieden an einem Tisch gesessen? Wie oft war sie nach ihrer Meinung gefragt worden? Nie hatte sie dort den Unterschied zwischen Mann und Frau gespürt.

Sie würde sich gut stellen müssen mit Meister Faber. Ohne ihn und Mattstedt war sie ein Nichts in dieser Stadt.

Nur zwei Tage später klangen die ersten leisen Hammerschläge aus der Werkstatt. Meister Faber verstand sein Handwerk hervorragend. Die Innung hatte als Meisterstück einen Pokal von ihm gefordert. Normalerweise musste jeder Anwärter für den Titel nach der Innungsordnung drei Stücke vorlegen: einen Kelch, einen Ring und ein Siegel mit Helm und Schild. Doch Faber hatte bereits in Erfurt einer Werkstatt vorgestanden, sodass die Innung sich mit nur einem Stück und einem gewaltigen Meisteressen begnügte. Eva würde den Schmaus bezahlen, ohne daran teilnehmen zu dürfen.

Doch im Moment kümmerte Eva das wenig. Sie stand in der Küche und betrachtete die neue Magd, die Susanne eingestellt hatte. Eine unauffällige Frau, die aus dem Heiratsalter lange heraus war. Sie musste an die 30 Jahre zählen und durfte wohl nicht mehr hoffen, einen Ehemann zu bekommen. Ihr Gesicht war von hässlichen roten Flecken übersät, die Zähne standen ein wenig vor, und die Augen quollen aus ihrem Gesicht wie bei einer Kaulquappe. Sie war mager, dürr beinahe, doch ihre Hände waren geschickt, ihre Arme muskulös. Sie konnte zupacken, das sah man ihr an.

«Wie bist du nach Leipzig gekommen?», fragte Eva die Magd, die Bärbe hieß.

«Ich komme aus Zschocher vor den Toren der Stadt.»

Sie sah zu Boden und knetete ihre Schürze zwischen den Fingern. Eva lächelte ihr aufmunternd zu.

«Hast du schon einmal in einem großen Haushalt in der Stadt gearbeitet?»

Die Magd schüttelte den Kopf. «Beim Priester habe ich gelebt. Er ist gestorben, und der neue Priester brauchte mich nicht. Er hatte schon eine Haushälterin, die sogar zwei Kinder mitbrachte.»

«Na gut», beschloss Eva. «Versuchen wir es mit dir. Doch zuerst zeige ich dir das Haus. Die Schultin, meine Schwester Susanne, wird uns dabei begleiten.»

Susanne zeigte Bärbe die Küche und die Vorratskammern, für die sie verantwortlich war. Als sie in die Wohnräume kamen, ergriff Eva das Wort und erklärte Bärbe alles. Vor allem ihre Schlafkammer war ihr besonders wichtig. Sie war genauso eingerichtet, wie Eva es sich wünschte. Die Möbel aus Eichenholz hatte sie aus Frankfurt mitgebracht. Genauso das vierpfostige Bett, über das ein Baldachin aus sonnengelbem Stoff gespannt war. Gegenüber dem Bett stand eine Anrichte und darauf der venezianische Spiegel in einem kunstvoll geschnitzten Rahmen. Alles in diesem Zimmer strahlte Heiterkeit und sonnige Leichtigkeit aus. Eva fühlte sich oft an Florenz erinnert, wenn sie den Raum betrat.

«In meiner Schlafkammer sollte täglich das Bett gelüftet werden», instruierte Eva Bärbe. «Sobald Krümel und Flusen auf den Teppichen zu sehen sind, müssen sie geklopft werden und der Boden gescheuert. Die Borde und Schränke werden alle zwei Tage mit dem Staubwedel bearbeitet.»

Die Magd nickte und ließ ihren Blick durch die Kammer schweifen. Plötzlich ertönte aus ihrem Mund ein Schrei, der die Scheiben in den Fenstern klirren ließ.

«Gott im Himmel, was ist denn los?», fragte Eva erschrocken und zerrte die Magd am Ärmel.

Bärbe war leichenblass und hatte die Hände vor das Gesicht geschlagen. Zwischen den gespreizten Fingern sah sie das eigene Spiegelbild.

Dann bekreuzigte sie sich rasch und stammelte: «Der Herr sagt: Du sollst dir kein Bild machen. Das da ist der Teufel.»

Eva lachte. «Unfug. Das ist ein Spiegel, nichts weiter. Er wirkt so ähnlich wie das Wasser in einem Brunnen. Du kannst dich darin sehen.»

Bärbe schüttelte den Kopf. «Teufelszeug ist es. Du sollst dir kein Bild machen. So steht es in den Geboten.»

«In den Geboten steht, dass du dir kein Bild von Gott machen sollst», widersprach Eva.

Wieder verneinte die Magd. Sie hatte den Kopf gesenkt.

«Du sollst dir kein Bildnis noch irgendein Gleichnis machen, weder von dem, was oben im Himmel, noch von dem, was unten auf Erden ist, steht geschrieben», stieß sie stur hervor. «Wir sollen uns kein Bild von einem anderen Menschen machen. Was das Ding, welches Ihr Spiegel nennt, zeigt, ist Lästerung, ist Teufelszeug.»

Eva lachte. «Du bist ein dummes Ding, Bärbe. Ein Spiegel zeigt dich, wie du wirklich bist. Er zeigt dich von außen. So, wie dich die anderen sehen können. Er zeigt dein Gesicht, deinen Leib. Du kannst daran erkennen, ob das Haarband zu dir passt, das Kleid richtig sitzt. Der Spiegel lügt nicht, lästert nicht. Er spricht die Wahrheit.»

Jetzt ergriff auch Susanne das Wort: «Der Spiegel zeigt nur dein Äußeres, doch die Wahrheit liegt innen drin, in der Seele. Die aber kann der Spiegel nicht sehen. Der Spiegel zeigt nur ein Bild. Es sind die Menschen, die dich umgeben, die dein Inneres spiegeln.» Eva wunderte sich über Susannes kluge Worte. Manchmal unterschätzte sie die Stiefschwester. Doch die Magd war nicht umzustimmen. «Nein», widersprach Bärbe und schüttelte mehrmals den Kopf. «Nein. So ist es nicht. Gott hat die Menschen nach seinem Bild geschaffen. Der Spiegel schafft ein Bild vom Bild. Also ist er Teufelswerk.»

Am Abend betrachtete sich Eva im Spiegel. In ihrer Schlafkammer flackerten nur wenige Lichter. Der Kamin brannte in einer Ecke und verbreitete eine angenehme Wärme.

Eva stand vor dem Spiegel und blickte sich nachdenklich an.

Ihr Haar leuchtete im Feuerschein kupferrot auf und umschloss ihr Gesicht wie ein Schleier aus feinster Seide.

Sie nahm eine Strähne zwischen die Finger und roch daran. Der vertraute Duft der feinen Lavendelhaarseife, die noch aus Florenz stammte, ließ sie lächeln und ein wenig mutiger werden. Sie trat einen Schritt näher an den Spiegel, beugte ihr Gesicht so weit nach vorn, dass sie mit der Nase beinahe an das kalte Glas stieß.

Ein leiser Schauer lief über ihren Rücken. Noch nie zuvor war sie so mit sich allein gewesen. Sie fühlte sich beinahe wie eine Abenteuerin, die aufgebrochen war, neue Welten zu entdecken.

Eva sah sich in die Augen, und ihr war, als stünde eine Botschaft darin. Sie versuchte, sie zu entschlüsseln, beugte sich noch weiter vor, doch es gelang ihr nicht. Sie schrak vor sich zurück, konnte sich plötzlich selbst nicht mehr in die Augen sehen. Denn darin standen Antworten auf Fragen, die sie noch nie zu stellen gewagt hatte. Und auch heute Abend war sie nicht mutig genug.

Sie trat einen Schritt zurück und räusperte sich. Doch die Neugierde ließ sich nicht so leicht vertreiben. Sie betrachtete ihre Augenbrauen. Sie hatten nicht den Schwung, den sie sich wünschte, waren ein wenig zu buschig und zu dunkel. Trotzdem empfand Eva eine plötzliche Zärtlichkeit für diese wenig schönen Brauen. Sie strich sanft mit dem Finger darüber und sah ihren Mund im Spiegel lächeln.

Mit dem Finger fuhr sie die Umrisse ihrer Lippen nach. Ihre Haut begann zu prickeln.

Eva sah sich und spürte sich so heftig wie noch nie zuvor in ihrem Leben. Noch nie war sie sich selbst so nahe gekommen. Ihr war, als wäre sie den ersten Schritt auf einem unbekannten Weg gegangen.

Ihre Hand berührte nun die Halsbeuge, die Finger strichen nach außen bis zu den Schultern. Das Gelenk verschwand in ihrer warmen Hand wie ein Küken unter der Glucke. Eva lächelte bei dieser Entdeckung.

Sie ließ den Zeigefinger ganz sanft von der Schulter bis zu dem kleinen Dreieck unter ihrer Kehle wandern. Dabei fühlte sie die Knochen unter ihrer Haut und sah sich im Spiegel erstaunt zu.

«Wer bin ich?», fragte sie, und zum ersten Mal in ihrem Leben wusste sie den Anfang einer Antwort. «Ich bin …», flüsterte sie, doch im selben Augenblick polterte es im Haus, als fiele jemand die Treppe herunter.

Eva hielt inne, dann stürzte sie zur Tür. «Ist alles in Ordnung?», rief sie.

«Jo! Alles in Ordnung. Mein alter Fuß hat eine Stufe verfehlt», erwiderte Heinrich.

«Gute Nacht dann. Behüt dich Gott», sagte Eva und kehrte zurück in die Heimlichkeit ihrer Stube.

Sie stellte sich erneut vor den Spiegel, doch der Zauber war verflogen. Alles, was sie sah, war ein neuer Fleck auf ihrem Kleid. Sie rubbelte daran herum, richtete eine Strähne des Haares, zog den verrutschten Ärmel über die Schulter nach oben. Jetzt betrachtete sie sich wie eine Käuferin die Waren auf dem Marktstand. War alles frisch? Sauber? Ordentlich?

Alles saß am rechten Platz. Die Augen, die Nase, Ohren, das Haar.

Sie fühlte Bedauern. So, als hätte sie etwas verloren, das sie gerade erst entdeckt hatte.

Eva setzte sich auf ihr Bett und zog langsam die Kleider aus. Ihre Gedanken waren noch immer bei ihrem Spiegel. Vorhin, als sie davor stand, hatte sie den Eindruck gehabt, er wäre ein lebendiges Wesen. Jetzt aber stand er stumm und reglos da.

Der Spiegel, dachte Eva erstaunt, hat Macht über mich. Gerade eben hatte ich nur Blicke für das, was an mir nicht so war, wie es sein sollte: der Fleck im Kleid, der verrutschte Ärmel. Ich sah es und begann sofort, an mir herumzuzupfen. Der Spiegel ist der Hüter der äußeren Ordnung.

Gleichzeitig aber habe ich einen Augenblick lang in mich hineingeschaut – und mich auf einmal neu gesehen. Also ist der Spiegel auch der, der mehr zeigt als nur die Oberfläche.

Auch ein Spiegel hat mehr als nur eine Seite.

Kapitel 4

Sie verkünden das Ende der Welt, versetzen die Leute in Angst und Schrecken und bringen Unheil und Wirrnis ins Land.»

Der Mann, der so sprach, war Johann von Schleußig, der Priester von St. Nikolai. Auf seiner jungen Stirn standen Sorgenfalten. Eva beobachtete ihn interessiert. Trotz seines Gewandes wirkte der Geistliche recht weltlich.

Andreas Mattstedt neben ihm nickte. «Mit der Angst der Menschen lässt sich viel Geld verdienen. Die Kirche und ihre Diener werden immer fetter dadurch. In vielen Ländern brodelt es. Im Elsass haben sich die Bauern zum Bundschuh zusammengeschlossen.»

«Zum Bundschuh?» Eva musste lachen. «Ich habe den Namen schon gehört, doch ich finde ihn seltsam für eine aufständische Rotte.»

«Der Bundschuh ist ein Schnürschuh, der vornehmlich von Bauern getragen wird. Er soll ausdrücken, dass die Bauern sich zusammengetan haben und gemeinsam gegen ihre Herren vorrücken», erklärte Johann von Schleußig und lächelte Eva freundlich an. Eva erwiderte sein

Lächeln. Sie war dankbar für die freundliche Aufnahme, die sich sehr von der in der Zunftstube unterschied.

Mattstedt hatte sie zum ersten Mal zu den geheimen Versammlungen einer kleinen Gruppe von Leipzigern eingeladen. Neben Johann von Schleußig und Andreas Mattstedt waren noch acht weitere Männer – zwei Magister der Universität, der Buchdrucker Kunz Kachelofen, der Stadtmedicus, der Hauslehrer Thanner der Familie Hummelshain, der Stadtschreiber und der Theologieprofessor Lechner – sowie vier Frauen, die wie Eva über eine umfassende Bildung verfügten – in der Tafelstube des Mattstedtschen Hauses anwesend. Der hohe Raum kam Eva sehr männlich vor. Es gab nichts Verspieltes darin. Die Wände waren mit dunklem Holz vertäfelt, die Lehnstühle mit Lederpolstern bezogen, die wenigen Möbel zwar mit kostbaren Schnitzereien versehen, doch alles in allem wirkte der Raum schmucklos und sachlich. Eva ließ ihre Blicke schweifen und stellte sich dort einen silbernen Kandelaber, da ein Sträußchen getrockneter Blumen und an der nächsten Stelle einen Wandbehang vor. Dabei lauschte sie aufmerksam jedem Wort, das gesprochen wurde. Andreas Mattstedt berichtete von weiteren Aufständen.

«Auch in Schlettstadt im Elsass haben sich die Bauern unter der Fahne des Bundschuhs zusammengeschlossen, um gegen das ungerechte Rechtssystem, die hohen Steuern und die Leibeigenschaft vorzugehen», fasste Mattstedt zusammen.

Er kramte in den Papieren, die vor ihm auf dem Tisch lagen, und holte schließlich einen der gedruckten Handzettel hervor, die allerorten verbreitet worden waren.

«Die Ziele des Bundschuhs sind klar und gerecht:
Kein Herr als Kaiser, Gott und Papst,
Kein Gericht soll gelten als das am Wohnort,
Geistliche Gerichte seien auf Geistliches beschränkt,
Sowie die Zinsen die Höhe des verliehenen Geldes erreichen, ist der Schuldner frei,
Fisch-, Vogelfang, Holz, Wald und Weide sollen frei sein,
Jeder Geistliche soll nur eine Pfründe haben,
Verteilung des überflüssigen Kirchengutes an Arme; ein Teil in die Kriegskasse,
Unbillige Zölle und Steuern gelten nicht,
Ewiger Friede in der Christenheit; die Kriegslüsternen schickt man gegen die Heiden.»

«Wie der Aufstand ausgegangen ist, haben wir alle gehört», fuhr Johann von Schleußig fort: «Er wurde rasch niedergeschlagen. 40 Verschwörer wurden hart bestraft, darunter auch die Anführer. Johann Ullmann wurde in Basel geviertailt. Arme und Beine wurden an Ochsen gebunden, dann trieb man die Tiere auseinander, sodass schließlich der Rumpf des armen Ullmann in der Mitte durchriss. Es heißt, er habe nicht ein einziges Mal geschrien.»

Die Gattin des Theologieprofessors schüttelte sich. «Es ist einfach grauenvoll. Zeit wird es, dass der Mensch wie ein Abbild Gottes behandelt wird. Der Mensch ist doch nicht des Menschen Wolf.»

Der Hauslehrer Thanner klopfte auf den Tisch. «Ja, Zeit wird es, dass sich etwas ändert. Wie aber sieht es in Leipzig aus?»

Der Stadtschreiber fühlte sich aufgefordert, diese Frage zu beantworten. «Der Sommer dieses Jahres war verregnet, die Ernte dementsprechend. Viel Korn ist auf den Feldern verfault, doch wir hatten schon schlimmere Zeiten. Die neue Krankheit, Franzosenkrankheit geheißen, hat Leipzig erreicht.»

Der Stadtmedicus unterbrach den Schreiber: «Ja, fünf Fälle hatte ich schon, doch es gibt kein Mittel dagegen. Vier Männer sind bereits gestorben. Ich befürchte, dass sich die Krankheit zur Seuche auswächst.»

Die Thannerin fragte nach: «Franzosenkrankheit? Was ist das? Wie macht sie sich bemerkbar?» Während sie sprach, kratzte sie sich unablässig am Arm, als spüre sie bereits Anzeichen.

Der Medicus lehnte sich in seinem Stuhl zurück: «Nun, wie es scheint, gibt es mehrere Stadien der Krankheit. Meine fünf Patienten berichteten, dass sie zuerst ein rötliches Geschwür bemerkt hätten, das eine farblose Flüssigkeit abgesondert habe. Dann hätten sie rötlichbraune Flecken auf der Haut bekommen, teilweise auch Haarausfall. Drei Männer hatten hohes Fieber, alle aber klagten über große Mattigkeit, Müdigkeit und Schmerzen am ganzen Körper. Im letzten Stadium schließlich werden die Menschen irr und fangen an, Dinge zu sehen, die es nicht gibt.»

Die Thannerin schüttelte entsetzt den Kopf. «Wie holt man sich die Krankheit?»

«Im Badehaus. Und natürlich in fremden Betten. Die Franzosenkrankheit ist Gottes Strafe für die Unzucht, die überall getrieben wird. Eine verheiratete Frau wie

Ihr braucht keine Angst zu haben, so sie sich an die Tugend hält», beendete der Stadtmedicus seine Ausführungen.

Andreas Mattstedt runzelte die Stirn. «Was gibt es noch an Neuigkeiten?»

Der Stadtschreiber blätterte in den Annalen. «Unser Kurfürst Friedrich ist nach Jerusalem gezogen, und die Barfüßer haben zwischen dem Rheinischen Tor und dem Barfuß-Pförtlein einen Kirchenbau begonnen.»

«Nun, das wissen wir alle. Wie aber sieht es unter den Bürgern aus?», fragte der Theologieprofessor Lechner.

Johann von Schleußig ergriff wieder das Wort. «Wie ich anfangs sagte: Beinahe jeden Tag kommen Wanderprediger und verkünden das Ende der Welt. Die Leipziger haben Angst. Die schlimmsten Gerüchte machen die Runde. Von Blutregen wird erzählt, von Hühnern, die haarige Eier legen, und von Menschen, die sich nachts in Wölfe verwandeln und die Gräber der Totgeborenen plündern. Einzig Gott kann hier noch helfen, verkünden die Prediger von den Kanzeln. Gott, sagen sie, führt die ans Licht, die Buße tun. Ablaßzettel gehen weg wie Freibier. So manche Hausfrau spart schon am Essen, um Geld für die Erlassung ihrer Sünden zu haben. Die Kirche wird reich und reicher dabei. Auch in Leipzig.»

Der Magister schüttelte den Kopf. «Ich verstehe es nicht», sagte er. «Auf der einen Seite verändern Entdeckungen die Welt in einem bisher unvorstellbaren Ausmaß – denkt an die Erkundung der Neuen Welt durch den Genueser Christoph Kolumbus, an die Erfindung des Buchdrucks durch Gutenberg, an Behaims Globus. Vergesst auch Italien nicht. Die alten griechischen Philosophen werden neu entdeckt, neue Weltbilder entwickelt. Und auf der anderen Seite nimmt der Aberglaube der Menschen erschreckende Ausmaße an. Scheiterhaufen werden überall errichtet und Frauen verbrannt, weil man sie der Buhlschaft mit dem Teufel bezichtigt!»

«Das ist doch nur so, weil die Menschen zu wenig wissen!», rief Eva aus. Alle Blicke richteten sich auf sie. Eva verstummte und schlug die Augen nieder. Sie fühlte, wie das Blut ihr die Wangen rot färbte.

«Wie meint Ihr das?» Die Stimme Johann von Schleußigs klang freundlich. Auch die anderen Männer und Frauen betrachteten sie mit Interesse. Niemand schalt sie für ihre vorlaute Art, niemand lachte sie aus.

Eva holte tief Luft, dann fing sie an, mit stockender Stimme zu erklären: «In Italien habe ich viel von Pico della Mirandola gehört. Mirandolas These ist, dass der Mensch sein eigener Herr sei, das heißt, dass der Platz des Menschen nicht gottgegeben innerhalb der Ständegesellschaft ist, sondern dass jeder sich seinen eigenen suchen könne. Doch das kann nur gehen, wenn die Menschen mehr wissen und verstehen. Dann wird auch der Aberglauben zurückgehen.»

Stille herrschte nach seinen Worten. Eva errötete noch mehr. Sie bereute es bitter, sich eingemischt zu haben. Himmel, wie konnte sie nur glauben, zu dieser Runde etwas beitragen zu können! Wahrscheinlich hatte sie nicht nur sich, sondern auch Mattstedt bloß gestellt. Doch in den Gesichtern der anderen stand nur wohlwollende Zuneigung.

«Nicht auf die Pfaffen sollst du hören, sondern auf den eigenen Verstand? Ist es das, was Ihr sagen wollt?», fragte Johann von Schleußig.

Eine der anderen Frauen, eine entlaufene Nonne, die jetzt in einem Beginenhaus lebte und Hildegard hieß, ergriff das Wort. «Ihr habt Recht, Eva. Doch wie kann der Mensch den Zwiespalt schließen, der sich ergibt, wenn der Kopf etwas anderes sagt als das Herz?»

«Darauf», erwiderte Eva, «habe auch ich keine Antwort.»

Andreas Mattstedt lächelte sie an. «Nun, dass Ihr genügend wisst, habt Ihr sicherlich bewiesen. Bitte seid auch so klug und bewahrt über alles hier Gesprochene Stillschweigen. Man kann in diesen Zeiten nicht vorsichtig genug sein.»

Zwei Tage später holte Mattstedt Eva zum sonntäglichen Kirchgang nach St. Nikolai ab. Johann von Schleußig würde heute die Predigt halten.

«Willst du dich uns anschließen?», fragte Eva Susanne, die damit beschäftigt war, ihr Haar zu bürsten, damit es Glanz bekam. Sogar ein wenig von Evas roter Paste hatte sie sich genommen und auf Wangen und Lippen verteilt.

Eva verzog den Mund, als sie Susannes bemaltes Gesicht sah. «Musst du dich am Tag des Herrn aufputzen wie eine Magd zum Maitanz?», fragte sie ungehalten.

«Warum nicht?», fragte Susanne zurück. «Noch bin ich jung genug, um meinen Spaß am Leben zu haben. Willst du mir das verbieten?»

«Gott bewahre. Du kannst tun und lassen, was du willst. Die Hauptsache ist, dass du weißt, was du tust.»

Susanne warf Eva einen finsteren Blick zu.

«Mach dir keine Sorgen, kleine Schwester. Ich weiß zu jeder Tag- und Nachtzeit, was für mich gut und richtig ist», erwiderte sie und trug noch etwas mehr von der roten Paste auf die Lippen, sodass ihr Gesicht nun wie eine Fastnachtsmaske aussah.

Eva zuckte mit den Achseln und wandte sich zur Tür.

An Mattstedts Arm schritt sie die Hainstraße entlang und überquerte den Marktplatz. Wie schon beim ersten Kirchgang wurden sie von allen Seiten begrüßt. Sogar die Gassenjungen hielten in ihrem Spiel inne und starrten dem Paar nach.

Jenseits des Marktes nach St. Nikolai zu wurde das Gedränge um sie herum dichter. Aus allen Gassen und Straßen strömten die Leipziger zum Gottesdienst herbei. Handwerker trugen ihre Sonntagswämse und trafen sich an den Ecken mit ihren Zunftgenossen. Die Mägde hatten Bänder in ihr Haar geflochten und warfen den Knechten neugierige Blicke zu. Die Patrizierinnen zeigten ihre neuen Kleider, die Scholaren spreizten sich vor den Bürgerstöchtern und machten galante Bemerkungen, sobald sie außer Hörweite der Professoren waren, die mit ernsthaften Gesichtern ihre Frauen zur Kirche führten. Es war ein Treiben wie vor einem Fest. Die Sonne schien und machte die Menschen beschwingt und übermütig. Alles sprach durcheinander. Eva fühlte sich wohl in dem fröhlichen Trubel und sog alles neugierig in sich auf, als der laute Kommentar einer Krämerin an ihr Ohr drang. «Seht, da geht der

Ratsherr Mattstedt. Eine Braut hat er sich angelacht. Aus dem Hessischen soll sie sein. Als gäbe es in Leipzig keine guten Bräute. Heißt es nicht, Sachsen sei das Land, auf dem die schönen Mädchen auf den Bäumen wachsen?»

«Was sagt Ihr da, Gevatterin?», quäkte ihre Nachbarin und hielt sich die Hand hinters Ohr.

«Der Mattstedt will heiraten? Das junge Ding etwa, das er so stolz spazieren führt? Wer ist sie eigentlich?»

«Die Tochter einer Pelzhändlerin. Eine Werkstatt hat sie. Silberschmiedin soll sie sein. Meister Faber jedenfalls arbeitet für sie. Sie soll Geld wie Heu haben, erzählt man sich, doch die Waren aus ihrer Werkstatt lassen zu wünschen übrig. In Leipzig hat jedenfalls niemand auf sie gewartet.»

Letzteres war so laut gesprochen, dass sich mehrere Kirchgänger umdrehten. Eva erschrak und blickte zu Mattstedt, der diese Bemerkung glücklicherweise nicht gehört zu haben schien, denn auf seinem Gesicht stand ein Lächeln. Eva wandte sich seitwärts, um die Krämerin näher in Augenschein zu nehmen – und erstarrte. Dahinten, an der Ecke zur Ritterstraße lief eine Frau am Arm eines einfachen Handwerkers, der ihr beim Gehen lüstern auf den Hintern schlug, sodass sie aufkreischte und in schrilles Gelächter ausbrach.

Eva hatte die Frau auf Anhieb erkannt. Es war Susanne. Geht sie statt zur Kirche mit einem Mann?, fragte sich Eva und vergaß auf der Stelle die Bemerkungen über ihre Werkstatt.

«Was ist? Was schaut Ihr so?», Mattstedt hatte ihre Unruhe bemerkt.

«Nichts», erwiderte Eva. «Ich hatte mich getäuscht.» Sie

lächelte ihm zu, und wenig später betrat sie an seinem Arm die Kirche St. Nikolai.

Eva wusste, dass sie sich nicht getäuscht hatte. Die bemalte Frau war Susanne gewesen.

Und auch jetzt, an einem Freitagabend, war Susanne nicht zu Hause. Die Nachtwächter machten bereits ihre Runde, die Gaststuben schlossen, doch Susanne war weder in der Küche noch in ihrer Kammer.

Eva schritt in der Küche ungeduldig auf und ab. Dabei konnte sie nicht umhin, zu bemerken, dass Susanne wirklich etwas von Haushaltsführung verstand. Die Kupferkessel über der gemauerten Feuerstelle erstrahlten in reinem Glanz. Der große Tisch, an dem wochentags gemeinsam mit dem Gesinde die Mahlzeiten eingenommen wurden, war ordentlich mit Sand gescheuert, das kostbare Salzfässchen war weggeräumt worden. Mehrere volle Wassereimer aus Rinderhaut standen neben der Feuerstelle, daneben waren Holzscheite ordentlich aufgerichtet. Der Raum wirkte wohnlich und sauber und ließ nichts zu wünschen übrig.

An Susannes Haushaltsführung gab es nichts zu bemängeln, trotzdem war Eva unzufrieden. Es störte sie über die Maßen, dass Susanne sich in Leipzig amüsierte, so gut sie nur konnte. Susanne tat ja gerade so, als wäre sie eine Jungfer auf Bräutigamschau, ledig aller Sorgen und Pflichten, die über den Haushalt hinausgingen.

Auf einmal hörte sie die Haustüre klappern. Wenige Augenblicke später schlich jemand über die Treppe in die oberen Stockwerke hinauf.

Eva riss die Küchentür auf und leuchtete mit der Öllampe in den Gang – Susanne blieb ertappt stehen.

«Komm in die Küche. Ich muss mit dir reden», sagte Eva streng.

«Ich auch mit dir», erwiderte Susanne und baute sich vor Eva auf.

Eva wollte gerade zu ihrer Litanei ansetzen, als Susanne ihr ins Wort fiel: «Ich gehe. Ich verlasse dich und dein Haus, deine Werkstatt, deine Magd, deine Gesellen und alles, was dir sonst noch gehört.»

«Was? Wie bitte? Was soll das? Wo willst du hin?», fragte Eva und presste ihre Hand auf die Brust. Alle Vorwürfe, die sie gerade noch im Sinn gehabt hatte, waren plötzlich verschwunden.

«Mir meinen Platz suchen. Gott hat mich nicht geschaffen, um deinen Haushalt zu führen.»

«Wo willst du hin?»

Susanne zuckte mit den Achseln. «Warum machst du so ein Geschrei? Ich war dir schon immer herzlich gleichgültig. Schwester nennst du mich, wenn du mich brauchst. Aber eine Schwester bist du mir nie gewesen. Sieh uns nur an: Deine Kleider sind aus dem feinsten Stoff. Dein Tagwerk verbringst du mit Gold und Silber, während ich für deine Behaglichkeit sorge. Ich gehe. Schon morgen früh packe ich meine Sachen.»

Eva fuhr zusammen. Schockiert starrte sie Susanne an.

«Freit jemand um dich?», fragte sie und konnte das Zittern ihrer Stimme kaum unterdrücken.

«Pffff», machte Susanne. «Was geht's dich an?»

«Sag schon, ich bitte dich.»

«Ein Bäckergeselle macht mir den Hof. Altgeselle ist er und der Meister bald des Todes. Eine Meisterin gibt es nicht. Kann gut sein, dass der Altgeselle die Backstube bekommt. Herrscherin im eigenen Hause wäre ich. Nicht länger dein Anhängsel, deine Leibmagd.»

Eva erschrak. Sie hatte sich so oft über Susanne geärgert. So oft schon bereut, sie mit nach Leipzig genommen zu haben. Doch jetzt, da sie gehen wollte, überkam sie eine Angst, die sie nicht erklären konnte.

Die Gedanken jagten durch ihren Kopf.

«Geh nicht, Susanne», bat sie unwillkürlich, ohne zu wissen, was sie sagte.

Susanne setzte sich auf die Küchenbank. «So?», fragte sie höhnisch. «Habe ich recht gehört? Du bittest mich zu bleiben?»

Eva schluckte.

«Du kannst tun, was du möchtest», sagte sie leise. «Aber mir wäre es lieber, du bliebest.»

Stimmt es, was ich sage?, überlegte sie. Möchte ich wirklich, dass Susanne bleibt? Warum? Vielleicht weil Susanne das Einzige war, das sie noch mit Frankfurt, mit der alten Heimat, dem alten Leben verband? Vielleicht, weil sie sich fürchtete, die einzige Frau in diesem Haus zu sein? Vielleicht aber auch, weil sie noch immer hoffte, endlich eine Freundin, einen Herzensvertraute zu finden?

«Was gibst du mir, wenn ich bleibe?», fragte Susanne und stützte beide Ellenbogen auf den Tisch. «Eines sei dir gesagt. Gut geht es mir hier nicht. Es gibt wenig Anreiz für mich, hier zu bleiben.»

Eva wollte Susanne nicht ihr Gesicht sehen lassen und

ging zum Fenster und sah auf den dunklen Hof. Nein, sie würde sich nicht von Susanne erpressen lassen.

«Dann geh, wenn du musst. Du weißt aber, dass dir keine Mitgift zusteht.»

Susanne fuhr hoch: «Darum geht es dir also?»

Eva wandte sich um: «Du willst gehen, Susanne. So ist es doch. Aber vergiss eines nicht: In Frankfurt wirst du Hexe geheißen.»

Susanne warf den Kopf in den Nacken, und Eva sah, dass ihr Hals von Liebesmalen übersät war. «Willst du mir drohen?», fragte sie.

Eva deutete mit dem Finger auf die Male: «Sieh dich doch an. Wie eine Hure läufst du durch die Stadt. Ein jeder kann sehen, wohin dich die Liebe gebissen hat.»

«Schämst du dich meiner?», Susanne lachte laut auf. «Ist es das, was dir Sorgen bereitet? Bist du am Ende gar eifersüchtig, weil Mattstedt noch immer nicht um deine Hand angehalten hat? Weil die Leipziger mich grüßen, in dir aber einen Eindringling sehen? Niemand hat in Leipzig auf dich gewartet, Eva. Niemand hier braucht deine Werkstatt.»

Eva machte eine wegwerfende Handbewegung. «Ich bin nicht eifersüchtig, Susanne. Du kannst so viele Männer haben, wie du nur magst. Allein dein Ruf könnte dem Haus und der Werkstatt Schaden bringen.»

«Na und?», Susanne blieb unbeeindruckt. «Gönnst du mir das bisschen Spaß nicht? Mein Ruf ist besser als der deiner Werkstatt.»

Susanne beugte den Oberkörper nach vorn, die Hände zu Fäusten geballt. Eva blieb ruhig. Auf einmal war ihr klar, dass sie die Stiefschwester nicht gehen lassen konnte. Plötzlich streckte sie die Hand aus und berührte Susanne am Arm. «Geh nicht!», wiederholte sie. «Ich mag dich nicht verlieren.»

Susanne lachte: «Mich verlieren? Du meinst eher, du kannst nicht gegen mich verlieren. Das ist es. Deine Mutter hat nie verlieren können, und du kannst es genauso wenig. Ginge ich, wäre ich die Siegerin. Das ist es, was du nicht verwinden kannst.»

Sie stemmte die Hände in die Seiten. «Was gibst du mir, wenn ich bleibe?», fragte sie.

«Du bist meine Schwester. Wir tragen denselben Namen und sollten nicht handeln wie Krämerinnen auf dem Markt.»

«Schwestern, sagst du? Gut, dann möchte ich Kleider, wie du sie trägst. Zwei für die Woche, eins für den Sonntag. Aus dunkelblauem Samt und mit Perlen bestickt. Dazu Haarbänder. Eine weitere Magd soll kommen, dazu eine Wäscherin. Statt des Lohnes will ich an der Werkstatt beteiligt werden. Und zwei freie Tage in der Woche. Am Abend will ich gehen, wohin es mich treibt.»

«Ein Kleid aus Tuch und eines aus einfachem Samt. Zu jedem ein Haarband. Eine zusätzliche Magd kannst du dir auch suchen. Du bekommst statt der 10 Groschen in Zukunft 12 Groschen pro Woche an Lohn, dazu einen freien Tag. Sobald der Nachtwächter seine Runde macht, bist du in deiner Kammer. Machst du uns noch einmal mit den Zeichen der Liebe an deinem Hals lächerlich, so bleibst du im Haus, bis die Flecken verschwunden sind. Das ist mein letztes Wort. Du kannst es dir überlegen.»

Mit diesen Worten verließ Eva die Küche und ging hinauf in ihre Kammer. Sie legte sich ins Bett und löschte das Licht, doch sie war noch viel zu erregt, um schlafen zu können.

Hat Susanne etwa Recht?, überlegte sie. Habe ich sie nicht gehen lassen können, weil ich nicht verlieren kann?

Auf einmal durchfuhr sie ein Gedanke. Sie schoss hoch.

«Ich habe sie gebeten, hier zu bleiben», flüsterte sie in das dunkle Zimmer hinein. «Jetzt bin ich fortan für ihr Glück zuständig. Solange wir unter einem Dach leben, wird sie mich in die Pflicht nehmen.»

Ärger stieg in ihr hoch. Sie schlug mit der flachen Hand auf ihre Bettdecke. «Herrgott nochmal! Ihr ganzes Leben lang hat sie die Schuld für alles, was ihr widerfahren ist, auf andere geschoben. Und jetzt habe ich ihr einen Vorwand geboten, es weiterhin zu tun. Weiß Gott, was mich das kosten wird!»

Nachdenklich starrte sie in die Dunkelheit und sprach nach einer Weile weiter: «Ihre Sinnlichkeit ist mir ein Greuel. Sie ist so triebhaft wie ein Tier. Schamlos ist, was sie treibt. Ein rasendes Weib ist sie, nicht besser als eine läufige Hündin. Sie hat keinen Stolz im Leib, keine Würde und kein Gewissen.»

Eva stockte. «Warum ereifere ich mich so? Kann es mir nicht gleichgültig sein, was sie treibt? Ein jeder muss für seine Sünden selbst bezahlen.»

Als hätte diese Erkenntnis sie beruhigt, legte sie sich wieder hin und war kurz darauf eingeschlafen.

Am nächsten Morgen war Markttag. Eva entschloss sich, Susanne zum Einkauf zu begleiten. Es war wichtig, dass Frieden im Haus herrschte.

Nebeneinander liefen sie die Hainstraße entlang, und Eva wunderte sich über die zahlreichen Männer, die Susanne grüßten.

«Ich habe nicht gewusst, wie bekannt du schon bist», stellte sie fest und drehte sich nach einem Handwerker um, der Susanne auffallend fröhlich zugewinkt hatte.

«Es gibt vieles, was du nicht weißt», erwiderte Susanne. «Du bist ja ständig mit Mattstedt unterwegs, flichst ein Beziehungsnetz zur Leipziger Oberschicht oder hockst bis Mitternacht in der Werkstatt. Wer aber kauft bei dir, ohne dass er von Mattstedt geschickt worden ist?»

Eva hätte gern gefragt, wo Susanne die Bekanntschaften gemacht hatte, doch sie wagte es nicht.

«Sieh, da ist ein Stand mit feinen Tuchen. Lass uns sehen, ob wir dort etwas Passendes für dich finden», sagte sie stattdessen und zog Susanne in das Getümmel des Marktes.

Während Eva die Stoffe befühlte, stand Susanne dabei, strich nur beiläufig über den einen oder anderen Stoffballen.

«Was ist? Gefällt dir hier nichts?»

«Doch», nickte Susanne. «Aber ich werde das Gefühl nicht los, dass uns jemand beobachtet. Lass uns weitergehen, ich bitte dich.»

Eva zuckte mit den Achseln, sah sich flüchtig nach allen Seiten um und folgte Susanne zu einem anderen Stand, an dem Haarbänder, Kämme, Bürsten, Pinsel und ähnliche Dinge zum Verkauf lagen. Diesmal hatte auch sie das Gefühl, beobachtet zu werden. Sie drehte sich um. Nur wenige Meter entfernt stand David, der sie gezeichnet hatte, nickte ihr zu und kam näher.

«Grüß Euch Gott, Silberschmiedin Eva.»

«Seid auch Ihr gegrüßt. Ich hätte nicht gedacht, Euch überhaupt und so bald wiederzusehen.»

David lachte: «Das glaube ich Euch gern.»

Inzwischen war auch Susanne dazugetreten. «Oh, der Tierbändiger!», rief sie aus und fügte hinzu: «Ihr seht schlecht aus. Was ist Euch geschehen?»

Erst jetzt bemerkte Eva, dass der Silberschmied abgerissen und verhärmt aussah. David machte eine wegwerfende Handbewegung. «Nun, die Zeiten sind schlecht. Nur die wenigsten bieten einem wandernden Gesellen ein Nachtlager und eine Schüssel warme Grütze an.»

Eva warf einen Blick auf die Papierbögen von schlechter Qualität, die er unter dem Arm geklemmt hielt.

«Zeichnet Ihr wieder?», fragte sie.

Der Silberschmied nickte. «Von irgendetwas muss der Mensch ja leben. Aber die Leipziger sind Banausen. Sie geben ihr Geld für Tand und Putz aus, anstatt sich zeigen zu lassen, wie sie wirklich sind.»

«Woher wollt Ihr wissen, wie sie wirklich sind? Ist es nicht ein wenig anmaßend, zu glauben, Ihr wüsstet es bei der ersten Begegnung?»

«Mag sein, dass es dreist wirkt. Aber das ist es nicht. Die Menschen verraten sich durch die Augen. Sie sind der Spiegel der Seele.»

Eva erinnerte sich an die Momente vor dem Spiegel, als

sie in ihren Augen eine ganz andere Eva entdeckt hatte. Vielleicht hatte dieser seltsame Geselle ja Recht. Aber was machte er hier auf dem Markt?

«Warum sucht Ihr Euch keine Anstellung in einer Werkstatt?», fragte sie und betrachtete die abgerissene Kleidung und das hagere Gesicht.

Sofort versteifte sich David. Sein Gesicht wurde ausdruckslos, nur in den Augen glomm es. «Ich bin niemandes Knecht und niemandes Herr. Ihr aber, Eva Silberschmiedin, seid die Magd Eures Standes und Eurer Dünkelhaftigkeit.»

«Niemand wird als Knecht oder Herr, als Magd oder Herrin geboren. Habt Ihr nicht selbst gesagt, der Mensch sei fähig, sich seinen Platz zu suchen? Nun, wie ich sehe, habt Ihr Euch einen am Rande des Marktes gesucht. Nicht weit von den Abfällen entfernt.»

Beleidigt raffte Eva ihr Kleid ein Stück in die Höhe und ging an David vorbei. Er griff nach ihrem Arm und raunte ihr ins Ohr: «Ihr seid ein Tier, Eva Silberschmiedin. Ihr wisst es noch nicht, aber ich habe es gesehen. Und Ihr werdet es eines Tages auch entdecken.»

Kapitel 5

«Ich weiß nicht, wo mir der Kopf steht», jammerte Meister Faber. Er stand an der großen Arbeitsplatte in der Mitte der Werkstatt und klopfte seine Lederschürze vorsichtig ab, sodass kein Stäubchen Gold oder Silber verloren ging.

«Seit die Silbervorkommen im Erzgebirge entdeckt worden sind, ist in dieser Stadt die Hölle los. Es scheint, als wollten sämtliche Frauen ihren Hausstand neu gründen. Silbernes Geschirr und Bestecke, Leuchter, Kannen und Kelche, goldenen Schmuck und versilberte Pokale wollen sie haben. Und die Kirchen scheinen ebenfalls im Silberrausch zu sein: Tafelaufsätze, Kruzifixe, Monstranzen und Taufbecken sind plötzlich so begehrt wie warmes Brot.»

Er verschwieg, dass er die meiste Zeit mit Nachbesserungen verbrachte. Die Werkstatt bekam Aufträge, weil Mattstedts Name in der Besitzurkunde stand. Doch das Wichtigste fehlte ihr; das, was bloßes Handwerk von Kunst unterschied. Sämtliche Waren waren gut gearbeitet, doch es haftete ihnen nichts Besonderes an. Die gefertigten Kannen und Kelche hätten ebenso gut aus jeder anderen

Werkstatt stammen können. Ja, das war es: die Beliebigkeit. Für einen Kannengießer war Beliebigkeit das tägliche Brot, für eine Silberschmiedewerkstatt der Untergang, sobald es genügend andere in der Stadt gab, die es verstanden, aus einem Kelch eine Kostbarkeit zu machen. Die Zunft wartete nur darauf, Evas Konkurrenten bei der Auftragsvergabe zu bevorzugen.

Eva hielt einen Tontiegel über ein sehr heißes Feuer aus Buchenholzscheiten und schmolz darin Silber. Sie musste gut aufpassen, um den richtigen Zeitpunkt nicht zu verpassen.

«Hmm», murmelte sie deshalb bloß, zog den Tiegel vorsichtig vom Feuer und goss das geschmolzene Metall zu kleinen Kugeln, die sie für die Verzierung eines Pokals brauchte.

Dieser Pokal beschäftigte sie schon seit einigen Tagen. Zuerst hatte sie eine Skizze nach den Wünschen der Patrizierin Hummelshain angefertigt. Sie hatte sogar mit ihr das Musterbuch durchgesehen, in das Eva auch viele Ornamente aus ihrer Florentiner Zeit aufgenommen hatte. Ranken im griechischen Stil, Kränze aus Lorbeerlaub und Rautenmuster italienischer Machart waren darin zu sehen. Die Hummelshainerin hatte sich schließlich für den Lorbeer entschieden, aber gleichzeitig gefordert, dass Edelsteine gut sichtbar auf dem Pokal prangen müssten. Schließlich sollte jeder, der ins Haus kam, auf den ersten Blick sehen, dass dem Handelsherrn Hummelshain ein beträchtlicher Teil einer Silbermine gehörte.

Danach hatte Eva Gewicht und Wandung geschätzt und das nötige Material besorgt.

Anschließend hatte sie zwei Teile Gold mit einem Teil Kupfer und derselben Menge reinen Silbers vermischt, die Metalle erhitzt und zu Platten gegossen. Nach dem diese über Nacht abgekühlt waren, hatte sie die Platten auf einer steinernen Unterlage mit dem Hammer und der Walze zu dünnen Blechen getrieben und anschließend verschlichtet. Dabei hatte Eva die dünnen Bleche nacheinander über ein Sattelholz gelegt und im ersten Durchgang Längsfalten, im nächsten Querfalten hineingeschlagen.

Um den Rohling herzustellen, wurden die Bleche mit verschiedenen, immer kleiner werdenden Hämmern bearbeitet, mit dem Bechereisen wurde die Wölbung hineingetrieben. Im Brennofen musste der Rohling danach wieder und wieder durchgeglüht und anschließend gebeizt werden.

Eva war eine umsichtige Handwerkerin. Nach beinahe jedem Arbeitsgang überprüfte sie sorgfältig die Wölbung und das Maß mit dem Messzirkel und dem Richteisen.

Und heute nun war der Rohling fertig und wartete darauf, verziert zu werden.

Als die Kugeln gegossen waren, wischte sich Eva mit dem Ärmel den Schweiß von der Stirn und sah auf. «Ihr habt Recht, Meister Faber. Allein schaffen wir die Arbeit bald nicht mehr. Auch wenn Heinrich uns hilft, wo er nur kann, so ist er doch kein Silberschmied.»

«Wollt auch keiner werden», brummte der Altgeselle aus Frankfurt.

«Ach, Heinrich, du weißt schon, was du mir wert bist, nicht wahr? Ohne dich wäre es für mich hier in Leipzig einsam.»

Eva stand auf und strich dem Mann über den Arm.

Meister Faber lachte: «Unsere kleine Herrin weiß genau, was wir alten Männer brauchen, nicht wahr, Heinrich?» Dass Evas Freundlichkeit nicht ausreiche, um die Werkstatt zu erhalten, sagte er nicht. Ein Geselle muss her, dachte er, ein Geselle, der das Metall wie Feuer scheinen lässt. Er begutachtete die von Eva gegossenen Kugeln. «Ihr habt gut gearbeitet. Eine Kugel gleicht der anderen.»

Doch nicht mehr als gute Handwerksarbeit, fügte er im Stillen hinzu. Aber ihm selbst ging es ja auch nicht anders. Früher, ja früher, da hatte er dieses Feuer gehabt, doch seit dem Tod seiner Familie war es erloschen. Nach außen wirkte er zwar immer fröhlich und lustig, doch das war nur Fassade, in seinem Inneren sah es anders aus. Er konnte der Werkstatt nicht mehr geben. Sie brauchten wirklich einen neuen Gesellen. Heinrich war keine große Hilfe. Er blickte zu dem Altgesellen, der jedoch ganz andere Sorgen hatte.

«Hmm», brummte er. «Trotzdem wird es Zeit, dass unsere Eva sich einen Mann sucht und Kinder bekommt.»

Bei diesen Worten verschwand Evas Lächeln aus ihrem Gesicht. Andreas Mattstedt hatte sich für den Abend angekündigt, und sie ahnte, was er ihr sagen wollte.

Die Turmuhr von St. Nikolai verkündete die siebte Abendstunde. Das Licht in der Werkstatt wurde schlechter. «Es wird Zeit, für heute Feierabend zu machen», sagte Eva. Sie nickte den Männern zum Abschied zu und ließ sich von der Magd einen Zuber mit heißem Wasser bereiten.

Eine Stunde später saß sie Andreas Mattstedt in der Tafelstube gegenüber. Die neue Magd hatte den Tisch gedeckt, und Eva hatte hier und da noch einen Leuchter hingestellt, die leinenen Mundtücher auf eine besondere Art gefaltet und einige Blütenblätter als Schmuck über das Florentiner Tischtuch gestreut.

Sie trug ihr moosgrünes Kleid und ein einfaches Silberschmuckstück in Form eines Lorbeerblattes, das sie selbst gefertigt hatte und das an ihren Vater erinnern sollte. Auch Mattstedt hatte sich heute herausgeputzt und sah besonders stattlich aus. Irgendwie erinnerte er sie immer an ihren Vater. Mattstedt lächelte sie aufmerksam an. Eva wich seinem Blick aus und sah zu Susanne, die am Kopfende des Tisches saß, weil es sich nicht gehörte, dass ein junges, unverheiratetes Mädchen allein mit einem Mann zu Abend aß. Doch Susanne war mit ihren Gedanken offensichtlich woanders und nicht gewillt, sich an der Unterhaltung zu beteiligen. Jetzt bedauerte Eva es, dass sie Bärbe bereits hinausgeschickt hatte. Andreas Mattstedt bemerkte Evas Verlegenheit und senkte den Blick.

Er übernahm die Aufgabe des Mundschenks, goss Eva, Susanne und sich selbst aus einer Karaffe Wein ein. Dann hob er das Glas: «Es ist schön, bei Euch zu Gast sein zu dürfen. Auf Euer Wohl!»

Sie stießen an, dann wurden die Speisen aufgelegt.

Susanne hatte zur Feier des Tages zarte Täubchen in Rosenwasser gekocht, die mit einer Soße aus Pfeffer und Minze aufgetragen wurden und herrlich mundeten. Es gab verschiedene Brotsorten dazu und ein Gemüse aus Rotkohl mit zerstoßenen Wacholder- und Preiselbeeren darin. Der Rotwein, der von einem Weinhändler aus dem Kaiserstuhl gebracht worden war, schimmerte wie Granat in den Gläsern.

Während des Essens drehte sich die Unterhaltung um Dinge von allgemeinem Interesse. Im Hurenhaus hatte es Streit gegeben; zwei Scholaren hatten sich um ein Mädchen geprügelt. Das Haus des Gerbers Zschernitz war geplündert worden, der Hofhund erschlagen. Der Fluss Elster war nahe an die Ufer gestiegen, für die nächsten Wochen wurde Hochwasser befürchtet, die Preise für Mehl waren in die Höhe geklettert, und die Schwiegertochter der Hummelshain sei gesegneten Leibes. Doch dann war das Essen abgetragen, und die Unterhaltung verstummte. Mattstedt erhob sich:

«Liebe Eva, ich bin heute zu Euch gekommen, um Euch zu fragen, ob Ihr meine Frau werden wollt.»

Er sprach noch weiter, doch Eva hörte seine Worte nicht mehr. Das, was sie gehofft und befürchtet hatte, war eingetroffen. Mattstedt, der attraktive, reiche, kluge, gewandte Mattstedt wollte sie heiraten. Oh, sie fühlte sich geschmeichelt. Der Mann, von dem die Leipzigerinnen träumten, hatte sie, Eva, um ihre Hand gebeten.

Es gab keinen Grund, ein solches Angebot auszuschlagen. Nicht einen einzigen. Mattstedt war der Mann, der selbst vor Sibyllas gestrengem Auge Wohlgefallen gefunden hatte.

Warum also jubelte nichts in ihr?

Eva wusste es nicht. Sie schämte sich sogar, dass sie so unbewegt blieb. Ihr Herz schlug nicht schneller als sonst. Sie sah hoch und lächelte Mattstedt zaghaft an.

«Ihr braucht vielleicht etwas Zeit zum Nachdenken», sagte er verständnisvoll.

Eva reagierte nicht. Nein, es gab wirklich keinen einzigen Grund, Mattstedt nicht zu heiraten. Er würde sie achten und in Ehren halten, wäre bemüht, ihr niemals wehzutun. Mit Sicherheit wäre er ein liebevoller Vater ihrer Kinder, und auch seine Angestellten brauchten nichts von ihm zu befürchten.

Dieser Mann war wie für sie geschaffen. Und er erinnerte sie überdies an Isaak Kopper. Hatte sie ihren Vater nicht geliebt? Doch, natürlich hatte sie das. Warum also sollte das, was sie für Mattstedt empfand, keine Liebe sein?

Eva schüttelte, ohne es zu bemerken, den Kopf und schalt sich töricht. Dann sah sie Mattstedt in die Augen: «Ich brauche keine Zeit zum Nachdenken. Ich würde sehr gern Euer Weib werden.»

Susanne klatschte in die Hände, als gelte es, einem Jahrmarktsgaukler Beifall zu zollen. Sie hörte gar nicht wieder auf, schlug die Hände ein um das andere Mal zusammen und verkündete: «Deine Mutter wäre stolz auf dich.»

Spät in der Nacht, Mattstedt war längst gegangen, saß Eva auf ihrem Bett und betrachtete den Ring, den Mattstedt ihr angesteckt hatte. Es war ein edles Stück aus Gold mit einem großen Karfunkelstein in der Mitte. Hatte Mattstedt geahnt, dass sie Granat liebte?

Sie sah sich im Spiegel und wunderte sich, dass sie immer noch dieselbe war wie gestern. Und doch war sie jetzt verlobt. Mattstedt hatte sie geküsst. Eva strich mit der Hand über ihre Lippen und lächelte. Sein Kuss war sanft gewesen, behutsam. Ihr Vater hatte sie auf ähnliche Weise geküsst, wenn auch nur auf die Wange.

Eva stand auf. Sie würde nicht schlafen können, das wusste sie. Ihr Verstand war hellwach und klar. Warum also sollte sie nicht arbeiten? Es gab genug zu tun. Meister Faber hatte Recht; sie brauchten noch einen Gesellen. Und ihr Pokal, den sie für die Hummelshainerin arbeiten sollte, war auch noch nicht fertig. Sie legte sich einen Umhang über die Schultern und ging die Treppen hinab über den Hof zur Werkstatt.

Dort entzündete sie mehrere Öllampen und erfreute sich am Glanz des Silbers im Kerzenlicht. Behutsam strich sie über den Rohling und genoss das kühle Metall unter ihren Fingerspitzen. Dann hob sie das unfertige Stück an ihr Gesicht und schmiegte ihre Wange daran. Der Geruch des Metalls drang ihr in die Nase. Er war eigentümlich und unverwechselbar, ließ sich nicht so leicht beschreiben. Manchmal schien es Eva, als lebte das Metall. Als habe es eine Seele, die entdeckt werden wollte. Andrea della Robbia hatte in Florenz immer wieder zu ihr gesagt: «Lass das Silber zu dir sprechen. Es trägt die fertige Form bereits in sich. Du musst sie nur erkennen.»

Das war Eva nie gelungen. Sie konnte das Silber riechen und schmecken, konnte es fühlen und sehen, doch seine Seele vermochte sie nicht zu entdecken.

Eva seufzte über ihr Unvermögen. Sie konnte das Silber nicht zum Sprechen bringen. Alles, was sie bisher zustande gebracht hatte, war solide Handwerkskunst. Doch jetzt kam das Schwierigste: die Zieselierung. Sie hatte ein paar Einbuchtungen für geschliffene Steine gelassen.

Die Drähte, die Blattranken darstellen sollten, waren gezwirnt, die Korallen geschnitten, die Lorbeerblätter gegossen, verstiftet und verlötet. Aber egal wie sehr sie sich bemühen würde, das Entscheidende würde doch fehlen. Das wusste sie seit ihrem ersten Tag bei einem Silberschmied.

Es fehlte ihr an Schöpfertum und Wagemut. Gäbe es nicht das Musterbuch mit den italienischen Ornamenten, sie hätte nicht gewusst, wie sie die Rohlinge verzieren sollte.

Plötzliche Geräusche holten sie aus ihren Gedanken. Eva erschrak und lauschte in die Dunkelheit. Aus dem Lager, in dem das Brennholz und das Leder für die Futterale aufbewahrt wurden, kam ein Keuchen.

Sie ging langsam auf die Holztür zu, die nur angelehnt war, und stieß sie vorsichtig auf.

Geräuschlos öffnete sie sich einen Spalt und gab eine Szene frei, bei der es Eva den Atem verschlug. Beinahe wäre ihr das Licht aus der Hand gefallen.

Auf den Tuchballen in der Ecke lag Susanne. Und Susanne war nicht allein. Ein grobknochiger Mann beschlief sie. Sein weißer Hintern hüpfte auf und ab, doch das war es nicht, was Eva entsetzte. Es war Susannes Gesicht. Ihre Züge waren grotesk verzerrt, der Mund stand halb offen, und ein Röcheln und Stöhnen erklang daraus.

Eva fühlte, wie das Blut in ihre Wangen schoss, und schloss die Tür, bevor sie entdeckt wurde. Sie floh aus der Werkstatt, schöpfte erst Atem, als sie in der Sicherheit ihrer Schlafkammer war.

Sie würde bald verheiratet sein, aber sie konnte sich

beim besten Willen nicht vorstellen, dass Mattstedt mit ihr genauso verfuhr wie der fremde Mann mit Susanne. Natürlich hatte die Mutter ihr erzählt, was sich nachts auf den Laken zwischen Mann und Frau zutrug, doch Eva hatte sich diese Sache, die man Beischlaf nannte, anders vorgestellt. Nicht so roh, so … so unbeherrscht.

Ja, tierisch war das richtige Wort. Susanne war so. Ein triebhaftes Tier. Und sie, Eva, wollte niemals so mit verzerrtem Gesicht und dunkler, heiserer Stimme unter einem Mann liegen. Eine Heirat mit Mattstedt schien ihr dafür die beste Gewähr zu sein.

Ein paar Tage später war der Pokal für die Hummelshainerin fertig. Alle Arbeiten waren verrichtet, der Pokal war in einer Weinsteinlösung gesiedet und vom Aufbereiter mit strahlendem Glanz versehen worden.

Eva machte sich selbst auf den Weg in das größte und prächtigste Patrizierhaus der Stadt in der Reichsstraße.

Die Hummelshainerin betrachtete das Stück von allen Seiten und verzog den Mund. «So hatte ich mir das nicht vorgestellt», klagte sie und knallte den Pokal vor Eva auf den Tisch.

«Wieso? Was ist damit?»

Eva nahm das Stück in die Hand und betrachtete es von allen Seiten. Sie konnte keinen Kratzer, keine trübe Stelle entdecken. Die Steine saßen fest in den Ausbuchtungen und wurden von kleinen Silberkrallen gehalten, die Verzierungen waren ordentlich angebracht und verlötet.

«Es fehlt etwas daran», teilte die Hummelshainerin mit. «So will ich ihn nicht. Nehmt ihn wieder mit und lasst den Meister daran arbeiten. Dem Pokal fehlt Feuer. Es ist kein Leben drin, versteht Ihr? Ein toter Gegenstand, der aussieht, als käme er von einem Kannengießer. Ein Stück, das sich nicht von anderen unterscheidet.»

Eva nickte und seufzte. Sie wusste, dass sie das, was der Hummelshainerin am Pokal fehlte, nicht erzeugen konnte.

Dennoch verstaute sie den Pokal im Futteral und versprach, das gewünschte Feuer herzustellen. Sie hatte keine Ahnung, wie sie das bewerkstelligen sollte.

Zurück zur Hainstraße nahm sie den Weg über den Markt. Sie hätte auch durch die Böttchergasse gehen können, das wäre schneller gewesen, aber irgendetwas trieb sie zum Markt.

Erst als sie David an einer Ecke sitzen und die Leute zeichnen sah, wurde ihr klar, warum sie hier war.

Sie ging zu ihm und baute sich vor ihm auf: «Wir brauchen noch einen guten Gesellen. Habt Ihr Lust, für mich zu arbeiten?»

«Oh, ich glaube Euch gern, dass Ihr mich als Knecht haben wollt. Doch ich sagte schon, dass ich niemandes Knecht bin.»

«Redet keinen Unsinn. Ich suche keinen Knecht, sondern einen Gesellen.»

«Ihr sucht einen Untertan. Es ist gleich, ob Ihr ihn Knecht oder Geselle nennt.»

Eva zuckte mit den Achseln. «Ihr seht nicht so aus, als würdet Ihr Euch vor Angeboten nicht retten können. Habt Ihr überhaupt Stücke, die Ihr gearbeitet habt?»

David sah sie an. «Glaubt Ihr, ich wäre ein Lügner?»

«Wer weiß? Schon so mancher hat Dinge behauptet, die er hinterher nicht einhalten konnte.»

Davids Augen bekamen einen harten Ausdruck. Er griff in ein abgewetztes Bündel und holte daraus ein Holzkästchen hervor, das innen ganz mit Samt ausgeschlagen war. «Da, bitte. Seht selbst, ob Ihr mich Lügner heißen dürft.»

Eva nahm das Kästchen und betrachtete den Ring darin. Es handelte sich um eine Schmiedearbeit von höchster Qualität. Der Bernstein in der Mitte war sauber geschnitten und poliert, die Einfassung von zierlich gearbeitetem Blattwerk umgeben. Doch nicht nur die handwerkliche Ausführung war ohne Fehl und Tadel; der Ring strahlte etwas Weiches und Warmes aus. Das ganze Schmuckstück wirkte lebendig, verlockend und hatte genau das, was den Waren aus Evas Werkstatt fehlte.

«Ein wundervoller Ring», sagte sie mit wahrer Begeisterung. «Sünde ist es, dass Ihr mit der Zeichenkohle hantiert anstatt mit dem Punzeisen.»

«Ja, da mögt Ihr wohl Recht haben.»

«Ich biete Euch noch einmal die Stelle des Gesellen an. Wenn Ihr erneut ablehnt, gut, so sei es denn.»

«Wer sagt denn, dass ich ablehne?», fragte David und erhob sich. Er überragte Eva um einen ganzen Kopf. Sie musste zu ihm aufblicken.

«Ich sagte, ich möchte niemandes Knecht sein.»

«Und was heißt das, David?»

«Nun, ich bin ein guter Silberschmied, der seinen Wert sehr wohl kennt.»

«Was das heißt, will ich wissen», beharrte Eva. David sah

sie lächelnd an und ließ sich Zeit. So lange, bis Eva unruhig von einem Fuß auf den anderen trat und sich fragte, warum sie trotz dieser offensichtlichen Ungehörigkeit noch blieb.

Endlich antwortete er: «Einen eigenen Arbeitsplatz verlange ich. Und eigene Aufträge. Eigene Kunden. Kein Meister soll mir Anweisungen erteilen. Ich möchte gleichberechtigt arbeiten, denn ich kann so viel wie jeder Meister hier in der Stadt.»

Eva sah ihn entgeistert an: «Eigene Kunden, eigene Aufträge, einen eigenen Arbeitsplatz. Ihr verlangt viel, David. Seid Ihr es auch wert?»

«Was ich wert bin, werdet Ihr bald erfahren.»

Eva überlegte. Was David forderte, war schlichtweg unverschämt. Doch es herrschte Mangel an Gesellen. Die Silbervorkommen im Erzgebirge und der damit verbundene Reichtum vieler Leipziger hatten den Bedarf an gut gearbeiteten Edelmetallwaren so stark ansteigen lassen, dass die Werkstätten mit den Aufträgen nicht hinterherkamen. Es gab einfach zu wenige Gold- und Silberschmiede in dieser Stadt. Nur deshalb hatte Eva auch die Erlaubnis der Zunft erhalten, als Fremde eine eigene Werkstatt zu eröffnen. David war gut. Sehr gut sogar. Und er schien genau das zu haben, was Eva fehlte.

«Was verlangt Ihr als Lohn?», fragte sie.

«Was bin ich Euch wert?», gab er zurück.

«Wie soll ich das wissen? Ich habe nur den einen Ring gesehen. Woher soll ich wissen, wie Ihr Pokale und anderes arbeitet?»

David lächelte, bückte sich und holte einen kunstvoll

gearbeiteten Becher aus seinem Bündel. Diesmal war nicht das fein ausgeführte Handwerk das Besondere daran, sondern das Neue, die Einlagen aus Emaille.

«Diese Arbeitstechnik ist in Italien zu Hause», sagte Eva verwundert. «Habt Ihr dort gelernt?»

«Ich habe überall gelernt, wo es etwas zu lernen gab. Und ich bin noch lange nicht fertig.»

«Also, wie viel wollt Ihr als Gesellenlohn?»

«Eure Magd bekommt sechs Groschen. Die Haushälterin, die wohl auch Schwester sein möchte, erhält zwölf Groschen. Ich bin mit dreißig zufrieden.»

«Ihr seid verrückt!» Eva lachte hellauf. Dann stutzte sie. Woher wusste er, was Bärbe und Susanne als Lohn bekamen?

«Ihr seid verrückt!», wiederholte sie.

David schüttelte den Kopf. «Ihr wollt nicht nur die Arbeit meiner Hände. Ihr wollt überdies meine Ideen und Gedanken. Nun, das hat seinen Preis.»

Er sah ihr direkt in die Augen. Eva hielt seinem Blick stand.

«Gut», sagte sie schließlich. «So soll es sein. Vier Wochen zur Probe. Genügt Ihr den Ansprüchen der Werkstatt, so sollt Ihr bleiben.»

«Warum sprecht Ihr von den Ansprüchen der Werkstatt, wenn Ihr doch die Euren meint?», fragte David, aber er packte sein Bündel und folgte Eva.

In der Hainstraße angekommen, wies sie ihm eine Kammer im oberen Stockwerk des Hauses zu und zeigte ihm die Werkstatt.

«Dann zeig mal, was du kannst», sagte Meister Faber

und wies David an, den Rohling für einen einarmigen Leuchter herzustellen.

Eva aber packte ihren Pokal aus und sann den ganzen Tag darüber nach, wie sie das Silber zum Sprechen bringen sollte, doch ihr wollte einfach nichts einfallen. Am Abend, als Meister Faber und Heinrich in die Innungsstube gegangen waren, Susanne ebenfalls das Haus verlassen hatte und von David weit und breit nichts zu sehen war, ging Eva noch einmal in die Werkstatt. Sie war noch immer auf der Suche nach einer Idee.

Suchend sah sie sich in der Werkstatt um. Am Rande des Tisches lag Davids Skizzenmappe. Evas Blick blieb daran hängen. Er ist unser Geselle, dachte sie. Er wird gut bezahlt. Seine Einfälle gehören uns. So war es ausgemacht.

Trotz dieser einleuchtenden Begründung sah sich Eva noch einmal nach allen Seiten um, dann prägte sie sich die Lage der Mappe sehr gut ein, bevor sie sie schließlich öffnete.

Was sie sah, ließ ihr den Atem stocken. Seltsame Blüten mit fleischigen Rändern rankten sich über das Papier. Blüten, die fast wie Körperteile von Menschen aussahen. Irgendetwas verursachte Eva Unbehagen, aber sie konnte nicht sagen, was genau es war. Ihre Kehle war trocken, sodass sie sich räuspern musste und das Blatt rasch zur Seite legte. Auf der nächsten Seite fand sie etwas, was sich auf dem Pokal der Hummelshainerin bestimmt sehr gut ausnehmen würde. Es waren Federn. Schlicht und einfach. Kleine, mittlere und große. Eva schüttelte den Kopf. Warum war sie nicht auf so einen Einfall gekommen? Sie holte ein Blatt Papier, zeichnete sorgfältig das Muster ab und brachte es am nächsten Tag mit dem Punzeisen auf den Pokal der Hummelshainerin.

Eine gute Arbeit war es, die sie da zustande gebracht hatte, doch es fehlte noch immer das innere Feuer. Sie konnte den Pokal einfach nicht zum Leuchten bringen! Wie, in Gottes Namen, schaffte es David? Was machte er anders als sie?

Der Geselle war mehrfach an ihrem Platz vorbeigeschlichen, doch Eva war es gelungen, ihre Arbeit vor ihm zu verbergen. Sie war zwar die Herrin der Werkstatt, und er wurde für seine Einfälle bezahlt. Trotzdem wusste sie, dass er bestimmt nicht damit einverstanden gewesen wäre, sein Federmuster auf Evas Arbeit zu finden. Sie verstaute den Pokal am Abend in einer Ecke und traute am nächsten Morgen kaum ihren Augen. Irgendjemand hatte über Nacht ihre Arbeit zu Ende gebracht, hatte dem Pokal Leben eingehaucht, ihn in eine einzigartige Kostbarkeit verwandelt. Die Federn wirkten leicht, so als ob sie jeden Moment davonscheben könnten. Verstärkt wurde dieses Motiv durch zwei Flügel, die rechts und links angebracht worden waren, sodass man bequem daraus trinken konnte.

Und Eva wusste auch, wer das gewesen war. Ihre Augen suchten seinen Blick. Doch David tat, als wäre nichts geschehen.

Von diesem Tag an verwandelten sich die meisten ihrer Arbeiten über Nacht von guten Handwerksstücken in Kunstwerke. Und ihr Name wurde in Leipzig ein Begriff. Die Silberschmiedin wurde sie genannt. Nicht irgendeine Silberschmiedin, sondern DIE.

Kapitel 6

«Eva, du kannst einem Gesellen doch nicht mehr Lohn zusichern, als der Meister bekommt! Was hast du dir denn dabei gedacht?»

Andreas Mattstedt, der nun beinahe jeden Abend im Haus in der Hainstraße verbrachte, schüttelte den Kopf.

«Ich weiß, es ist viel Geld. Aber er ist es wert.»

«Was macht dich so sicher?»

Eva zögerte mit der Antwort. Schließlich sagte sie leise: «Meister Faber ist ein guter Goldschmied. Wir hätten keinen besseren finden können. Doch David kann mehr. Er versteht es, dem Silber Leben einzuhauchen.»

Mattstedt griff nach ihren Händen. «Aber Eva, das kannst du auch!»

Am liebsten hätte sie den Kopf geschüttelt und gesagt: «Nein, Andreas. Ich bin nicht die, für die man mich hält. Mein Ruhm ist Davids Verdienst.» Doch sie tat es nicht. Kein Wort kam über ihre Lippen. Niemand außer David sollte von ihrem Unvermögen wissen. Darum nickte sie nur und sagte leise: «Ach, das verstehst du nicht.»

Dann entzog sie ihm ihre Hände, ging zum Fenster und sah hinaus. Sie konnte ihm nicht in die Augen schauen.

Mattstedt schüttelte den Kopf, trat hinter sie und legte ihr die Hände auf die Hüften.

«Nein, ich verstehe es wohl nicht, Eva. Aber ich werde mich immer bemühen, dich zu verstehen.»

«Ich weiß, Andreas», erwiderte sie. «Ich weiß es.»

Dann schloss sie die Augen und ließ sich an die breite Brust des Mannes fallen, von dem sie wusste, dass er sie behüten und beschützen konnte.

Eine Weile standen sie schweigend. Schließlich fragte Mattstedt: «Wer ist dieser David eigentlich? Wo kommt er her? Welche Referenzen hat er?»

«Er hat die beiden Stücke und die Dinge, die er bisher für uns gearbeitet hat. Reicht das nicht?»

Mattstedt drehte Eva zu sich um: «Eva, wir haben eine Werkstatt. Ein Geschäft. Einen Ruf. Wir können niemanden einstellen, der außer ein paar Arbeiten von geringem Wert und zwei Silbersachen, von denen wir nicht einmal mit Sicherheit wissen, woher sie stammen und wo sie gearbeitet worden sind, nichts vorzuweisen hat. Welcher Abkunft ist er? Wir müssen auch der Zunft Rechenschaft ablegen.»

Eva machte sich von Mattstedt los.

«Die Zunft! Denen ist es sicher gleichgültig, woher ein Geselle stammt. Für sie gilt: Ein schlechter Geselle ist immer noch besser als die beste Gesellin.»

Sie war in Fahrt gekommen: «Bei den Fraternitätstreffen sprichst du von gleichem Recht für alle. Abstammung und Herkunft sollen keine Bedeutung mehr haben. Der

Mensch und sein Können sind die Dinge, die zählen. So redest du, wenn Johann von Schleußig am Tische sitzt. Und hier?»

«Eva, hier geht es nicht um Philosophie. Hier geht es ums Geschäft. Ich will Ordnung haben in diesen Dingen. Und die Ordnung bestimme nicht ich. Die Zunft schreibt sie vor, das weißt du genau.»

Eva sah Mattstedt mit funkelnden Augen an. «Hört deine Gesinnung bei der Geldkatze auf?»

Mattstedt seufzte. Er ging zu ihr, griff wieder nach ihren Händen. «Eva, höre mir doch zu. Die Zunft hat Regeln. Du kennst sie ebenso gut wie ich. Niemandem nützt es, wenn wir dagegen verstoßen. Es ist mir gleich, wo der neue Geselle herkommt. Aber ich möchte es gern wissen. Er kann meinetwegen der Sohn eines Abdeckers sein, ein Schlitzohr zum Vater haben oder eine Dirne zur Mutter. Ich werde ihn deshalb nicht schlechter sehen als vorher. Aber ich möchte es wissen, Eva.»

Er sah sie an und wartete auf eine Antwort. Eva wich seinem Blick aus. Sie wusste, dass Mattstedt es gut meinte, und wollte sich nicht mit ihm streiten. Nach einer kleinen Weile sagte sie leise: «Ich habe dir Unrecht getan, nicht wahr?»

Mattstedt schüttelte den Kopf. «Nein, das hast du nicht.»

Dann küsste er sie auf die Lippen, und wieder war Eva überrascht über die Zartheit seines Mundes, über die Sanftheit seiner Berührung.

«Wir sollten ihn mitnehmen zur Fraternität», sagte sie, als ihre Lippen wieder ihr gehörten. «Er ist klug, weiß mehr, als ein Gold- und Silberschmied gemeinhin wissen muss. Er würde gut dorthin passen, und du, Andreas, hättest Gelegenheit, dir ein eigenes Bild zu verschaffen.»

Mattstedt zog die Augenbrauen ein wenig zusammen. «Warum liegt dir so viel an diesem Mann? Er ist doch nur ein einfacher Geselle, gehört zu einer anderen Schicht, kennt nur ein Leben, das ganz anders ist als das unsrige.»

«Ja und nein», erwiderte Eva. «Ein Geselle ist er wohl, doch einfach sicher nicht. Vertraue meinem Urteil, Andreas.»

Wenige Tage später erhielt Eva Besuch von der Frau des Theologieprofessors. Ute Lechnerin war ein paar Jahre älter als Eva und hatte bereits zwei Kinder.

«Es ist schön, Euch in Leipzig zu wissen, Kopperin», sagte sie und betrachtete die Tafelstube mit Wohlgefallen. Sie schlenderte zu einem offenen Schrank, in dem Eva ihre Bücher untergebracht hatte.

«Ihr lest viel, nicht wahr?», fragte die Lechnerin und fügte schnell hinzu: «Lasst uns einander du sagen und mit dem Vornamen ansprechen. Das Lesen verbindet uns. Es gibt hier nur wenige Frauen, die mächtig und willens sind, ihre Zeit mit Büchern zu verbringen.»

«Gern», stimmte Eva zu und lachte froh. «Ich hatte schon befürchtet, auch in Leipzig niemals eine Freundin zu finden.»

Ute blieb ernst. «Die neue Zeit kann nicht allein von Männern gestaltet werden», sagte sie. «Sonst geraten wir Frauen wieder ins Hintertreffen. Ich habe erst von meinem Mann das Lesen gelernt. Meine Erziehung habe ich in einem Kloster genossen. Die Nonnen hielten uns von den Schriften fern, als säße der Teufel darin. Es hat lange gedauert, bis ich verstanden habe, warum das so ist.»

«Weil mit den Büchern die eigenen Gedanken kommen, nicht wahr? Wer liest, glaubt nicht mehr alles, was er hört», vervollständigte Eva die Gedanken der Freundin.

«Ja», bestätigte Ute. «Und wer eigene Gedanken hat, kann nicht mehr blind gehorchen. Nicht den Ehemännern und nicht der Kirche.»

«Meine Mutter», sagte Eva, «hat ihr ganzes Leben lang nur auf sich selbst gehört. Sie wusste alles, nur von der Liebe hat sie nichts gewusst.»

Ute lachte: «Meinst du etwa, die Liebe verträgt sich nicht mit Gelehrsamkeit? Oh, du täuschst dich. Wer viel weiß, weiß auch mehr über sich.»

«Und die Wollust?», fragte Eva besorgt. Sie dachte an Susanne, die nur so wenig wusste, aber die Liebe genau zu kennen schien.

«Liebe und Wollust sind zwei unterschiedliche Dinge. Die Liebe ist eine Fähigkeit. Man kann sie erlernen wie ein Handwerk. Die Wollust aber haust in dir und will von dir beherrscht werden, sonst beherrscht sie dich.»

Eva spürte Utes Blicke auf sich. «Ich werde Mattstedt heiraten. Er hat um meine Hand angehalten.»

«Das freut mich sehr», erwiderte Ute. «Wenn er auch ein Kaufmann vom alten Schlag ist, so versucht er doch, mit der neuen Zeit Schritt zu halten. ‹Er geht in Fuggers Schuhen›, sagt man in der Stadt über ihn.»

In der Werkstatt herrschte große Hitze.

Meister Faber schmolz über einem Feuer riesige Mengen Kupfer, Gold und Silber für das neue Taufbecken. Eva bemühte sich, mit Hilfe eines Zieheisens aus wenig Silber einen langen Draht zu ziehen.

David war mit der Verschönerung eines Steckkammes beschäftigt. Zuvor hatte der Kammmacher die Wölbung eines Frauenkopfes ins Horn gebogen, danach jeden Zahn einzeln ausgesägt, den Kamm mit einer Paste aus Hirschöl und Kreide geglättet und poliert, und nun lag er vor David, damit er ihn in Silber einfasste und mit Verzierungen versah.

Als es zu Mittag läutete, gingen Meister Faber und Heinrich hinüber ins Haus und ließen sich am großen Küchentisch nieder, während Bärbe ihnen die Schüsseln mit dampfender Suppe füllte.

Eva aber blieb in der Werkstatt. Sie wollte zuerst mit ihrer Arbeit fertig werden, bevor sie ihr Mittagessen zu sich nahm.

David saß ihr gegenüber und tat, als hätte er nicht bemerkt, dass die beiden anderen Männer gegangen waren.

Er fuhr mit dem Stichel über den Kamm, sodass sich ein Silberspan wie ein Wurm vor dem Metall ringelte. Plötzlich rutschte er ab, ein winziges Silberteilchen flog durch die Luft und direkt in Evas Auge.

Sofort kniff sie die Lider zusammen, rieb und wischte daran herum.

David sprang auf, lief um den Tisch herum.

«Lasst mich sehen», sagte er. «Wir müssen den Splitter vorsichtig entfernen.»

Stöhnend öffnete Eva das rechte Auge, David hielt es mit zwei Fingern offen. In der anderen Hand hatte er ein Tuch und wischte vorsichtig an Evas Auge herum.

«Jetzt habe ich ihn», sagte er.

«Danke», erwiderte Eva und konnte nicht verhindern, dass ihr die Tränen aus den Augen quollen und über die Wangen liefen.

Sie hob die Hand, um sie abzuwischen, als sie den Gesellen plötzlich sagen hörte: «Lasst sie laufen.»

Eva sah auf. «Wie bitte? Was sagt Ihr da?»

«Ich möchte Euch weinen sehen. Und Eure Tränen in Silber gießen. Ein Glockenspiel aus Euren gefrorenen Tränen möchte ich schaffen.»

Eva traute ihren Ohren nicht. Sie suchte in Davids Gesicht ein Zeichen dafür, dass sie diese Worte nur geträumt hatte. Doch er sah sie an mit einem Blick, den sie noch niemals an ihm gesehen hatte. Ein leiser Schauer jagte über ihren Rücken.

Sie stand auf und räumte auf dem Tisch herum. Der Draht, der aus dem Zieheisen kam, brach. Eva warf ihn weg und musste plötzlich an sich halten, um nicht wie ein Kind mit dem Fuß aufzustampfen. Der Geselle hatte sie durcheinander gebracht.

David schwieg.

«Könnt Ihr nicht zu Tisch gehen?», schrie sie ihn an und fegte unbeherrscht ein Werkzeug vom Tisch. «Geht! Geht rüber in die Küche und esst Euer Mahl.»

David sah kurz verwirrt aus. Doch seine Züge strafften sich sofort, nahmen einen hochmütigen Ausdruck an. «Wie Ihr wollt», erwiderte er. Dann schüttelte er leicht den Kopf und fügte hinzu: «Das Tier in Euch lauert dichter unter der Oberfläche, als ich gedacht hatte.»

Kaum war er weg, schloss Eva die Augen und atmete tief ein und aus. Sie musste sich mit beiden Händen am Tisch festhalten. Ihre Knie waren plötzlich weich, ohne dass sie wusste, warum.

Dann aber warf sie den Kopf nach hinten, reckte den Hals und ging mit energischen Schritten zum Mittagstisch.

Schon von draußen hörte sie Susannes Lachen. Schrill klang es in ihren Ohren. Sie riss die Tür mit einem solchen Schwung auf, dass die Gespräche am Tisch verstummten und alle Blicke auf sie gerichtet waren.

Sie räusperte sich, wünschte: «Gesegnete Mahlzeit» und setzte sich neben Meister Faber.

David sah sie von der Seite an. Sie fühlte seinen Blick, doch erwiderte ihn nicht.

Bärbe füllte ihre Schüssel mit Grütze, reichte ihr die Platte mit den gebratenen Speckscheiben, Heinrich schob das Salzfässchen näher.

«Was ist mit Eurem Auge, Eva?», fragte er besorgt.

«Ein Span ist mir hineingeflogen. Das ist alles.»

Eva begann zu essen. Sie hielt den Blick starr auf die Schüssel gerichtet.

«Nun, wir kommen mit der Arbeit gut voran. Ich denke, der Pokal, den David gerade verziert, werden wir zum Wochenende fertig haben», brach Meister Faber das Schweigen.

Eva sah hoch. «Seid Ihr mit seiner Arbeit zufrieden? Ihr wisst ja, er ist zur Probe hier.»

Sie wusste, dass es David kränken musste, wenn sie über ihn sprach, als sei er nicht anwesend. Meister Faber zog ein wenig die Augenbrauen hoch, als er nach einem Blick zu David sagte: «Er ist sehr geschickt. Bisher gibt es keinen Grund zur Klage.»

Eva nickte und löffelte weiter, doch nach ein paar Bissen schob sie die Schüssel von sich.

«Von mir gibt es auch keine Klagen», mischte sich Susanne kichernd ein. «Er isst seine Schüssel immer leer.»

Eva verzog den Mund und sah in Susannes lachendes Gesicht. Susanne stand auf, trat hinter David und beugte sich so über ihn, dass ihre Brüste seine Schulter streiften.

Heinrich schüttelte den Kopf. «Du benimmst dich wie ein Weib, dass mit gerafften Röcken auf der Ofenplatte hockt.»

Eva konnte ein Kichern nicht unterdrücken. Susanne aber richtete sich auf und stemmte die Fäuste in die Hüften. «Du hast gut reden und gut lachen», fauchte sie. Gerade noch war sie bester Laune gewesen, doch nun war ihre Stimmung ins Gegenteil umgeschlagen. «Wem habe ich es denn zu verdanken, dass ich jetzt hier bin und wie eine bessere Magd gehalten werde, hej?»

Noch ehe die anderen den Mund für eine Antwort geöffnet hatten, brach es aus ihr heraus: «Deine Mutter hat mein Glück verhindert!» Mit dem Finger zeigte sie auf Eva. «Hat mir nicht zugestanden, was mir von Rechts wegen gebührte.»

«Schweig!», mahnte Heinrich. «Eva und ich wissen sehr genau, warum du hier bist. Sibylla, meine Liebe, hat dir womöglich das Leben gerettet.»

David drehte sich um. Er blickte Susanne aufmerksam an, dann sagte er: «Eva und ihre Mutter tragen keine Schuld an deinem Schicksal. Du hast nur nicht verstanden, dass du vorbestimmt bist, das zu sein, was du sein willst. Du musst nehmen, was dir gefällt. Es ist falsch, darauf zu warten, dass es dir in den Schoß fällt.»

«Was weißt du schon?», herrschte Susanne ihn an, dann raffte sie ihr Kleid und stürmte aus der Küche.

Am Abend, Mattstedt war gerade gegangen, kam Susanne in Evas Zimmer. Sie setzte sich unaufgefordert aufs Bett und fragte: «Was hältst du von David?»

Eva war verwundert über Susannes Auftauchen. Normalerweise hätte sie sie nach der Szene heute gemieden. Susanne musste irgendetwas wollen. Eva zuckte die Achseln. «Für die Werkstatt ist er gut.»

«Magst du ihn?», fragte Susanne nach.

Eva, die gerade dabei war, ihr Haar zu lösen, hielt in der Bewegung inne.

«Ob ich ihn mag, fragst du?»

«Ja. Ist das so schwer zu beantworten?» Susanne wurde ungeduldig.

Eva ließ die Arme sinken. «Ja, denn ich weiß nicht, ob ich ihn mag oder nicht.»

Sie setzte sich neben Susanne aufs Bett. «Er hat etwas an sich, das mich neugierig macht. Etwas, das ich noch nie bei einem anderen Menschen bemerkt habe. Etwas Zwingendes, das ich nicht besser erklären kann. Manchmal macht er mir Angst.»

Susanne lachte fröhlich und ließ sich nach hinten auf

das Bett fallen. «Mir gefällt er», erklärte sie und legte eine Hand auf die Stelle, wo ihr Herz schlug. «Er ist ein gut aussehender Mann. Hast du seinen Brustkorb schon einmal gesehen? Gestern Morgen hat er sich vor Tau und Tag am Brunnen im Hof gewaschen.»

«Und ... und du hast ihm dabei zugesehen?» Eva schluckte.

«Ja, oder meinst du vielleicht, ich lasse mir so einen Anblick entgehen? Oh, er sah wundervoll aus. Wie eine Statue!»

Eva hätte sich am liebsten die Ohren zugehalten, das wollte sie nicht hören. Susanne plapperte ununterbrochen weiter: «Wie Mattstedt morgens am Brunnen aussieht, möchte ich lieber nicht wissen. Aber zu dir passt er gut. Ihr seid vom selben Schlag. Und David und ich auch. Er ist nur zwei Jahre jünger als ich.»

Sie lachte wieder. «Wir beide gäben ein schönes Paar ab.»

«Aber mich hat er gezeichnet», widersprach Eva mit überraschender Heftigkeit. «Mich. Nicht dich.»

Susanne setzte sich auf. «Ja. Als Hündchen. Ich weiß nicht, ob du dir darauf etwas einbilden solltest.»

Im selben Augenblick verkündeten die Glocken von St. Nikolai die zehnte Stunde. Susanne sprang auf, als hätte sie darauf gewartet.

«Schlaf gut, Eva. Und gräme dich nicht. Junge Hunde sind meistens süß.»

Ehe die Jüngere etwas erwidern konnte, war Susanne aus der Kammer.

Eva sah auf die geschlossene Tür, ihr Mund öffnete

sich zu einer Antwort. Doch Susanne war weg, ihre Worte verschwendet. Was hatte Susanne mit diesem Besuch bezweckt? Wollte sie sich wirklich an David heranmachen? Gedankenverloren zog Eva sich aus. Als sie nach ihrem Nachtgewand griff, fiel ihr Blick auf den Spiegel. Die Kerze davor flackerte ein wenig.

Zögernd ging Eva näher und schloss die Augen. Sie hatte sich noch nie nackt im Spiegel betrachtet. Und auch jetzt wagte sie es nicht. Sie griff nach einem Fell, das auf einer Wandbank lag, und hielt es vor sich. Dann öffnete sie die Augen, trat zaghaft einen Schritt näher. Sie fletschte die Zähne und versuchte zu knurren wie ein Hund, doch ihre Stimme versagte. Plötzlich hatte sie Tränen in den Augen. Sie ließ das Fell fallen und sah im Spiegel eine junge Frau mit herabhängenden Schultern, das Gesicht vom Weinen leicht verzerrt.

Wieder flackerte die Kerze und warf unruhige Schatten an die Wand. Und auf einmal änderte sich Evas Blick. Sie sah nicht mehr sich, sie sah eine Fremde.

Neugierig ging sie noch einen Schritt näher zum Spiegel, ganz nah heran, sodass ihr Atem auf dem Glas zu sehen war. Sie betrachtete die Tränen, die ihr über die Wangen liefen. Vorsichtig tupfte sie eine mit dem Finger ab und kostete davon, nahm sich die nächste und bestrich damit ihre Lippen. Der Geschmack ihrer Tränen. Sie hatte erwartet, dass sie salzig schmeckten, aber das taten sie nicht. Eva schmeckte Metall, Silber sogar. Die Kerze verlosch, die Kammer lag im Dunklen. Nur das Mondlicht drang durch das Fenster und versilberte ihre Tränen.

Plötzlich empfand sie sich als kostbar. Im doppelten

Sinne. Kostbar wie Gold oder Silber. Kostbar wie etwas, das man schmecken konnte.

Es war das erste Mal, dass sie so empfand, und es machte sie glücklich und aufgeregt.

Niemals würde ihre Mutter so vor einem Spiegel stehen und ihre Tränen kosten. Sie war anders, und sie wollte, dass es jemand erfuhr. Jetzt. Sofort.

Sie warf sich einen Umhang über und verließ die Kammer. Ohne weiter darüber nachzudenken, lief sie die Treppe hoch. Es gab nur einen, dem sie sich so zeigen wollte. Oben angekommen, verharrte sie. Hier lagen die Zimmer der Dienstboten. Heinrich, Bärbe und auch David wohnten hier. Alles lag ruhig. Unter keiner Türritze drang ein Lichtstrahl hervor. Sie wünschte sich, eine ganz bestimmte würde sich öffnen, aber alles blieb still.

Sie würde sie selbst öffnen müssen, und sie verachtete sich schon dafür, bevor sie es getan hatte.

Es knarrte ein wenig, als sie die Klinke heruntderdrückte. Die Tür schwang auf, und sie trat hastig ein, schloss sie und lehnte sich, plötzlich atemlos, mit dem Rücken dagegen.

Ihr Blick war auf Davids Bett gerichtet. Er drehte sich um und sah sie an. Evas Herz schlug so heftig, dass es alle anderen Geräusche übertönte.

Sie wünschte sich zurück in ihr Bett, unter den Schutz der Decke. Irgendetwas musste jetzt geschehen. Irgendwas. Er musste aufstehen und zu ihr kommen oder wenigstens fragen, was sie hier wollte. Doch er tat nichts davon. Alles blieb ruhig und bewegungslos im Zimmer.

Ich muss mich umdrehen und gehen, dachte sie, doch ihre Füße bewegten sich nicht.

Sie wandte den Kopf zur Seite – und sah ein Kleid auf dem Boden liegen, das sie schon einmal an Susanne gesehen hatte. Tränen stiegen in ihr auf. Tränen der Scham und der Ohnmacht.

Sie griff nach der Klinke, drückte sie hinunter und floh.

Kapitel 7

Ach, Eva, ich wusste, dass du mir keine Schande hier machst, dass ich mich auf dich verlassen kann.»

Die Mutter, die nach Leipzig gekommen war, um sich mit eigenen Augen davon zu überzeugen, dass alles so lief, wie sie es geplant hatte, drückte Eva an sich. Seit über einem halben Jahr hatten sich Mutter und Tochter nicht mehr gesehen. Inzwischen war der Winter vergangen und ein neues Jahr angebrochen. Der Frühling stand in voller Blüte, und auch Sibylla wirkte, als könne sie ihren Tatendrang kaum bändigen.

Eben war sie mit Adam der Kutsche entstiegen, und nun sah sie sich neugierig um. Adam hatte den Arm um Eva gelegt und drückte sie leicht an sich.

«Es ist schön, dich zu sehen, Eva. Ich musste einfach nach Leipzig kommen. Frankfurt ohne dich ist eine einsame Stadt.»

Eva lächelte ihn an. «Auch ich bin froh, dich hier zu haben, Adam. Ich bin sicher, du wirst dich an der Leipziger Universität wohl fühlen.»

Sie machte den Knechten Platz, die die schweren Truhen mit Adams Gepäck in den ersten Stock brachten, in dem Adam von nun an wohnen sollte, um seine Studien in Leipzig fortzusetzen. Er hatte sie in Frankfurt nicht beenden können, da dort der Stadtmedicus verstorben war.

Die Mutter ließ die Knechte passieren, reichte dann Bärbe ihren Umhang und stieg, ohne die Magd weiter zu beachten, die Treppe zu Evas Räumlichkeiten hinauf.

Schweigend sah Eva zu, wie ihre Mutter jedes Detail der Inneneinrichtung prüfte. Schließlich wandte Sibylla sich um und sagte: «Du bist meine Tochter, Eva, wahrhaftig. Ich hätte diesen Raum nicht besser einrichten können. Doch jetzt lass dich anschauen.»

Sie fasste Eva bei den Schultern und musterte sie.

«Nun sag, Eva, bist du glücklich mit Mattstedt? Oh, ich war so froh, als ich die Nachricht bekam. Ich wusste von Anfang an, dass ihr füreinander geschaffen seid. Mattstedt erinnert mich in manchen Dingen an Isaak. Er wird dir gut tun. Findest du nicht auch, Adam?»

«Ja, Mutter», erwiderte Eva.

«Ja, Sibylla», antwortete Adam.

Sibylla fuhr fort: «Mattstedt ist ein guter Geschäftsmann, und ich bin sicher, dass er bereits mit dem Gedanken spielt, sich im Erzgebirge hervorzutun. Selbst einige Frankfurter wollen sich in die Silberminen einkaufen. Doch das Geschäft ist nicht ohne Fallstricke. Mattstedt tut wohl besser daran, sich eine Saigerhütte zu kaufen.»

«Ja, Mutter», erwiderte Eva.

«Ja, Sibylla», antwortete Adam.

Eva sah zu ihrem Stiefbruder, der ihr zuzwinkerte, und unterdrückte ein Kichern.

«Nun», die Mutter rieb sich die Hände. «Jakob Fugger ist in der Stadt. Ich habe ihn bereits für heute Abend eingeladen. Wie läuft die Werkstatt?»

Noch ehe Eva etwas erwidern konnte, schnitt ihr Sibylla das Wort mit einer Handbewegung ab. «Sag nichts. Ich werde mich selbst davon überzeugen.»

Und schon raffte sie die Röcke, rauschte aus dem Wohnraum, die Treppen hinunter und über den Hof zur Werkstatt. Eva und Adam hasteten ihr hinterher.

«Schierin!», rief Heinrich aus, als er Sibylla sah. Er strahlte, und jeder konnte die Bewunderung, die er für die Frau hegte, an seiner Nase ablesen.

Eilfertig kam er hinter der Werkbank hervor und schüttelte ihr überschwänglich die Hand.

«Heinrich, wie geht es dir?», fragte Sibylla, doch ihre Blicke eilten bereits durch die Werkstatt.

Sie ließ Heinrich stehen und ließ sich von Meister Faber begrüßen, dann blieb sie vor David stehen, der zwar bei ihrem Eintreten aufgestanden war, doch sich in seiner Arbeit nicht unterbrechen ließ.

«Du musst der neue Geselle sein, nicht wahr?», fragte Sibylla.

David nickte. «Das bin ich. Und Ihr müsst demzufolge die Mutter unserer Herrin sein.»

Sibylla runzelte die Stirn. Sie war es nicht gewohnt, so angesprochen zu werden. Doch sie wies den Gesellen nicht zurecht, sondern beugte sich über seinen Platz und studierte die Zeichnungen, die er um sich ausgebreitet hatte, auf das genaueste. «Das da!» Sie zeigte mit dem Finger auf ein Blatt. «Was soll das sein?»

«Was seht Ihr darin?», fragte David zurück. Sibylla maß ihn mit einem Blick, der schon so manchen zum Schweigen gebracht hatte, nicht aber David.

«Was seht Ihr, wenn Ihr das Blatt betrachtet?»

«Ich bin nicht zum Raten hier. Sehen will ich, dass die Werkstatt gut läuft und die Angestellten ihre Arbeit tun.»

David ließ sich auch von dieser offensichtlichen Rüge nicht beirren.

«Ich habe schon viel von Euch gehört. Besonders Euer Einfallsreichtum ist immer wieder gelobt wurden. Nun, ich bin sehr neugierig, was Ihr in meinem Blatt seht.»

Sibylla trat einen Schritt zurück und maß den Gesellen mit einem langen, strengen Blick. «Wer bist du und woher kommst du?», verlangte sie zu wissen.

«David nennt man mich. Und ich komme von dort, wo auch Ihr herstammt.»

Bei diesem Satz wich Sibylla einen Schritt zurück. Sie kniff die Augen leicht zusammen, und ihre Hand fasste nach der Tischkante. Ihr Mund wurde noch schmaler, und die Wangen wirkten plötzlich blass. Nur aus ihren Augen schlugen Flammen.

«Was fällt dir ein?», fuhr Heinrich den Gesellen an. «Wenn du mit deinesgleichen so reden kannst, dann tue es. Hier aber stehst du einer Dame gegenüber. Du bist es nicht einmal wert, dieselbe Luft zu atmen wie sie. Also reiß dich zusammen und benimm dich, wie es sich für einen kleinen Gesellen schickt.»

«Lass, Heinrich», bestimmte Sibylla und wedelte mit der Hand. «Ich kann gut für mich selbst sprechen.»

Sie trat zu David und betrachtete den Leuchter, an

dem er arbeitete. Es war ein Prachtstück, was Sibylla sofort auffiel. Das Silber funkelte wie alle Sterne am Himmel, doch das Augenfälligste daran war eine Verzierung aus Emaille.

«Ein schönes Stück», sagte sie. «Wo hast du die Kunst des Emaillierens gelernt? Selbst in Florenz habe ich nur selten Emaille auf Silber gesehen. Man sagt, der Silbergrund haftet schlecht.»

«Ich bin weit herumgekommen. Man lernt viel, wenn man die Augen offen hält. Ich bin sicher, Ihr wisst, wovon ich rede.»

Sibylla sah ihn mit einem seltsamen Ausdruck in den Augen an, doch sie antwortete nicht, sondern stand einen Augenblick schweigend in der Werkstatt. Dann nickte sie noch einmal Meister Faber zu, rauschte hinaus und setzte ihren Rundgang fort. Eva eilte hinterher, während Adam sich daranmachte, sein Laboratorium im Keller einzurichten.

«Was meint David damit, dass er von dort kommt, wo auch du herstammst?», fragte Eva. «Kennst du ihn etwa? Weißt du, welcher Abkunft er ist?»

Die Mutter antwortete nicht, doch Eva sah ihrem Gesicht an, dass sie verunsichert war.

«Wie beträgt sich Susanne?», Sibylla ging einfach weiter, ohne auf Evas Frage einzugehen. «Führt sie den Haushalt gut? Ihre Kochkünste sind berühmt. Kommst du zurecht mit ihr?»

Eva zögerte. Sie dachte daran, dass sie selbst Susanne gebeten hatte zu bleiben und damit in ihrer Schuld stand. Und sie erinnerte sich gut an das Kleid in Davids Kammer.

Sie holte tief Luft, dann fragte sie: «Redet man in Frankfurt noch immer von ihr als Hexe?»

«Ach was. Sie war gerade weg, da hatten sich die Tratschweiber schon ein neues Opfer gesucht. Und Schulte war auch nicht faul. Eure Kutsche war kaum in Leipzig, als er sich schon ein Schankmädchen ins Haus geholt hat.»

«Das heißt, sie könnte nach Frankfurt zurück, wenn sie wollte?»

«Susanne ist frei. Schulte hat sie schriftlich aus der Ehe entlassen. Sie kann gehen, wohin sie will.»

Die Mutter blieb abrupt stehen und wandte sich zu Eva um. «Warum fragst du? Gibt es Ärger?»

Eva schüttelte erst den Kopf, dann nickte sie.

«Was denn nun?»

Eva sah ihre Mutter verlegen an. «Ich möchte sie nicht länger im Haus haben.»

«Warum? Du wirst es schwer haben, jemanden zu finden, der deinen Haushalt so vortrefflich versieht.»

Eva zuckte mit den Achseln und schlug die Augen nieder. «Du weißt doch selbst, wie sie ist. Auf Dauer kann man nicht mit ihr auskommen.»

Die Mutter griff unter Evas Kinn und hob es so weit, dass sie ihr in die Augen sehen musste. «Was ist geschehen? Warum willst du Susanne loswerden?»

Eva seufzte, dann brach es aus ihr heraus: «Sie mischt sich in meine Angelegenheiten. Und sie macht den Männern schöne Augen. Nicht einmal der neue Geselle ist vor ihr sicher.»

Die Mutter lachte. «Na, und? Das ist doch nichts Neues.»

«Aber sie treibt sich mit Männern herum. Das schadet unserem Ruf.»

«Sie ist noch nicht alt, Eva. Soll sie wie eine Nonne leben? Vielleicht findet sie auf die Art jemanden, der mit ihr leben möchte. Dann bist du sie von ganz alleine los. Du sagst, sie macht dem Gesellen schöne Augen? Nun, vielleicht heiratet er sie ja.»

«Sie soll weg. Verschwinden soll sie.» Eva machte sich aus dem Griff der Mutter frei und spuckte diese Worte regelrecht aus.

«Was ist los, Eva? Wenn du mir nicht erzählst, was geschehen ist, kann ich dir auch nicht helfen.»

Eva schluckte und schwieg. Sie konnte ihrer Mutter unmöglich erzählen, dass Susannes Kleid in Davids Kammer sie so sehr störte.

«Vielleicht bin ich im Augenblick nur nervös, weil wir einen so hohen Gast wie Jakob Fugger erwarten, und da darf nichts schiefgehen», erwiderte Eva und beendete das Gespräch, in dem sie einfach über den Hof ging und die Tür zur Küche ansteuerte.

Die Mutter sah ihr einen Augenblick hinterher, dann zuckte sie mit den Achseln, eilte Eva nach und sagte, bevor sie das Haus betraten: «Ich erwarte von dir, dass du mit Kleinigkeiten selbst fertig wirst. Du hast Andreas Mattstedt. Er wird dich beraten, wenn es notwendig ist. Gibt es aber größere Schwierigkeiten, dann musst du dich wohl genauer erklären.»

Eva nickte. Um von sich abzulenken, fragte sie: «Die Messe ist vorüber. Was macht Jakob Fugger eigentlich in der Stadt?»

Sibylla lächelte. «Nun, die Kunde von den Silberfunden im Erzgebirge ist natürlich auch bis Augsburg gedrungen. Zeit wird es für ihn, in Leipzig eine Niederlassung zu gründen, die seine Interessen im Erzgebirge vertritt. Er kann sich schließlich nicht um alles kümmern. Der Kaiser bedarf seiner Dienste. Und nicht nur er. Selbst der Papst in Rom lässt ihn hin und wieder zu sich rufen. Dazu die Kupferbergwerke in Ungarn und im Österreichischen. Er braucht einen fähigen Mann vor Ort, einen, auf den er sich verlassen kann, und vor allen Dingen einen, der etwas von Geschäften versteht.»

«Heißt das, er sucht nach dem geeigneten Mann für die Leipziger Faktorei?»

«Richtig, Kind. So ist es. Nun, ich dachte, es wäre an der Zeit, Fugger und Mattstedt miteinander bekannt zu machen.»

Sie lächelte Eva an und tätschelte ihr leicht die Wange: «Wäre es nicht ein wunderbares Verlobungsgeschenk, wenn es mir gelänge, Mattstedt diesen Posten zu verschaffen?»

Eva kam plötzlich ein Verdacht. «Sag, Mutter, hast du mich etwa nach Leipzig geschickt, um Mattstedt in die Familie zu holen und dir dadurch deinen Anteil an den Silbervorkommen zu sichern?»

Sibylla lachte hellauf und blickte voller Stolz auf Eva: «Ich sehe, du denkst wie ich. Mattstedt und du – das ist eine hervorragende Bindung auf allen Gebieten.»

Eva schluckte, dann fragte sie: «Aber hast du nicht gesagt, dass die Liebe das Wichtigste im Leben ist?»

«Natürlich habe ich das, Kind. Ich möchte nichts mehr

als dein Glück. Doch wenn sich die Liebe und die geschäftlichen Interessen miteinander verbinden lassen, so ist das für alle Seiten von größtem Vorteil.»

Sie tätschelte Evas Wange erneut: «So, und nun gehe ich in die Küche, um dafür zu sorgen, dass heute Abend ein köstliches Mahl auf den Tisch kommt. Ich habe den Eindruck, es wird Zeit, dass mal jemand Susanne auf die Finger klopft.»

«Wieso?», fragte Eva voller Hoffnung.

«Nun, sie sieht einfach zu gut aus. Ihr Gesicht ist rosig, die Augen strahlen. Ja, sie hat sogar um die Hüften herum etwas zugelegt. Und sie hat mich vorhin an der Kutsche überaus höflich begrüßt. So kenne ich sie nicht. Und ich möchte wissen, was dahintersteckt.»

Die Mutter hatte die Tür zwischen Tafelstube und Wohnzimmer öffnen lassen, sodass die Räumlichkeiten großzügiger wirkten.

Der große Tisch war ausgezogen und mit dem feinsten Leinen belegt, die Kandelaber mit Asche blank gerieben und mit weißen Wachskerzen bestückt. Davids Leuchter mit der Emailleeinlage stand als Prunkstück mitten auf der Tafel.

In der Küche wurden die Speisen hergerichtet. Sibylla hatte es an nichts fehlen lassen. Sie hatte eingelegte Oliven aus Italien und auch ein kleines Fässchen Chianti mitgebracht. Dazu gab es Braten vom Schwein und Rind, gekochte Täubchen, Kastanienmus und mehrere Sorten Brot, kandierte Früchte und kleine Kuchen, die behutsam mit Rosenwasser bestrichen worden waren.

Der Tisch war von Susanne mit silbernen Tellern gedeckt worden. Neben jedem lag eine zweizinkige Gabel, die als ausgesprochene Kostbarkeit galt und beileibe nicht in jedem Haushalt ihren Platz hatte. Die Gläser waren aus fein geschliffenem Kristall und zersplitterten das Kerzenlicht in hundert feine Sterne.

«Eva, bist du fertig?», rief Sibylla durch das Haus, als sie sah, dass in der Tafelstube alles auf das beste hergerichtet war. Sie wartete nicht auf eine Antwort, sondern eilte zur Kammer ihrer Tochter und betrat, ohne anzuklopfen, das Gemach.

Eva war gerade dabei, ihr hüftlanges Haar in der Mitte zu scheiteln und es mit einem Reif aus Perlen zu schmücken. Die dazu passende Halskette schimmerte bereits im Ausschnitt des Kleides, und auch in den Ohren steckten Perlen. Ihr lavendelfarbenes Kleid, das die Mutter ihr aus Frankfurt mitgebracht hatte, war von der neuesten Mode. Es hatte Schlitze an den Ärmeln und am Mieder, der Rock war mit Borten und bestickten Bändern in dunklem Violett versehen und über ein Gestell gezogen. Der Ausschnitt war ebenfalls mit violettem Samt eingefasst und mit winzigen Perlen bestickt.

«Lass dich anschauen», verlangte Sibylla, fasste Eva an den Schultern und drehte sie einmal um sich selbst. Dann zupfte sie noch ein wenig an den bodenlangen Falten des Rockes herum und sagte schließlich: «Du siehst sehr gut aus. In diesem Aufzug passt du bestens zu Andreas Mattstedt.»

Sibylla selbst war ebenfalls nach der neuesten italienischen Mode gekleidet. Doch sie trug ein Kleid aus schwarzem Samt, einer Farbe, die Witwen vorbehalten war.

«Bist du aufgeregt?», fragte Sibylla ihre Tochter. Eva schüttelte den Kopf. «Warum sollte ich?»

«Nun, dein Verlobter wird heute Jakob Fugger vorgestellt. Für eure Zukunft hängt viel davon ab, welchen Eindruck er von euch gewinnt. Auch als Paar. Ihr habt eure Verlobung zwar bisher noch nicht offiziell gemacht, doch Fugger soll es natürlich erfahren.»

Eva strich sich über ihr Haar. Dann legte sie die rechte Hand in den Bogen zwischen Hals und linker Schulter und legte den Kopf schräg.

«Von mir aus muss es niemand wissen», sagte sie. «Wichtig ist doch, dass wir wissen, was wir wollen.»

Die Mutter runzelte die Stirn und sah Eva fragend an: «Weißt du denn, was du willst?»

Ihr Ton war streng.

«Ja, Mutter», erwiderte Eva. «Ich weiß schon, was das Beste für die Familie und die Werkstatt ist.»

«Na, dann ist es ja gut.» Die Mutter klang noch etwas misstrauisch, doch der Türklopfer, der energisch gegen das Holzblatt geschlagen wurde und die Ankunft der Gäste verkündete, lenkte sie ab.

Wenig später begleitete Sibylla den reichen und berühmten Kaufmann Jakob Fugger in die Tafelstube.

Fugger sah sich aufmerksam um und lobte die Einrichtung, später das Essen und die köstlichen Getränke. Als die Tafel aufgehoben und das Geschirr abgetragen war, kam das Gespräch rasch auf die Silbervorkommen im Erzgebirge.

«Nun», sagte Fugger. «Man erzählt sich, seit dem größten Silberfund in Schneeberg anno 1477 sei man nie wieder auf eine ähnliche Menge an Silber gestoßen. Reich ist jetzt, wer damals in einen Anteil an der Grube, einen Kux, investiert hat. In den letzten Jahren ist der Ertrag der Grube St. Georg jedoch zurückgegangen, der Wert der Kuxe gefallen. Was meint Ihr, Mattstedt? Sollte man sein Geld weiter nach Schneeberg tragen? Wie schätzt Ihr die Lage dort ein?»

«Meiner Meinung nach wird es nicht mehr lange dauern, bis St. Georg eine Zuschusszeche wird und die Anteilseigentümer zahlen müssen. Darum rate ich im Augenblick davon ab, in Schneeberg große Summen zu investieren. Ein Grubenanteil zu St. Georg, der 1478 noch 2000 Gulden gekostet hatte, war 1488 nur noch 181 Gulden wert. Und in diesem Jahr schon wird der Wert unter 100 Gulden gehen.»

«Hmm.» Fugger strich sich über das Kinn und betrachtete Mattstedt nachdenklich.

«Was ist mit den anderen Zechen? Ich hörte, im Obergebirge fänden bereits erste Abstiche statt», warf Sibylla ein. «Oder ist es nicht besser, Anteile an einer Saigerhütte zu erwerben? Dort werden die Metalle voneinander getrennt, das wird man immer brauchen, egal aus welcher Grube das Silber stammt.»

Mattstedt widersprach Sibylla vorsichtig: «Da habt Ihr Recht, doch den größten Gewinn macht man mit Kuxen. Ich selbst werde in Annaberg im Obergebirge einige Anteile kaufen. Es gibt dort einen alten Bergmann, der Silber regelrecht riechen kann. Die Leute halten ihn für einen Verrückten, doch er hat bisher jeden großen Fund vorausgesagt.»

«In Annaberg? Soso.» Fugger war auf einmal ganz Ohr.

«Ich auch», rief Sibylla. «Ich werde auch in Annaberg Kuxe kaufen. Oder besser noch, Mattstedt, Ihr tätigt die Käufe für mich. Im Augenblick ist der Preis für einen Kux sehr niedrig. Gibt es Funde, so machen wir einen riesigen Gewinn. Gibt es keine, nun, so haben wir nicht viel verloren.»

«Ein kluger Gedanke, Sibylla», lobte Fugger. «Auch ich werde Mattstedt beauftragen, dort für mich tätig zu werden. Die Saigerhütten aber laufen uns nicht davon.»

«Die werden mit Sicherheit immer wichtiger werden», warf Adam ein. «Sogar ich benötige Silber, um meine Experimente zu machen. Und Zink, das auch im Erzgebirge gefunden wurde. Zink hilft, Krankheiten zu heilen. Die Bergleute und Knappen, die mit diesem Metall hantieren, haben kaum entzündliche Wunden.»

Eva hatte die ganze Zeit über dabeigesessen und kein Wort gesagt. In der Gegenwart von Jakob Fugger, Andreas Mattstedt und ihrer Mutter glaubte sie nicht, etwas zum Gespräch beitragen zu können.

Also ließ sie ihre Gedanken schweifen, spielte dabei an Davids Leuchter herum, der direkt vor ihrem Platz stand.

«Nun, Eva, träumt Ihr?»

Jakob Fuggers Stimme riss sie aus ihren Gedanken. Sie schrak zusammen und stieß dabei den Leuchter um, sodass er vor Fugger umfiel.

Fugger nahm ihn zur Hand und betrachtete die Arbeit sehr genau.

«Ein seltenes Stück», sagte er und strich mit dem Finger über die Emailleeinlagen. «Hier ist ein wahrer Künstler am Werk gewesen. Woher habt Ihr den Leuchter?»

«Ein neuer Geselle in unserer Werkstatt hat ihn gemacht», antwortete Sibylla. «Kann schon sein, dass er ein begabter Silberschmied ist, doch mangelt es ihm dafür an anderen Stellen.»

Sie guckte dabei so säuerlich, dass Fugger auflachte. «Was hat er Euch getan?»

Sibylla zuckte mit den Achseln. «Es fehlt ihm an Ehrerbietung.»

Auch Mattstedt mischte sich nun ein: «Ich möchte ihn auch nicht länger in der Werkstatt haben. Er ist mir unheimlich.»

«Aber er ist ein guter Silberschmied. Der Beste, den es in ganz Leipzig derzeit gibt», warf Eva ein, doch niemand schenkte ihren Worten Beachtung.

Fugger drehte noch immer den Leuchter in der Hand. «Ich würde ihn gern kennen lernen, diesen seltsamen Gesellen. Vielleicht ist es auch möglich, noch andere Sachen von ihm zu sehen?»

Eva nickte eifrig. «Ich werde ihn holen.»

Noch ehe Sibylla oder Mattstedt widersprechen konnten, war sie bereits aus der Stube geeilt und kam kurz darauf mit David zurück.

Die anderen hatten sich unterdessen erhoben und betrachteten einen silbernen Kelch, der vor dem Spiegel auf dem Kaminsims stand.

«Hast du ihn gefertigt?», fragte Fugger, der Davids Eintreten im Spiegel verfolgt hatte, und wandte sich um.

David schüttelte den Kopf. «Nein. Er ist nicht schlecht, aber ich kann es besser.»

Fugger zog die Augenbrauen hoch und betrachtete ihn aufmerksam von oben bis unten.

«Hier!» David stellte ein mit Stoff ausgeschlagenes Kästchen auf die abgeräumte Tafel und holte daraus den Ring und den Pokal hervor, die er Eva auf dem Marktplatz gezeigt hatte.

Fugger nahm die Gegenstände in die Hand und betrachtete sie ausführlich. Auch Sibylla und Mattstedt bekundeten ihr Interesse.

«Hm», sagte Fugger schließlich und reichte die Silberwaren zurück. «Es sind in der Tat bemerkenswerte Arbeiten.» Er nickte anerkennend. «Wo willst du hin? Was willst du erschaffen, Geselle?»

David lächelte, als hätte er diese Frage erwartet. «Beweisen werde ich, dass der Mensch der ist, der er sein will.»

Sibylla zog die Stirn in Falten und setzte zu einer Widerrede an, doch Mattstedt legte ihr beschwichtigend eine Hand auf den Arm.

Fugger aber nickte. «Ich verstehe, was du meinst, Silberschmied.»

Eva war die Einzige, der auffiel, dass Fugger David plötzlich Silberschmied und nicht mehr Geselle nannte.

Fugger fuhr fort: «Möge unsere unsterbliche Seele vom heiligen Ehrgeiz ergriffen werden, nichts Mittelmäßiges anzustreben, sondern das Höchste zu ersehen und mit aller Kraft anzustreben, dies zu erreichen.»

David lächelte. «Ich sehe, auch Ihr kennt Pico della Mirandola.»

«O ja, ich denke, ich kenne ihn nicht nur, sondern habe ihn auch verstanden.»

Fugger lachte. Sibylla und Mattstedt hingegen verfolgten mit wachsendem Unwillen den Wortwechsel.

David sah es. Er trat einen Schritt vor und sah Eva fest in die Augen. «Ich werde beweisen, dass ich mich selbst an den Platz zu stellen vermag, der mir gefällt.»

«Aber nicht in diesem Hause!»

Sibyllas Worte klangen streng. Sie musterte den Gesellen von oben bis unten, betrachtete jeden Fleck auf seiner Arbeitskleidung mit großer Strenge. Schon öffnete sie den Mund für eine weitere Zurechtweisung, da trat Mattstedt an sie heran, und Eva konnte diesmal deutlich hören, was er sagte: «Lasst uns später reden.»

«Du kannst gehen, Geselle, wir brauchen dich hier nicht mehr», bestimmte Sibylla und wedelte mit der Hand, als wolle sie eine Fliege verscheuchen.

Eva sah, dass sich das Gesicht Davids verfinsterte. Seine Lippen waren fest zusammengepresst, als wolle er seine Worte daran hindern, voreilig aus dem Mund zu springen. Er verneigte sich kurz, nickte Fugger noch einmal grüßend zu und verließ die Tafelstube ohne weitere Worte.

Wenig später verkündete Sibylla mit übertriebener Munterkeit die Verlobung von Andreas Mattstedt und ihrer Tochter. «Noch ehe dieses Jahr zu Ende geht, werden Eva und Andreas heiraten.»

Als die Gäste endlich gegangen waren, atmete Eva auf. Sie eilte in ihr Zimmer und stellte sich vor den Spiegel. Wer war sie? Wer wollte sie sein? Davids Worte gingen ihr nicht aus dem Kopf. War sie nur die Tochter der Pelzhändlerin? Plötzlich wurde ihr klar, dass sie mehr werden musste als die Tochter ihrer Mutter. Sie musste Eva werden. Und als Eva musste sie ihr eigenes Schicksal wählen. Sie trat näher an den Spiegel. Auf einmal sah sie sich ganz anders. Und sie wusste, dass ihr altes Leben jetzt zu Ende war.

Von draußen verkündeten die Schläge der Kirchenuhr Mitternacht. Der alte Tag endete hier, der neue begann.

Als sie energische Schritte die Treppe heraufkommen hörte, schrak sie zurück. Gleich darauf wurde an ihre Tür geklopft.

Sie trat vom Spiegel zurück, sammelte sich und rief: «Herein!»

«Ich dachte mir, dass du noch nicht schläfst», sagte die Mutter.

«Der Abend war anregend. Er klingt noch in mir nach», erwiderte Eva.

Die Mutter setzte sich auf die gepolsterte Truhe und schob sich ein Kissen in den Rücken. Dann klopfte sie mit der Hand auf den freien Platz neben sich. Eva gehorchte.

Sibylla redete über den geplanten Kauf der Kuxe in Annaberg.

«Die Hälfte der Kuxe wird dir gehören. Dir allein, die andere Hälfte Adam. Ich werde die Kuxe auf deinen Namen eintragen lassen und dafür sorgen, dass auch eine Heirat nichts an den Besitzverhältnissen ändert.»

«Warum das?», fragte Eva. «Traust du Andreas Mattstedt plötzlich nicht mehr?»

Die Mutter lachte, aber es klang schrill und keineswegs fröhlich. «Du liebst Mattstedt nicht, Eva.»

Sie sah Eva an, doch Eva schwieg und senkte den Blick.

Die beiden Frauen saßen eng beieinander, doch plötzlich fröstelten sie.

«Aber du wirst ihn trotzdem heiraten. Der Appetit kommt beim Essen», bestimmte die Mutter. «Tust du es nicht, so enterbe ich dich. Du wirst alles verlieren: Mattstedt, die Werkstatt, dein lebenslanges Auskommen. Nichts wirst du mehr haben von dem, was dir in die Wiege gelegt wurde.»

Eva nickte. Die Gewissheit, dass die Mutter mit allem, was sie sagte, Recht hatte, ließ sie seufzen. Sie war nicht mehr die Tochter der Pelzhändlerin, sie war Eva. Und das hieß, dass sie allein war. Dieser Gedanke erschreckte sie so sehr, dass sie ihre Mutter ansah und fragte: «Du gebietest mir, Mattstedt zu heiraten, und willst den Gesellen, den ich mir gesucht habe, aus der Werkstatt verbannen. Kann ich dir denn gar nichts recht machen? Was hat David dir getan?»

«Anmaßend ist er. Anmaßend und überheblich. Ein Emporkömmling, der mehr will, als ihm zusteht. Am Ende wird er noch über Leichen gehen, um zu kriegen, was er haben will. Froh bin ich, dass ich Adam überreden konnte, nach Leipzig zu gehen. Er wird ein Auge auf diesen David haben.»

«Was glaubst du denn, Mutter, was er haben will? Meinst du, er neidet uns die Werkstatt?»

«Dich will er haben, Eva. Es geht um dich. Aber er wird dich nicht bekommen. Du wirst Mattstedt heiraten. Gott hat die Menschen an den Platz gestellt, an den sie gehören.»

Eva lachte auf. «Das sagt ausgerechnet du? Du? Eine ehemalige Wäscherin aus dem Feldsiechenhaus, die es nur durch Betrug dahin gebracht hat, wo sie jetzt ist. Oh, Ihr seid Euch so ähnlich, Mattstedt, Fugger und du. Auf Kosten anderer habt ihr es geschafft, steht jetzt an dem Platz, den ihr euch erschlichen habt, und wollt jeden Tag noch ein Stückchen näher zur Sonne. David steht noch am Anfang seines Weges. Er sagt, was er will. Nichts geschieht heimlich, nichts wird erschlichen. Die junge Frau, die du einmal warst, ähnelt ihm, und deshalb magst du ihn nicht.»

Kapitel 8

Eigentlich wollte Eva abwarten, bis sie nach dem sonntäglichen Mittagsmahl mit Mattstedt und Sibylla allein war. Doch als Sibylla vor den versammelten Dienstboten Pläne für die Hochzeit machte, hielt sie es nicht länger aus.

Sie holte tief Luft, dann sagte sie, zu Mattstedt gewandt: «Andreas, ich bitte dich sehr, die Hochzeit zu verschieben.»

Vor Verblüffung fiel Mattstedt die Gabel aus der Hand und landete klirrend auf dem Silberteller. Von einem Augenblick auf den anderen wurde er blass.

«Was hast du da gesagt, Eva? Du willst die Hochzeit verschieben? Aber warum, in Gottes Namen?»

Eva sah kurz zu ihrer Mutter, die sie empört anfunkelte, dann sagte sie: «Ich bin gerade 20 Jahre alt. Vor zwei Jahren noch war ich in Florenz. Es sind erst ein Herbst und ein Winter vergangen, seit ich in Leipzig bin. Ich fühle mich einfach zu jung zum Heiraten. Viel zu jung.»

Mattstedts Gesichtszüge verformten sich wie ein Silberblech beim Verschlichten. Man konnte ihm die Mühe, die es ihn kostete, die Beherrschung nicht zu verlieren, regelrecht ansehen. Die anderen am Tisch schwiegen und sahen betreten auf ihre Teller. Nur Susanne blickte neugierig von einem zum anderen.

Mattstedt räusperte sich, trank einen Schluck vom Wein und nahm einen neuen Anlauf: «Gut, Eva. Lass uns später darüber sprechen. Hier ist nicht der richtige Ort.»

Sibylla war nicht zu beruhigen. «Nichts wird verschoben! Was glaubst du denn, wer du bist? Das kommt gar nicht infrage!», bestimmte sie und schob ihren Teller energisch von sich. «Du wirst Andreas Mattstedt heiraten. So, wie es abgemacht war. Ich lasse nicht zu, dass du unserem Ruf und dem Geschäft Schaden zufügst. Und zu jung bist du auch nicht. In wenigen Wochen wirst du 21 Jahre alt. Schon fast zu alt zum Heiraten.»

Eva hätte gern geantwortet, doch wollte sie den Streit mit ihrer Mutter nicht vor Andreas Mattstedt und den anderen austragen. Sie schwieg, schüttelte jedoch nachdrücklich den Kopf.

Die Mutter beugte sich über den Tisch: «Eva, komm zur Vernunft! Tust du es nicht, so werde ich dich zwingen müssen.»

Der Kaufmann war feinfühlig wie immer. Er tupfte sich mit einem Tuch den Mund ab, schob seinen Teller zur Seite, leerte das Glas und stand auf.

«Entschuldigt mich bitte», sagte er. «Ich hatte ganz vergessen, dass ich mit Johann von Schleußig noch etwas Wichtiges zu besprechen habe. Nun, da der Gottesdienst vorbei ist, bin ich sicher, ihn zu Hause anzutreffen.»

Er verbeugte sich kurz vor Sibylla und Eva und schritt

mit etwas hölzernen Schritten hinaus. Niemand hielt ihn auf.

Die Mutter warf wütend das Mundtuch auf den Tisch. «Du hast uns unmöglich gemacht. Ich hoffe, dir ist klar, dass du dich noch heute bei Andreas Mattstedt entschuldigen wirst. Gott sei Dank ist er ein Ehrenmann und wird dir deinen kindischen Ausbruch nicht nachtragen.»

«Nein, Mutter. Ich habe genau das gesagt, was ich gemeint habe, und Andreas Mattstedt hat es auch verstanden. Ich möchte ihn nicht heiraten, denn ich liebe ihn nicht. Du selbst hast gesagt, dass du vor lauter Geschäftssinn deine Liebe viel zu kurz gelebt hast. Die Liebe ist die Essenz des Lebens, das waren deine Worte. Aber du hast nie danach gelebt. Ich aber bin anders als du, Mutter. Ich bin das Kind einer neuen Zeit, in der die Herkunft des Menschen keine Rolle mehr spielt. Du aber klebst am Alten.»

Damit stand Eva auf und verließ den Raum, ohne dass es der Mutter gelang, sie zurückzuhalten.

In ihrer Kammer schritt sie aufgeregt auf und ab. Zum ersten Mal hatte sie sich gegen ihre Mutter gestellt. Zum ersten Mal hatte sie nicht das getan, was die Mutter von ihr erwartet hatte. Doch der Himmel war ihr nicht auf den Kopf gefallen. Gott hatte sie nicht zu Stein erstarren lassen. Zum ersten Mal war Eva sie selbst gewesen und nicht die Tochter der Pelzhändlerin. Sie warf einen Blick in den Spiegel. Das Lächeln, das sie darin sah, war stolz, aber nicht frei von Wehmut.

Am Nachmittag versuchte Sibylla Eva noch einmal umzustimmen. Als Eva keiner ihrer Drohungen nachgab, kündigte sie ihren Rückzug an. Mit den Worten: «Schon morgen werde ich abreisen», verließ sie wutschnaubend Evas Kammer. «Und sobald ich in Frankfurt bin, ändere ich alles. Du wirst nichts erben.»

Eva ließ sich von den Drohungen der Mutter nicht beeindrucken. Sie wusste, dass sie den einmal eingeschlagenen Weg nicht wieder verlassen konnte.

Der Abschied am nächsten Tag verlief außerordentlich kühl. Heinrich war der Einzige, dem es Leid tat, dass Sibylla so schnell schon wieder abreiste.

Über Evas Ausbruch wurde nicht mehr gesprochen, es war, als hätte es ihn nie gegeben. Noch nicht einmal Susanne wagte es, Eva deswegen aufzuziehen.

Eva war froh darüber. So genau sie wusste, dass ihre Entscheidung richtig gewesen war, so sehr war es ihr jetzt lieb, in aller Ruhe nachzudenken, wie es weitergehen sollte.

Sie war dabei, das Haus zu einem kurzen Spaziergang zu verlassen, als sie auf der Schwelle den Abt des Dominikanerklosters traf.

«Behüt Euch Gott, Silberschmiedin», grüßte der Kirchenmann. «Ich habe einen Auftrag für die Werkstatt. Mit Euch und dem Meister selbst möchte ich reden.»

«Jederzeit gern, Pater Ignatius. Kommt herein.»

Als der Mönch in der Werkstatt war, sah er sich in aller Ruhe um. Einige Waren standen auf einem Schränkchen an der Wand. Gerade waren sie vom Aufbereiter gekommen, der die Stücke im Weinsteinbad gesiedet und danach mit Blutstein und Eberzähnen poliert hatte, sodass sie jetzt im reinsten Glanz erstrahlten.

«Wer hat diese Stücke gemacht?», fragte er und zeigte

auf einen Willkomm-Becher und zwölf kleine silberne Tafelbecher.

Meister Faber trat hinzu. «Es sind schöne Stücke, nicht wahr? Unser Geselle hat sie gemacht.»

Der Dominikaner nickte. «Ich habe bereits von ihm gehört. In Straßburg hat er schon einmal für die Dominikaner gearbeitet und auch für unsere Brüder in Frankfurt. Gut, dann soll eben dieser Geselle für unsere Klosterkirche eine Monstranz fertigen und dazu ein mannshohes Kruzifix aus purem Silber.»

Einen so großen Auftrag hatte die Werkstatt noch nie erhalten! Und auch die anderen Gold- und Silberschmiede in Leipzig konnten nur davon träumen. Eva fiel es schwer, sich ihre Überraschung nicht anmerken zu lassen.

«Was ist mit den Rohstoffen?», fragte sie. «Wir benötigen für einen solchen Auftrag große Mengen an Silber. Auch Kupfer müssen wir kaufen, am besten aus dem Mansfeldischen, denn reines Silber ist zu weich, um daraus eine Monstranz und ein Kreuz zu schmieden.»

Der Dominikaner erwiderte: «Nun, wie ich höre, unterhaltet Ihr gute Beziehungen zu Andreas Mattstedt. Auch an der Werkstatt ist er wohl beteiligt. Er wird Euch sicherlich dabei behilflich sein, das notwendige Material zu beschaffen. Ich habe bereits mit ihm gesprochen.»

«Die Juwelen können wir auf der Frühjahrsmesse kaufen. Sie beginnt in ein paar Tagen, und ich bin sicher, dass die Florentiner Händler auch dieses Mal einige wunderbare Stücke mitbringen werden.» Eva war jetzt ganz Geschäftsfrau. Nur am Rande fragte sie sich, wieso David für die Frankfurter Dominikaner gearbeitet haben sollte, obwohl er doch selbst gesagt hatte, niemals dort gewesen zu sein. Doch das große Geschäft erforderte ihre ganze Aufmerksamkeit, und die Frage geriet in Vergessenheit.

Es dauerte nicht lange, dann war alles besprochen: der Termin für die Vorlage der Entwürfe, der Zeitraum der Herstellung und schließlich sogar die Bezahlung.

Der Dominikaner ging mit zufriedener Miene, Meister Faber sah ihm lächelnd nach, sogar Heinrich wirkte leutselig. Nur David saß an der Werkbank und tat, als ginge ihn das alles nichts an. Aber auch Eva konnte sich nicht von Herzen freuen, wusste sie doch genau, dass der Auftrag nur durch die Vermittlung Mattstedts ins Haus gekommen war. Dennoch, das war eine große Chance für sie.

«Ihr werdet die Entwürfe machen», ordnete Eva an, und Meister Faber nickte dazu. «Schließlich hat der Abt ausdrücklich darum gebeten, dass Ihr die bestellten Waren schmiedet.»

David nickte, doch seine Begeisterung hielt sich zu Evas Überraschung in Grenzen.

«Zwei Wochen Zeit gebe ich Euch dafür. Alle anderen Arbeiten könnt Ihr während dessen ruhen lassen. Gebt Euch Mühe. Die Entwürfe müssen etwas ganz Besonderes sein, ohne durch übertriebene Eigenwilligkeit hervorzustechen.»

David nickte, nahm seine Skizzenmappe und verließ ohne ein weiteres Wort die Werkstatt. Meister Faber und Heinrich sahen ihm kopfschüttelnd nach. «Wenn er nicht so ein ausgezeichneter Silberschmied wäre ...», sagte Meister Faber, doch er beendete den Satz nicht, als er Evas Gesicht sah.

In den nächsten zwei Wochen kam David nicht in die Werkstatt. Manchmal saß er bis zum Mittag in seiner Kammer, und niemand wusste, was er dort trieb. Dann sah man ihn durch die Flussauen streifen, Papier und Zeichenkohle in der Hand. Doch an beinahe jedem Abend verließ er das Haus und ging hinunter zum Rahnstädter Tor, hinter dem das Leipziger Hurenhaus lag.

Die beiden Wochen vergingen, ohne dass David Anstalten machte, sich mit dem Auftrag zu beschäftigen. Nach drei Wochen hatte Eva endgültig genug. Als sie ihn eines Morgens im Hausflur traf, stellte sie ihn zur Rede: «Habt Ihr die Entwürfe fertig? Ich möchte sie sehen. Auch Meister Faber zeigt Eile. Die Silber- und Kupferbarren warten darauf, gekauft zu werden, die Juwelenhändler sind nicht mehr lange in der Stadt. Viel Geld für neue Werkzeuge haben wir bereits ausgegeben. Es wird höchste Zeit, dass wir daran verdienen.»

Davids Miene war abweisend und von einem Eigensinn geprägt, den Eva sich nicht erklären konnte.

«Was ist?», fragte sie ein wenig ungeduldig. «Wann können wir die Entwürfe sehen? Jetzt gleich wäre mir am liebsten.»

David lachte auf. «Das Besondere braucht seine Zeit», erwiderte er knapp. «Und es kostet Geld. Die besten Rohstoffe brauche ich und nicht das minderwertige Zeug, das Mattstedt aus den eigenen Gruben herankarren lässt.»

Eva setzte zu einer empörten Widerrede an, doch David trat so nahe an sie heran, dass ihr die Worte im Munde stecken blieben.

«Ihr wollt das Beste von mir, doch Ihr haltet mich nicht entsprechend. Wenn ich leben muss wie ein einfacher Geselle, nun, so bringe ich auch nur die Arbeit eines einfachen Gesellen zustande. Hieltet Ihr mich wie einen Meister, so könnte ich wohl Meisterstücke fertigen. Und gäbe es jemanden, dem ich ein König wäre, so wären meine Silberwaren auch eines Königs würdig.»

«Ihr seid verrückt!»

«Nicht verrückter als Eure Mutter, nicht verrückter als Fugger und Mattstedt. Nicht verrückter als Ihr selbst, Eva. Überlegt Euch, was ich Euch wert bin.»

Mit diesen Worten drehte er sich um und verließ das Haus.

Susanne hatte durch die offene Küchentür jedes Wort gehört.

Sie lehnte sich mit verschränkten Armen an die Tür und lachte lauthals. «So muss man es machen! Von nichts kommt nichts. Hat schon mein Vater gesagt, bevor er deine Mutter heiratete.»

«Was soll das denn heißen?», fragte Eva.

Susanne lachte noch heftiger. «David weiß genau, wie er mit dir umgehen muss.»

«Was meinst du damit?», fragte Eva. Für einen Augenblick befürchtete sie, dass Susanne, vor deren Augen nichts verborgen blieb, wusste, wer des Nachts ihren Arbeiten zu Glanz verhalf.

Susanne lachte noch immer. «Das soll heißen, dass unser David Wasser predigt und Wein säuft. Ihm ist die Abkunft nicht egal, ganz im Gegenteil. Sein ganzes Sinnen ist darauf gerichtet, einen höheren Stand zu erlangen.

Du, Eva, hilfst ihm dabei nur zu willig. Er braucht dich nur anzusehen, und schon machst du alles, was er will.»

Eva atmete auf und erschrak gleichzeitig. Sie war erleichtert, dass Susanne ahnungslos war. Doch im selben Augenblick wurde ihr auch bewusst, dass sie, die Herrin, sich von einem Gesellen abhängig gemacht hatte und alle es wussten.

Dennoch – sie musste David seine Wünsche erfüllen, niemand sonst konnte den Auftrag des Klosters ausführen – sie selbst am wenigsten, das wusste sie nur zu genau, darum erwiderte sie trotzig:

«Lass die beiden Kammern, in denen meine Mutter bei ihrem Besuch gewohnt hat, herrichten. Unter einer Daunendecke soll er schlafen und ein großes Kissen haben. Mit Fellen sollen die Kammern bestückt werden, und ein großer Tisch, an dem er zeichnen kann, muss herbeigebracht werden.»

«Sollten nicht auch die Truhen geleert und der Schrank mit Leinenzeug gefüllt werden?», spottete Susanne. «Sollen wir von heute an die Tafel mit Silber decken? Oh, ich kann den Gesellen reden hören: ‹Wer Silber schmieden soll, soll auch von Silber essen. Und wer Meisterstücke fertigen soll, soll auch wie ein Meister gekleidet sein.›»

Susanne wurde ernst. «Und ich?», fragte sie. «Was ist mit mir? Bin ich weniger wert als er? Soll ich weiterhin in der Dienstbotenkammer schlafen? Gib mir auch zwei Räume wie dem Gesellen.»

«Nein!» Eva schüttelte den Kopf. «Du hast, was du brauchst. Bist ohnehin die meisten Nächte nicht in deinem Bett.»

«Ach, so ist das?», klagte Susanne. «Hast du vergessen, dass du mich daran gehindert hast zu gehen? Auf deinen Wunsch hin habe ich mein Glück in den Wind geschlagen. Du bist mir dafür etwas schuldig. Der Bäckergeselle hat eine andere geheiratet, die jetzt an meiner Stelle die Herrin spielt.»

Eva betrachtete die Stiefschwester mit Abneigung. Dann sagte sie: «Such dir meinetwegen einen Gürtel von mir aus.»

«Und eine Haarspange», verlangte Susanne.

Eva nickte müde. «Meinetwegen. Und jetzt sieh zu, dass der Geselle bekommt, was er verlangt.»

«Ist nun alles nach Euren Wünschen?», fragte Eva am Abend, als sie David seine neuen Kammern zeigte, die sich im selben Stockwerk befanden wie ihre Schlafkammer, die Wohn- und die Tafelstube und die beiden Kammern ihres Bruders.

«Wir sind auf dem besten Weg», erwiderte David und betrachtete jeden Winkel seiner neuen Behausung. Er fuhr mit der Hand über die Möbel, als wolle er die Politur prüfen. Dann stand er auf und betrachtete die beiden Öllämpchen und den Kerzenleuchter. Er nahm das Talglicht heraus, reichte es Eva und sagte: «Wachskerzen möchte ich. Aber es eilt nicht.»

In Eva wallte Empörung auf, doch David sah sie mit einem zwingenden Blick an, der jedes Wort in ihr erstickte. Dabei kam er immer näher. Eva dachte nicht einen Moment daran zurückzuweichen. Wie festgenagelt stand sie da.

Als er sie an sich zog und sie an seinen Körper presste,

erschrak sie nicht einmal. Sein Kuss war fordernd. Nichts Zärtliches war daran. Er legte seine Lippen so fest auf ihre, dass sie kaum atmen konnte.

Sie versuchte dem Griff seiner starken Hände zu entkommen, doch er hielt sie fest. Schließlich gab er sie frei. Sie riss sich los und sah ihn mit funkelnden Augen an. Dann drehte sie sich abrupt um und rannte in ihre Kammer.

Es dauerte eine kleine Weile, bis sie wieder zu Atem kam. Das Herz schlug ihr bis zum Hals.

Im Spiegel sah sie ihr Gesicht. Sie kam sich verändert vor. Doch ihre Augen waren klar und voller Glanz. Wie gern hätte sie darin das Wissen um etwas gesehen. Eine Erkenntnis, die sie sich von den Augen ablesen konnte, bevor ihr Verstand sie begriff.

«Warum, Eva? Sag mir einen einzigen Grund, warum du unsere Hochzeit verschieben willst», bat Andreas Mattstedt, als er mit Eva am nächsten Sonntag im nahen Rosenthal vor den Toren der Stadt spazieren ging.

«Ich fühle mich zu jung zum Heiraten. Ich kann mir nicht vorstellen, das Haus zu hüten und Kinder großzuziehen, wie es die Ute Lechnerin tut», wiederholte Eva störrisch die Worte, die sie ihm bereits gesagt hatte.

Mattstedt schüttelte verständnislos den Kopf.

Er verstand einfach nicht, was in Eva vorging. Er hielt an und sah ihr in die Augen, als könne er so ihre Gedanken lesen, doch es gelang ihm nicht.

«Ich verstehe dich nicht, Eva. Es war doch alles geregelt. Oder hat dir der neue Geselle einen Floh ins Ohr gesetzt?»

Mattstedt fasste nach ihrer Hand. Eva antwortete nicht.

«Was ist los mit dir, Eva? Du kommst mir so verändert vor.»

«Vielleicht werde ich ja erwachsen?», fragte sie und versuchte gar nicht erst, das Schnippische an ihren Worten zu verbergen.

Mattstedt seufzte. Dann fragte er: «Was machen die Entwürfe, Eva? Wie weit ist er damit? Die Dominikaner drängeln. Gestern erst war der Abt bei mir zu Gast und berichtete, dass aus der Werkstatt nichts Neues zu hören sei.»

«Gut Ding will Weile haben», erwiderte Eva mit unbewegtem Gesicht. «Kreuz und Monstranz sollen etwas ganz Besonderes werden. Nun, das Besondere braucht seine Zeit.»

Mattstedt nickte. Er hatte begriffen, dass Eva im Augenblick für seine Worte taub war. Und er ahnte auch den Grund dafür. Dass Eva diesem Gesellen Rechte einräumte, wie sie nicht einmal Meister Faber zustanden, hatte sich bereits bis zu ihm herumgesprochen.

Für den Rest des Spazierganges behielt Mattstedt seine Gedanken für sich. Er brachte Eva nach Hause und ging von der Hainstraße auf direktem Weg zum Haus der Goldschmiedeinnung im Goldhahngässchen, das zwischen der Reichsstraße und der Nikolaistraße lag.

Er hatte Glück, der Zunftmeister saß an einem langen Tisch und trank in aller Gemütsruhe sein Sonntagsbier.

«Oh, der Ratsherr Mattstedt gibt uns die Ehre», sagte er leutselig und rief dem Schankmädchen zu, dass es einen weiteren Bierkrug bringen solle. «Setzt Euch, Ratsherr, und erzählt, was Euch hierher führt. Habt Ihr Ärger mit Eurer kleinen Gesellin? Ich habe Euch doch gesagt, dass es Unrecht ist, wenn eine Frau das Wort in der Werkstatt hat. Und eine Fremde noch dazu. Also, Ratsherr, was führt Euch her?»

«Nichts Besonderes, Zunftmeister. Zeit ist es, ab und an mal nach dem Rechten zu sehen. Es gab doch keinen Ärger bisher, oder?»

Der Innungsmeister schüttelte den Kopf. «Eurer Werkstatt geht es prächtig, Mattstedt. Und Ihr könnt mir nicht erzählen, dass Ihr das nicht wisst. Die meisten Aufträge sind nicht über unseren Zunfttisch gegangen, wie es die Sitte verlangt. Ihr habt sie Euch selbst in die Tasche geschoben.»

Er lachte jovial und breitete die Arme aus: «Aber wer bin ich schon, dass ich Euch Vorschriften machen könnte? Ein Zunftmeister ist nicht halb so viel wert wie ein Ratsherr mit eigenen Kuxen.»

Mattstedt stimmte in sein Lachen ein. «Mein Besuch hat einen anderen Grund. Ich komme wegen David, unserem Gesellen.»

«Was ist mit ihm?»

«Fragen wollt ich, ob seine Papiere in Ordnung waren. Was wisst Ihr über seine Herkunft?»

Der Innungsmeister zuckte mit den Achseln. «Ich weiß nicht mehr als Ihr, Ratsherr. Die Zunft in Nürnberg hat ihm bescheinigt, dass er bei einem der Ihren gearbeitet hat. Nun, die Nürnberger haben weit größere Zunfterfahrungen als wir. Es wird schon seine Ordnung haben mit dem Gesellen. Schließlich haben die Nürnberger ihm eine Referenz geschrieben. Und Ihr selbst wart es, der Geld für ihn in die Zunftlade gezahlt habt.»

Mattsstedt nickte. «Auch Ihr wisst also nichts über die Herkunft?»

Der Innungsmeister schüttelte den Kopf. Mattstedt trank das Bier in einem Zug aus und stand auf. «Nun, dann werde ich wohl selbst nach Davids Abkunft suchen müssen. Falls Euch etwas zu Ohren kommt, so seid Ihr gut beraten, wenn Ihr es mir berichtet.»

Der Innungsmeister nickte gleichgültig. «Vielleicht kommt er aus dem Hallischen. Mein Weib, das auch von der Saale stammt, sagte, er hätte, wenn er dem Bier gut zuspricht, einen Hallischen Zungenschlag. Und einmal hat er berichtet, dass er das Leder für die Futterale selbst gegerbt hat.»

Mattstedt hob dankend die Hand und ging.

Wenige Tage später ging Eva in die Werkstatt, in der festen Absicht, David zur Rede zu stellen. Die Entwürfe mussten jetzt endlich fertig sein. Kunstwerk hin, Kunstwerk her, die Dominikaner waren die Auftraggeber und hatten ein Recht darauf, endlich die Blätter zu sehen. Schließlich war es ihr Geld. David saß bereits am Arbeitstisch, als Eva die Werkstatt betrat. Wenigstens ist er da, dachte sie und reckte kampflustig das Kinn.

«Die Entwürfe müssen heute fertig sein. Wir können die Dominikaner nicht länger hinhalten. Habt Ihr sie bis heute Abend nicht, nun, so wird jemand anderes diese Arbeit übernehmen.»

David lächelte, klappte wortlos seine Skizzenmappe auf und breitete einige Blätter auf dem Tisch aus.

Eva betrachtete jedes einzelne Blatt – und war sprachlos!

Schließlich fasste sie sich: «Der Christus am Kreuz ist vortrefflich. Er zeigt den Sohn Gottes, der sich dagegen wehrt, ans Kreuz geschlagen zu werden. Ein Mann in endloser Qual. Ein Mann, der nicht unter der Marter bricht, sondern am Unverstand und Verrat seiner Umgebung.»

Ein Strahlen ging über ihr Gesicht: «Der Entwurf des Kreuzes ist wunderbar, David. Besser, als ich je gedacht hätte.»

Doch dann verdüsterte sich ihr Blick. Sie tippte mit dem Finger auf den Entwurf der Monstranz.

«Adam und Eva? David, wisst Ihr nicht, dass eine Monstranz ein liturgisches Gefäß ist, welches den Leib Christi in Form einer Hostie in sich trägt?»

«Natürlich weiß ich das.»

Eva runzelte die Stirn. «Dann müsstet Ihr eigentlich auch wissen, dass zwei nackte Menschen nichts auf einer Monstranz verloren haben.»

«Und wenn Ihr so klug seid, wie Ihr vorgebt, dann müsste ich Euch nicht sagen, dass Gott in Jesu zum Menschen geworden ist. Indem wir die ersten beiden Menschen der Schöpfungsgeschichte abbilden, ehren wir auch Gott und vor allem seinen Sohn.»

Heinrich trat hinzu und sah lange auf die Blätter, während David und Eva sich anfunkelten.

Schließlich räusperte Heinrich sich und fragte mit dem harmlosesten Gesicht der Welt: «Kann es nicht auch sein,

Geselle, dass du dich selbst auf der Monstranz feierst? Du, der du ja verkündet hast, Gott nahe kommen zu wollen. David und Eva als Hüter der Hostie? Ihr könnt sagen, was Ihr wollt: Für mich ist diese Monstranz Blasphemie.»

Und auf einmal sah es auch Eva: Adam trug Davids Gesichtszüge und Eva ihre.

Teil zwei

Kapitel 9

Davids Monstranz hatte Eva verwirrt. Bei einem ihrer Besuche vertraute sie sich ihrer Freundin Ute an, die David von den Abenden in der Fraternität kannte, zu denen Eva ihn gegen Andreas Mattstedts Widerstand mitgenommen hatte. «Der Geselle ist seltsam, irgendwie anders als die anderen Männer. Findest du nicht auch?», fragte sie die Freundin.

Die Lechnerin lächelte: «Wie meinst du das?»

Eva zuckte mit den Achseln. «Ich weiß es nicht genau. Er erinnert mich ein wenig an die Gold- und Silberschmiede in Italien. So belesen wie er ist sonst kein Handwerker hier. Und er schert sich wenig um Sitten und Bräuche.»

«Außerdem sieht er sehr gut aus», ergänzte Ute und zwinkerte Eva zu.

«Ja», gestand Eva. «Ja, da hast du Recht.»

«Mir gefällt dieser Mann. Immer, wenn ich ihn sehe, bereue ich, dass ich schon verheiratet bin. Obwohl ich es wahrlich hätte schlechter treffen können als mit Lechner.»

«Du magst ihn?», fragte Eva verblüfft.

«Warum nicht?», wunderte sich Ute. «Der Mann ist eine Bereicherung für die Fraternität.»

Sie lächelte und beugte sich ein wenig zu Eva vor. «Er ist wirklich ein Mann, der die Neue Zeit verstanden hat. Die unsrigen reden zwar davon, doch sie mögen sich nicht vom Alten trennen.»

Eva kicherte. «Du meinst Mattstedt, nicht wahr?»

«Mattstedt und Kunz Kachelofen, den Schreiber und sogar den Medicus. Nicht zu vergessen die Magister der Universität. Sie gefallen sich in ihren klugen Reden, aber genau da liegt der Hund begraben. Sie reden. Sollten sie einmal handeln müssen, werden sie sich schnell auf das herrschende Recht und die Ordnung berufen und die Traditionen bemühen. Wir Frauen sind da vielleicht anders. Sieh dir Hildegard an. Als ihr das Klosterleben nicht mehr richtig erschien, warf sie den Schleier hin.»

«Und du meinst, David redet nicht nur wie die anderen?», fragte Eva.

Ute schüttelte den Kopf. «Nein, das tut er nicht. Es fehlt ihm an Unterwürfigkeit. Er wird immer das tun, was ihm richtig erscheint.» Sie brach ab, sah aus dem Fenster und fügte dann hinzu: «Dein Bruder Adam und der Geselle ähneln sich. Sie sind beide vom Neuen besessen, wobei dein Bruder nicht so ein Hitzkopf wie David ist.»

«Du meinst wirklich, sie sind sich ähnlich?»

Ute nickte: «In beiden brennt der Hang zum Neuen. Was der eine mit Silber versucht, probiert der andere in der Medizin. Sie gleichen sich, als wären sie Brüder. Nur ihr Temperament ist verschieden.»

Eva nickte. «Du hast Recht», sagte sie. «Sie sind sich ähnlich. Vielleicht können sie sich deshalb nicht leiden. Wahrscheinlich stören den einen die eigenen Eigenschaften am anderen. Was man sich selbst mit Mühe nur verzeihen kann, nimmt man dem anderen gleich doppelt übel.»

Ute lachte. «Männer werden leicht zu Gegnern, sobald es um eine Frau geht. Selbst, wenn es nur die eigene Schwester ist.»

Eva sah durch ihre Freundin hindurch. «Ja», sagte sie verträumt. «David weiß genau, was er willl. Ob er wohl ein Liebchen hat?»

Unbemerkt hatte Susanne die Wohnstube betreten. Bei Evas Worten lachte sie laut auf. «Warum sollte er kein Liebchen haben? Er ist ein gesunder und stattlicher Mann. Soll er seine Lust durch die Rippen schwitzen?»

Sie blickte Eva herausfordernd an, dann drehte sie sich um und schlüpfte aus dem Raum. Die Tür fiel geräuschvoll hinter ihr ins Schloss.

Ute kicherte. «Siehst du, deiner Magd gefällt er auch. Die meisten Frauen sind von David entzückt. Nur die Männer betrachten ihn mit Argwohn.»

«Warum?», fragte Eva. «Warum mögen sie ihn nicht?»

«Er ist anders als sie. Das macht ihnen Angst. Alles, was anders ist, ängstigt. Sie wollen die Neue Zeit herbeireden, aber das Alte nicht hergeben. David aber stößt sich am Alten. Er tritt ihnen auf die Füße. Er entlarvt sie, und das verzeihen sie ihm nicht.» Sie lachte und fügte hinzu: «Außerdem sieht er zu gut aus.»

Die Lechnerin verabschiedete sich und ließ Eva nachdenklich zurück. Sie ging hinunter in den Verkaufsraum und fing an, die Silberwaren zu ordnen. Sie wollte allein sein. Doch kaum hatte sie mit ihrer Arbeit begonnen, wurde sie von Heinrich unterbrochen, der den Raum durch die hintere Tür betrat.

Er brachte zwei Fibeln und einen Haarreif. «Der Geselle hat gesagt, Ihr sollt die Sachen ausstellen.»

Eva nickte und wischte mit einem weichen Tuch vorsichtig über das Silberzeug. Heinrich blieb stehen und trat unruhig von einem Bein auf das andere.

«Ist noch etwas?», fragte Eva.

«Wegschicken solltet Ihr den Kerl endlich. Seit Ewigkeiten arbeitet er an den Dominikaneraufträgen, ohne dass viel dabei herausgekommen wäre. Jeder andere hätte in derselben Zeit noch ein Taufbecken dazu geschmiedet.»

«Er arbeitet gut, Heinrich, und das weißt du auch. Seine Art ist es, die dich immer wieder in Unmut bringt.»

Sie dachte an die Worte der Freundin. «Er hält sich nicht mit dem Alten auf; er ist ein Mann der Neuen Zeit. Das macht dir Angst, Heinrich.»

«Angst? Ha! Das Haus bringt er in Verruf, Eva. Habt Ihr gesehen, was er noch so alles geschmiedet hat? Eine Buchschließe für den Drucker Kachelofen, darauf ein Reigen tanzender Mädchen. Nackt, Eva, nackt.»

Sie zuckte mit den Achseln. «Nun, er wird in Italien gewesen sein. Hinter den Alpen ist es üblich, den Menschen nackt darzustellen. Nur bis hierher ist die neue Mode noch nicht gekommen. Es ist nichts Schlechtes daran, Heinrich.»

«Trotzdem», beharrte der Alte. «Die Leute brauchen Geschirr und Schmuck, keine Kunstwerke. Mag sein, dass die Italiener sich an der Blöße der Menschen erfreuen.

Hier aber herrscht noch Zucht und Ordnung, und ich bete jeden Tag, dass dies so bleibt.

Außerdem», er zögerte verlegen. «Was außerdem?», fragte Eva ungeduldig. Heinrich wurde rot. «Sorgt dafür, dass er sich einen Waschzuber in seine Kammer holt, Eva.»

Verwundert sah sie ihn an. «Tut er das nicht?»

Heinrich schüttelte den Kopf. «Er wäscht sich mit nacktem Oberkörper am Brunnen im Hof. Beinahe jeden Morgen. Susanne steht pünktlich am Fenster und sieht ihm dabei zu.»

«Nun, die Feuerschlucker auf dem Jahrmarkt tragen auch keine Wämse.»

«Sind wir hier etwa auf dem Jahrmarkt?», gab Heinrich erbost zurück. «Nein, das sind wir nicht. Und die Weiber auf der Kirmes halten sich zurück, während Susanne erst heute Morgen ihr Mieder aufgeschnürt und ihre nackten Brüste wie Äpfel in der Auslage hergezeigt hat.»

Eva schüttelte den Kopf. «Du musst dich getäuscht haben, Heinrich.»

Doch Heinrich hatte sich in Rage geredet. «David ist voller Sünde, Eva. Das musst du doch auch sehen.»

Er hielt inne und sah sie lange und eindringlich an. «Eva, ich kenne Euch seit dem Tag Eurer Geburt. Ihr seid mir lieb wie eine eigene Tochter, die der Herrgott mir versagt hat. Verschmäht den Ratsherrn Mattstedt nicht länger. Ein guter Herr und Ehemann wäre er. Zucht und Ordnung würde herrschen, wäre er der Hausherr.»

«Ach, Heinrich», sagte Eva und drückte dem alten Mann einen Kuss auf die stoppelige Wange. Sie dachte an die Briefe, die Sibylla ihr allwöchentlich schrieb und die sie nicht mehr zu Ende las. Jedes Mal drängte ihre Mutter darauf, endlich die Hochzeit mit Mattstedt anzusetzen. Mal bat sie, dann wieder verlangte sie oder drohte gar. Doch Eva hatte sich bisher einfach nicht durchringen können, der Mutter zu Willen zu sein. Und nun fing auch noch Heinrich an. Sie nahm einen weichen Lappen und polierte an einem silbernen Krug herum.

Heinrich verstand und ließ Eva allein.

Eva fuhr fort, die Kanne zu bearbeiten. Schließlich hielt sie es nicht mehr aus. Schon das Kleid in seiner Kammer war ein deutlicher Hinweis gewesen, und nun auch noch das. Hatte sie es bisher nur nicht wahrhaben wollen? Eva verschloss die Tür mit einer Kette und eilte zu Susanne in die Küche.

«Stimmt es, dass du ihm deine bloßen Brüste zeigst, wenn er sich am Brunnen wäscht?»

Susanne fuhr herum. «Wer sagt das?»

Eva zuckte mit den Achseln. «Du weißt doch, dass früher oder später alles ans Tageslicht kommt. Sag, gefällst du ihm so, dass er dir den Hof macht? Bist du das Liebchen, welches nur darauf wartet, dass er die Bettdecke lüpft?»

Susanne lächelte überlegen: «Das, Eva, geht dich nichts an. Ich bin zwar deine Magd, nicht aber deine Sklavin. Wenn ich Lust habe, mir einen Mann zu suchen und ihm schönzutun, dann tue ich es, und du kannst es mir nicht verbieten.»

Eva nickte. Diese Antwort war eindeutig. Susanne selbst war das Liebchen, von dem sie gesprochen hatte. Aber wurde sie auch von ihm geliebt?

Von draußen drangen die Glockenschläge von St. Nikolai herein, die die Mittagsstunde verkündeten. Bevor Eva weiter nachfragen konnte, fuhr Susanne fort: «Davon abgesehen habe ich jetzt keine Zeit für Geschwätz. Die Männer werden gleich kommen. Ich muss das Essen auf den Tisch bringen.»

«Gut», erwiderte Eva. «Ich werde dich nicht stören.»

Sie setzte sich an den Tisch, rückte dort eine Schüssel, da einen Becher gerade und beschloss, sich heute mit eigenen Augen davon zu überzeugen, was im Hause vor sich ging. Liebte David Susanne?

Ihre Gedanken schweiften ab. Wie lange war es her, dass er sie geküsst hatte? Und wann hatte David ihr gesagt, wie schön sie war?

Plötzlich hielt sie es nicht mehr aus. Nein, sie wollte sich nicht mit eigenen Augen davon überzeugen, wie Susanne sich ihm schamlos darbot.

Sie stand auf und holte sich einen leichten Umhang.

«Ich werde später essen», war alles, was sie hervorbrachte, dann eilte sie aus dem Haus. Ohne einen Blick auf die prächtigen Häuser zu werfen, eilte sie die Hainstraße entlang über den belebten Marktplatz, auf dem ein Holzgerüst für die bevorstehenden Passionsspiele aufgebaut wurde, und bog in ein kleines Gässchen ein, das zur Kirche St. Nikolai führte.

Als sie die Kirche betrat, atmete sie erleichtert auf. Endlich Ruhe. Die Stille umfing sie und beruhigte sie. Eva beobachtete hingerissen, wie feine Stäubchen im Licht der Sonnenstrahlen tanzten, die durch die hohen Fenster in die Kirche fielen.

«Eva», rief eine gedämpfte Stimme. Sie schreckte hoch

und erkannte Johann von Schleußig, der am Altar hantierte.

«Was führt Euch hierher?», fragte er. «Für die Frühmesse seid Ihr zu spät und für die Nachmittagsmesse zu früh.»

«Ich …», Eva holte tief Luft. «Ich möchte beichten.»

«Jetzt gleich?»

Eva nickte.

Wenig später kniete sie im Beichtstuhl.

«Vater, ich habe gesündigt.»

Eva sah ihren Beichtvater nur undeutlich. Umso leichter fiel es ihr, sich ihre Nöte von der Seele zu reden.

«Sprich, meine Tochter.»

«Ich soll Andreas Mattstedt heiraten. Die Hochzeit war geplant, ist verschoben worden. Meine Mutter drängt, und auch ich möchte Mattstedt nicht länger im Unklaren lassen.» Sie seufzte. «Ich liebe Mattstedt nicht. Er ist mir teuer wie ein Vater, aber ich liebe ihn nicht, und deshalb kann ich ihn nicht heiraten.»

«Ist das alles, meine Tochter?»

Die Stimme Johann von Schleußigs klang freundlich und warm. Kein Vorwurf schwang mit. «Dass Ihr Mattstedt nicht heiraten wollt, kann Euch die Kirche nicht vergeben. Es ist keine Sünde. Aber bedenkt, meine Tochter, dass er ein Ehrenmann ist. Ihr solltet Eurer Mutter die Entscheidung überlassen, da Ihr ja keinen Vater mehr habt.»

«Ich habe unkeusche Gedanken», bekannte Eva weiter.

«Wart Ihr schon einmal mit einem Mann zusammen?»

«Nein, natürlich nicht.»

«So spreche ich dich los von deinen Sünden. Im Namen

des Vaters und des Sohnes und des Heiligen Geistes. Betet zehnmal auf den Knien ‹Gegrüßet seist du, Maria›.»

«Danke, Vater», flüsterte Eva und wollte sich erheben.

«Halt, wartet noch. Was sagt Eure Mutter dazu, dass Ihr den Ratsherrn verschmäht?»

«Meine Mutter möchte mich lieber heute als morgen mit Andreas Mattstedt verheiraten. Aber ich liebe ihn nicht.»

«Ihr liebt einen anderen, meine Tochter, nicht wahr?»

Diese Frage kam so überraschend, dass Eva keine Zeit hatte, darüber nachzudenken. «Ja», sagte sie und begriff erst später, was sie da gesagt hatte.

«Und den Mann, den Ihr liebt, könnt Ihr nicht heiraten?»

«Nein, wohl nicht.»

«Ist er bereits verheiratet?»

«Nein, auch das nicht. Er ... er ... er ist von niederem Stande. Ein Habenichts, dessen Abkunft im Dunklen liegt.»

«Ich kann Euch nicht raten, meine Tochter. Vielleicht nur dies: Bedenkt, dass die Liebe kein Ding ist, das kommt und geht, wie es will. Lieben, Eva, ist eine Fähigkeit, die nicht jeder beherrscht, der ein Herz im Leibe hat. Lieben ist eine Tätigkeit, die erlernt und gehütet werden muss. Auch wenn ich ein Mann der Kirche bin, so weiß ich doch, wovon ich spreche. Denkt darüber nach, Eva. Ich werde für Euch beten.»

Gleich darauf hörte Eva, wie Johann von Schleußig den Stuhl verließ und mit eiligen Schritten durch die Kirche hastete.

Sie wartete, bis die Tür zur Sakristei zufiel, dann kam sie ebenfalls aus dem Beichtstuhl und ging zu einer kleinen Seitenkapelle, in der eine hölzerne Statue der Jungfrau Maria stand. Dort kniete sie nieder, bekreuzigte sich und tat die aufgetragene Buße, doch noch immer herrschte in ihrer Brust Aufruhr.

Ich liebe ihn, dachte sie. Doch das ist nicht das Schlimmste. Schlimm ist, dass ich es ausgesprochen habe. Solange man die Dinge nicht in Worte kleidet, gibt es sie nicht. Jetzt ist die Liebe da, und ich kann sie nicht mehr rückgängig machen.

Der 26. März 1496, Evas 21. Geburtstag, fiel auf einen Samstag. In der Nacht hatte es geregnet, doch nun zeigte der Himmel sich frisch gewaschen im strahlenden Blau. Eva stand auf dem Balkon und atmete mit tiefen Zügen die duftende Frühlingsluft ein.

Ich bin großjährig, dachte sie und reckte ihr Gesicht der Sonne entgegen. Ab heute darf ich allein entscheiden, wer ich bin und wer ich sein möchte. Ab heute wird mein Leben so sein, wie ich es haben will, auch wenn ich noch immer unter Vormundschaft stehe. Doch was macht das schon? Alle Frauen stehen schließlich unter Vormundschaft. Und die meisten von ihnen haben sehr viel weniger Rechte als ich.

Sie hatte Lust zu feiern, doch es war nicht Brauch, den Geburtstag in besonderer Art zu begehen. Fest und Geschenke gab es nur zum Namenstag.

Eva beschloss, ihren Geburtstag mit bester Laune zu begrüßen.

Susanne überraschte Eva mit einem Kuchen, Meister Faber brachte der frisch gebackenen Großjährigen ein Frühlingssträußchen, und Heinrich erfreute sie mit einem Stein, der die Kraft haben sollte, bösen Zauber abzuwehren. Adam umarmte sie und überreichte ihr eine Geldkatze aus weichem Ziegenleder.

David aber tat, als wüsste er nicht, was so Besonderes an diesem Samstag sein sollte. Immer wieder huschten Evas Blicke zu ihm, doch den Gesellen schien es nicht im Geringsten zu bekümmern, dass für seine junge Herrin ein neuer Lebensabschnitt begann.

Andreas Mattstedt kam und überbrachte Eva ein wertvolles Buch, das Meister Kachelofen gedruckt hatte und das mit einer wundervollen Schließe versehen war.

Aus Frankfurt traf eine Sendung ein, in der sich neben einem Brief ihrer Mutter eine Urkunde befand, die ihr einen Anteil an Annaberger Kuxen übereignete. Eva freute sich über die Urkunde, die Mutter hatte ihre Meinung geändert und sie doch nicht enterbt.

Den Brief hingegen zögerte sie aufzumachen. Sie ahnte, dass das Papier nicht nur mit Glückwünschen beschrieben war. Doch schließlich brach sie das Siegel: «Meine liebe Eva», schrieb Sibylla.

«Du bist nun groß und darfst, solange du nicht verheiratet bist, einige Entscheidungen ohne meine Einwilligung treffen. Ich bin sicher, dass du verantwortungsvoll handeln und Andreas Mattstedt sehr bald heiraten wirst. Den Gesellen aber schicke fort. Der Auftrag der Dominikaner ist ausgeführt. Er passt nun nicht mehr in deine Werkstatt …»

Eva faltete den Bogen zusammen, ohne ihn zu Ende zu lesen. Dann seufzte sie. «Warum wollen ihn alle weghaben?», fragte sie leise. «Es ist wohl wirklich so, wie Ute gesagt hat. Heinrich, Mattstedt und meine Mutter gehören zur Alten Zeit. Sie wollen, dass alles so bleibt, wie es ist. David stört dabei, denn er lässt nichts, wie es war. Und Adam geht ihm aus dem Weg, weil sie sich so ähnlich sind.»

Erst als sie diese Worte leise aussprach, wurde ihr bewusst, dass sie den ganzen Tag auf ein Zeichen des Gesellen gewartet hatte.

Nun, jetzt war der Abend hereingebrochen, und Eva beschloss, den Tag in angenehmer Gesellschaft ausklingen zu lassen. Die Fraternität würde sich heute bei Mattstedt treffen, und Eva war sicher, dass die Gespräche dort sie auf andere Gedanken bringen würde. Ihr Bruder war heute Abend ebenfalls eingeladen.

Und wer weiß? Vielleicht würde der Geselle sie ja gemeinsam mit Adam nach Hause begleiten? Vielleicht würde er nur auf einen Augenblick warten, um mit ihr allein zu sein? Sie schalt sich eine törichte Gans. Susanne war Davids Liebchen, das wusste sie doch eigentlich, seit sie ihr Kleid in seiner Kammer gesehen hatte. Trotzdem konnte sie nicht aufhören zu hoffen.

«Der Mensch ist das Maß aller Dinge.»

Die Fraternitätsschwestern und -brüder schreckten hoch. Verstört sahen sie Johann von Schleußig an. Ausgerechnet er, der im Dienste der Kirche stand, für die Gott das Maß aller Dinge war, wagte es, so etwas zu behaupten?

«Wer sagt so etwas?», fragte die Begine Hildegard aufgebracht.

Johann von Schleußig lächelte fein. «Der Satz stammt von einem griechischen Philosophen, von Protagoras, der ungefähr 2000 Jahre vor uns gelebt hat.»

«Nun», die Begine entspannte sich sichtbar. «Die griechische Antike ist untergegangen. Und ich muss sagen, zu Recht. Solche Sätze dienen niemandem. Sie verführen nur zur Überheblichkeit.»

Die anderen nickten. Der Hauslehrer Thanner stieß sogar seine Gattin ein wenig mit dem Ellbogen an.

«Nein! Protagoras hat Recht!»

David war empört aufgesprungen.

«Der Mensch als vernunftbegabtes Wesen muss verantwortlich mitbestimmen können über das, was mit ihm und mit der Natur geschieht.»

«Aber dann brauchten wir keinen Gott mehr!»

Mattstedt schlug mit der flachen Hand auf den Tisch. Sein Gesicht war blass, die Kinnpartien wirkten kantig. Eva, die neben ihm saß, legte einen Hand auf seinen Arm, doch Mattstedt schüttelte sie ab.

«Wir treffen uns hier, um über den rechten und wahren Glauben zu sprechen. Es ist nicht Sinn unserer Fraternität, Gott zu verdammen oder gar zu töten, wie Ihr, Geselle, es tut.»

«Da habt Ihr mich falsch verstanden, Ratsherr Mattstedt. Ich nehme Gottes Worte ernst. Vielleicht sogar ernster als Ihr. Er hat den Menschen mit Vernunft ausgestattet und ihm den Auftrag erteilt, der zu werden, der er ist. Der Mensch ist verpflichtet, sich selbst an den Platz zu stellen, den er auf dieser Erde am besten ausfüllen kann. Damit dient er Gott am besten.»

David stützte die Hände auf den Tisch und sah jeden Einzelnen nacheinander an. «Schaut Euch doch an», sprach er leise weiter. «Jeder von Euch ist den ganzen Tag nur mit sich selbst beschäftigt. Die Fragen, um die sich unser Leben dreht, werden nicht in der Bibel oder von Gott gestellt. Wie werde ich reicher, mächtiger, schöner?, fragt Ihr Euch. Ich aber frage: Was ist der Sinn unseres Lebens? Ich sage es Euch: Sucht den Platz, den Ihr für Euch wünscht. Erst wenn Ihr ihn gefunden habt, seid Ihr Gott nahe.»

Johann von Schleußig hob die Hand: «Ihr seid zwar ein Eiferer, David, doch sind Eure Worte sicherlich wohl überlegt. Der Mensch muss nach Vollkommenheit streben. Wie aber wollt Ihr beweisen, was Ihr sagt? Wie wollt Ihr beweisen, dass zum Beispiel ein Abdecker ein ebenso guter Ratsherr sein könnte wie unser Andreas Mattstedt?»

Bei diesen Worten Johann von Schleußigs stand Mattstedt auf und forderte David stumm heraus. Sie kreuzten ihre Blicke wie Schwerter.

Eva beobachtete die beiden Männer. Bevor einer der beiden das Wort ergriff, stand sie auf. Sofort wandten sich alle ihr zu.

«Ich werde es beweisen», sagte sie und atmete tief durch. «Ich werde beweisen, dass der Mensch sich seinen Platz selbst suchen kann.»

Mattstedt lachte, doch es klang nicht fröhlich. Er fasste Eva am Ärmel.

«Was soll das?», fragte er mit väterlicher Strenge. «Wie willst du das anstellen?»

«Gleich morgen gehe ich vor die Tore der Stadt und suche mir einen Lehrling von unehrlicher Abkunft. Beweisen werde ich, dass dieser sich ebenso zum Silberschmied eignet wie die Lehrbuben, die einen Silberschmied zum Vater haben», sagte sie mit fester Stimme.

«Und die Zunft?», fragte Mattstedt. «Sie wird niemals einen Unehrlichen zulassen. Möglich wäre es sogar, dass sie dich aus der Zunft ausschließen.»

Eva zuckte mit den Achseln und lächelte. «Es gibt zu wenige Gold- und Silberschmiede in der Stadt. Jede Hand wird gebraucht. Schon so mancher Gulden in der Zunftlade hat Unmögliches möglich gemacht.»

Sie sah in die Runde, doch erst als Ute Beifall klatschte und David einstimmte, atmete sie auf.

«Ihr könnt auf mich zählen», versprach die Begine Hildegard. «Wenn Ihr mit einem weiblichen Hauslehrer vorlieb nehmen wollt, so stehe ich gern zur Verfügung.»

Evas Herzschlag hatte sich noch immer nicht beruhigt, als sich wenig später Johann von Schleußig von ihr verabschiedete. «Ihr seid eine mutige junge Frau», sagte der Geistliche und drückte ihre Hand. «Passt gut auf Euch auf.»

Eva dankte, froh über seine Unterstützung. Sie sah ihm nach, bis er um die nächste Hausecke verschwunden war. Dann hakte sie sich bei Adam ein und sagte: «Ja, vielleicht werde ich eines Tages tatsächlich eine mutige Frau sein. Aber mein Mut ist von anderer Art als der meiner Mutter.»

Adam lachte. «Damit aus deinem Mut nicht Tollkühnheit wird, werde ich dich morgen vor die Stadttore begleiten. Es ist gefährlich für eine junge Frau wie dich, dorthin allein zu gehen.»

Inzwischen waren sie zu Hause angelangt. Adam küsste Eva auf die Stirn, wünschte ihr eine gute Nacht und verschwand noch einmal in seinem Laboratorium.

Sie wollte gerade die Tür zu ihrem Schlafgemach öffnen, als David plötzlich neben ihr auftauchte. Eva erschrak, denn sie hatte keine Schritte gehört.

«Ich habe Euch nicht gehört, Geselle», sagte sie und presste eine Hand auf ihr klopfendes Herz. David lachte leise: «Ich wollte Euch nicht erschrecken, nur aufschrecken.»

«Was meint Ihr?», fragte Eva.

Er sah sie so lange an, bis Eva schließlich den Blick abwandte.

«Ihr werdet es bald erfahren», sagte er schließlich. «Doch Ihr wisst ja: Gut Ding will Weile haben.»

«Gute Nacht, Geselle», sagte Eva und griff nach der Klinke, doch David zog ein kleines Kästchen aus seinem Wams und hielt es Eva hin.

«Ich wünsche Euch Segen auf allen Wegen», sagte er dazu.

Eva legte den Kopf ein wenig schief und lächelte. Er hat mich doch nicht vergessen, dachte sie. Ich wusste es.

Langsam und mit klopfendem Herzen öffnete sie das Kästchen und holte ein silbernes Kettchen mit einem Anhänger daraus hervor.

«Der Anhänger soll Euch auszeichnen», sagte er, dann drehte er sich um und verschwand, noch bevor Eva ihm danken konnte, in seiner Kammer.

Eva sah ihm verwundert nach, dann betrachtete sie das Schmuckstück und strich zärtlich darüber. Der Anhänger zeigte ihr Gesicht. Ihre Schönheit war unter Davids Händen sichtbar geworden. Sie lächelte glücklich, dann betrat sie ihr Gemach, entzündete mehrere Lichter und stellte sich vor den Spiegel, um sich die Kette um den Hals zu legen.

Plötzlich stutzte sie. Der Spiegel offenbarte ihr, dass David seine Initialen in ihr Anhängergesicht gemeißelt hatte. Und jetzt erst verstand Eva den Satz. Indem er seinen Namen in ihr Antlitz geschrieben hatte, hatte er sie ausgezeichnet vor allen anderen Frauen – und gezeichnet für sich.

Kapitel 10

Der nächste Morgen kam trübselig daher. Die Wolken hingen wie schwere, graue Tücher über den Dächern und nahmen der Stadt ihren Glanz. Eva aber war bester Laune. Sie trug das Kettchen um den Hals, berührte es hin und wieder, als wolle sie sich versichern, dass David ihr auf diese Art nahe war.

Obwohl es noch sehr früh war, eilten sie und Adam bereits die Hainstraße entlang, bogen nach rechts in den Brühl ein und erreichten schließlich linker Hand die Hallische Gasse, die zum Hallischen Tor und an der Wach- und Zollstelle vorbei hinaus aus der Stadt führte.

Hier, hinter den Stadtmauern, wohnten die Ärmsten der Armen. Die Gerber hatten ihre Katen am Ufer des Flüsschens Parthe aufgeschlagen. Daneben wohnten die Färber, die Wäscherinnen, der Henker und Scharfrichter, die Abdecker, Abortreiniger, die Verfemten und die Tagelöhner. Fahrendes Volk hatte seine Planwagen am Flussufer aufgeschlagen, eine junge Frau mit sehr brauner Haut und schwarzem Haar bürstete einen Umhang aus und rief ihnen Worte in einer fremden Sprache zu.

Auch das Hurenhaus, das unter der Aufsicht des Henkers stand, befand sich hier. Davor standen zwei grell geschminkte junge Frauen und bewarfen Hunde, die sich um einen verfaulten Kohlstrunk balgten, mit Steinen.

Eva sah sich um. Die windschiefen Katen duckten sich eng aneinander, ein paar magere Hühner kratzten auf der vergeblichen Suche nach Körnern im Lehm, eine dürre Katze strich miauend um Evas Beine. Am Rande der Gasse spielten ein paar Kinder in zerrissenen, schmutzigen Kleidern. Es roch nach Kot und Urin, den die Bewohner einfach auf die Straße schütteten, dazwischen hing der Aasgeruch aus den Gerbereien, die die Gerblohe mit Hundekot und Taubendreck ansetzten. Fliegen schwirrten in dichten Schwärmen umher, ab und zu rannte eine Ratte über die Straße und verschwand zwischen den Katen. Aus einer offenen Tür drang das Gekeife einer Frau, kurz darauf stürzte ein weinendes Kind mit grindigem Kopf auf die Gasse.

Eva setzte behutsam einen Schritt vor den anderen und war gottfroh, dass sie heute die Trippen, kleine Klötze aus Holz, unter ihrem Schuhwerk befestigt hatte. Mit gerafften Kleidern schritt sie durch den Lehm und bemerkte die offenen Mäuler der Kinder nicht, die ihr staunend hinterhersahen.

Nach ein paar Metern blieb Eva stehen und sah sich um. «Noch nie zuvor in meinem Leben war ich in solch einem Viertel», sagte sie, und Entsetzen lag in ihrer Stimme.

«Hast du Angst?», fragte Adam. «Die Leute mögen arm sein, doch sie sind nicht schlechter als die Reichen.»

Eva schüttelte den Kopf. «Mich schreckt der Dreck und das Elend. Wo sollen wir hier einen Lehrling finden?»

Ein altes Mütterlein mit zahnlosem Mund und unzähligen Falten im Gesicht schlurfte langsam auf Eva zu. Auf dem Rücken trug sie einen löchrigen Weidenkorb, in dem ein paar Äste und ein wenig Moos lagen.

«Habt Ihr Euch verlaufen, Herr?», fragte sie, an Adam gewandt, und kicherte dabei.

Adam schüttelte den Kopf, während Eva die Alte betrachtete, die mit ihren gichtigen Händen nach dem Stoff ihres Kleides fassen wollte. Erschrocken trat Eva einen Schritt zur Seite und fasste nach Adams Arm.

«Meine Schwester sucht ein Kind, welches bei ihr in die Lehre gehen will», erwiderte Adam schließlich. Die Alte brach in heulendes Gelächter aus. «Seid Ihr verrückt, oder hat Euch der Herrgott persönlich geschickt?», fragte sie. «Niemand hier hat einen ehrlichen Geburtsschein. Niemand hat das Bürgerrecht, denn sonst würden wir innerhalb der Stadtmauern leben. Seid Ihr gekommen, um uns zu verhöhnen?»

Die Alte kniff die wasserblauen, blutunterlaufenen Augen zusammen und sah argwöhnisch zu Eva auf.

«Nein. Ich spotte nicht. Eine Silberschmiedewerkstatt in der Hainstraße gehört mir, und ich suche einen Lehrling», antwortete Eva mit fester Stimme.

«Wenn Ihr nicht verrückt seid, dann hat Euch wirklich der Herrgott geschickt.»

Die Alte legte den Kopf schief, dann sprach sie weiter: «Ihr seht nicht aus wie eine Verrückte. Vielleicht seid Ihr mit Dummheit geschlagen, doch das ist Eure Sache. Geht zum Henker. Seine Frau ist gestorben und hat ihn mit zwölf hungrigen Mäulern allein gelassen. Dort findet Ihr bestimmt jemanden, der froh ist, aus der Gerberstraße wegzukommen.»

Die Alte schüttelte den Kopf, dann schlurfte sie weiter, blieb jedoch nach jedem Schritt stehen und sah den Geschwistern nach, die sich durch den Lehm kämpften.

Schließlich standen sie vor der Kate, die aus Lehm und Stroh bestand und deren Tür nur lose in den Angeln hing. Ohrenbetäubender Lärm kam aus dem Inneren. Kinder weinten und schrien, dazwischen versuchte eine Männerstimme barsch Ordnung zu schaffen. Adam klopfte energisch gegen die Tür, doch niemand hörte sie. Also gingen sie einfach hinein.

Die Kate bestand aus einem einzigen Raum. In einer Ecke lagen Strohsäcke auf dem Boden, darauf zwei kleine Kinder, die zu schlafen schienen. Ein hölzerner Tisch stand in der Mitte des Raums, um ihn herum saßen weitere Kinder und ein Mann. Ein etwa vierzehnjähriges Mädchen verteilte eine wässrige Suppe in die einfachen Holzschüsseln, ein anderes Mädchen war mit dem Feuer beschäftigt.

Auf der anderen Seite des Raumes stand ein hölzerner Verschlag, in dem ein paar Hühner durcheinander liefen und ein zum Gotterbarmen mageres Schwein in den Ecken schnüffelte. Ein unbeschreiblicher Gestank herrschte hier, sodass Eva kaum zu atmen wagte. Ihr war unbehaglich zumute. Sie trat von einem Fuß auf den anderen, stets darauf bedacht, auf der schmierigen gestampften Erde, die hier als Boden diente, nicht auszurutschen.

«Grüß Euch Gott», sagte Eva in den Lärm hinein und

wäre wohl wieder nicht gehört worden, hätte der Mann nicht zufällig in ihre Richtung geblickt.

«Ruhe, zum Teufel noch eins!», schrie er mit Donnerstimme, stand auf und ging auf die beiden Besucher zu.

«Was führt Euch zu mir?», fragte er. «Wozu benötigen Herrschaften, wie Ihr es seid, einen Scharfrichter? Oder kommt Ihr wegen der Huren?»

Eva schüttelte den Kopf.

Der Mann flößte ihr Furcht ein. Sie wusste nicht, ob es an seiner Erscheinung oder an seinem Beruf lag. Er war nicht besonders groß und älter, als sie es sich vorgestellt hatte. Unauffällig sah Eva auf seine Hände. Hände, die mit einem Schwertstreich Köpfe abgetrennt hatten. Hände, die Schlingen geknüpft und Scheiterhaufen entzündet, die gerädert, geteert und gefedert, gepfählt, gestochen, gebrannt und gebrochen hatten. Hände mit abgebissenen Nägeln und Fingern, die viel zu feingliedrig und schmal wirkten, als dass man damit Menschen quälen konnte.

«Also, was wollt Ihr?», wiederholte er seine Frage ungehalten. Adam wollte antworten, doch Eva legte ihm eine Hand auf den Arm und bedeutete ihm zu schweigen.

Sie sah dem Henker fest in die Augen und sagte: «Fragen wollt ich Euch, ob Ihr nicht einen Jungen habt, den Ihr zu mir in die Lehre schicken wollt.»

Der Henker starrte sie ungläubig an. Ein ungefähr dreizehnjähriges Mädchen hatte sich zu ihnen gesellt und das kurze Gespräch verfolgt.

«Nehmt mich!», sagte sie und drängelte sich vor Eva.

Eva sah sie an und lächelte. «Du weißt doch gar nicht, für welches Handwerk ich einen Lehrbuben suche.»

Das Mädchen zuckte mit den Achseln. «Das ist mir gleichgültig. Ich möchte alles lernen. Alles.»

«Warum?», fragte Eva. «Du solltest heiraten und Kinder bekommen.»

Das Mädchen schüttelte den Kopf. «Wen soll ich heiraten? Den Sohn des Abdeckers vielleicht? Oder das Hurenbalg aus dem Frauenhaus? Nein. Ich möchte lernen und eine Bürgersfrau werden. Außerdem kann ich nicht heiraten, weil ich nur eine halbe Seele habe.»

Jetzt mischte sich der Henker ein: «Halt den Mund! Du kannst nicht gehen. Bist ein Zwilling. Gäbe ich dich weg, so verlöre deine Schwester einen Teil ihrer Seele.»

Eva sah ihn erstaunt an: «Ihr habt Zwillinge?»

Der Henker nickte: «Ich weiß nicht, warum Gott uns so gestraft hat. Zwillinge, Brut des Teufels! Meine Frau ist nie darüber hinweggekommen. Und doch haben wir ihnen alles gegeben, was nötig war. Wisst Ihr, Herrin, wie schwer es ist, dafür zu sorgen, dass Zwillinge, denen der Herrgott eine gemeinsame Seele gegeben hat, zusammenzuhalten?»

Er seufzte. «Verheiraten werde ich sie wohl nie. Wie auch? Sie müssen doch beieinander bleiben. Weiß der Himmel, was aus ihnen wird, wenn ich nicht mehr bin.»

Er sah in die Richtung, in der das Frauenhaus lag, und Eva ahnte, was er dachte.

Das Mädchen war zum Tisch gegangen, und jetzt erst sah Eva, dass dort ihr Spiegelbild saß. Adam war fasziniert und betrachtete die beiden Mädchen mit großem Interesse. Ja, er setzte sich sogar dazu und studierte beider Gesichter, als hätte er noch nie Kinder gesehen.

«Wie heißen die Mädchen?», fragte er den Henker.

«Wir hatten Glück», erwiderte der Scharfrichter. «Sie sind am 25. Tag nach Weihnacht geboren. An diesem Tag haben zwei Heilige ihren Namenstag: Priska und Regina. So haben wir sie genannt.»

«Und sie sind sich wirklich in allem ähnlich?», fragte Adam weiter. «Sie haben zur selben Zeit das Laufen erlernt, haben gemeinsam das erste Wort gesprochen und die Zähne verloren?»

Der Henker zuckte mit den Achseln. «Ich habe zwölf Kinder und bin der Henker der Stadt. Auch um die Huren muss ich mich kümmern. Die Mädchen gleichen sich wie ein Ei dem anderen, aber ob sie sich in allen Dingen ähnlich sind, vermag ich nicht zu sagen.»

Adam wandte sich an die Kinder. «Habt ihr häufig dieselben Gedanken oder denkt die eine das, was die andere nicht zu denken wagt? Sind eure Seelenhälften identisch oder unterschiedlich?»

Die Mädchen starrten Adam an. Noch nie hatte ihnen jemand solche Fragen gestellt, und sie wussten nicht, was sie darauf antworten sollten.

Adam sah Eva an. Sie nickte, und so unterbreitete er dem Henker ihr Angebot: «Überlasst uns die Zwillinge. Wir nehmen sie mit in die Stadt, und meine Schwester bildet sie zu Silberschmiedinnen aus.»

Der Henker schüttelte den Kopf. « Mädchen sind dazu da, gute und gehorsame Eheweiber zu sein. Was sollen sie mit einem Beruf?»

«Nun, Ihr sagtet selbst, dass es schwer wird, sie zu verheiraten. Bis an Euer Lebensende werden sie Euch auf der Tasche liegen.»

Der Henker kratzte sich am Bart. «Da habt Ihr wohl Recht. Aber wollt Ihr nicht lieber meinen Ältesten? Ein kräftiger Bursche, 14 Jahre alt ist er schon.»

Adam schüttelte den Kopf: «Die beiden Mädchen wollen wir.»

«Was gebt Ihr mir dafür?», forderte der Henker.

Eva lachte. «Nichts. Ich werde sie kleiden und nähren. Sie werden in meinem Haus eine Kammer bewohnen und tags in der Werkstatt arbeiten. Am Sonntag aber können sie Euch besuchen, wann immer sie wollen.»

Der Henker sah Eva nachdenklich an. «Aber mir fehlen vier Hände im Haus. Wer soll sich um die Kleinen kümmern? Meint Ihr vielleicht, ich könnte eine Kinderfrau halten?»

«Nein. Aber Ihr könnt kommen und mit eigenen Augen sehen, wie es Euren Mädchen geht. In der Hainstraße wohne ich, Eva Kopper ist mein Name.»

Der Henker nickte. «Habe schon gehört von Euch. Gebt mir einen halben Gulden für jedes Kind, dann sollen sie mit Euch gehen.»

Adam und Eva sahen sich an. Schließlich zückte Eva ihre neue Börse, die sie am Gürtel trug, und reichte dem Henker einen halben Gulden.

«Einen halben Gulden für beide. Dies ist mein letztes Wort. Es wird hier sicher noch mehr Kinder geben, die gern innerhalb der Stadtmauern leben würden.»

Der Henker seufzte und reichte Eva die Hand. «Lasst uns unser Geschäft mit dem Handschlag besiegeln.»

Eva zögerte kurz und dachte an das viele Blut, das schon an dieser Hand geklebt hatte, doch dann schlug sie ein.

«Gut, Henker, dann sagt den Mädchen, dass wir sie sogleich mitnehmen werden.»

«Mit denen werden wir unseren Spaß haben», sagte Susanne nur. Eva hatte mit heftigem Widerstand gerechnet, doch erstaunlicherweise lächelte Susanne die beiden Mädchen freundlich an. Vielleicht vermisste Susanne ihre eigenen Kinder doch mehr, als sie sich anmerken ließ. Sie hatte ihnen zur besseren Unterscheidung Bänder in die Haare geknüpft. Regina trug ein rotes, Priska ein blaues Band. Und während Regina Susanne sofort mit Fragen überfiel, sah sich Priska scheu um.

Eva legte dem Mädchen eine Hand auf die Schulter. «Fürchtest du dich?», fragte sie. Priska schüttelte den Kopf und lächelte zaghaft.

«Nun, unsere Magd Bärbe wird mit euch zusammen eure Kammer einrichten. Unterdessen werde ich mit Susanne auf den Markt gehen und sehen, ob wir für euch ein wenig Kleiderstoff bekommen.»

«Ich will ein rotes Kleid», rief Regina und sah Eva herausfordernd an. «Ein rotes Kleid mit einem blauen Rand.»

Eva runzelte die Stirn. «Wir werden sehen, was sich machen lässt.»

Dann wandte sie sich an Priska. «Und du? Was möchtest du?»

Priska zuckte mit den Schultern. «Ich habe noch nie ein neues Kleid gehabt. Die alte Lotte hat uns immer die Kleider der älteren Schwestern ausgebessert. Regina und ich mussten immer gleich aussehen. Dann werde ich wohl ebenfalls ein rotes Kleid haben müssen.»

Adam, der die Zwillinge gespannt beobachtete, mischte sich ein. «Möchtest du das? Möchtest du das gleiche Kleid haben wie Regina?», fragte er Priska. «Findest du es wichtig für die geteilte Seele, dass ihr gleich aussehen müsst?»

Priska nickte. «Was der Vater im Himmel geteilt hat, müssen wir wieder zusammenfügen. Aber die Hauptsache ist, dass ich nicht darin friere.»

Susanne strich Regina über das Haar. «Wir werden schon einen Stoff finden, der zu euch passt», sagte sie. Dann gab sie Regina einen kleinen Schubs und befahl Bärbe: «Nimm die Mädchen mit und siehe zu, dass sie es wohnlich haben. Sieh im Lagerraum nach, dort findest du alles, was du brauchst.»

Bärbe nahm die beiden Mädchen mit, Susanne und Eva machten sich auf den Weg zum Markt. Meister Faber gesellte sich zu ihnen, um ein paar einfache Werkzeuge für die beiden Lehrmädchen zu erstehen.

Unterwegs fragte Susanne: «Hast du dir das recht überlegt? Zwei Mäuler mehr im Hause machen sich bemerkbar.»

Eva nickte und erwiderte: «Ihr alle sprecht davon, dass ihr euch euren Platz selbst suchen wollt. Ich gebe den Mädchen die Möglichkeit dazu.»

«Gut, aber bedenke dabei, dass ich nicht als Kinderfrau bei dir bin.»

«Du brauchst dich darum nicht zu sorgen. Hildegard wird die Mädchen unterrichten, Ute ihnen die städtische Lebensart beibringen, und Adam möchte herausfinden, wie sehr sich Zwillinge ähneln.» Eva lachte. «Er ist wohl noch immer auf der Suche nach der Seele. Du aber wirst sie alles lehren, was sie über Haushaltsführung wissen müssen.»

«Wenn ich mit ihnen mehr Arbeit habe als ohnehin schon, so wirst du mich dafür bezahlen müssen», stellte Susanne hartnäckig klar.

Eva schüttelte den Kopf und wollte gerade zu einer Erwiderung ansetzen, als Susanne sie am Arm packte und mit sich zog.

Vor ihnen auf dem Markt schrie eine Frau so entsetzlich, als würde sie abgestochen.

Eva und Susanne drängten sich durch die Menge und erblickten schließlich eine Frau, die heulte und winselte wie ein getretener Hund. Ihr Kleid war vollkommen zerfetzt, dennoch konnte man den gelben Schleier, das Zeichen der Huren, erkennen. Das Gesicht der Frau war zerstört. Brandblasen bedeckten die Haut, an manchen Stellen war das rohe Fleisch zu sehen. Ihre Wimpern und Augenbrauen waren verbrannt, die Augen trübe. Meister Faber stand wie erstarrt. Sein Gesicht war kalkweiß, die Lippen bewegten sich, aber er brachte keinen Ton hervor. Eva strich ihm über den Arm. «Ihr denkt an Eure Frau und die Kinder, nicht wahr, die bei einem Brand in Eurem Haus ums Leben gekommen sind?»

Faber nickte, doch sein Blick war fest auf die verbrannte Frau gerichtet.

Plötzlich kam die Hure auf Eva zu und blieb so dicht vor ihr stehen, dass Eva ihren Atem spüren konnte. «Eine Maske sollte ich werden», zischte sie. «Mein Gesicht hat er verbrannt, der Satan.»

Eva wich erschrocken zurück.

Susanne fasste sich rasch: «Von wem sprichst du?», fragte sie. «Wer wollte eine Maske von dir machen?»

«Der Satan war es», flüsterte die Hure und blickte irre um sich. Sie fasste nach Susannes Haar und zog daran. «Er hatte den Ton schon angerührt. Und dich, Schönchen, wird er auch noch holen.»

«Ein Mann war es, sagst du?», fragte Susanne. «Wo ist dir das geschehen? Hier in der Stadt?

Die Hure schüttelte den Kopf. «Kein Mann, kein Weib. Der Satan war es. Nicht hier, nicht dort. In der Hölle war es.» Sie zeigte mit dem Finger nach Norden, wo das kleine Wäldchen Rosenthal lag.

Eva sah, wie Meister Faber würgen musste. Er zitterte, ein feiner Schweißfilm hatte sich auf seiner Oberlippe gebildet.

Die Frau lachte irre und begann zu tanzen. Zwei Fuhrleute schnalzten mit der Zunge, einer von ihnen streckte die Hand aus, um sie zu packen. Da kreischte sie schrill auf, warf sich auf den Boden und wälzte sich kreischend im Dreck. «Der Satan will mich holen», schrie sie. «Der Satan!»

Sie wies mit dem Finger auf Susanne: «Und dich auch, Liebchen. Er ist dir näher, als du denkst.»

Susanne wich zurück. Aus ihrem Gesicht war alle Farbe verschwunden. Auch Eva verspürte Übelkeit. Warum bereitete denn niemand dieser schrecklichen Szene ein Ende? Schließlich kamen die Stadtknechte hinzu.

«Steh auf, Weib», brüllte einer von ihnen und versuchte, sie am Arm hochzuziehen. Doch als der Mann sie berührte, brach die Frau in ein solches Geheul aus, dass der Stadtknecht sie auf der Stelle losließ.

«Sie ist verrückt», sagte er zu dem anderen. «Sie muss ins Irrenhaus gebracht werden.»

Der andere nickte, trat an die Frau heran und wollte sie packen, doch das Weib schlug um sich, zerkratzte dem Stadtknecht das Gesicht, trat ihn, wo immer sie traf. Der andere riss nun auch an ihr, doch es gelang ihnen nicht, die Frau zu beruhigen. Im Gegenteil, ihr Gebrüll wurde lauter, weißer Schaum bildete sich um ihren Mund. Plötzlich tauchte Johann von Schleußig neben den Stadtknechten auf. Er nickte den beiden Männern zu und kniete sich neben die Frau in den Dreck. Ganz behutsam, und ohne sie zu berühren, sprach er auf sie ein. Niemand hätte zu sagen vermocht, ob es die Priesterkleidung oder die freundliche Zusprache war, was die Frau schließlich so weit beruhigte, dass sie nur noch leise wimmerte wie ein Kind.

Johann von Schleußig half ihr auf die Beine, bedeckte ihre Blöße mit seinem Umhang und führte sie davon.

Die Menge zerstreute sich, nur Eva stand da wie angewurzelt und starrte unentwegt auf den Boden, wo sich die Hure gewälzt hatte. Sie hörte Meister Fabers unterdrücktes Schluchzen neben sich.

«Hast du gehört?», fragte sie Susanne, und in ihrer Stimme klang Entsetzen. «Sie hat davon gesprochen, dass der Satan sie in eine Maske verwandeln wollte.»

«Ja, ich habe es gehört. Meinst du, der Mörder der Badedirne von Frankfurt ist nach Leipzig gekommen?»

Eva zuckte mit den Schultern. «Ich weiß es nicht, Susanne. Ich weiß es wirklich nicht, aber ich habe Angst.»

In den nächsten Tagen hatte Eva nicht viel Zeit, um über den Vorfall auf dem Marktplatz nachzudenken. Die beiden Mädchen nahmen ihre ganze Aufmerksamkeit in Anspruch.

Hildegard hatte Wort gehalten. Jeden Morgen kam sie und brachte den Zwillingen in der Wohnstube das Lesen und Schreiben bei. Während Priska eifrig die Buchstaben auf einem Stück Schiefer nachschrieb, träumte Regina oft vor sich hin.

«Warum schreibst du nicht?», fragte Hildegard. «Willst du nichts lernen?»

Regina sah auf: «Meine Schwester und ich teilen uns eine Seele. Es reicht, wenn sie lesen und schreiben kann.»

Ute hatte Kleider und Wäsche von ihren Kindern für die Zwillinge gebracht. Oft kam sie nun auch am Nachmittag, um mit den Mädchen Manieren zu üben. Sie zeigte ihnen, wie man eine Serviette benutzte, brachte sie davon ab, sich in die Hand zu schnäuzen, erklärte, wie man das Messer und die Gabel handhabte.

Hier war es Regina, die durch Eifer hervorstach, während es Priska reichlich Mühe bereitete, beim Essen nicht zu schlingen und das Fingerschälchen zu benutzen.

Als die Mädchen sich allmählich in der Hainstraße eingelebt hatten, sagte Hildegard zu Eva: «Sie sind zwar Zwillinge, aber sie könnten nicht unterschiedlicher sein. Während Regina einfach nur aus der Vorstadt rauswollte und es ihr letztlich gleichgültig ist, auf welche Weise, so ist Priska bemüht zu lernen. So jung sie noch sind, sie beginnen bereits jetzt, sich ihren Platz zu suchen.»

Eva nickte: «Eigentlich war das ja auch das Ziel. Ich

gebe ihnen eine Möglichkeit, und es ist an ihnen, diese zu nutzen. Trotzdem muss ich zugeben, dass mir Priska näher ist als Regina, die wohl eher in Susanne eine Lehrmeisterin gefunden hat.»

Heinrich und Meister Faber hatten – wie vorauszusehen – Einwände gehabt.

«Wir schaffen die Arbeit auch ohne die beiden Blagen kaum noch. Sie werden uns im Weg rumstehen und die teuren Metalle mit ihren Fingernägeln verkratzen. Einen kräftigen Lehrbuben hätten wir gut brauchen können. Die beiden aber sind nicht einmal in der Lage, ein heißes Feuer am Brennen zu halten», hatte Heinrich geklagt.

Doch Eva hatte ihn angelächelt. «Dann sorge dafür, Heinrich, dass sie es lernen.»

David hatte die beiden interessiert betrachtet und der lebhaften Regina alles erklärt, was sie wissen wollte.

«Wie viele Gulden kostet ein Ring? Bekommt jede Frau von ihrem Mann zur Hochzeit ein Schmuckstück? Wie zeigt man seine Haarspangen, wenn man als Ehefrau doch eine Haube tragen muss? Was ist wertvoller: Gold oder Silber?»

Priska hingegen fragte nie etwas. Doch sie stand oft neben Meister Faber und verfolgte jede seiner Bewegungen. Eva war davon überzeugt, dass sie auf diese Weise mehr lernte als die lebhafte Regina, deren Fragen keine Grenzen kannten. So zeigte sie auch auf Evas Kette und fragte: «Wer hat dieses Schmuckstück gefertigt? Habt Ihr es geschenkt bekommen, obwohl Ihr keinen Mann habt? Oder musstet Ihr es Euch selbst fertigen, Silberschmiedin?»

Eva konnte nicht verhindern, dass ihr die Schamröte ins Gesicht stieg. Auch Meister Faber, Heinrich und die anderen Gesellen sahen sie plötzlich sehr interessiert an.

«Ich ... ich ...», stotterte Eva herum. «Ich habe die Kette und den Anhänger zum Geburtstag bekommen.»

Regina trat einen Schritt näher und tippte ganz vorsichtig gegen das kleine Silberstück. «Es ist hübsch. Zum Namenstag wünsche ich mir auch so eines», verkündete sie selbstbewusst. «Ich wette, Adam wird es mir schenken.»

«Wie kommst du darauf, dass Adam dir eine Kette schenken wird?», fragte Eva.

Regina kicherte, während Priska verlegen auf den Boden sah.

«Wollt Ihr mir nicht antworten?», hakte Eva nach und sah Regina dabei an.

«Er holt uns in sein Laboratorium», erzählte Regina.

«Na, und? Was ist daran merkwürdig? Adam wird bald ein Arzt sein. Er interessiert sich für Menschen. Ist es verwunderlich, wenn er sich da für Zwillinge interessiert?»

«Er sucht nach unserer geteilten Seele», fuhr Regina fort. «Er misst alles an uns: Die Nase, die Ohren, die Abstände zwischen den Augen, die Arme, die Beine.»

«Nun, dann wollen wir hoffen, dass er eure Seele findet», sagte Eva und wandte sich wieder ihrer Arbeit zu.

Sie sah, dass Meister Faber und Heinrich sich viel sagende Blicke zuwarfen, doch sie schwieg und nahm Priska mit an ihren Arbeitsplatz, um ihr die Unterschiede zwischen Gold, Silber, Bronze, Kupfer und Messing zu erklären.

«Schau her, Priska. Das ist ein einfacher Leuchter aus Bronze. Bronze ist eine Legierung aus vier Teilen Kupfer und einem Teil Zinn. Es ist etwas härter als Kupfer und wird für Gegenstände im Haushalt benutzt. Messing ist zwar ebenfalls eine Legierung aus Kupfer und Zinn, der Kupferanteil muss jedoch mindestens die Hälfte betragen. Es ist härter als Kupfer, aber nicht so hart wie Bronze. Sieh genau her, du kannst an den Farben den Kupferanteil erkennen. Ein hoher Anteil verleiht einen warmen Goldton, ein niedriger Anteil hat ein helles Gelb. Die Metalle werden bei sehr heißem Feuer zusammengeschmolzen.»

Sie hatte diesen Satz noch nicht zu Ende gesprochen, als sie wieder an die junge Frau mit dem durch Flammen verwüsteten Gesicht denken musste. Was war ihr zugestoßen?

Die Frage ging ihr den ganzen Tag nicht aus dem Kopf, und am Abend besprach sie den Vorfall mit Mattstedt, der zu Besuch gekommen war. Auch der Ratsherr hatte inzwischen von dem Vorfall gehört. «Kannst du dir vorstellen», fragte sie ihn, «dass der Mörder von Frankfurt nach Leipzig gekommen ist?»

Mattstedt zuckte mit den Achseln. «Es muss jemand aus den Schmiedezünften sein. Ich werde in der Innung Bescheid geben und darum bitten, dass jeder neue Geselle aufmerksam geprüft wird. Beruhigt dich das, Eva?»

Nein, das tat es nicht, doch sie nickte. Vielleicht war alles ja wirklich nur ein dummer Zufall. Vielleicht hatte sich die Hure an kochendem Wasser verbrannt oder war einem Feuer zu nahe gekommen. Wahrscheinlich war sie eine Verrückte, die nicht wusste, was sie sagte.

«Du solltest endlich diesen David wegschicken», wechselte Mattstedt das Thema. Sie ließ den Stickrahmen sinken und trank einen Schluck von dem weißen Wein, der von der Unstrut kam und in Leipzig gern getrunken wurde.

«Warum, Andreas? Er ist gut für die Werkstatt. Ohne ihn könnten wir so manchen Auftrag nicht ausführen. Die Dominikaner haben nicht mit Lob gegeizt, als er ihnen Kreuz und Monstranz übergab.»

«Das mag sein, doch niemand ist unersetzlich. Ich habe einen anderen Gesellen gefunden. Einen kräftigen Kerl, der aus dem Erzgebirge stammt und hier sein Glück machen will.»

«Andreas, wir brauchen keinen neuen Gesellen. Ich bin zufrieden mit David. Es gibt keinen Grund, ihn fortzuschicken.»

«Nun, mir scheint, Eva, du weißt nicht, was in deiner eigenen Werkstatt geschieht.»

Eva hob fragend die Augenbrauen.

«Noch immer wissen wir nicht, wo er herstammt. Es ist etwas Dunkles um ihn herum, das die Frauen zugleich anzieht und ängstigt. Man sagt, er geht ins Hurenhaus und bezahlt die Dirnen dafür, dass er zeichnen darf, was zwischen ihren Beinen ist.»

Eva brach in Gelächter aus. «Deshalb willst du ihn wegschicken? Die meisten Männer gehen zu den Freudenmädchen.»

Mattstedt schüttelte den Kopf. «Darum geht es nicht, Eva. Sondern um seine Art.»

Mit diesen Worten nahm er einen Brief aus der Tasche seines Wamses und reichte ihn ihr.

Eva erkannte auf den ersten Blick die Schrift ihrer

Mutter. Sie entfaltete den Bogen und las: «Lieber Mattstedt, endlich habe ich Nachricht aus Florenz bekommen. Ein Edelschmied mit Namen David ist nirgends bekannt. Ein anderer Deutscher war da, der auf den Namen Thomas hörte. Er hat sich bei einem Goldschmied verdingt, um das Emaillieren zu erlernen. Eines Tages aber war er weg und mit ihm eine beachtliche Menge an Silber. Niemand weiß, wo er hingegangen ist und was er jetzt tut.»

Eva las nicht weiter. Empört ließ sie den Bogen sinken und sah Mattstedt an. «Nun, unser Geselle heißt David. Ein ordentlicher Silberschmied ist er, die Nürnberger Zunft hat es bestätigt. Was wollt ihr noch, du und meine Mutter?»

«Du solltest weiterlesen», drängte Mattstedt.

Widerwillig nahm Eva den Bogen auf. «Eva soll nach Frankfurt kommen. Wenn es Euch nicht gelingt, den Gesellen wegzuschicken, so muss ich auf sie einwirken. Gebt ihr diesen Brief und sorgt dafür, dass sie nach Frankfurt kommt.»

Eva sah hoch. In ihren Augen funkelte Wut. «Ich werde nicht nach Frankfurt gehen. Niemals!»

«Deine Mutter befiehlt es. Du wirst fahren müssen, Eva.»

Sie schüttelte störrisch den Kopf. «Nein, ich bleibe, wo ich hingehöre: in meiner Werkstatt in Leipzig. Sie kann mich nicht zwingen, ich bin großjährig. Außerdem bin ich sicher, dass du keine Zeit versäumen wirst und David wegschickst, wenn ich der Werkstatt auch nur einen einzigen Tag den Rücken kehre.»

Sie sah Mattstedt trotzig an und war fest entschlossen, weder ihm noch ihrer Mutter zu gehorchen.

«Eva, jetzt sei doch vernünftig!» Mattstedt beugte sich nach vorn und legte Eva seine Hand auf den Arm. «Einer wie er passt nicht hierher. Das musst du doch einsehen. Er bringt alles durcheinander, wiegelt am Ende gar noch die Leute auf. Wir aber wollen Ruhe und Ordnung.»

Eva schüttelte seine Hand ab. Mattstedt schien ihre Verärgerung nicht zu bemerken, er lächelte sie liebevoll an und sagte leise: «Eva, wir könnten es zusammen so schön haben. Heirate mich, und du wirst sehen, dass dein Leben genau so wird, wie deine Mutter sich das immer für dich gewünscht hat.»

Eva hielt es nicht länger auf ihrem Platz. Sie stand auf, trat ans Fenster und sah hinaus auf die abendlich stille Gasse. In einer Nische gegenüber küssten sich zwei junge Leute. Eva erkannte in dem Mädchen die Magd des Nachbarn.

«Ich liebe dich nicht», sagte Eva leise. Sie wagte nicht, dem Kaufmann ins Gesicht zu sehen. «Wenn ich dich heirate, Andreas, handle ich wie meine Mutter und werde, was immer mir auch sonst im Leben gelingt, am Ende mit leeren Händen dastehen. Ich werde das Leben führen, das sich meine Mutter für mich gedacht hat. Aber es hat nichts mit dem Leben zu tun, das ich mir wünsche.»

Sie wandte sich um, ging zu Mattstedt, kniete vor seinem Stuhl und fasste nach seinen Händen. «Andreas, du hast eine Frau verdient, die dich liebt, die dir Ehre macht.»

Mattstedt sah sie nicht an. «Ist Liebe eine Voraussetzung, um miteinander glücklich zu werden, Eva?»

«Ja. Daran glaube ich.»

Der Ratsherr nickte und seufzte. «Ich wünschte, ich könnte dich eines Besseren belehren.»

Eva schüttelte den Kopf. «Es fängt eine neue Zeit an, in der die Liebe wichtiger ist als alles andere. Du, Andreas, siehst die neue Zeit nur von der kaufmännischen Seite. Der Adel verliert an Macht, die Bürger kommen zu Geld und wollen damit auch Einfluss. So macht es Fugger vor, so willst auch du das Alte abschaffen und für dich mehr Vorteile erringen. Ich aber möchte etwas anderes. Ich möchte alles zeigen, was in mir steckt, möchte meine Möglichkeiten ausschöpfen und mich der von Gott geschenkten Seele würdig erweisen.»

«Woran willst du messen, wie weit du deine Möglichkeiten ausgeschöpft hast?», fragte Mattstedt. Eva hörte seine Kiefer mahlen.

«Du meinst», fragte sie, «Geld?» Sie schüttelte den Kopf. «Nein, Andreas. Geld ist nicht das, was zählt.»

Jetzt sah er sie direkt an. Seine Blicke fuhren suchend über ihr Gesicht. «Gibt es einen anderen Mann?», fragte Mattstedt schließlich.

Eva seufzte. «Ich will dir nicht wehtun, Andreas.»

«Ach?», fragte der Kaufmann. «Hast du das nicht bereits getan? Ich habe ein Recht darauf, es zu wissen.»

«Ja», Eva hielt seinem Blick stand. «Ja, ich liebe einen anderen. Du kennst ihn. Es ist David. Und ich werde ihn fragen, ob er mich heiraten möchte.»

«Weiß er schon von seinem Glück?»

Die Frage knallte wie ein Peitschenschlag durch den Raum. Eva fuhr erschrocken herum.

Susanne hatte sich angeschlichen, ohne dass sie es bemerkt hatten.

Eva machte den Mund auf, um sie zurechtzuweisen, doch Susanne sah sie so hasserfüllt an, dass sie schwieg.

«Weiß David schon, dass du beschlossen hast, ihn zu heiraten?», fragte Susanne erneut.

Eva schüttelte den Kopf. «Ich werde mit ihm sprechen.»

«Nun, dann gehe ich, ihm die frohe Botschaft zu bringen: «David, der Heiland ist zum zweiten Mal vom Himmel auf die Erde gestiegen. Er bringt dir große Freude: Du bist ausgesucht, die Meisterin zu heiraten.»

«Sei still», befahl Eva. «Halt den Mund und geh!»

«Wie du willst», erwiderte Susanne und verschwand.

Mattstedt war inzwischen aufgestanden und zupfte an seinem Wams.

«Eva, noch kannst du zurück. Noch ist nichts geschehen. Ich könnte vergessen, was du gesagt hast.»

Eva schüttelte den Kopf und starrte auf den Boden.

«Du machst einen großen Fehler», sagte Mattstedt leise, dann hörte sie seine Schritte, das Klappen der Tür und das Knarren der Treppenstufen.

Eva schluckte. Einen Augenblick lang war sie versucht, Mattstedt zurückzurufen, doch dann fiel ihr Susanne ein. Sie wagt es nicht, zu David zu gehen, dachte Eva, aber sicher war sie sich nicht. Eva eilte aus der Stube hinauf zu seiner Kammer.

Susanne war ihr doch zuvorgekommen. Sie redete auf David ein, der am Fenster stand, sodass Eva seine Gesichtszüge nicht erkennen konnte. Als sie die Stiefschwester hereinkommen hörte, drehte Susanne sich um und sah Eva spöttisch an.

«Ich muss mit Euch reden, Geselle», sagte Eva. David nickte und machte eine einladende Handbewegung. Eva schüttelte den Kopf. «Allein möchte ich mit Euch reden. Ich warte in meiner Wohnstube auf Euch.»

Sie wollte sich umdrehen und gehen, doch Susanne kam ihr zuvor. «Ich gehe. Du kannst bleiben», zischte die Stiefschwester und schlüpfte an Eva vorbei. Bevor sie den Raum verließ, hielt sie inne und sagte wie zu sich selbst: «Mancher Traum wird zum Albtraum, wenn er in Erfüllung geht.» Dann lachte sie hämisch und verschwand.

David bot Eva einen Platz auf der gepolsterten Wandbank an.

Eva setzte sich und musste zu ihm hochsehen. «Ich habe mich entschlossen, Euch zu heiraten. Das Bürgerrecht wird Euch zuteil, und der Meisterbrief ist Euch auch gewiss.»

David lachte. «Und wenn ich nicht will? Was dann, Silberschmiedin?»

Eva erstarrte. War Susanne wirklich sein Liebchen? Wollte er lieber die Stiefschwester heiraten? Nicht einen einzigen Augenblick lang hatte sie die Möglichkeit in Erwägung gezogen, dass er ihr Angebot ablehnen könnte!

In diesem Augenblick beugte er sich zu ihr herab, barg ihr Gesicht zwischen seinen warmen Händen und sah ihr tief in die Augen. «Wollt Ihr wirklich den Platz verlassen, an dem Ihr jetzt steht?»

Plötzlich war sich Eva ganz sicher.

«Ja, David. Ich bin bereit, diesen Platz zu verlassen, mir

den zu suchen, den ich möchte, und die zu werden, die ich bin.» Der Seufzer, den sie ausstieß, kam aus tiefstem Herzen. «Wenn Ihr wüsstet, wie leid ich es bin, immer den Vorstellungen der anderen zu entsprechen. Nein, ich mag nicht länger die Tochter der Pelzhändlerin oder Mattstedts kleine Braut sein. Zeit wird es, Eva zu werden.»

«Das ist gut, Eva», flüsterte der Mann. «Als meine Frau müsst Ihr die werden, die Ihr wirklich seid. Mit einem Abbild gebe ich mich nicht zufrieden.»

Seine Lippen lagen weich auf ihrem Mund. Die Wärme seines Körpers durchströmte sie und wischte jeden Zweifel zur Seite.

Ja, ich werde es allen zeigen, dachte sie. Alle sollen wissen, dass in mir mehr steckt als nur die Tochter der Pelzhändlerin.

Eva verspürte Triumph. Endlich hatte sie einmal etwas gesagt und getan, was weder die Zustimmung ihrer Mutter noch die Billigung Mattstedts fand.

Kapitel 11

Niemand wollte Eva so recht beglückwünschen, auch Adam nicht.

«Eva, ich bitte dich: Der Geselle ist doch kein Mann für dich! Du brauchst einen, der mit Geschick deine Geschäfte leitet, der dich schützt und für dich sorgt. David aber hat anderes im Kopf. Der interessiert sich doch nur für seine eigenen Projekte», versuchte Adam sie zu belehren.

Eva stand in seinem Laboratorium, betrachtete die zahlreichen Gefäße und rümpfte die Nase über den Geruch, der ihre Schleimhäute kitzelte.

«Dasselbe kann man auch von dir sagen, Adam. Du holst die Zwillinge zu dir, wann immer du sie brauchst. Du stellst ihnen Fragen über ihre Kindheit, schreibst sogar ihre Träume auf. Du vermisst ihre Körper, und Regina tratscht überall herum, dass sie dir ihre knospenden Brüste zeigen mussten, damit du sehen kannst, ob auch sie gleich sind.»

«Ich habe die Mädchen nicht angerührt», wehrte sich Adam und hob beide Hände. «Eine Mannslänge entfernt habe ich gestanden, als sie ihre Kleider hoben.»

«Was fasziniert dich nur so an ihnen?», fragte Eva.

«Zwillinge sind selten. Für einen Medicus ist es ein Glücksfall, sie beobachten und untersuchen zu können.»

«Was sollen die Leute denken, wenn sie erfahren, dass du bald jeden Abend mit ihnen hier unten bist?»

«Eva, versteh doch: Es ist mir vollkommen egal, was die Leute denken. Ich kann darauf keine Rücksicht nehmen. Außer den Mädchen habe ich erst ein einziges Mal Zwillinge gesehen, allerdings ein Pärchen. Die meisten sterben bei der Geburt. Aber Priska und Regina leben! Ich muss sie untersuchen!»

Eva nickte und wanderte durch den Raum. «Ich verstehe dich, Adam. Doch bist du genauso wie David. Beide wollt ihr euch nicht einschränken lassen, beide seid ihr bereit, alles andere für das Neue zu opfern. Nun, ich werde dich bestimmt nicht bei deinen Zwillingsforschungen stören, doch dafür verlange ich, dass du dich aus meinen Heiratsplänen heraushältst.»

Meister Faber nahm die Nachricht von der bevorstehenden Verlobung ohne die geringste Reaktion entgegen. Mit unbewegter Miene fragte er, ob David dann auch Meister würde. «Ich bin alt, Eva. Froh wäre ich, könnte ich ein wenig Verantwortung abgeben. David ist ein hervorragender Silberschmied. Über alles andere habe ich nicht zu befinden.»

«Ihr braucht keine Sorge zu haben, Meister Faber. Zwei Jahre wird es nach der Hochzeit noch dauern, ehe David Anspruch auf den Meistertitel hat. Und ich wäre dankbar, bliebet Ihr uns so lange erhalten.»

Regina zupfte Eva am Arm: «Müssen wir weg, wenn Ihr verheiratet seid?», fragte sie.

«Wie kommst du darauf?»

«Ihr werdet eigene Kinder haben. Vielleicht stören wir dann.»

Eva setzte sich hin und sah die Zwillinge an. «Ihr seid meine Lehrmädchen, nicht meine Töchter. Meine Heirat hat nichts mit euch zu tun. Ihr seid hier, weil ich beweisen möchte, dass die Herkunft keine Rolle spielt, dass Mädchen aus der Vorstadt zu Bürgerinnen taugen.»

«Oh, ich kann schon jetzt so gehen wie eine Bürgerin mit Trippen an den Füßen. Ich weiß, dass mich die Lehrbuben zuerst grüßen müssen, wenn ich ihnen auf der Gasse begegne. Und dass ich die Augen niederschlagen muss, wenn mir einer ins Gesicht sieht.»

Eva runzelte die Stirn. «Du bist oft bei Susanne, nicht wahr, Regina?»

Das Mädchen lächelte stolz und nickte. «Wenn ich weiter so fleißig rohe Eier esse, sagt Susanne, dann werde ich bald einen ebenso großen Busen haben wie sie.»

«Ist es das, was dir wichtig ist?», fragte Eva ungläubig. Regina nickte. «Einen Mann will ich haben. Und mit einem großen Busen kriege ich einen, auch wenn ich ein Zwilling bin. Ihr habt mich aus der Vorstadt geholt, und ich werde Euch beweisen, dass ich eine gute Bürgersfrau abgeben werde.»

«Und du, Priska? Was willst du?»

«Eine Silberschmiedin werden wie Ihr.»

«Zeigt mir, was ihr in den letzten Wochen gelernt habt», forderte Eva. Regina zeigte ein verbogenes Blechstück hervor.

«Was soll das sein?», fragte Eva.

«Ich habe verschlichtet», behauptete das Kind voller Stolz.

«Und du, Priska?»

Das Mädchen senkte den Blick zu Boden und sagte leise: «Meister Faber hat mir gezeigt, wie man das Feuer so heiß schürt, dass man darauf schmieden kann. Man muss Buchenholzscheite nehmen und dann mit dem Blasebalg das Feuer von drei Seiten zugleich schüren. Nur so wird es schnell so heiß, dass man Metalle darauf schmelzen kann.»

Regina lachte höhnisch und zeigte mit dem Finger auf ihre Schwester: «Willst du etwa ein Feuerknecht werden? Wozu ist Heinrich da? Es ist seine Aufgabe, Scheite zu schlagen, zu schleppen und den Brennofen zu heizen.»

Regina schubste ihre Schwester in die Seite.

Eva aber strich Priska über den Kopf. «Du machst es richtig. Nur der, der alle Handgriffe in einer Werkstatt beherrscht, wird ein guter Gold- und Silberschmied werden.»

Reginas Gelächter verstummte. «Wir werden ja sehen, wer eher eine Bürgersfrau wird: Priska mit dem Herdfeuer oder ich», sagte sie mit finsterer Miene.

Eva wollte zu einer Erwiderung ansetzen, als Susanne die Werkstatt betrat.

Regina strahlte über das ganze Gesicht, als sie Susanne sah. Sie schmiegte sich an sie, und Susanne strich ihr über den Kopf. Priska stand daneben, kratzte mit dem Fuß auf dem Boden herum und hielt den Blick gesenkt.

Eva sah es, doch sie sagte nichts dazu. Stattdessen blickte

sie Susanne fragend an. Susanne übergab ihr einen Brief, den ein berittener Bote aus Frankfurt gebracht hatte. Eva nahm ihn und ging damit in ihre Kammer. Das würden bestimmt keine Glückwünsche sein.

Sie brach das Siegel und las:

Eva,
warum bist du nicht nach Frankfurt gekommen, als ich dich rief? Aber zum Glück ist noch nicht alles verloren. Deine Heiratsabsichten schaden zwar dem Unternehmen, doch du bist jung, und man wird dir verzeihen. Frage den Gesellen nach seinen Papieren. Du wirst sehen, dass er keine hat. Du kannst ihn also nicht heiraten. Für seine Anwesenheit in Leipzig besteht danach keinerlei Grund mehr.
In der Anlage schicke ich dir die Kopie einer Urkunde unseres Notars. Bis du wieder zur Vernunft gekommen und die Frau von Andreas Mattstedt geworden bist, gilt dieser Vertrag. Ich habe verfügt, dass dein Bruder Christoph die Frankfurter Besitztümer allein erbt, während du nur eine kleine Mitgift und erst nach meinem Tod die Werkstatt samt dem Wohnhaus erben wirst. Die Anteile an den Silberminen verbleiben in meinem Besitz und unter der Obhut von Andreas Mattstedt.
Sobald ich die Nachricht habe, dass der Hochzeitstermin mit Mattstedt an der Kirche angeschlagen steht, wird dieser Vertrag unwirksam, und dir steht – wie bisher – die Hälfte aller Besitztümer nach meinem Tod zur Verfügung.

Also eile dich und mache gut, was du angerichtet hast. Ich werde dir verzeihen und bin sicher, dass du in Zukunft mehr Vernunft walten lässt.

Deine dich liebende Mutter.

Eva ließ den Bogen sinken. Alle sind gegen ihn, dachte sie. Vor allem diejenigen, die ihm ähnlich sind. Sibylla. Adam. Sie haben alle Angst vor ihm. Es ist, als fürchteten sie sich vor sich selbst.

Eva trat ans Fenster und atmete die würzige Mailuft ein. Die Abenddämmerung senkte sich über die Dächer der Stadt. Das Licht wurde weich und die Geräusche in den Straßen gedämpfter. Drei Tage waren vergangen, seit sie David gebeten hatte, sie zu heiraten. Drei Tage, an denen sie kaum eine gemeinsame Minute Zeit füreinander hatten. An denen niemand ihre Entscheidung gutgeheißen hatte.

Ute war die einzige Ausnahme gewesen. Sie hatte sie umarmt und ihr von Herzen Glück gewünscht. «Du wirst dir dein Leben so bauen, wie du es möchtest», hatte sie gesagt. «Und David wird dir dabei zur Seite stehen. Nicht seine Magd wirst du sein, nicht nur die Mutter seiner Kinder, sondern eine Partnerin in allen Fragen.»

«Ja», hatte Eva genickt. «So wird es sein. Nur mit ihm kann ich alles leben, was in mir steckt.»

Jetzt trat Eva zum Spiegel, und ihr war, als sähe sie heute darin eine Frau. Nicht mehr das Mädchen, nicht mehr die Tochter ihrer Mutter. Ich bin erwachsen, dachte sie, von sich selbst überrascht.

Sie strich über ihre Brüste und bemerkte mit Erstaunen, dass sie sich unter der Berührung regten.

Plötzlich klopfte es an ihrer Tür.

Bevor sie hereinrufen konnte, war David in ihre Kammer getreten.

«Betrachtet Ihr Euer Abbild?», wollte er wissen und deutete auf Evas Spiegelbild.

Scham schoss in Eva hoch. «Nein», erwiderte sie. «Ich betrachte mich.»

David nickte. «Warum ich?», fragte er.

Eva sah ihn an. «Was meint Ihr?»

«Warum wollt Ihr mich heiraten?»

Eva blickte zu Boden. Sie wusste nicht, was sie antworten sollte. David hatte sie so förmlich angesprochen, wie es zwischen Meisterin und Gesellen üblich war, nicht aber unter Liebenden. War er gekommen, um ihr einen Korb zu geben?

«Wollt Ihr mich um meinetwegen oder Euretwegen heiraten?», fragte David weiter.

«Das ist eine seltsame Frage», versuchte Eva abzulenken.

«Das ist die wichtigste Frage überhaupt», setzte er nach. «Erst, wenn Ihr sie mir beantwortet habt, werden wir uns verloben.»

«Und Ihr? Warum habt Ihr zugestimmt?». Ärger stieg in Eva hoch. Reichte es ihm nicht aus, dass sie sich den Zorn der Mutter und das Unverständnis der Übrigen zugezogen hatte? Was wollte er denn noch? Sah er denn nicht, dass sie die Grenzen ihres Standes überschritten hatte und bereit war für das Neue? Und was war mit ihm?

«Wollt Ihr mich Euretwegen oder meinetwegen heiraten?», gab sie die Frage zurück.

Er sah sie an, doch sein Blick war nicht weich und schmeichelnd, sondern prüfend. «Ich habe dich für mich gezeichnet. Schon als ich dich das erste Mal sah.»

Plötzlich lächelte er. Seine Hand strich sanft über ihre Wangen. «Du bist schön. Dein Gesicht und dein Körper sind voll unentdeckter Reize. Aber wie schön ist deine Seele?»

Mit dieser Frage ließ er Eva allein zurück.

Sie sah ihm nach, dann wandte sie sich erneut dem Spiegel zu. Davids Frage ging ihr nicht aus dem Kopf. «Wollt Ihr mich meinetwegen oder Euretwegen heiraten?»

Sie sah in den Spiegel und antwortete leise: «Deinetwegen, David. Weil ich dich liebe.»

Während sie diese Worte sprach, wurde ihr bewusst, dass es nicht stimmte. Sie schlug die Augen nieder.

Ich lüge, dachte sie. Ich belüge mich selbst. Nicht um seinetwegen will ich ihn heiraten, sondern um meinetwegen. Sie hob den Blick und betrachtete sich erneut im Spiegel. Ihr war, als hätte sie ihre Unschuld verloren. Bis zu diesem Augenblick hatte sie geglaubt, David zu erhöhen und sich der neuen Zeit damit würdig zu erweisen. Doch sie hatte sich geirrt.

Sie atmete tief ein, schloss für einen kurzen Moment die Augen, dann trat sie einen Schritt näher und sah sich an. «Ich heirate ihn meinetwegen. Der Mensch ist das Maß aller Dinge. Mein Maß aber soll David sein.»

Die Worte kamen ihr so richtig vor. Sie fühlten sich beim Sprechen gut an.

«So ist es!», sagte sie, fühlte sich auf einmal leicht und gut, lächelte sich an, dann wandte sie sich um, um David die Antwort zu bringen.

Wie vor drei Tagen stand er mit dem Rücken am Fenster. Er hatte keine Lichter angezündet, nur der Mond überzog die Kammer mit einem silbernen Schein. Eva trat unsicher näher. Wie gerne hätte sie jetzt seine Augen gesehen. Doch sie musste es ihm sagen. «Ich möchte dich um meinetwillen heiraten.» Kaum hatte sie diese Worte ausgesprochen, breitete er die Arme aus, und sie flog an seine Brust.

«So ist es gut, Eva», flüsterte er und presste seine Lippen auf ihr Haar. «So soll es sein. Du musst mir immer die Wahrheit sagen, hörst du?»

Sie löste sich von ihm, sah ihm in die Augen und nickte: «Ja, David. Ich werde dir immer die Wahrheit sagen. Du sollst wissen, wie und wer ich wirklich bin.»

Er nahm sie in seine Arme und küsste sie. Dieses Mal war der Kuss warm und sanft.

Die Verlobung sollte ein großes Fest werden. Alle sollten sehen, wie glücklich Eva war. Doch damit alles den rechten Weg ging, musste David seine Papiere vorweisen. Bisher hatte er noch keine beibringen können. Andreas Mattstedt spottete schon: «Du wirst sehen, dass er keine hat. Und ohne Nachweis einer ehrlichen Abkunft kannst du ihn nicht heiraten.» Eva ging nicht darauf ein und hielt Mattstedt entgegen: «Es ist alles so, wie es sein soll.» Da dem noch nicht ganz so war, nahm sie am Abend ihr Herz in beide Hände.

«Hast du Papiere?», fragte sie David beinahe ängstlich.

David lächelte. «Ändert es etwas, wenn ich keine habe?»

«Dann können wir uns nicht ordentlich vermählen», antwortete Eva, und die Furcht kroch ihr den Rücken hinauf. «Wir würden kein Bürgerrecht bekommen, und ich würde die Werkstatt verlieren.»

Sie seufzte und sah ihn an. «Aber ich würde dich trotzdem heiraten und, wenn es sein muss, mit dir vor den Toren der Stadt wohnen.»

David nickte, als wäre dies genau die Antwort gewesen, auf die er gewartet hatte. Er griff in die Tasche seines Wamses, zog die Papiere hervor und reichte sie Eva.

«Du stammst aus Halle an der Saale?», staunte sie. «Die Urkunde ist von zwei Männern in Halle bezeugt.»

David nickte. «Aus der Nähe, ja.»

«Dein Vater ist Gerber?»

Wieder nickte er.

«Ich möchte ihn kennen lernen», bat Eva. «Halle ist nicht so weit. Wir könnten zu ihm reisen, oder besser noch, wir werden ihn zur Hochzeit einladen.»

«Nein, das werden wir nicht!», erwiderte David in einem Ton, der keinen Widerspruch duldete.

«Aber warum nicht?»

«Ich habe meinen Vater seit Jahren nicht gesehen. Alles, was ein Vater und ein Sohn einander zu sagen haben, ist bereits ausgesprochen. Es gibt keinen Grund für eine Einladung.»

Eva wunderte sich ein wenig, doch da es ihr mit ihrer

Mutter ähnlich ging, bestand sie nicht darauf. Ohnehin war sie viel zu froh, dass David Papiere vorweisen konnte und seinen Gegnern vorerst das Maul gestopft war.

Es dauerte eine Zeit lang, bis alle Verwaltungsnotwendigkeiten geregelt waren. Bis sämtliche Verfügungen getroffen, die Verlobung bekannt gemacht und die Mitgift vereinbart war, war es Juni geworden. Die Verlobung sollte am Johannistag stattfinden. Susanne und Bärbe begannen bereits am frühen Morgen, Tische und Bänke in den Hof zwischen Wohnhaus und Werkstatt zu stellen. Zwei junge Birken wurden mit weißen Bändern geschmückt, für das Johannisfeuer wurde ein großer Reisighaufen aufgeschichtet, der nach Einbruch der Dunkelheit entzündet werden würde.

Die Tafel bog sich unter der Anzahl der Speisen, die Bärbe und Susanne seit Wochen vorbereitet hatten. In der Mitte stand ein gebratenes Ferkel, drum herum fanden sich Platten mit gekochtem Rindfleisch und gebratenen Hühnern. Kleine Gefäße mit gewürzten Soßen aus Salz, Pfeffer und Kräutern waren über den Tisch verteilt, daneben standen Körbe mit Gersten- und Weizenbroten – die bevorzugte Speise der Reichen.

Vervollständigt wurde der Überfluss durch Schüsseln mit frischem oder eingelegtem Gemüse aus Pastinaken, Pferdebohnen, Rüben und Zwiebeln sowie mit frischem Obst gefüllte Weidenkörbchen. Brezeln, kleine Kuchen aus weißem Mehl und kandierte Nüsse rundeten das Mahl ab.

Zum Trinken gab es Weizen- und Haferbier, das mit Dost und Schlehen gewürzt war. Die Gäste trafen am

Nachmittag ein. Angelockt von dem guten Essen, kamen alle bis auf einen: Mattstedt hatte sich wegen dringender Geschäfte entschuldigen lassen.

Die Stimmung war übermütig. Als nach dem Mahl die Musikanten zum Tanz aufspielten, gab es kein Halten mehr.

Regina war die Erste, die von der Tafel aufstand. Sie zog Heinrich von der Bank, verhakte seinen linken Arm mit ihrem und begann sich zu drehen.

«He, Mädchen, nicht so schnell», keuchte Heinrich, lachte aber und wirbelte das Kind herum. Er war gegen die Verlobung gewesen, doch er hatte sie nicht verhindern können. Das Leben war jedoch zu kurz, um sich lange um so etwas zu bekümmern. Heute war der Abend lau, das Bier stark, und die Musik fuhr ihm in die alten Beine. Meister Faber hatte sich Bärbe gegriffen und schwenkte sie herum, ein Feuerknecht hatte die Lechnerin von der Bank gezogen.

David, der eine wunderschöne Rosenblüte in Evas Haar gesteckt hatte, lächelte seiner Braut zu, stand auf und führte sie zum Tanz.

Niemand hatte bemerkt, dass Susanne verschwunden war. Doch plötzlich stand sie hinter Eva und forderte: «Lass mich mit deinem Bräutigam tanzen. Bald hast du ihn ohnehin für dich.»

Da im selben Augenblick die Musik aussetzte, konnte jeder diese Sätze hören.

Es war nichts Unschickliches daran. Auf jeder Verlobung mussten Braut und Bräutigam mit jedermann tanzen. Doch dies hier war anders. Eva drehte sich zu Susanne herum – und erstarrte. Susanne aber warf den Kopf in den Nacken.

«Zieh dieses Kleid sofort aus!», fauchte Eva und stieß Susanne leicht an. «Geh und zieh es aus!»

«Warum?», fragte Susanne laut. «Warum willst du, dass ich mich umziehe?»

Die anderen Gäste unterbrachen ihre Gespräche. Stille herrschte plötzlich, die Fröhlichkeit war verflogen.

«Das Kleid gehört mir!» Eva spuckte die Worte aus. «Die Spange in deinem Haar gehört ebenfalls mir. Der Gürtel, die Kette, die Bänder in deinem Haar – all das gehört mir. Und deine Frisur ist die, die ich trage.»

«Na, und?» Susanne lachte laut und schrill. «Warum darf ich nicht, was du darfst? Glaubst du etwa nicht an das, was du täglich verkündest? Dass jeder sich den eigenen Platz suchen kann?»

Eva begann zu zittern. Sie öffnete den Mund und schloss ihn wieder. Rote Flecke zogen sich über ihren Hals und den Ausschnitt.

«Du hast wahr gesprochen, Susanne», mischte sich endlich David in das Gespräch. Niemanden verwunderte es in diesem Augenblick, dass er sie duzte. «Den eigenen Platz sollst du dir suchen. Du aber tust dies nicht. Du willst Evas Platz einnehmen. Und das steht dir nicht zu.»

Susanne zuckte die Achseln und sah Eva verbittert an. Dann wechselte ihr Gesichtsausdruck wie der Himmel nach einem Gewitter, sie zog einen Schmollmund, streckte den Arm nach David aus und bat mit leiser Stimme: «Tanz mit mir.»

David schüttelte stumm den Kopf, legte Eva einen Arm

um die Hüfte und geleitete sie zurück zu ihrem Platz. Noch immer herrschte Schweigen.

«Was glotzt Ihr so?», schrie Susanne plötzlich. Sie stand in der Mitte des Hofes, alle Blicke waren auf sie gerichtet. Sie sah von einem zum anderen.

Dann breitete sie die Arme aus und begann die Stille mit einem Lied zu füllen:

> «Es ist ein Schnee gefallen,
> und es ist noch nicht Zeit.
> Ich wollt zu meinem Liebsten gehen,
> der Weg ist mir verschneit.
>
> Mein Haus hat keinen Giebel,
> es ist mir worden alt,
> zerbrochen sind die Riegel,
> Mein Stüblein wird mir kalt.
>
> Ach, Lieb, lass dich erbarmen,
> dass ich so elend bin,
> nimm mich in deine Arme,
> so geht der Winter hin.»

Sie drehte sich dabei im Kreise, die Tränen liefen ihr über das Gesicht. Die anderen Gäste wendeten die Blicke ab und rutschten auf den Holzbänken hin und her. Heinrich griff nach einem Stück Brot und zerbröselte es in den Händen, Meister Faber trank sein Bier in einem Zug aus. Jeder vermied es, Susanne zuzusehen.

«Hör auf!», schrie Eva und wollte aufstehen, sich auf

die Schwester stürzen und sie wegzerren, zum Schweigen bringen. Doch David hielt sie fest und rief: «Musik. Spielt auf, Musikanten!» Die Musiker gehorchten. Einer schlug das Mohrenpäuklein, ein anderer blies in die Schalmei, und eine Flöte erklang.

Schon sprang David auf, nahm Eva bei der Hand und zog sie in den Kreis. Plötzlich waren auch die anderen wieder da, drehten sich und tanzten, stampften mit den Füßen und klatschten in die Hände.

Susanne aber blieb stehen. Ihr Gesicht war von Tränen überströmt. Sie sah sich um, ihre Blicke suchten Halt, doch niemand wagte es, sie anzusehen. Schließlich raffte sie das Kleid und stürzte ins Haus.

Wie gut, dachte Eva, dass Andreas Mattstedt nicht gekommen ist. Sie sah hoch zum Fenster von Susannes Kammer. Doch David drehte ihren Kopf zu sich. «Kümmere dich nicht um sie», sagte er. «Sie weiß genau, was sie tut.»

Eine Frage konnte Eva jetzt nicht mehr unterdrücken. «War sie dein Liebchen?», fragte sie leise.

David lachte. Er nahm Evas Gesicht in seine Hände und sah sie an. Diesmal war sein Blick voller Zuneigung. «Nein, Eva, mein Liebchen war sie nicht.»

Obwohl sein Ton liebevoll war, wusste Eva immer noch nicht, ob er Susanne geliebt hatte oder gar immer noch liebte. Das Einzige, was sie wusste, war, dass er für Susanne die Bettdecke gelüpft hatte.

David bemerkte Evas Irritation und fuhr mit dem Daumen glättend über ihre Stirn. «Ich liebe dich, Eva», sagte er.

Es war das erste Mal, dass er diese Worte aussprach. Eva

lächelte befreit und bemerkte erst jetzt, dass sie niemals sicher gewesen war, ob David ihre Gefühle erwiderte.

Das Fest war vorbei, und Eva war froh darum. Susannes Tanz hatte einen Schatten auf die Stimmung geworfen. Zwar wurde weiter getanzt, die Bierkrüge geleert und gute Worte für das Paar gesprochen, trotzdem kam Eva die Heiterkeit plötzlich falsch und aufgesetzt vor.

Sie atmete auf, als der Nachtwächter seine Runde drehte und das Fest beendet wurde.

Eva fühlte sich so müde und erschöpft, als hätte sie den ganzen Tag damit verbracht, Wassereimer vom Brunnen auf dem Markt in die Hainstraße zu schleppen.

Sie stand vor dem Spiegel und bürstete mit langsamen Strichen ihr Haar. David hatte ihr noch keine gute Nacht gewünscht, und sie ahnte, dass er noch einmal in ihre Kammer kommen würde.

Und richtig. Wenige Sekunden später klopfte es an ihrer Tür.

«Komm schnell rein», rief Eva. «Und sei bitte ganz leise.»

David schlüpfte geräuschlos in den Raum, denn obwohl sie seit heute miteinander verlobt waren, ziemte es sich nicht, zu nächtlicher Stunde zu zweit in einer Kammer zu sein.

David stellte sich hinter Eva, nahm ihr die Bürste aus der Hand und fuhr mit langsamen, festen Strichen über ihr Haar, das leise knisterte.

Seine linke Hand lag in ihrem Nacken und strich über die angespannten Muskeln. Eva schloss die Augen und seufzte. Dies war wohl der schönste Augenblick des heutigen Tages. Sie hatte das dringende Bedürfnis, auszuruhen. Sie war so müde.

«Ich möchte, dass du ab morgen auf Haarbänder, Schmuck und allen Zierrat verzichtest, Eva.»

Sie öffnete die Augen, drehte sich um und sah ihn an.

«Warum das?», wollte sie wissen.

David lächelte. «Weißt du es nicht?»

Eva schüttelte den Kopf.

«Ich möchte dich ab sofort nur noch in schlichten Kleidern sehen. Keine Stickereien, keine Perlen, keine Borten oder Bänder. Deine Kleider sollen aussehen wie die Gewänder der Nonnen. Gleich morgen wirst du dir einige davon bei einem Gewandschneider bestellen.»

«David, warum?»

«Damit du aus eigener Kraft zeigen kannst, wer und was du bist.»

Wieder schüttelte Eva den Kopf, doch diesmal energischer. «Soll ich mein Licht unter den Scheffel stellen? Soll ich mich verunstalten? Darf ich mich nicht schmücken wie alle anderen auch? Nein, David, das kannst du nicht von mir verlangen. Mein Wesen hängt doch nicht von der Kleidung ab. Willst du vielleicht, dass die Leute in der Stadt mich mit meiner eigenen Magd verwechseln?»

«Nicht mit einer Magd, Eva. Mit einer Nonne.»

Der Blick seiner Augen war so hart, dass Eva schluckte. Was war mit ihm los?

«Warum soll ich mich weniger schmücken als die anderen Frauen?», fragte sie und hob die Schultern. «Warum soll ich so tun, als trüge ich den Schleier?»

«Wenn du es nicht verstehst, dann muss ich es dir zeigen», erwiderte David. Er griff nach der Kette an ihrem Hals – einem Schmuckstück, das ihr Vater ihr in Florenz geschenkt hatte – und riss es mit einem Ruck entzwei.

Eva war geschockt. Doch schon drehte David sie an den Schultern um, sodass sie ihrem Spiegelbild gegenüber stand.

«Sieh deinen Ausschnitt an», sagte er. «Gerade noch wurden die Blicke auf die Kette gelenkt. Nun ist dein weißes Fleisch ohne Ablenkung zu sehen. Es ist wunderschön. Es braucht keinen Schmuck.»

Eva sah hin und musste unwillkürlich nicken. Das Kerzenlicht überzog ihre Haut mit einem goldenen Schimmer. Die Ansätze der Brüste wirkten rein und strahlend. Während sie ihr Spiegelbild betrachtete, nahm David sich eine Schere, kniete vor ihr nieder und schnitt sämtliche Bordüren von ihrem Kleid.

«Nicht!», bat Eva und schlug die Hände vor das Gesicht. «Nicht! Ich bitte dich!»

Doch David hörte nicht auf sie. Im Gegenteil, er wurde immer schneller. Eva sah ihm mit weit aufgerissenen Augen zu, unfähig, ein Wort zu sagen und dem Treiben Einhalt zu gebieten. Die Perlen fielen leise klappernd zu Boden.

«Bitte, David, hör auf!», bat sie noch einmal.

Doch vergebens. Schließlich hatte er sein Werk vollendet. Er richtete sich auf, packte sie fest um die Hüften und riss so heftig am Gürtel, dass Eva ins Taumeln geriet. Schere und Gürtel fielen scheppernd zu Boden.

Er trat schräg hinter sie und wickelte sich ihr langes

Haar so fest um die Hand, dass Eva das Ziehen bis in den Haaransatz spürte.

«Sieh dich an», sagte er mit heiserer Stimme und wies mit dem Kinn in Richtung Spiegel.

Eva gehorchte. Sie sah sich an und stieß ein leises «Ah!» aus.

So hatte sie sich noch nie gesehen!

Ihr Gesicht war so frei und offen, dass sie glaubte, sie könne durch die Haut hindurch bis in ihren Kopf blicken. Sie sah jede einzelne Ader auf ihrer Stirn, das sanfte Heben und Senken der Nasenflügel, jeden Lidschlag. Ihr war, als hätte jemand einen Vorhang zur Seite gezogen. Nackt und bloß war ihr Gesicht nun. Eva hob die Hand und strich sich ganz zart über ihre Wangen.

So verletzlich hatte sie sich noch nie gesehen. Kostbar, dachte Eva. Ich bin kostbar. Und David hat es vor mir gewusst.

Sie sah ihn im Spiegel an und lächelte.

«Danke», sagte sie. «Du hast mir gezeigt, wie ich aussehe. Du hast das richtige Bild von mir gemalt.»

Er schüttelte den Kopf. «Noch ist es nur ein Bild, das täuschen kann. Du siehst nur dein Äußeres. In einem Spiegel sieht man nur die Hälfte. Du siehst nur deine Vorderseite. Alles andere liegt im Dunklen.»

Eva nickte und betrachtete sich noch einmal. Sie fühlte sich, als hätte sie ein sehr wertvolles Geschenk erhalten. «Ich bin schön», sagte sie leise. «Und du hast es mir gezeigt.»

David nickte. «Ja, Eva, du bist schön. Du bist wie ein weißes Blatt, das darauf wartet, beschrieben zu werden.

Vom Leben und der Liebe beschrieben zu werden. Ausgelöscht ist jetzt deine Herkunft, deine Vergangenheit, dein Erbe. Glanzlos wie eine Nonne siehst du aus und zugleich strahlend in der dir eigenen Schönheit. Jetzt, Eva, bist du verdammt, die zu sein, die du bist.»

Mit diesen Worten nahm er ihr Gesicht in seine Hände und küsste behutsam jeden Zentimeter. Ein Schauer lief Eva dabei über den Rücken.

Sein Geruch, eine Mischung aus Metall und Kraft, machte sie schwindelig. Sie schloss die Augen, atmete seinen Duft ein, überließ sich seinen Händen und seinen Lippen und flüsterte dabei: «Mit dir möchte ich ein neues Leben beginnen, David. Ich habe meinen Platz gefunden, den Platz an deiner Seite.»

David erwiderte leise: «Der Liebende ist in Gott und Gott ist in ihm und Gott und er sind eins. Nichts, was zwischen uns jemals geschieht, kann Sünde oder falsch sein.»

Am nächsten Tag schon ließ sie den Notar rufen und verfügen, dass ihre Anteile an der Werkstatt sogleich nach der Hochzeit auf David übertragen würden.

«Wir sind Liebende vor Gott», erklärte sie Mattstedt, dem es nicht gelang, sie davon abzuhalten. «Wir wollen auch gleich sein vor den Menschen. Es kann nicht angehen, dass die Frau des zukünftigen Meisters über mehr Besitz verfügt als der Meister selbst.»

«Hat er dich darum gebeten?», fragte Mattstedt.

Eva schüttelte den Kopf. «Nein, er würde mich niemals um Dinge bitten, die man mit Geld kaufen kann.»

Kapitel 12

Wem würde es einfallen, eine Rose mit Schmuck zu behängen? Wer wollte einer Lilie die weißen Blätter mit Schminke bestreichen? Wer würde einer Schwalbe Bänder an die Flügel nähen, um sie zu zieren?

Nur ein Narr. Und nur eine Närrin würde deinen weißen Busen mit Ketten behängen, deine schimmernde Haut mit roter Paste bestreichen und Bänder an deine Kleider nähen. Du bist schön, Eva. Immer wenn ich ein Silberstück vor mir habe, suche ich darin dein Bild. Ja, du bist wie Silber. Wie glitzerndes, weißes, reines Silber, das unter meinen Händen seine Form erhält ...»

Eva lächelte und ließ den Bogen sinken. Seit ihrer Verlobung schrieb David ihr jeden Tag.

Einmal hatte Eva Ute daraus vorgelesen.

«Ich beneide dich um diesen Mann», hatte die Freundin gesagt. «Doch ich gönne dir diese Liebe von Herzen. Nicht jede wird so reich beschenkt damit.»

«Liebst du den deinen nicht?», fragte Eva.

«Ich bin anders als du, Eva. So, wie David der Richtige für dich ist, ist der Lechner der Richtige für mich.»

Utes Worte machten sie stolz. David! Immer wieder sprach sie leise seinen Namen aus.

So glücklich musste die Mutter in den beiden Jahren mit Isaak gewesen sein. Eva war fest entschlossen, mit David ihr ganzes Leben so zu verbringen.

«Wenn ich nur wüsste, was dich an diesem Mann so fesselt.» Trotz ihrer Abneigung hatte es sich Sibylla nicht nehmen lassen, zur Hochzeit nach Leipzig zu kommen.

«Ich liebe ihn. Er allein weiß, wer und wie ich wirklich bin. Nur mit ihm wird ein Leben in Liebe möglich sein.»

Die Mutter klappte die Lade mit dem Leinenzeug zu, die sie gerade überprüft hatte, und setzte sich darauf.

«Ach, ja?» Sie runzelte die Stirn. «Dein David ist nicht Gott. Und Liebe empfindet er nur für die Geldlade.»

Sie lachte auf. «Macht will er. Nichts als Macht, und Geld.»

Eva reichte es. Ihre Wangen wurden rot, ohne dass sie sie mit einer Paste bestrichen hätte.

«Und das musst gerade du sagen?», fragte sie erbost. «Du, für die doch immer nur Geld gezählt hat. Du hast die Liebe nur in Florenz gelebt. Jetzt bist du wieder die, die du immer warst. Du weißt nichts von der Liebe, Mutter. Gar nichts! Siehst du denn nicht, wie sich alles verändert? Spürst du nicht den Atem der neuen Zeit, die den Menschen in den Mittelpunkt stellt?»

Evas Busen wogte unter dem schmucklosen Gewand, das sie seit der Verlobung immer trug.

«Die neue Zeit.» Sibylla winkte ab. «Was soll das sein? Die teuren Gewürze und Stoffe aus der neuen Welt? Die

Bauern, die sich nach der Taube auf dem Dach strecken und alles Alte hinwegfegen wollen? Die Türkensteuer etwa, die jeden Bürger, Bauern und Handwerker verpflichtet, von 1000 einen und von 500 einen halben Gulden und 14 Pfennige zu zahlen?»

«Geld, Geld, immer nur Geld. An etwas anderes kannst du nicht denken! Weißt du nicht, warum die Bauern sich erheben? Siehst du nicht, dass das Ende der Welt naht, weil es zu wenig Liebe gibt?»

«Sagt das David?»

Eva schüttelte den Kopf. «Nein, das sage ich. Auch Johann von Schleußig und die, die sich in der Fraternität sammeln, denken so. Nicht Gott hat Bauer, Edelmann, Kaufmann oder Kaiser an ihren Platz gestellt. Die Kirche war es, die Arme und Reiche, Gute und Böse geschaffen hat. Doch das ist nun vorbei. Jeder bestimmt selbst, was er tut. Der Mensch ist dazu verdammt, frei zu sein.»

«Weißt du überhaupt, was du da redest?» Sibylla stand auf, fasste Eva bei den Schultern und schüttelte sie. «Diese Liebe hat dich blind und taub gemacht, Eva. Du bist nicht mehr du selbst.»

«Oh, doch, das bin ich. Mehr als jemals zuvor in meinem Leben.»

Die Mutter sah Eva prüfend an, dann ließ sie sie los und verließ das Zimmer. Beim Mittagsmahl aber nahm sie das Gespräch wieder auf und scherte sich keinen Deut darum, dass die Bediensteten dabei waren.

«Ich werde dich enterben, wenn du David heiratest. Falls du eines Tages Geld benötigst, musst du dich an Andreas Mattstedt wenden, ihn habe ich zum Verwalter des

Leipziger Vermögens bestimmt und ihn mit allen Vollmachten ausgestattet.»

Eva lachte auf und wechselte einen Blick mit David, der belustigt wirkte. «Zu spät, Mutter. Ich habe David bereits meine Anteile überschreiben lassen. Das kannst du nicht mehr rückgängig machen.»

Die Mutter wurde blass und biss sich auf die Unterlippe. Dann erwiderte sie, ohne ihren künftigen Schwiegersohn zu beachten: «Mag David auch der Meister der Werkstatt sein, Vermögensverwalter wird Mattstedt. Und die Kuxe bleiben ebenfalls in seiner Hand. Du, Eva, bist von Mattstedt abhängiger als von deinem zukünftigen Ehemann. Es wird die Zeit kommen, in der du mir für meine Vorsorge dankbar sein wirst.»

David ergriff nun das Wort: «Euer Geld ist mir gleichgültig, Sibylla. Die Wahrheit ist ohnehin unbezahlbar.»

«Adam ist Gott sei Dank hier», beharrte Sibylla. «Er wird dafür sorgen, dass kein Schaden entsteht.»

David beachtete Sibylla nicht und lachte nur: «Das Haus ist groß genug. Wir haben die Zwillinge, Geschwister und die Angestellten bei uns. Das ist gut so. So ist das allgemeine Augenmerk nicht nur auf uns gerichtet.»

«Wie meinst du das?», fragte Eva und war überrascht, wie gelassen David Sibyllas Opposition aufnahm.

«Wir können unsere Liebe leben, wie wir es wollen. Hast du noch nicht bemerkt, dass die meisten Menschen um uns herum ohnehin nur mit sich selbst beschäftigt sind?»

David hatte scheinbar nur zu Eva gesprochen, doch war klar, dass seine Worte an die Mutter gerichtet waren.

Wenige Tage später wurde die Hochzeit im großen Stil gefeiert. Es war ein Fest ohnegleichen. Sibylla hatte es an nichts fehlen lassen. Bereits eine Woche vorher hatte sie zwei weitere Köchinnen aus dem besten Gasthaus der Stadt kommen lassen. Die Lechnerin hatte ihre Magd zur Hilfe geschickt, und die Zwillinge halfen unter Bärbes Aufsicht, jeden Winkel des Hauses zum Glänzen zu bringen.

Jetzt war das ganze Haus mit weißen Bändern und Blumenkübeln geschmückt, die einen zarten Duft verströmten.

Die Tafeln bogen sich unter den köstlichsten und ausgefallensten Speisen. Es gab Wildbret aus den Auen, Fische aus der Elster und als Krönung der Tafel einen gebratenen und mit Blattgold belegten Schwan. Getrocknete Früchte aus der neuen Welt wurden aufgetragen, dicke Soßen aus seltenen Gewürzen dazu gereicht, und nicht einmal ein dreistöckiger Kuchen aus dem überaus kostbaren Marzipan fehlte.

Der Wein floss in Strömen, das beste Geschirr und das feinste Leinen waren aufgedeckt, die für diesen Tag bestellten Dienstmädchen trugen weiße Schürzen und schwitzten schon, bevor das Fest begonnen hatte. Die mächtigsten Männer und Frauen der Stadt kamen. Ein Zeremonienmeister kündigte jeden Gast mit Namen an.

Sogar Jakob Fugger war gekommen, doch jeder wusste, dass er nicht allein wegen seines Patenkindes auf dieser Hochzeit tanzte. Zwar galt es als überaus unhöflich, auf einem solchen Fest über Geschäfte zu sprechen, dennoch verfolgten alle Augen neugierig den Augsburger Kaufmann. Mit wem sprach Fugger? Wie oft tanzte er mit wessen Frau? Wem lachte er zu, wem legte er gar freundschaftlich die Hand auf die Schulter? Und das Wichtigste: Was schenkte er dem Brautpaar? Der Tisch, auf dem die Gaben gestapelt wurden, bog sich beinahe. Meister Faber hatte einen Satz silberne Tafelbecher gefertigt, der Drucker Kunz Kachelofen kam mit einer Bibel, Ute brachte einen Satz Tischwäsche mit, Mattstedt hatte mehrere Fässer Wein aus der Toskana geschickt, die Begine Hildegard einen Kissenbezug. Die reichen Familien wie die Hummelshains schenkten schön besticktes Leinenzeug, der Stadtmedicus eine Karte von der neuen Welt, und der Stadtschreiber legte zwei nagelneue Kladden aus bestem Papier auf den Gabentisch. Jakob Fugger aber übergab dem Paar einen Bettüberwurf aus kostbarem Brokat, der mit echten Perlen bestickt war. Die Frauen brachen in Rufe der Bewunderung aus, als sie das Prachtstück sahen, und auch Eva strich immer wieder hingerissen über den kostbaren Stoff.

Sie war restlos glücklich, obwohl sie noch am Morgen eine Auseinandersetzung mit ihrer Mutter gehabt hatte.

Sibylla hatte ihr ein mit silbernen Fäden durchzogenes Kleid aus weißem Mailänder Samt mitgebracht. Goldene Bordüren und unzählige Glassteine waren darauf gestickt, sodass das Kleid wie ein Sternenhimmel funkelte. Doch Eva hatte es nicht angezogen.

Stolz war sie in ein weißes Kleid aus einfachem Tuch geschlüpft, das ganz ohne Zierrat auskam und die Formen ihres Körpers verbarg.

«Willst du wie eine Begine auf deiner Hochzeit aussehen?», hatte die Mutter ungläubig gefragt.

Eva hatte genickt und das Prachtstück aus Mailänder Samt nicht einmal berührt.

«Ja», sagte sie schlicht. «Das möchte ich.»

Sie schüttelte stumm den Kopf, als ihr die Mutter das Kleid auf den ausgestreckten Händen hinhielt und einen bittenden Ausdruck im Gesicht hatte.

«Nein, Mutter», wiederholte sie. «Ich weiß, dass du nur mein Bestes willst, aber du verstehst darunter etwas anderes als ich.»

Eva bereute ihre Enscheidung nicht. Ganz im Gegenteil. An Davids Miene erkannte sie, dass sie für ihn heute die Schönste war. Nichts anderes hatte Eva gewollt. Sie übersah den abfälligen Blick der Hummelshainerin genauso wie das Kopfschütteln ihrer Mutter, die wohl bis zum letzten Augenblick gehofft hatte, Eva würde sich doch im Mailänder Samt zeigen.

Sibylla hatte sich auch schnell wieder gefangen. Eva sah, dass sie sich angeregt mit Jakob Fugger unterhielt, lachte, Andreas Mattstedt mit ins Gespräch zog und sich so gab, als wäre die Welt in der allerbesten Ordnung und gehorche ihren Wünschen.

Später wurde das Paar, wie es Brauch war, zur Hochzeitsnacht geleitet. Johann von Schleußig weihte das Bett, die anderen ergingen sich in Anspielungen, doch dann waren David und Eva endlich allein.

Ihre Mutter hatte ihr erklärt, was in der Nacht zwischen den Laken geschah, doch trotzdem verspürte Eva eine unbestimmte Furcht. Das Herz schlug ihr bis zum Hals, und ihr Mund war so trocken, dass sie nach dem Wasserkrug griff, sich mit zitternden Händen einen Becher voll schenkte und ihn in einem Zug austrank.

«Komm her zu mir», sagte David und zog Eva vor den Spiegel. Er öffnete ihr Gewand und ließ es über ihre Schultern gleiten.

Langsam und bedächtig streifte David ihr ein Kleidungsstück nach dem anderen vom Leib, bis sie schließlich nackt vor dem Spiegel stand.

Eva bedeckte ihre Brüste mit dem rechten Arm, verbarg ihren Schoß unter der linken Hand. Scham stieg in ihr auf und ließ sie erröten. Nie zuvor hatte ein Mann sie so nackt und bloß gesehen. David kniete sich vor ihr hin und ließ seine Blicke bewundernd über ihren Leib wandern.

«Wie schön bist du! Meine Freundin: du bist schön!
Deine Augen glänzen wie Taubenaugen
hinter deinem Schleier hervor.

Dein Haar wallt vom Haupte, einer Herde Ziegen
   gleich,
die vom Berge Gilead herabsteigt.

Deine Zähne sind wie eine Herde
frisch geschorene Schafe, die der Schwemme
   entsteigen,
und jedes Muttertier hat Zwillinge.
Keines ist ohne Lämmer.

Deine Lippen gleichen scharlachfarbenen
   Schnüren,
und dein Mund ist beim Plaudern so lieblich.

Es leuchten deine Wangen hinter deinem Schleier
   hervor,
gleich dem Granatapfel, wo er aufgesprungen ist.

Deinen Hals vergleiche ich mit dem Turm Davids,
der mit seinen Zinnen zur Wehr gebaut ist.
Tausend Schilde hängen daran,
lauter Tartschen der Helden.

Deine Brüste sind zwei junge Kitzböcklein,
Zwillinge der Gazelle, die bei Lilien Nahrung
   finden.

Bevor sich der erste Morgenwind erhebt
und der Tag graut,
will ich zum Myrrhenberge gehen
und zum Weihrauchhügel.

Du bist wirklich schön, meine Freundin,
und es findet sich kein Makel an dir.»

Eva kannte das Hohelied des Salomo. Doch dass David dieses vor der ersten gemeinsamen Nacht zitierte, machte sie glücklich und nahm ihr die Angst.

Wenn diese Dinge bereits so in der Heiligen Schrift standen, dann konnte nur Gutes daraus entstehen.

«Dein Leib ist eine Kathedrale der Liebe», sagte er heiser und betrachtete mit brennenden Augen ihre Brüste. «Jetzt bin ich dein Mann und du bist meine Frau.» Er stand auf und sah ihr in die Augen und sprach weiter: «Du sollst dich mir ganz herschenken in dieser Nacht. Nichts sollst du zurückhalten, und auch ich werde dir alles geben. Du bist mein und ich bin dein. Schenk mir die Obhut über dich, über deinen Leib, deinen Geist und deine Seele. Willst du mir ganz gehören?»

Eva nickte. Ihr stockte der Atem. «Ja. Alles will ich dir sein. Alles, was du möchtest. Alles werde ich dir geben, was du verlangst.»

Und in Gedanken führte sie die Sätze fort: Besser machen werde ich es als meine Mutter. Nichts will ich zurückhalten, alles herschenken, wieder und wieder und wann immer er es verlangt.

David hob Eva hoch und legte sie auf das Bett. Dann holte er einen kleinen Lederbeutel hervor, öffnete ihn und bestreute ihren Leib mit dem feinen Silberstaub, den er in den letzten Wochen sorgsam aus seiner Lederschürze gebürstet hatte. «Dies ist mein Geschenk für dich.» Der Mond schien durch das Fenster und brachte Evas Körper zum Funkeln.

Sie sah an sich herunter, betrachtete den glitzernden Bauch, die strahlenden Brüste und den silbernen Schoß. «Komm zu mir», flüsterte sie.

David stieg aus seiner Kleidung und kniete sich neben Eva ins Bett. Eva umfasste sein Gesicht mit ihren Händen und bedeckte es mit leichten Küssen. David legte sich auf sie. Sie ließ ihre Hände über seinen Rücken gleiten. Seine

Haut war seidig und glatt, sie fühlte sich wie Samt an. David stützte den Oberkörper mit den Armen ab, sodass sein Gesicht über ihrem war und seine langen Haare ihre Wangen berührten. Eva legte ihre Hände auf seine wenig behaarte Brust, strich sanft darüber und war erstaunt, dass sich seine Brustwarzen unter ihren Händen aufrichteten wie bei einer Frau. Sie spürte, wie die Lust in ihr erwachte. Sein Gesicht näherte sich ihrem, sodass Eva nichts sah als die Zärtlichkeit in seinen Augen, nichts hörte als seine Stimme, die ihr Koseworte flüsterten, nichts roch als seinen metallischen Männerduft, nichts spürte als seine Haut und nichts schmeckte als ihn.

Eva erwachte, noch bevor die ersten Hähne den Anbruch des neuen Tages verkündeten. Ihr Körper schmerzte. Vorsichtig drehte sie sich um und betrachtete David, der ruhig wie ein Kind neben ihr schlief. Behutsam, um ihn nicht zu wecken, stand Eva auf, öffnete die Fensterläden einen Spalt, sodass das erste Licht die Kammer in ein weiches Grau tauchte.

Eva stellte sich vor den Spiegel und zog vorsichtig das Nachthemd aus. Als sie ihren Leib sah, musste sie einen Aufschrei unterdrücken. Er war von blauen Flecken übersät. Außerdem hatte sie unzählige rote Stellen von der Art, wie Susanne sie am Hals getragen hatte. Sie war von der Liebe und der Leidenschaft gezeichnet.

Sie hatte nicht bemerkt, dass David erwacht war. Plötzlich stand er hinter ihr, drehte sie zu sich um, sodass sie sich nicht mehr sehen konnte.

«Du hast meinen Körper makellos genannt, doch dann

hast du ihn entstellt und mit Flecken bedeckt», sagte sie anklagend und sah an sich herab.

«Es sind keine Flecken», sagte er mit weicher Stimme. «Es sind Blumen der Liebe, mit denen ich dich bekränze.»

Sofort verflog Evas Scham. Wie hatte sie nur so erschrecken können. Sie wusste doch, dass mit David alles anders sein würde als mit anderen Männern.

Sie sah zu ihm hoch, strich sanft über sein Gesicht.

«Ich möchte dich neben mir im Spiegel sehen», sagte sie leise.

Aber David schüttelte den Kopf.

«Genierst du dich?», fragte sie und lachte ein wenig. «Hältst auch du den Spiegel für ein Werkzeug des Teufels, für den Satan selbst gar?»

«Der Teufel hat kein Spiegelbild», erwiderte David. «Daran erkennt man ihn.»

Er ließ Eva los und holte aus einer Truhe ein schwarzes Tuch. Damit verhängte er den Spiegel.

«Was machst du?», fragte Eva fassungslos.

«Du brauchst ihn nicht mehr», entgegnete er. «Dein Spiegel werden meine Augen sein. In ihnen kannst du lesen, wer und was und wie du bist.»

Mit diesen Worten verließ er das Zimmer. Eva blieb ratlos zurück. Sie hüllte sich in einen Morgenrock und starrte auf das schwarze Tuch. Gerade wollte sie danach greifen, als es an der Tür klopfte. Sibylla trat ein.

«Ich habe deinen Mann bereits auf dem Hof am Brunnen gesehen und wollte wissen, ob du gut geruht hast.»

Die Mutter betrachtete Eva prüfend. Eva lächelte so glücklich, wie sie nur konnte.

«Es geht mir gut, Mutter. Mir ist es noch nie besser gegangen.»

Die Mutter wies auf den Spiegel. «Wer hat ihn verhängt und warum? Die Juden tun so etwas, wenn jemand in ihrem Hause gestorben ist. Wir aber haben keine Toten zu beklagen. Also nimm das Tuch dort weg. In diesem Hause muss nichts versteckt werden. Zumindest war es bisher nicht so.»

Eva schüttelte den Kopf und hielt Sibyllas Hand fest, die nach dem Tuch greifen wollte.

«Ist es so, dass du es nicht ertragen kannst, Dinge zu verstecken, die als wertvoll gelten? Ein Spiegel ist eine Kostbarkeit, doch ich brauche ihn nicht mehr, um mich darin zu sehen. Ich habe heute Nacht Davids Augen gesehen.»

Am Nachmittag ging das Fest weiter. Diesmal waren die Tische und Bänke in den begrünten Hof getragen worden, und das eigene Hauspersonal bediente.

Die Mutter hatte die gesamte Kaufmannschaft der Stadt zum Resteschmaus eingeladen. Auch Jakob Fugger war wieder dabei, ebenso Andreas Mattstedt. Die Gäste wussten, dass nun der geschäftliche Teil an der Reihe war.

Eva hatte darauf bestanden, dass auch Ute noch einmal kam, obwohl ihre Familie nicht zu den Kaufleuten zählte.

Ute nahm sie zur Seite und sah sie liebevoll an. «War es schön mit David?», fragte sie leise. «Ich habe die ganze Nacht an dich denken müssen. War es so, wie du es dir vorgestellt hattest?»

Eva schüttelte den Kopf. «Es war ganz anders, weil David ganz anders ist.»

Ute lächelte. «Er hat dir wehgetan, nicht wahr? Tröste dich. Die Schmerzen und das Blut kommen nur beim ersten Mal. Du wirst sehen, von jetzt an wird es von Nacht zu Nacht schöner.»

«Ich danke dir, Ute», erwiderte Eva. «Es ist gut, eine Freundin wie dich zu haben. Und nein, ich glaube nicht, dass es noch schöner werden kann.»

Sie beobachtete die Kaufleute, die in kleinen Gruppen zusammenstanden. Jeder versuchte, sich bei Jakob Fugger lieb Kind zu machen.

Der Augsburger würde sich heute für den Vorsteher seiner gerade in Leipzig gegründeten Faktorei entscheiden. Dieser Posten war nicht nur mit Geld, Macht und Einfluss verbunden, sondern sicherte den Leipzigern obendrein über den Zugriff auf das Kupfer aus Mansfeld auch noch das Kupfer aus Ungarn und die Erze aus Österreich, für die der Kaufmann aus Augsburg das Monopol besaß. Derjenige, den Fugger auserkor, würde innerhalb kurzer Zeit sein Vermögen vervielfachen können. Fugger plante, die Erträge aus den östlichen Ländern auf der Leipziger Messe zu verkaufen, und hatte sich deshalb sogar an Kaiser Maximilian I. gewandt, um für die Stadt weitere Messeprivilegien zu erwirken. Auch um den Titel «Reichsmesseplatz» bemühte er sich beim Kaiser.

«Das Stapelrecht bringt Leipzig ungeahnte Vorteile», erklärte Fugger der Hummelshainerin, die so tat, als hätte sie noch nie etwas Spannenderes gehört. «Jeder Kaufmann, jeder Handwerker, jeder Händler ist dadurch verpflichtet, seine Waren für wenigstens drei Tage hier in der Stadt zum Verkauf anzubieten, selbst wenn er nur auf der Durchreise ist. Zwar hat der Kurfürst Friedrich dieses Niederlags- und Stapelrecht bereits 1464 verfügt, doch was nützt es, wenn wichtige Rohstoffe und Waren auf anderen Handelsplätzen angeboten werden?»

Dass seine Faktorei unter einem geeigneten Vorsteher gehörig von den kaiserlichen Privilegien profitieren würde, erwähnte er nicht.

David saß Fugger gegenüber und sog jedes seiner Worte in sich auf. Noch während des Festmahls flüsterte er Eva zu: «Es wäre schön, wenn Fugger mich zu seinem Vorsteher machte.»

Eva sah ihn verwundert an. «Du bist Silberschmied, David, kein Kaufmann. Was willst du mit diesem Posten?»

«Wäre ich Leiter der Fuggerei, so lägen mir Berge von Kupfer und Silber zu Füßen. Wir wären nicht länger von Mattstedts Erträgen und denen deiner Mutter aus den erzgebirgischen Minen abhängig. Ich selbst könnte bestimmen, was in der Werkstatt verarbeitet wird. Frei wären wir, Eva. Frei von deiner Mutter und Mattstedt.»

Eva zögerte, doch dann sprach sie aus, was sie dachte: «Es geht um mehr als um die Rohstoffe für unsere kleine Schmiede. Fugger kontrolliert den gesamten Markt im Römischen Reich. Kaufmännisches Geschick ist erforderlich und gute Verbindungen ins ganze Reich.»

«Traust du mir eine solche Aufgabe nicht zu?», fragte er.

Eva lächelte ihn an. «Ich weiß so wenig von dir. Doch ich bin mir sicher, du würdest deine Sache gut machen.»

David bemerkte Evas Zögern. «Ich würde mir Mattstedt

als Hilfe holen, bekäme ich die Fuggerei. Auch er würde sein Säckchen füllen können.»

Eva nickte. Ihre Mutter würde alles tun, um zu verhindern, dass David diesen Posten bekam. Aber David war ihr Mann. Es war ihre Pflicht, seiner Bitte nachzukommen.

Später tanzte sie mit Mattstedt. Der Kaufmann wusste, dass es zwischen Fugger und seinem Patenkind ein besonderes Verhältnis gab.

«Eva, wenn Fugger dich fragen würde, wem er die Faktorei geben sollte, was würdest du dann sagen?»

Eva vermied es, ihn anzublicken. Sie wusste, dass Mattstedt derjenige in Leipzig war, der sich im Metallhandel am besten auskannte, der Beziehungen in alle Länder des Römischen Reiches unterhielt, der in Flandern ebenso bekannt war wie in Burgund, in Lissabon und in London.

«Fugger wäre schlecht beraten, würde er mich fragen», erwiderte Eva ausweichend.

Doch später, als sie am Arm Fuggers die Farandola tanzte, einen Kettentanz, fragte er sie tatsächlich: «Eva, wen hieltet Ihr für den besten Vorsteher der Fuggerei?»

Eva schluckte. Sie wusste, dass sie jetzt für David sprechen müsste, doch sie tat es nicht. Sie stand in Mattstedts Schuld, hatte ihn zurückgewiesen, die Verlobung platzen lassen. Nur seiner Großzügigkeit war es zu verdanken, dass nicht auch noch ihre Freundschaft zerbrochen war.

«Andreas Mattstedt ist der Mann, der sich von allen Leipzigern als Kaufmann und im Metallwarenhandel hervorgetan hat. Es gibt niemanden, der mir besser geeignet erscheint. Doch ihr müsst bedenken, dass es mir an Kenntnissen fehlt.»

Fugger legte den Kopf schief. «Ihr sprecht für Mattstedt und nicht für den Eurigen?»

Eva schwieg und war froh, dass die Farandola es verlangte, zum nächsten Partner zu wechseln.

Adam Kopper saß neben Sibylla an der Tafel und betrachtete die Tanzenden.

«Was ist mit David, dass du mich gebeten hast, ihn im Auge zu behalten?», fragte er Sibylla. «Was weißt du über ihn?»

Sibylla wies mit einer Handbewegung durch den Hof. «Er stammt aus der Gegend um Halle. Die Stadt ist noch nicht einmal einen Tagesritt entfernt. Doch er hat niemanden aus seiner Verwandtschaft zur Hochzeit geladen.»

Adam blickte Sibylla belustigt an. «Ist das für dich ein Grund zur Besorgnis?»

«Nein, Adam. Das ist es nicht. Aber David verschweigt sein früheres Leben. Niemand weiß, was er erlebt hat, woher er kommt. Er muss in Italien gewesen sein, in Nürnberg. Doch er spricht niemals darüber.»

Adam sah zu seinem Schwager, der gerade mit Susanne tanzte, sich von seinen Zunftbrüdern jedoch fern hielt. «Seine Papiere werden in Ordnung gewesen sein, sonst hätte die Stadt ihm nicht mit der Hochzeit das Bürgerrecht verliehen.»

Sibylla lachte auf. «Er wird Geld in die Innungslade gezahlt haben. Aber du hast Recht, an seinen Papieren war nichts auszusetzen. Er hat einen Gesellenbrief vorgelegt, ausgestellt auf den Namen David in der Stadt Halle an der Saale. Außerdem hat er Referenzen von der Wanderschaft.

Er hat in Pforzheim Station gemacht, war in Straßburg und Nürnberg, vielleicht sogar in Florenz. Der Goldschmied in Pforzheim ist übrigens inzwischen verstorben.»

«Woher weißt du das, Sibylla?»

Sie lächelte hintergründig: «Ich hatte ihm geschrieben. Die Zunft teilte mir mit, dass er nicht mehr lebt, doch sie bestätigte das Referenzschreiben für David.»

«Kundschaftest du ihn aus?», wunderte sich Adam über Sibyllas Neugier.

Sibylla zuckte mit den Achseln. «Ich muss wissen, wen meine Tochter in die Familie bringt. Und ich befürchte, dass dieser Mann ein Blender ist. Ein Hochstapler, der es auf mein Geld abgesehen hat, und sonst gar nichts. Er ist nicht gut für Eva. Ich fühle es. Hast du nichts Seltsames an ihm entdeckt?»

Adam schüttelte den Kopf. «Er ist jung und ehrgeizig. Aber sind wir das nicht alle?»

Beide sahen nun zu David, der ihre Blicke bemerkte, sich jedoch nicht darum zu scheren schien. Er führte Evas Freundin Ute Lechnerin zum Tanz, die gerade über etwas, das er zu ihr sagte, hell auflachte.

Plötzlich setzte sich Sibylla kerzengerade auf. Ihr Gesicht war blass geworden. Sie kniff die Augen zusammen.

«Was ist mit dir?», fragte Adam.

«David erinnert mich an einen Mann, den ich früher einmal gekannt habe. An einen Gerber. Jetzt erst sehe ich es. Heute trägt er das Haar offen bis auf die Schultern. Mit dem Pferdeschwanz, den er gewöhnlich bindet, habe ich ihn nicht erkannt.»

Sie lächelte dünn. «Der Gerber, Thomas hieß er wohl,

hatte sich mit dem Teufel verbündet. Man hat ihn gebrandmarkt und aus der Stadt getrieben.»

«Nun», bemerkte Adam. «So etwas geschieht häufig. David aber hat sich nichts zuschulden kommen lassen. Sein Ohr ist ohne Makel.»

«Ich weiß», erwiderte Sibylla. Alle Gesellen ließen sich bei Beginn der Wanderschaft einen kleinen goldenen Ohrring fertigen. Verstießen sie unterwegs gegen geltendes Recht, so wurde ihnen dieser aus dem Ohr gezogen – und sie waren ab diesem Zeitpunkt als Schlitzohren gekennzeichnet. Ein Schlitzohr hatte wenig bis keine Möglichkeiten, irgendwo eine Anstellung zu finden.

«Sein Sohn könnte er sein», murmelte Sibylla.

«Wessen Sohn?», fragte Adam. «Der Sohn des vertriebenen Gerbers? Kanntest du ihn denn?»

In diesem Augenblick kam Jakob Fugger und bat Sibylla um den nächsten Tanz. Sie tippte Adam beim Aufstehen auf die Schulter und versprach: «Wir reden später darüber.»

Und das tat Sibylla auch, allerdings nicht mit Adam, sondern mit Andreas Mattstedt.

«Trotz seiner Papiere traue ich ihm weniger denn je», besprach sie sich einige Tage später mit Mattstedt.

Mattstedt nickte bestätigend. Auch er traute dem Gesellen nicht.

«Nach Florenz werde ich schreiben. Die dortige Faktorei der Deutschen muss etwas über ihn wissen. Erkundigt Ihr Euch in Halle nach seinem Vater. Ich vermute, dass dieser aus Frankfurt stammt.»

Mit diesem Auftrag an Mattstedt reiste Sibylla ab. Der Abschied fand unter Tränen statt. «Bleib noch, Mutter», bat Eva ein um das andere Mal. Sie hatte plötzlich das Bedürfnis, die Mutter von ihrer großen Liebe zu David zu überzeugen, wünschte sich ihren Segen.

Doch Sibylla wollte zurück nach Frankfurt. Hier in Leipzig gab es nichts mehr für sie zu tun.

«Ich fühle mich alt, Eva», schlug sie ihr den Wunsch ab. «Ich habe alle Aufgaben meines Lebens erfüllt. Aus einer kleinen Kürschnerei habe ich ein großes Unternehmen gemacht. Nun bin ich müde und erschöpft. Ich möchte endlich zu Isaak, möchte in Ewigkeit mit ihm vereint sein.»

Sie umarmte Eva, dann wandte sie sich an Susanne, die neben der Silberschmiedin stand und den Abschied mit bitterer Miene verfolgte. «Es wird Zeit, dass auch wir unseren Frieden machen, Susanne.»

Sie holte aus der Tasche einen bestickten Lederbeutel und hielt ihn Susanne hin: «Hier ist Geld. Es reicht für eine neue Aussteuer. Suche dir einen Mann und beginne endlich das Leben, das du für dich erträumt hast.»

Susanne nahm den Beutel und befühlte ihn gründlich. «Du schuldest mir mehr als die paar Gulden im Säckchen hier», erwiderte sie. «Eines Tages werde ich alles bekommen, was mir zusteht.»

Kapitel 13

Kurz nach Sibyllas Abreise hatte Jakob Fugger Andreas Mattstedt zum Vorsteher der Leipziger Faktorei ernannt. Am selben Abend kam es zum ersten Streit zwischen Eva und David.

«Du hast Fugger angeraten, Mattstedt den Posten zu verleihen, nicht wahr?», fragte David.

Eva bemerkte eine dicke blaue Zornesader an seiner Schläfe. So hatte sie ihn noch nie gesehen. Sie legte ihm eine Hand auf die Brust, um ihn zu besänftigen.

«Ich war es Mattstedt schuldig. Schließlich habe ich ihn zurückgewiesen. Außerdem ist Fugger ein kluger Mann. Er hat meinen Ratschlag nicht nötig gehabt. Eine Spielerei war es wohl, dass er mich fragte.»

«Spielerei oder nicht: Jetzt bist du mir etwas schuldig. Du hast mich verraten, hast einen Fremden dem eigenen Ehemann vorgezogen. Ein Leib wolltest du sein mit mir, eine Seele. Du hattest es versprochen. Und nun?»

«David, ich wollte dich nicht verraten. Natürlich sind wir ein Leib und eine Seele. Fugger hätte sich auch ohne meine Worte für Mattstedt entschieden.»

David nickte grimmig. «Als ob es darum ginge. Du hast gegen mich gesprochen, gegen deinen eigenen Mann. Das ist Verrat.»

Er schnaubte. «Schön ist dieser Leib», sagte er höhnisch. «Doch deine Seele ist verdorben. Deine Mutter hockt darin und der Dünkel deiner Herkunft.»

«Nein, David, das stimmt nicht.»

«Halt den Mund. Ich weiß es besser. Deine Seele ist niedrig – wie die einer Krämerin. Du bist genauso wie die Kreaturen, die deine Mutter ihre Freunde nennt. Die ihre Herkunft hochhalten und sich einen Dreck um die scheren, die nicht mit einem goldenen Löffel im Maul geboren sind.»

«David, ich habe doch alles, was ich hatte, mit dir geteilt.»

«Pah!» Die blaue Zornesader an seiner Schläfe schwoll noch weiter an. «Geteilt! Dass ich nicht lache! Entscheide dich, Eva. Zu wem willst du gehören? Zu mir oder zu den anderen?»

«Zu dir natürlich. Das weißt du doch!»

Sie schmiegte sich an seine Brust, doch David stieß sie von sich.

«Beweise mir, dass du zu mir gehörst», verlangte er.

«Was soll ich tun?»

«Lass dir den Kopf scheren wie eine Nonne.»

«David! Warum? Warum das Haar?»

«Setze ein Zeichen, dass du darauf verzichtest, anderen Männern zu gefallen oder es ihnen Recht zu machen. Du hast Mattstedt schon oft genug nachgegeben, doch nun gehörst du mir allein. Also werde ich dir das Haar scheren. Du brauchst es nicht mehr.»

Eva schluckte. Sie griff nach ihrem Haar, ließ es durch die Finger gleiten, roch den vertrauten Duft.

«Mein Haar gehört zu mir», widersprach sie. «Es gehört zu mir wie mein rechter Arm oder mein linkes Bein. Warum soll ich es hergeben?»

«Um mir zu zeigen, dass es dir Ernst ist mit deinem Versprechen von einem Leib und einer Seele.»

Er musterte Eva noch einmal von oben bis unten, dann verließ er das gemeinsame Schlafzimmer.

Eva streckte die Hände vergebens nach ihm aus und ließ sie seufzend wieder fallen. Sein Blick war so kalt gewesen, so eisig, dass Eva ein Schauer über den Rücken gelaufen war.

Sie dachte an die Geschichte von Samson und Delila, die im Alten Testament stand. «Wenn ich geschoren würde, so wiche meine Kraft von mir, sodass ich schwach würde wie eine normaler Mensch.» Das waren Samsons Worte zu Delila gewesen.

«Das ist nur Aberglaube», murmelte Eva vor sich hin.

Aber auch Mönche und Nonnen mussten ihre Haare scheren, um zu zeigen, dass sie sich den Ordensgesetzen unterwarfen.

Unterwerfung? War es das, was David wollte? Wollte er sie demütigen?

Eva schüttelte den Kopf. Nein, David wollte mit ihr verschmelzen. Nichts sollte davon ablenken, nichts an ihr von anderen bewundert werden. Langsam beruhigte sich Eva. David wollte nur ihr Bestes, da war sie sich sicher.

Nach dem Nachtmahl, bei dem David kaum mit ihr

gesprochen hatte, trat sie zu ihm und sagte nur: «Ja, ich will.»

Wortlos zog David sie in die Schlafkammern und riss das schwarze Tuch vom Spiegel. Dann holte er das Rasiermesser, gab Seife in eine Schüssel mit warmem Wasser, nahm die Schere.

«Zieh dich aus», befahl er. «Und stell dich vor den Spiegel.»

Eva erschrak. Dennoch folgte sie seinem Befehl.

«Küss mich, David», bat sie. «Sag, dass du mich liebst.»

«Nicht jetzt», sagte er, ohne sie anzusehen. Konzentriert begann er das Rasiermesser zu schleifen.

Eva fühlte sich sehr allein vor dem Spiegel.

Sie schloss die Augen. Nein, sie wollte nicht sehen, wie er ihr Haar abschnitt. Jedes Mal, wenn sie das Klappern der Schere hörte, den kurzen Ruck auf ihrer Kopfhaut spürte und dann das Fallen der Strähnen, zuckte sie zusammen.

Schließlich seifte David ihren Kopf ein und ließ das Rasiermesser über ihre Kopfhaut fahren. Sie biss die Zähne aufeinander, um nicht aufzuschreien.

«Sieh dich an», sagte er endlich.

Eva öffnete die Augen. Ganz langsam, weil sie sich fürchtete vor dem, was sie sehen würde.

Sie erblickte eine glatzköpfige Frau mit riesigen Augen.

«Du bist wunderschön», hörte sie David hinter sich flüstern. Seine Stimme klang rau dabei. Er nahm einen doppelarmigen Leuchter vom Nachtkästchen, entzündete die Lichter darauf und stellte sie vor den Spiegel.

Plötzlich veränderte sich das Bild.

Eva richtete sich auf, zog die Schultern zurück. Ihre Augen begannen zu leuchten. Die Lippen waren rot und prall.

Alles Kleinliche, Kleinmütige, Kleingläubige war wie von Zauberhand von ihr abgefallen.

Sie hob die Hand und strich sich damit langsam über den geschorenen Kopf.

Noch nie hatte sie sich stärker empfunden als in diesem Augenblick. Nichts, was gemeinhin für wichtig galt, zählte in diesem Augenblick. Die Schmiede, ihre Herkunft, der Ärger mit Susanne – nichts von alldem hatte etwas zu tun mit der Frau im Spiegel. Zum ersten Mal in ihrem Leben bekam Eva eine Ahnung vom Sein an sich. Und es machte sie aus tiefstem Herzen ruhig und glücklich.

Sie lächelte und drehte sich zu David um. «Ich bin schön», sagte sie. «Die Nacktheit steht mir gut zu Gesicht.»

David nickte. «Ja, Eva, das bist du. Ich wusste keinen anderen Weg, dir zu zeigen, wer du bist, als den, dir das zu nehmen, was gemeinhin unter Schönheit verstanden wird.»

Mit feierlichem Ernst nahm er ein Krüglein von der Truhe, zog den Korken heraus und goss sich Rosenöl in die Hände.

Dann salbte er Evas Kopf.

«Du bist die Gesalbte unter den Frauen», sagte er, «bist die Ausgezeichnete unter ihnen, bist die mit der göttlichen Gnade.» Und dann legte er Eva auf das Bett und versenkte sich in ihrer Blöße.

Seit einem halben Jahr war Eva nun schon «unter der Haube» und versteckte ihren kahlen Kopf unter einer Haube, wie sie die verheirateten Weiber trugen. 26 Wochen lang. 182-mal hatte Eva die Sonne auf- und untergehen sehen. 182-mal war sie zu David unter die Bettdecke geschlüpft, hatte neben ihm am Frühstückstisch gesessen, in der Werkstatt, war sechsmal mit ihm bei den Fraternitätstreffen gewesen. 182-mal hatte David sie gefragt, ob sie ihn liebe. 182-mal hatte Eva ja gesagt.

Inzwischen schrieb man den 26. März 1497, Evas 22. Geburtstag. David hatte ihr einen Strauß Schneeglöckchen geschenkt, aber das waren nicht die einzigen Blumen, die sie von ihm bekommen hatte. Ihr Leib war wieder einmal von blauen Flecken, Davids Blumen der Liebe, übersät. Doch das spürte sie eher, als dass sie es sah, denn der Spiegel war noch immer verhüllt. Als sie hinunter in die Werkstatt kam, merkte sie, dass niemandem heute zum Feiern zumute war.

Meister Faber nahm sie zur Seite: «Wir haben kein Geld mehr, um neue Rohstoffe zu kaufen», klagte er.

Eva zog die Augenbrauen hoch. «Kein Geld? Wieso?»

Vorwurfsvoll gab Meister Faber zurück: «Ihr habt Euch lange nicht um die Bücher gekümmert. Zeit wird es, dass Ihr unsere Außenstände eintreibt.»

«Die Dominikaner haben noch immer nicht gezahlt, nicht wahr?», fragte Eva und sah sich nach David um.

Meister Faber nickte. «Sie weigern sich, hat mir der Innungsmeister mit Genugtuung erzählt. Den Entwürfen haben sie zwar zugestimmt, doch die Ausführung ist ihnen zu sündig geraten.»

Regina war hinzugetreten und lauschte dem Gespräch mit offenem Munde. «Ist die Werkstatt jetzt in Schulden geraten?», fragte sie.

Eva runzelte die Stirn. «Du hast bisher noch nicht viel für die Schmiede geleistet. Deine Schwester lernt viel mehr als du. Sie wird bald eine Silberschmiedin sein. Du aber hast noch sehr viel nachzuholen.»

Regina verzog den Mund. «Mein Busen ist gewachsen. Ich habe schönere Kleider und werde, wenn ich die Ausbildung beendet habe, das Bürgerrecht erwerben können. Das ist alles, was ich je gewollt habe. Oder meint Ihr, es würde mir gefallen, mein Lebtag in einer Werkstatt zu stehen?»

Eva legte ihr eine Hand auf die Schulter und sagte schroff: «Geh, wenn es dir hier nicht mehr gefällt. Ich halte dich bestimmt nicht. Das Kleid, das du trägst, darfst du behalten. Alles andere bekommt Priska. Du bist es nicht wert, aus der Gosse, aus der du stammst, gezogen zu werden.»

«Was ist?», fragte David, der hinzugekommen war, und tätschelte dem Mädchen beruhigend den Rücken.

«Sie will mir die Hälfte meiner Seele nehmen», jammerte das Mädchen. «Wegschicken will sie mich, während Priska bleiben darf. Sie ist ungerecht, sie zieht meine Schwester mir vor. Ich bin es nicht wert, aus der Gosse gezogen zu werden, hat sie gesagt. Sie glaubt selbst nicht an die Worte, die sie spricht. Mein Platz ist hier. Sie selbst hat mich hierher geholt.»

«Halt den Mund», erwiderte Eva. «Ich habe keine Zeit, mich mit deinen Ansprachen zu befassen.»

Sie sah, dass sich Davids Mundwinkel nach unten verzog, doch sie achtete nicht darauf.

«Du solltest deinen Hochmut nicht an dem Kind auslassen. Es zeugt von niedriger Gesinnung, ihr die Abkunft vorzuwerfen», wies David sie zurecht.

Eva ließ sich nicht einschüchtern. «Ich muss mich um den Erhalt der Werkstatt kümmern und die Dominikaner an ihre Zahlpflicht erinnern.»

David nickte. «Ja, geh und kümmere dich um das Geld. Davon verstehst du ja etwas.»

Eva sah David gekränkt an, doch dann warf sie den Kopf in den Nacken und verließ die Werkstatt.

Wenig später wurde sie dem Präzeptor vorgeführt.

«Pater Ignatius, ich bin gekommen, um den Lohn für unsere Silberschmiedearbeiten zu fordern. Seit acht Monaten warten wir schon auf unser Geld», sagte sie gleich nach der Begrüßung.

Der Präzeptor bot ihr einen Platz an.

«Das ist leicht gesagt, Silberschmiedin. Und schwer getan. Ich mache es kurz: Ihr bekommt Euer Geld nicht.»

«Warum nicht?»

Eva richtete sich auf und versuchte dem Dominikaner direkt in die Augen zu blicken.

«Die Ausführungen gefallen uns nicht mehr. Euer Geselle hat die Sünde auf Kirchengerät gebracht. Überlegt selbst, Silberschmiedin, ob es angeht, dass nackte Menschen auf einer Monstranz tanzen.»

«Gott erschafft die Menschen nicht in Kleidern. Nackt kommen sie zur Welt. Ihre Blöße ist das Zeichen eines Anfangs. Versteht Ihr denn die Botschaft nicht?»

Der Präzeptor schüttelte den Kopf. «Man kann es drehen und wenden, wie man will. Ein nackter Mann und eine nackte Frau haben auf einer Monstranz nichts zu suchen.»

«Ihr habt die Entwürfe abgesegnet, Pater Ignatius. Ihr selbst seid in die Schmiede gekommen und habt sie Euch angesehen.»

Der Pater nickte. «Ja, damals bürgte auch noch Andreas Mattstedt für die Ausführung. Der Geselle war ihm untertan und musste tun, was Mattstedt wollte. Nun ist es anders. Der Kaufmann ist Vorsteher der Fuggerei. Der Geselle ist Euer Mann und Meister.»

«Ändert das etwas an der Güte der Arbeiten?» Eva hatte Mühe, ihren Zorn zu beherrschen.

Pater Ignatius nickte: «Die Dinge stehen nun in einem anderen Licht.»

Eva hatte verstanden. «Gut», antwortete sie. «Dann lasst Kreuz und Monstranz holen. Ich nehme sie wieder mit. Wenn Ihr nicht bezahlt, so sind sie Eigentum der Werkstatt.»

Der Präzeptor lächelte: «So einfach ist es nicht, Silberschmiedin. Die Rohstoffe kamen von Mattstedt. Wenn jemand das Recht hat, das Silbergerät abzuholen, dann ist er es. Doch Mattstedt war so freundlich und großzügig, sie uns leihweise für unsere Kirche zu überlassen.»

«Mattstedt mag der Besitzer der reinen Metalle sein. Uns aber gehört die kunstvolle Anfertigung. Lasst Monstranz und Kreuz holen, Pater Ignatius. Ich werde sie einschmelzen und das Silber dann Mattstedt zurückgeben.»

«Ich verstehe Euren Verdruss, Silberschmiedin, aber

auch das geht nicht. Wir haben eine Urkunde, die uns erlaubt, Monstranz und Kreuz zu benutzen. Und zwar so, wie sie sind. Mattstedt hat sie als Mitbesitzer der Gold- und Silberschmiede unterzeichnet. Die Urkunde ist von einem Advokaten aufgesetzt und rechtsgültig.»

Eva war sprachlos. Ohne ein weiteres Wort stand sie auf und verließ die karge Zelle des Präzeptors.

Sie lief nach Hause in die Hainstraße und war so in Gedanken versunken, dass sie eine Frau anrempelte. Die Frau keifte, doch Eva hörte sie nicht. Nur das Wort «Silbernonne» drang an ihr Ohr.

Sie hielt an und sah der Frau hinterher, die sich schimpfend an einer Haustür zu schaffen machte.

Plötzlich fasste Eva einen Entschluss und machte sich auf den Weg zum Markt, an dem das Patrizierhaus Andreas Mattstedts stand.

Sie hatte Glück, denn es war keineswegs selbstverständlich, dass der Kaufmann und Ratsherr in der Stadt selbst und obendrein in seinem Kontor anzutreffen war.

«Warum?», fragte Eva, ohne auf seine Begrüßung einzugehen. Sie setzte sich nicht auf den angebotenen Platz, sondern blieb einfach vor Mattstedts Schreibtisch stehen.

«Warum hast du den Dominikanern Monstranz und Kreuz überlassen, sodass sie nun unsere Rechnung nicht begleichen müssen? Willst du uns die Silberschmiedearbeiten vergüten?»

«Sieh mal, Eva», begann Mattstedt, doch Eva schnitt ihm das Wort ab: «Ich will keine langen Erklärungen. Ich will wissen, warum du uns schadest.»

«Ich schade dir nicht, Eva. Ganz im Gegenteil. Ich versuche dich vor Schaden zu bewahren. Ja, es stimmt, ich habe das Silber den Dominikanern überlassen. Dieses Abkommen ist bereits getroffen worden, bevor ich mich aus den Geschäften der Werkstatt zurückgezogen habe. Es wäre jedoch unklug, zum jetzigen Zeitpunkt auf der Bezahlung der Schmiedearbeiten zu bestehen. Die Dominikaner haben sehr viel Macht. Wir müssen im Umgang mit ihnen Vorsicht walten lassen. Haben sie sich erst an die Sachen gewöhnt, wird es leichter sein, ihnen das Geld aus der Tasche zu locken.»

«Das Einzige, was du willst, ist, David zu schaden. Du willst seinen Ruf ruinieren, um ihn aus der Stadt zu treiben. Du hast nicht verwinden können, dass ich ihn dir vorgezogen habe.»

Mit diesen Worten drehte sich Eva zur Tür und rauschte hinaus. Sie hörte gerade noch, wie Mattstedt ihr nachrief: «Nein, Eva, so ist es nicht.»

Doch Eva ließ sich nicht zurückhalten. Sie hatte genug erfahren. Aber woher sollte sie jetzt das Geld nehmen, das die Werkstatt benötigte? Sie fühlte sich plötzlich unendlich müde und erschöpft.

Mit langsamen Schritten ging sie zurück in die Hainstraße. Sie bemerkte nicht einmal, dass die Leute ihr auswichen, manche sogar stehen blieben und ihr nachsahen.

Im Haus begegnete ihr niemand. Susanne und Bärbe schienen unterwegs zu sein, die anderen waren in der Werkstatt. Eva war froh, für einen Augenblick allein zu sein.

Sie setzte sich an den Küchentisch, stützte den Kopf in die Arme und sann darüber nach, wie die Werkstatt zu retten war. Sie hätte gern mit David darüber gesprochen, doch noch war er nicht zum Meister ernannt. Noch lag die Verantwortung für die Werkstatt ganz allein in ihren Händen. Im Übrigen interessierte sich David nicht für die finanzielle Seite des Geschäftes. Das sagte er zumindest. Doch einmal hatte Eva den Eindruck gehabt, dass jemand an den Auftrags- und Abrechnungsbüchern gewesen war.

Plötzlich hörte sie Geräusche im Flur. Adam kam zur Tür herein.

«Du bist nicht in der Werkstatt?», fragte er. Eva schüttelte den Kopf.

«Was ist los?», hakte Adam nach, als er Evas Gesicht sah. Er setzte sich neben sie und legte eine Hand auf ihren Arm.

«Was ist passiert?»

«Ach, Adam», seufzte Eva. «Wir haben kein Geld mehr, doch wir müssen neue Rohstoffe einkaufen. Ein paar Aufträge sind noch da, aber wir können nicht arbeiten, weil es uns an Gold- und Silberbarren fehlt.»

Adam nickte. «Die Dominikaner haben nicht gezahlt, nicht wahr?»

«Und Mattstedt hat dabei seine Finger im Spiel», ergänzte Eva.

«Du bist in einer schwierigen Lage, Eva. Schreib an deine Mutter. Sie wird dir bestimmt helfen.»

Noch bevor Adam das letzte Wort ausgesprochen hatte, ging die Küchentür auf, und David stürmte herein.

«Nein, Eva. Das tust du nicht. Ich verbiete dir, deiner Mutter zu schreiben. Wir werden die Werkstatt auch ohne Sibyllas Hilfe erhalten.»

Am Abend saß David am Schreibtisch in der Wohnstube und blätterte in den Büchern. Eva saß neben ihm, doch ihre Gedanken drehten sich nur um die Frage, woher sie Geld nehmen sollten.

Sie schreckte auf, als David sie plötzlich ansprach: «Ich möchte, dass sich dein Stiefbruder eine andere Bleibe sucht. In diesem Haus ist kein Platz für ihn.»

«Warum nicht?», fragte Eva.

David sah aus dem Fenster. Der Tag war dabei, sich schlafen zu legen. «Ich traue ihm nicht», antwortete er. «Er hat sich ein Laboratorium im Keller eingerichtet, und ich habe keine Ahnung, was er dort treibt.»

Eva lachte erleichtert auf. «Aber David», entgegnete sie. «Adam studiert Medizin. Er braucht ein Laboratorium, um die Medikamentenherstellung zu lernen. Die Erlaubnis habe ich ihm lange vor unserer Hochzeit gegeben.»

David sah Eva an. «Und dazu benötigt er Silber und Blei?»

Eva zuckte mit den Achseln. «Ich weiß es nicht. Ich habe keine Ahnung, was er dort unten macht, weiß auch nicht, welche Spezereien in den Heilmitteln sind.»

«Hast du dich schon einmal gefragt, warum man ihn noch nie mit einem Mädchen gesehen hat?», fragte David weiter.

«Hast du darüber nachgedacht, was er mit den Zwillingen im Keller macht? Weißt du, dass er ihre Körper vermisst, ihre Brüste und Hinterbacken miteinander vergleicht? Dass er ihre Gedanken aufschreibt, ihre Wünsche und Träume? Die einzigen Weibsbilder, mit denen er sich einlässt, sind Kinder, Eva!»

«Er ist zu beschäftigt für eine Ehefrau. Wahrscheinlich möchte er erst seine Studien abschließen, bevor er sich verheiratet.»

«Adam ist ein Mann voller Saft und Kraft. Es ist nicht natürlich, dass einer in diesem Alter zu keinem Weibe geht. Noch nicht einmal die Schankmädchen und Dirnen interessieren ihn. Aber an den Zwillingen hantiert er wie unsereiner mit dem Gewindeschneider.»

«Nun, er ist halt ein guter Studiosus. Er ist auf der Suche nach der Seele des Menschen. Das weißt du doch.»

«Und was ist er für ein Mann?», fragte David zurück, doch Eva wusste darauf keine Antwort. Adam war ihr Bruder; als Mann hatte sie ihn nie gesehen.

David holte etwas aus seiner Tasche, das die Form eines Knochens hatte.

«Ein Knochen mit einem silbernen Überzug?» Eva erstarrte. «Ist es der Knochen eines Menschen?»

David zuckte mit den Schultern. «Wahrscheinlich. Daraus wollte er bestimmt keine Medikamente machen.»

Eva betrachtete den Knochen. Sie nahm ihn in die Hand, strich behutsam darüber, dann hielt sie ihn an ihren Unterarm. Der Knochen hatte genau dieselbe Länge. Übelkeit stieg in Eva auf. Ein Knochen mit einem Überzug aus Edelmetall. Eva starrte ihn an. In Frankfurt eine Maske aus Silber. In Leipzig eine Frau mit verbranntem Gesicht. Jetzt ein mit Silber überzogener Knochen. Und immer war Adam in der Nähe gewesen.

Kapitel 14

Am nächsten Morgen, noch vor dem Frühstück, ging Eva hinunter in Adams Laboratorium. Sie hatte die halbe Nacht wach gelegen und immer wieder den versilberten Knochen vor sich gesehen.

Eva glaubte nicht, dass ihr Bruder auch nur einer Fliege ein Bein ausreißen könnte, aber sie musste sich mit eigenen Augen davon überzeugen. Das Herz schlug ihr bis zum Hals, als sie die Klinke des Kellerraumes herunterdrückte.

Das Öllicht in ihren Händen warf lange Schatten an die Wand, als sie das Laboratorium betrat. Es roch nach Feuchtigkeit und Vitriol, einer kristallklaren Flüssigkeit, mit deren Hilfe man unedle in edle Stoffe verwandeln konnte.

Eva schwenkte das Licht über den großen Labortisch. Sie sah Kristalle, die in Glasbehältern verschlossen waren, kleine Leinensäckchen mit gemahlenen Kräutern, Blei und Zinkpulver. Daneben ein Fläschchen mit Königswasser, wie es die Alchemisten benutzten, um den Stein des Weisen zu finden. Sie entdeckte Brennkolben, Mörser und Stößel, eine Apothekerwaage, jedoch keine menschlichen Knochen.

An einer Ecke des Tisches lag ein Buch. Eva stellte die Öllampe daneben und begann zu blättern. Sie hätte nicht geglaubt, dass ihr Herz noch schneller schlagen könnte, doch bei den Bildern in «Anatomia» brach ihr Herz in einen wilden Galopp aus.

Nackte Menschen waren darauf abgebildet, aber auch Gerippe, die die Lage jedes einzelnen Knochens anzeigten. Auf einer Seite waren Zeichnungen von Menschen, die mit Geschwüren übersät waren. Daneben stand etwas über Quecksilber, das die Geschwüre zum Abheilen bringen sollte.

Sie überlegte. Hatte Adam versucht, eine Quecksilbermischung herzustellen? Hatte er die Wirksamkeit an einem Knochen ausprobiert?

Nein. Sie schüttelte den Kopf. Wie kann man an einem toten Gegenstand das Abheilen von Geschwüren überprüfen wollen? Und was hatte das alles mit den Zwillingen zu tun?

Sie beugte sich erneut über das Anatomiebuch und blätterte darin herum. Plötzlich erstarrte sie. Sie war auf eine Seite gestoßen, auf der Verbrennungen abgebildet wurden. Das Papier war abgegriffen, als ob die Seite häufig aufgeschlagen würde. Eva schnappte nach Luft, doch es gelang ihr nicht, das Bild der Frau mit dem verbrannten Gesicht zu vergessen.

Hastig, als hätte sie Furcht vor dem, was sie hier noch entdecken könnte, verließ sie das Labor.

Einige Wochen später hatte Eva ihren gesamten Schmuck verkauft. Für das Geld erstand sie neue Rohstoffe für die Werkstatt. Das Silber ließ sie – hinter dem Rücken von Mattstedt und der Mutter – aus den eigenen Kuxen kommen. Sie wusste genau, dass ihr dies nur ein einziges Mal gelingen konnte. Der Mann in der Saigerhütte, der Evas Boten die Anteile aus der Mine in Silberbarren ausgehändigt hatte, war neu und hatte sich mit der Besitzurkunde auf Evas Namen zufrieden gegeben. Doch inzwischen war Mattstedt bestimmt informiert worden, dass Eva ihn als Verwalter und Treuhänder übergangen hatte. Ein schlechtes Gewissen hatte sie deshalb nicht; die Werkstatt schien fürs Erste gerettet.

«Du hast deinen gesamten Schmuck verkauft?», fragte Susanne und schüttelte fassungslos den Kopf. «Du hast Zink und Blei gegen Gold und Juwelen eingetauscht?»

«Ich brauche keinen Schmuck. Für David bin ich auch ohne Geschmeide schön. Seine Liebe ist es, die mich erblühen lässt.»

«Erblühen, ja?» Susanne lachte. «Eva, bist du blind geworden? Hast du dich in den letzten Wochen einmal im Spiegel betrachtet? Du trägst Kleider, die selbst Hildegard verschmähen würde. Deine Haube setzt du nicht einmal mehr im Hause ab. Du färbst dir die Wangen nicht rot, trägst weder Gürtel noch kunstvolle Schließen.»

Sie gab Eva einen Kuss auf die Wange, den ersten seit Evas Hochzeit. Dabei verrutschte die Haube, und Evas Kahlköpfigkeit wurde sichtbar.

Susanne starrte mit weit aufgerissenen Augen auf den nackten Kopf. Sie öffnete den Mund, um etwas zu sagen, dann schloss sie ihn wieder und wandte sich ab. Schweigend ging sie zum Herdfeuer und rührte angelegentlich in einem Topf, als wäre dies die wichtigste Sache der Welt.

Eva saß da und starrte mit brennenden Augen auf Susannes Rücken. Sie hatte mit allem gerechnet: mit Gelächter, mit Vorwürfen, mit Häme, aber niemals mit Schweigen. Die Stille war schlimmer als alles andere.

Am Abend fragte sie David: «Was willst du, David? Was ist dein Ziel?»

Er lächelte spitz.

«Ich habe es dir oft genug gesagt, Eva. Ich werde mich auf den Platz stellen, der für mich geschaffen ist.»

«Welcher Platz, David, ist das? Und welche Rolle spiele ich dabei?»

Sein Lächeln wurde weicher. «Der Platz an deiner Seite, Eva. Als dein Mann, deine Liebe, dein Leben. Untrennbar und für immer vereint.»

Trotz seiner liebevollen Worte blieben seine Augen kalt.

Eva sah es und trat einen Schritt zurück, um sich über Davids Verhalten klar zu werden. Doch die Botschaften widersprachen sich noch immer. Seine Worte passten nicht zu seiner Miene.

Verwirrt wandte Eva sich ab.

Am nächsten Morgen in der Werkstatt kontrollierte sie die Fortschritte der beiden Lehrmädchen. Noch immer war es so, dass Priska mit außerordentlicher Geduld und Sorgfalt sämtliche Arbeiten in der Werkstatt erledigte.

Sie kam am Morgen als Erste, legte die Holzscheite zum Befeuern der Brennöfen zurecht, richtete die Werkzeuge, bürstete vorsichtig den feinen Gold- und Silberstaub von den rauen Lederschürzen und achtete darauf, dass kein Körnchen der wertvollen Edelmetalle verloren ging. Dann füllte sie die Zuber zum Abkühlen der Rohlinge mit Brunnenwasser und fegte zum Abschluss des Tages die Werkstatt.

Regina dagegen hielt jeden Kratzer, den sie auf dem Metall hinterließ, für die Krone der Handwerkskunst.

Der Unterschied zwischen den beiden Mädchen war allen aufgefallen. «Priska ist ein kluges Kind. Ich habe selten ein Mädchen gesehen, das so ernsthaft arbeitet. Vielleicht wäre sie in einem reichen Kloster, in dem es viele Bücher gibt, gut aufgehoben. Regina dagegen wird ihren Weg gehen, gleichgültig, ob sie das Lesen und Schreiben beherrscht oder nicht. Ihre Klugheit besteht im Umgang mit Höheren. Sie versteht es, sich einzuschmeicheln», war Hildegards Urteil gewesen.

«Ja, in der Werkstatt ist es das Gleiche», hatte Eva zugestimmt. «Priska zeigt Eifer und Regina ihre Vorzüge. Selbst Heinrich hat dies schon bemerkt.»

Auch Ute ging es ähnlich mit den beiden. «Warum soll ich Tänze erlernen?», hatte Priska schüchtern gefragt. «Meine Füße taugen nicht dazu.» Regina aber konnte vom Tanz nicht genug bekommen. Der Tanz und der Putz, das war ihre Lust. Doch auch an der Hauswirtschaft zeigte sie Interesse, während Priska die Brote zwar zu kunstvollen Laiben formte, aber häufig die Hefe vergaß.

Adam hatte ebenfalls Unterschiede entdeckt. «Sie sind

nicht gleich, ganz und gar nicht. Reginas Leib ist viel weicher als Priskas. Ihre Brüste wachsen schneller, die Behaarung setzt früher ein. Sie schwitzt auch stärker als Priska. Sogar ihre Gedanken sind verschieden. Während Regina schon das Weib in sich erkannt hat, ist Priska noch immer ein Kind.»

«Du solltest die Mädchen nicht mehr nackt betrachten. Sie werden älter und haben Scham dabei.»

Adam hatte gelacht: «Bei Priska hast du Recht. Aber Regina zeigt keinerlei Verlegenheit.»

Er hatte Eva eindringlich angesehen, dann gesagt: «Ich muss sie weiter beobachten. Wenn es möglich ist, solange sie leben. Doch wenn du glaubst, dass ich Unrecht tue, dann lade ich dich ein, dabei zu sein, wenn die Zwillinge zu mir ins Laboratorium kommen.»

An diesem Morgen bemerkte Eva an den beiden einen weiteren Unterschied. Priska hatte von ihrem Kleid alle Bordüren gelöst und trug weder eine Spange noch einen Gürtel. Nun ähnelte ihr Kleid Evas Gewand. Regina aber hatte sich genommen, was sie greifen konnte, und ihr Kleid mit den zusätzlichen Bordüren geschmückt und trug sogar zwei Gürtel übereinander. Die langen Haare wallten über Rücken und Schultern.

Eva war erstaunt, dass sie wütend wurde, doch sie konnte nicht an sich halten. Mit schnellen Schritten ging sie zu Regina: «Die Werkstatt ist kein Jahrmarkt. Binde dir eine Lederschürze über das Kleid und gieße etwas Blei. Zuvor aber lass dir von Bärbe eine Haube geben. Dein Haar stört beim Arbeiten.»

Regina sah sie mit großen Augen an: «Etwas Neues

möchte ich lernen. Der Meister hat versprochen, mir zu zeigen, wie man eine Haarspange fertigt. Wenn ich geschickt bin, dann darf ich mir selbst eine aus Messing fertigen, hat er gesagt.»

«Stimmt das?», fragte Eva. David nickte, sah aber nicht von seiner Arbeit hoch. Mit dem Punzeisen zog er gerade feine Linien auf eine Brosche.

«Geh jetzt und kleide dich für die Arbeit», befahl Eva, und das Mädchen gehorchte.

«Und was ist mit Priska?», fragte die Meisterin, als Regina verschwunden war.

«Nun, jeder sucht sich seinen Platz selbst. Hast du das noch immer nicht verstanden, Eva?»

Heinrich, der am Schmelzofen beschäftigt war, sah auf. Sein Mund war schmal, doch er blieb stumm, seufzte nur und strich Priska, die ihm die Scheite reichte, über den Kopf.

Eva kam sich in der eigenen Werkstatt überflüssig vor.

«Warum siehst du mich nicht an, wenn du mit mir sprichst?», fragte sie.

David ließ das Punzeisen sinken und sah hoch. «Werden meine Worte wahrer, wenn ich sie dir ins Gesicht sage?», war seine Antwort. Doch dann erschien wieder dieses seltsame Lächeln auf seinem Gesicht. Er fasste nach Evas Hand, strich zart darüber und betrachtete sie, als hätte er sie noch nie gesehen. Als Nächstes holte er den Messzirkel und maß die Länge von Evas Zeigefinger.

«Was soll das?», fragte Eva und wollte ihm die Hand entziehen, doch er hielt sie mit eisernem Griff fest.

«Was dein Bruder kann, kann ich nicht schlechter»,

sagte er. Er stand auf, schob Evas Ärmel bis zum Ellbogen hoch und hielt wieder den Messzirkel an.

«Ich möchte wissen, was das soll», wiederholte Eva.

«Kannst du es dir nicht denken?», fragte David. «Eine Kelle soll ich aus Silber fertigen. Eine große Gabel dazu, um die zarten Bratenstücke von der Platte zu spießen. Nun, dein Arm und deine Hand haben mich auf eine Idee gebracht.»

Er sah sich nach Priska um und winkte sie mit dem Finger zu sich. Das Mädchen gehorchte.

«Rühre Ton an. Ich möchte einen Abdruck nehmen», sagte er. Priska nickte und ging in den Lagerraum. Die anderen schauten stumm auf ihre Arbeit und taten, als hätten sie nichts gehört.

Ohne es zu wollen, begann Eva zu zittern. «Nein, David», flüsterte sie. «Tu das bitte nicht.»

«Warum?», fragte er so laut, dass es alle in der Werkstatt verstehen mussten. «Ist es dir kein Bedürfnis, unsere Waren so gut und außergewöhnlich zu machen, wie wir es uns unserem Ruf schuldig sind?»

Eva sah zu Boden. David hatte sie stumm gemacht. Es gab nichts, was sie darauf erwidern konnte. Ihr Zittern wurde stärker, als Priska mit der Schüssel voll angerührtem Ton kam. Auch Regina war wieder zurückgekehrt, trug jetzt eine Schürze und hatte das Haar zusammengebunden.

«Gib mir deinen Arm», sagte David, doch Eva war nicht in der Lage, sich zu bewegen.

«Lasst doch die Meisterin», mischte sich Heinrich ein. «Wenn Ihr jemanden braucht, dann fragt Regina. Ich bin sicher, sie wartet nur darauf, in Silber gegossen zu werden.»

«Ja», erwiderte Regina und streckte ihren nackten Arm vor. «Ja, nehmt mich, Meister.»

David aber stieß Regina zur Seite, schob Eva einen Schemel hin, drückte sie darauf nieder und begann, die obere Hälfte des Armes mit Ton zu bestreichen.

Als Eva laut aufschluchzte, wurde es ganz still im Raum. Dann verließ Meister Faber die Werkstatt und knallte geräuschvoll die Tür hinter sich zu. Wenig später ging auch Heinrich, und Regina folgte ihm.

Jetzt war Eva mit David allein. Nur Priska war noch da. Sie stand hinter Eva und hatte ihr die kleine warme Hand auf die Schulter gelegt. Eva spürte das Streicheln des Kindes durch den Stoff ihres Kleides.

Dann griff auch Priska wortlos in den kalten Ton und half David, den Abdruck herzustellen.

Danach floh Eva stumm aus der Werkstatt.

Draußen war es neblig. Wie zerrissene Laken hingen die Nebelschwaden an den Hauswänden und ließen alles verschwimmen.

Eva hielt auf dem halben Weg zwischen Werkstatt und Wohnhaus inne.

Sie wusste plötzlich nicht mehr, wohin. Die Arme hingen wie Stöcke an ihrem Körper herunter. Der Nebel hatte alle Geräusche verschluckt. Sie hörte kein Hämmern aus der Werkstatt, keine Küchengeräusche vom Haus.

Für einen Augenblick dachte sie, ganz allein auf der Welt zu sein. Alles war, ohne dass sie es bemerkt hatte, irgendwohin verschwunden. Ihr Arm, an dem noch Spuren von Ton hafteten, begann zu kribbeln. Eva schob den Ärmel hoch, betrachtete ihn wie einen fremden Gegenstand.

Vorsichtig setzte sie einen Fuß vor den anderen und bewegte sich langsam auf das Wohnhaus zu. Alles kam ihr fremd und bedrohlich vor. Als hätte sie ihr Zuhause verloren.

Sie öffnete die Tür und fing an zu laufen. Durch den Hausflur hinaus auf die Hainstraße – immer weiter, bis sie zum Markt kam. Auf einmal hörte der Nebel auf. Eva blieb stehen.

Erst jetzt merkte sie, dass sie keinen Umhang mitgenommen hatte und die Trippen unter den Schuhen vergessen hatte. Fröstelnd näherte sie sich einem Gemüsestand und befühlte mit gesenktem Kopf einen rotbackigen Apfel.

«He, Ihr da. Nehmt die Finger weg. Was angefasst wird, muss auch gekauft werden.»

Die scheltende Stimme der Krämerin ließ Eva aufsehen.

«Ach, Ihr seid es, Silberschmiedin!», rief die Krämerin verwundert aus. «Ich dachte, eine arme Begine oder entlaufene Nonne stünde vor mir.»

Eva sah durch die Krämerin hindurch und nickte.

«Oder seid Ihr es doch nicht? Seid Ihr nicht die Silberschmiedin?»

Die Marktfrau schüttelte den Kopf, verschränkte die Hände unter dem Busen und betrachtete Eva von oben bis unten. «Nun sagt schon: Seid Ihr die Silberschmiedin?»

Obwohl Eva die Frau gehört hatte, konnte sie nicht antworten. Es war, als ob der Nebel jetzt in ihr drin wäre und eine Wand zwischen ihr und der Welt errichtet hätte.

«Ob ich die Silberschmiedin bin?», fragte sie, hob den Arm, schob den Ärmel zurück und zupfte ein paar Krümel Ton von ihrer Haut. «Ich weiß es nicht, gute Frau. Sagt Ihr es mir. Bin ich die Silberschmiedin?»

Die Krämerin legte den Kopf schief und kniff die Augen zusammen. «Geht nach Hause, legt Euch ins Bett und trinkt einen kräftigen Kräutersud. Ihr werdet sehen, morgen sieht die Welt schon anders aus. Geht schon, geht, sonst landet ihr noch im Spital.»

Eva sah die Krämerin an. Auf einmal schien ihr alles klar zu sein. Sie straffte die Schultern, setzte ein stolzes Gesicht auf und sagte: «Ins Spital. Wie die Frau mit dem verbrannten Gesicht. Wisst Ihr, woher sie kam?»

Die Krämerin schüttelte den Kopf. «Ein Leipziger Mädchen war es nicht. Niemand kannte sie hier. Vielleicht war es eine aus dem Hurenhaus vor dem Hallischen Tor. Die Hausmutter dort ist eine gewisse Grete aus Frankfurt. Vielleicht weiß die, woher die Dirne stammte.»

«Grete aus Frankfurt?», fragte Eva. «Wieso aus Frankfurt?»

Die Krämerin lachte. «Wusstet Ihr nicht, dass das Hurenhaus unter Aufsicht dieser Grete steht? Vor Jahren ist sie nach Sachsen gekommen und hat gleich ein paar Mädchen mitgebracht. Den Männern war es gleich.»

Eva nickte und sprach zu sich selbst: «Aus Frankfurt also. Zu Johann von Schleußig muss ich. Vielleicht kann er mir Auskunft geben.»

Ohne sich zu verabschieden, wandte sie sich ab und ging weiter. Sie hörte noch, wie die Krämerin vor sich hin murmelte: «Sie sieht aus wie eine Nonne. Kein Gürtel, keine Kette, nichts. Wer soll ihr Silberzeug kaufen, wenn sie selbst nicht trägt, was aus ihrer Werkstatt kommt?»

Eva schenkte ihren Worten keine Beachtung, sondern lief so schnell wie möglich nach St. Nikolai. Die Kälte ließ sie schlottern, und sie bereute, so überstürzt und kopflos aufgebrochen zu sein. In der Kirche angekommen, sah sie sich um, doch Johann von Schleußig war nirgends zu entdecken. Sollte sie ins Haus des Priesters gehen? Sie musste unbedingt mit ihm sprechen.

Also schlug sie den Weg über den Nikolaikirchhof ein und betätigte am Pfarrhaus den Türklopfer aus Messing.

Die Magd öffnete, sah sie und rief ohne ein weiteres Wort nach dem Priester.

Johann von Schleußig war bestürzt bei Evas Anblick.

«Kommt rein, schnell. Ihr seid ja halb erfroren. Wo habt Ihr Euren Umhang gelassen?»

Er rief in Richtung Küche: «Rasch, Liesbeth, bring eine heiße Milch und gib tüchtig Honig hinein.»

Dann nahm er Eva am Arm, legte ihr eine wollene Decke um die Schultern und geleitete sie in eine karg eingerichtete Wohnstube. Er führte sie zu einer mit Schaffellen bedeckten Sitztruhe und drückte sie vorsichtig darauf nieder. Wenig später kam die Magd mit der heißen Milch.

Eva trank in vorsichtigen Schlucken. Die Kälte wich allmählich aus ihren Gliedern.

Johann von Schleußig betrachtete sie besorgt. «Kann

ich etwas für Euch tun, Eva? Ist alles in Ordnung? Warum seid Ihr gekommen?»

Eva rang sich ein Lächeln ab. «Erinnert Ihr Euch noch an die Frau mit dem verbrannten Gesicht, die sich auf dem Marktplatz entblößt hat?»

«Ja, die arme Frau. Ich musste sie ins Hospital St. Georg bringen.»

«Woher kam sie?», fragte Eva.

Johann von Schleußig verzog den Mund ein wenig und schüttelte leicht den Kopf. «Man sagt, sie war auf dem Weg ins Haus der Grete von Frankfurt.»

«Ins Hurenhaus?»

Johann von Schleußig nickte.

«Kann es sein, dass sie ebenfalls aus Frankfurt stammte?», hakte Eva nach.

«Ja, das ist möglich. Einmal sprach sie von einer Toten mit einer silbernen Maske, die ans Mainufer geschwemmt worden war.»

«Was hat sie noch gesagt? Denkt nach, Priester. Ich muss es wissen.»

Johann von Schleußig zog die Stirn in Falten. «Der Teufel sei ihr auf den Fersen. Sie sei um ihr Leben gerannt und ihm im letzten Augenblick entkommen.»

«Hat sie gesagt, ob der Teufel sie in Frankfurt oder in Leipzig geschändet hat?»

Johann von Schleußig schüttelte den Kopf. «Sie war verwirrt, Eva. Wahrscheinlich wusste sie selbst nicht, wo und wann ihr dieses Unglück widerfahren war. Warum fragt Ihr? Kennt Ihr sie etwa?»

Eva atmete tief ein und aus und sagte, ohne auf die Fragen des Priesters einzugehen. «Es kann also sein, dass die Tat schon in Frankfurt geschehen ist?»

«Nun», überlegte Johann von Schleußig. «Der Medicus sagte, die Brandwunden seien nicht mehr ganz frisch. Und Grete wusste nichts von der Ankunft der Dirne. Kann also sein, dass sie gerade die Stadttore passiert hatte. Vielleicht ist es unterwegs passiert.»

«Was ist aus ihr geworden?», fragte Eva.

Johann von Schleußig zuckte mit den Schultern. «Ich weiß es nicht. Sie ist aus dem Spital weggegangen, ohne zu sagen, wohin ihr Weg sie führt.»

Eva nickte und zog den Kopf zwischen die Schultern.

Johann von Schleußig legte seine Hand auf Evas. Als er bemerkte, wie eisig kalt sie war, nahm er sie in beide Hände und rieb sie vorsichtig.

«Warum wollt Ihr wissen, was mit dieser Frau geschah?», wiederholte er leise. «Wovor habt Ihr Angst? Wollt Ihr mir nicht sagen, was Euch bedrückt?»

Sie versuchte zu lächeln: «Was sollte mich bedrücken, Johann von Schleußig? Ich habe eine Werkstatt, einen guten Mann und meinen geliebten Bruder in der Nähe. Mattstedt ist mir ein kluger Ratgeber, und Ihr seid mir ein Freund. Mir fehlt es an nichts.»

Johann von Schleußig ließ ihre Hand nicht los. «Ihr habt Euch verändert, Eva. Früher wart Ihr eine junge und kluge, fröhliche Frau, die die Schönheit zu schätzen wusste. Jetzt sehe ich Euch nur noch selten lachen. Solche Veränderungen kenne ich nur von Frauen, die gesegneten Leibes sind.»

«Nein!», widersprach Eva. «Schwanger gehe ich nur

mit der Neuen Zeit. Die Welt ist entdeckt, es gibt den Buchdruck und den Behaimschen Globus, den die Stadt Nürnberg sich einen ganzen Schatz kosten ließ. Nur die Kirche hält noch am Alten fest. Aber nicht mehr lange. Bald wird sich alles ändern, und der Mensch wird das Maß aller Dinge sein.»

Während dieser kurzen Rede lebte sie auf. Gern hätte sie noch weitergesprochen, um alle und am liebsten sich selbst davon zu überzeugen.

Der Priester nickte. «Recht habt Ihr. Alles ist im Fluss, vieles wird sich ändern, muss sich ändern. Aber es gibt auch Dinge, Eva, die vielleicht bleiben, wie sie immer waren.»

Eva zog die Augenbrauen zusammen und sah Johann von Schleußig zweifelnd an. Seine grauen Augen blickten freundlich.

«Die Würde und der Stolz, Eva. Die Schönheit und das Gute. Und der Alltag, der mit der Frühmesse beginnt und mit dem Abendläuten aufhört. Warum sperrt Ihr Euch so gegen einen Rahmen, der doch auch Halt verspricht?»

«Einen Rahmen? Meint Ihr die Kirche, die Zünfte, die Sitten und Regeln? Oh, ich kenne sie zur Genüge, diese Rahmen und Regeln. Ich will höher hinauf. Zum innersten Kern der Dinge.»

«Führt Ihr denn ein Leben, das Euren Maßstäben gerecht wird?»

Eva seufzte. «Es ist mehr davon und zugleich weniger. Mit David ist nichts gewöhnlich. Er hat mich erwählt und mich ausgezeichnet vor den anderen.»

«Euch ausgezeichnet, in dem er Euch in schlechter Kleidung auf die Straße schickt?»

Jetzt versteckte Eva ihre Zweifel hinter einer hochmütigen Miene: «Kleider sind nur Tand. Oberfläche. Und nur für die von Wichtigkeit, die nicht unter die Oberfläche sehen können.»

In Johann von Schleußigs Augen stand Erschrecken, als er antwortete: «Wenn Euer Mann das sagt, so hat er Unrecht. Die Kleidung ist ein Teil von Euch. Sie zeigt das Innere nach außen. Seht Ihr aus wie eine Nonne, werdet Ihr behandelt wie eine Nonne, nicht aber wie eine Silberschmiedin. Ihr geht wie eine, die ihr Leben einem anderen in die Hände gegeben hat.»

Eva konnte Johann von Schleußig da nur zustimmen. Ja, sie hatte ihr Leben in die Hände eines anderen gegeben. Diesen Platz hatte sie sich selbst gewählt. So war es. Genau so.

«Was ist daran schlecht, Priester? Ihr sagt selbst, dass es die Nonnen tun, und auch Ihr tragt Kleider, die besagen, dass Ihr Euer Leben dem Herrn, unserem Gott, verschrieben habt.»

«Das ist richtig, Eva. Ich habe mein Leben unter Gottes Obhut gestellt. Unter wessen Obhut aber steht Ihr? Der Mensch mag das Maß der Dinge sein, aber Gott ist er nicht.»

Eva stand auf. Die Worte des Priesters hatten sie enttäuscht. «Ich habe mir diesen Platz selbst gesucht.»

Der Priester nickte: «Wenn Ihr dabei Euer Glück findet, dann soll es wohl so sein.»

«Sorgt Euch nicht. Mir geht es gut.»

Auch Johann von Schleußig hatte sich nun erhoben. Er begleitete Eva zur Tür.

«Ich bin nicht nur Euer Beichtvater», sagte er zum Abschluss. «Ich bin auch Euer Freund. Ihr könnt mir vertrauen. Alle Geheimnisse sind bei mir gut aufgehoben. Und auch die Angst weiß ich zu verwahren.»

«Welche Angst?», fragte Eva.

Johann von Schleußig blickte sie nachdenklich an. «Die Angst, die Euch hergetrieben und nach der Frau mit dem verbrannten Gesicht fragen ließ.»

Wenige Tage später waren die Küchengeräte fertig. Die Bratengabel hatte den Umfang und die Größe von Evas Arm. Daraus wuchsen als Zinken ihre Finger, die wie Krallen gekrümmt waren. David hatte die fertige Arbeit mitten auf den Arbeitsplatz gelegt, damit der Aufbereiter ihr zusätzlichen Glanz verlieh.

Eva hatte noch nie ein so hässliches Stück gesehen. Immer wieder betrachtete sie heimlich ihren Arm und ihre Finger.

Am Abend bat sie David: «Nimm sie weg. Ihr Anblick schmerzt mich.»

«Ich weiß», erwiderte David. «Und mich schmerzt, dass du die Dinge mit zweierlei Maß misst. Dein Bruder Adam hat mit Menschenknochen hantiert. Wenn ich aber nur den Abdruck von dir nehme, so kannst du es nicht ertragen. Siehst du nicht den Unterschied? Siehst du nicht, wie ich hinter deinem Bruder zurückstehen muss? Und, bei Gott, ich hatte nichts Schlechtes im Sinn. Deine Schönheit wollte ich bannen für die Ewigkeit. Festhalten wollte ich sie und bewahren. Auch wenn deine Haut faltig und von Altersflecken übersät ist, wird es noch diese Bratengabel geben, die deine Schönheit in reinster Blüte zeigt.»

Eva wusste nicht, was sie darauf erwidern sollte. Was David gesagt hatte, klang gut und richtig. Doch was er getan hatte, fühlte sich weder gut noch richtig an.

David sah Eva prüfend an, dann sprach er weiter: «Ich möchte dir nicht wehtun. Aber ich möchte auch nicht ungerecht behandelt werden. Schick Adam weg, dann trenne ich mich von meiner Schöpfung.»

Eva nickte, dann erwiderte sie: «Ich muss darüber nachdenken», und verließ die Werkstatt.

Am selben Abend noch gab Eva David ihr Einverständnis, für Adam eine neue Bleibe zu suchen.

Obwohl sie nicht glaubte, dass Adam irgendjemandem etwas Übles tun könnte, machten ihr die leisen Zweifel die Entscheidung einfacher. Es würde für alle besser sein, wenn Adam woanders wohnte. Dennoch würde sie ihn vermissen. «Ich möchte ihn in meiner Nähe wissen», bat sie David. «Suche ihm eine Unterkunft, die nicht mehr als ein paar Schritte von unserem Haus entfernt liegt.»

Die neue Bleibe war schneller gefunden, als Eva lieb war.

Sie gab ihm mit, was er tragen konnte, packte stapelweise Wäsche, Leinenzeug und Geschirr für ihn zusammen. Ihr Eifer und ihre Großzügigkeit kamen einer Entschuldigung gleich.

«Du musst mich jede Woche besuchen, Adam», ließ sie sich von ihm versprechen.

Adam nickte. «Ich kann verstehen, dass ein Junggeselle in einem neu gegründeten Haushalt nicht immer wohlgelitten ist», sagte er. «Du hast Recht, mich wegzuschicken. Bald wirst du Kinder haben. Dann wäre ohnehin kein Platz mehr für mich in deinem Haus.»

Er zögerte, dann fügte er hinzu: «Ich werde öfter kommen, als dir vielleicht lieb sein mag. Ich kann nicht von den Zwillingen lassen. Sie bedeuten zu viel für meine Arbeit. Manchmal glaube ich, dass ich ganz nahe daran bin, ihre Seelen zu finden.» Er lächelte und legte Eva eine Hand auf den Arm: «Sie sind nicht wirklich unterschiedlich. Sie haben dasselbe Ziel, Eva. Nur ihre Wege sind verschieden. Ich bin sicher, eines Tages werden sie sich wieder vereinen.»

Die Worte sollten Eva trösten, aber sie beunruhigten sie. Was genau trieb Adam in seinem Labor?

David hielt sein Versprechen. Am Tag nach Adams Auszug schmolz er das Silbergerät ein und formte daraus eine neue Bratengabel, wie sie allgemein benutzt wurde. Eva stand hinter ihm und bewunderte wieder einmal seine geschickten Hände, die eine komplette Jagdszene auf den Gabelgriff brachten.

Im selben Augenblick kam Susanne in die Werkstatt gestürzt. In der Hand hielt sie einen Brief, dessen Siegel aufgebrochen war.

«Eva, Sibylla ist tot», rief sie aus.

Eva wurde blass und ließ sich auf einen Schemel sinken. Ihr Blick war starr auf Susanne gerichtet. Die Haushälterin hielt Eva den Bogen hin. «Hier, lies selbst.»

Bevor Eva danach greifen konnte, nahm David ihn in die Hand und las laut daraus vor:

«Liebe Schwester, der Herrgott hat unsere Mutter zu sich geholt. Sie ist gestorben, wie sie gelebt hat. Während sie in der Kürschnerei über einer neuen Zeichnung für einen wertvollen Mantel saß, hörte ihr Herz auf zu schlagen. Sie war in der Kürschnerkapelle in der Liebfrauenkirche aufgebahrt. Die Zunft hat ihr ein würdiges Begräbnis angedeihen lassen. Nun ist ihre unsterbliche Seele im Himmel und wird von dort über uns wachen.

Ich habe viele Messen für sie lesen lassen. Tu du dies auch.

Dein Bruder Christoph.»

Nun bin ich ganz allein, dachte Eva. David hielt ihr einige Urkunden hin, die das Siegel des Stadtadvokaten von Frankfurt trugen, doch Eva sah sie nicht einmal an. Plötzlich begann sie zu zittern. Ihre Glieder schlotterten, als läge sie ihm schlimmsten Fieber. Die Zähne schlugen klappernd aufeinander.

David sah sie besorgt an. Dann hockte er sich vor sie und nahm ihr Gesicht in seine Hände, doch Eva sah durch ihn hindurch.

Schließlich hob er sie hoch und trug sie aus der Werkstatt über den Hof hinauf zum Schlafzimmer.

Auf der Treppe begegnete ihnen Adam. Susanne hatte Regina zu ihm geschickt, um ihm die Nachricht zu überbringen.

Er sah seine Schwester an, griff nach ihrem Puls.

«Sie ist in einem Zustand, der einer Ohnmacht ähnelt.

Wir brauchen Weihrauch und andere kräftige Gewürze, um sie aufzuwecken», forderte er.

«Lass deine Finger von meiner Frau. Ich weiß genau, was sie jetzt braucht. Weihrauch und Medizin aus deinem Laboratorium gehören nicht dazu.»

David stieß Adam zur Seite, trug Eva nach oben in das erste Stockwerk, legte sie behutsam auf dem Bett ab und verschloss die Tür von innen mit einem Riegel.

Dann beugte er sich über Eva, strich ihr zart über das Gesicht. Sie regte sich noch immer nicht, nur ihre Lider flatterten leicht.

Vorsichtig löste er die Schnüre des Mieders und zog ihr behutsam die Kleider aus. Dann deckte er sie gut zu und entzündete das Kohlebecken. Er stellte das schwere Gefäß dicht neben das Bett, kroch zu Eva unter die Decke und begann sie zu streicheln.

Seine Finger glitten über ihr Gesicht, ihre Brüste, ihren Bauch. Er streichelte ihre Schenkel, die Knie und zum Schluss die Füße. Unter seinen Händen entspannte sich Eva. Ihre Haut wurde rosig, ihr Blick verlor die starre Leere und bekam allmählich Glanz.

Sie sah David an, und die große Zärtlichkeit in seinem Blick tröstete sie mehr als alles andere.

«Meine Mutter ist tot», flüsterte sie.

«Ich weiß», erwiderte David. «Sibylla ist gestorben und mit ihr alles, was dich noch an dein altes Leben gebunden hat. Jetzt erst bist du endlich frei, Eva. Frei, die zu werden, die du sein möchtest.»

«Deine Frau möchte ich sein, David, und ich möchte ein Kind von dir haben.»

Kapitel 15

In den nächsten Wochen war David von großer Zärtlichkeit.

Eva war ihm dankbar dafür. Andreas Mattstedt aber hatte es sich vollkommen mit ihr verscherzt. Sie war inzwischen so wütend, dass sie sogar Johann von Schleußig in der Beichte von ihrem Ärger berichtete.

«Vater, ich habe gesündigt. Ich habe Andreas Mattstedt verflucht. Er kam, um mich davor zu warnen, die Besitztümer, die mir Sibylla hinterlassen hat, auf David übergehen zu lassen. Nun, Sibylla hat mich doch nicht enterbt. Ich habe das Haus und die Werkstatt bekommen, dazu Sibyllas Barschaft von einigen hundert Gulden und die Anteile an den Silberminen. Christoph, mein ehrlicher Bruder, den Frankfurter Besitz.»

«Fluchen ist eine Sünde, Eva. Sprich mit Gott. Bereue vor ihm, und ich bin sicher, er wird dir vergeben.»

«Gott? Wieso Gott? Gekommen bin ich, damit Ihr mir die Sünden erlasst.»

«Nein, Eva. Ihr seid den letzten Fraternitätssitzungen fern geblieben. Sonst wüsstet Ihr, dass Ihr mich und die

Ohrenbeichte nicht braucht. Ihr kennt die Bibel, habt sie sogar zu Hause. Ihr braucht mich nicht als Vermittler zwischen Gott und Euch. Sprecht selbst mit ihm.»

Johann von Schleußig hatte die Worte noch nicht ganz zu Ende gesprochen, da verließ er auch schon den Beichtstuhl. Verwirrt von diesem überstürzten Aufbruch, schlüpfte auch Eva hinter dem dunklen Vorhang hervor.

Der Priester erwartete sie.

«Was ist los? Warum verweigert Ihr mir die Beichte?»

«Gott weiß, dass dies nicht meine Absicht ist, Eva. Aber Ihr könnt selbst mit Gott sprechen. Habt Ihr nicht immer davon geredet, dass die Geistlichen ihre Macht missbrauchen? Nun, die Kirche muss sich wandeln, muss dafür sorgen, dass die Menschen den direkten Weg zu Gott finden. Ich will damit beginnen.»

Eva war stumm vor Erstaunen. Plötzlich fiel ihr ein, dass auch Ute neulich so gesprochen hatte. Von einer neuen Kirche hatte sie erzählt, als sie das letzte Mal bei ihr war und gefragt hatte, warum David und Eva den Sitzungen fern blieben.

Aber selbst mit Gott sprechen? Ihn ansprechen, als wäre er ein Verwandter oder enger Freund? Nein, das wollte sie nicht, das konnte sie nicht.

«Mir werden die Worte fehlen, um mit Gott zu sprechen», sagte sie. «Ich brauche Euch, Johann von Schleußig. Ihr müsst dem Herrn mein Anliegen vortragen. Und Ihr seid es auch, der mir meine Sünden vergeben kann und soll. Wenn ich allein mit Gott spreche, woher weiß ich dann, ob er mir vergeben hat?»

Der Priester lächelte. «Ich verstehe Euch, Eva. Dennoch ist es so, dass Ihr keinen Vermittler zwischen Euch und dem Herrn benötigt. Wenn Ihr aber die Beichte wollt, dann werde ich sie Euch nicht verweigern.»

Eva nickte dankbar. «Vielleicht werde ich eines Tages so mutig sein, um allein mit Gott zu sprechen. Vielleicht werde ich es eines Tages lernen.»

Johann von Schleußig aber hatte noch anderes auf dem Herzen. Stumm wies er auf eine Kirchenbank. Eva nickte und setzte sich neben den Priester. Johann von Schleußig seufzte. «Es fällt mir schwer, es Euch zu sagen, aber ich möchte Euch bitten, die Ratschläge Mattstedts nicht in den Wind zu schlagen.»

«Was wisst Ihr über das Testament meiner Mutter? Hat Mattstedt nicht einmal so viel Ehrgefühl, darüber zu schweigen?»

«Regt Euch nicht auf, Eva. Mattstedt hat nichts dergleichen gesagt. Ihr selbst wisst, dass er kein Schwätzer ist. Er ist ein Ehrenmann, der Euch sehr zugetan ist und sich um Euer Wohl sorgt. Deshalb, Eva, rate ich Euch, auf Mattstedt zu hören.»

Eva senkte den Kopf.

«Mattstedt möchte verhindern, dass ich David das Erbe übergebe», flüsterte Eva. Johann von Schleußig sah nach vorn zum Altar.

«Und David?», fragte er nach einer kleinen Weile. «Hat er das Erbe schon eingefordert?»

«Nun, die Werkstatt ist in eine Krise geraten. Wir brauchen das Geld. David selbst hat mich jedoch nie darum gebeten, ihm das Erbe zu übergeben.»

Sie warf den Kopf in den Nacken. «Und das braucht er auch nicht. Ich bin seine Frau. Was mir gehört, gehört auch ihm. Mattstedt mag ein Ehrenmann sein, doch frei von Eifersucht ist er nicht. Vom ersten Tag an hatte er etwas gegen David. Genau wie Heinrich, meine Mutter und wohl auch Ihr. Aber ich liebe ihn. Er ist mein Mann. Wir sind eine Einheit.»

Eva stand auf und wandte sich mit einer hochmütigen Geste ab.

Sie sah nicht, dass Johann von Schleußig ihr nachsah, den Arm nach ihr ausstreckte und ihn dann hilflos fallen ließ.

Wenige Tage später war Evas Erbe auf David übergegangen.

Nur ein einziges Mal kam ihr der Gedanke, dass sie nun nichts mehr hatte, mit vollkommen leeren Händen dastand. Ihre Mutter war tot, der Stiefbruder ausgezogen, Susanne keine Freundin mehr. Eigentlich hatte sie nur noch sich. Und natürlich David und seine Liebe. Das war es doch, was sie immer gewollt hatte. Aber reichte es auch? Sie verdrängte diese Frage.

Hatte sie Dankbarkeit von David erwartet? Ja. Wenn sie ehrlich zu sich selbst war, dann musste sie sich eingestehen, dass sie nun, da sie alles für ihn gegeben hatte, im Stillen verlangte, er möge sie dafür entschädigen. Seine Liebe sollte all das, was sie aufgegeben hatte, gutmachen. Sie wollte es besser machen als ihre Mutter. Es konnte und durfte nicht sein, dass sie nun ärmer war als je zuvor.

Wenige Wochen später zeigte David ihr seine Liebe nur

noch, wenn er ihr das Haar schor. Ansonsten war er beschäftigt. Er liebe sie, sagte er, wenn Eva ihn fragte. Es gebe keinen Grund, daran zu zweifeln, aber er habe nun mal zu tun. Das war alles. Die Beiläufigkeit, mit der er sie behandelte, schmerzte Eva.

Außerdem war ihr aufgefallen, dass sie nicht mehr von so vielen Leuten auf der Straße gegrüßt wurde.

«Sie ist von Gott gestraft», tratschten die Wäscherinnen am Brunnen, und Susanne hatte nichts Besseres zu tun, als Eva alles zu berichten.

«So lange ist sie schon verheiratet und hat noch immer kein Kind. Und seht nur, wie sie rumläuft! Kein Wunder, dass ihr Mann nackte Menschen auf seine merkwürdigen Sachen bringt. Der Herr hat ihr den Schoß vertrocknen lassen. Weiß der Himmel, wofür sie gestraft wird.»

Offenbar hatte Susanne auch David davon erzählt, denn er fand plötzlich, dass es ihre Schuld sei, dass niemand die Silberwaren aus ihrer Schmiede haben wollte.

«Es ist nicht gut, dass du im Gerede bist. Die Leute wollen nichts kaufen von einer, über die sich die ganze Stadt das Maul zerreißt. Am besten ist es wohl, wenn du dich nicht mehr draußen zeigst.»

Eva war wie vor den Kopf geschlagen. Sie verstand Davids Verhalten nicht.

«Alles würde anders, wenn ich endlich ein Kind hätte, David. Warum verwehrst du mir diesen Wunsch?»

Sie ging auf ihn zu, umklammerte ihn, bedeckte sein Gesicht mit Küssen.

Er stieß sie von sich. «Willst du immer noch mehr, als du schon hast? Reichen dir die Zwillinge nicht?»

«Es ist normal, dass eine verheiratete Frau ein Kind haben möchte. Wie schön wäre es, einen kleinen Jungen oder ein kleines Mädchen zu haben, das unsere besten Eigenschaften in sich vereint.»

David blickte sie abschätzig an. «Du kannst nicht genug bekommen. Ich wusste vom ersten Augenblick an, dass die Wollust in dir haust. Nicht um das Kind geht es dir, sondern um den Samen meiner Lenden. Gut, du sollst bekommen, was du willst.»

Er stieß sie auf das Bett und ging zu der Anrichte. Unter lautem Knarzen öffnete sich eine Lade.

«David. Bitte nicht. Du hast gesagt, wir müssten verhüten, weil die Zeit für ein Kind noch nicht gekommen sei. Jetzt haben wir alles. Bitte, mach die Lade wieder zu.»

David hörte nicht auf Evas Worte.

Sie lag auf dem Bett, unfähig, sich zu rühren. Sie hasste die Mittel, die David zur Verhütung anwandte. Wie oft schon hatte er ihr den Muttermund mit fein gehacktem Gras oder Steinen verstopft? Wie oft schon hatte er Ringe aus Holz oder Leder in ihren Schoß eingeführt?

«Bitte, David, wenn du noch kein Kind haben möchtest, dann nimm die Überzüge aus Tierdarm. Bitte. Die Ringe tun so weh!»

Doch David ließ sich nicht beirren. Er holte die selbst gemachten Pessare aus der Lade, kam zu Eva, schlug den Rock hoch, sodass der Stoff ihr Gesicht verdeckte. Dann spreizte er ihre Schenkel, hantierte an ihrem Schoß. Eva schrie vor Schmerzen auf, als er roh in sie eindrang.

Als es vorbei war, ging er ohne ein Wort.

Einige Wochen später übernahm David die Leitung der Werkstatt. Meister Faber war gegangen, obwohl Eva versucht hatte, ihn zum Bleiben zu bewegen.

«Nein, Silberschmiedin, ich gehe. Von der neuen Zeit, die hier in der Werkstatt Einzug gehalten hat, verstehe ich nichts. Ein guter, ehrlicher und gottesfürchtiger Handwerker war ich mein Leben lang. Mit den Sachen aber, die der neue Meister macht, kann ich nichts anfangen.»

Meister Faber war nicht der Einzige, der so dachte. Die Waren aus ihrer Schmiede verkauften sich nicht. Sie waren aus dem besten und teuersten Material, doch die Leipziger konnten sich wohl mit der Verzierung nicht anfreunden.

Manchmal schien es Eva, als wolle David die Werkstatt ruinieren. Die Rohstoffe, Werkzeuge und all die anderen Sachen, die in einer Silberschmiede gebraucht wurden, waren im Überfluss und in bester Ausführung vorhanden. Doch die Auftragsbücher leerten sich, während die Regale mit den fertigen Waren überquollen.

David hatte alle Feuerknechte, den Aufbereiter, den Gesellen fortgeschickt. Nur Heinrich und die beiden Mädchen behielt er.

Dann beauftragte er Bärbe, die Verkaufsräume zu putzen und zu schmücken. Er verhängte die Wände mit weißen Tüchern, stellte einige ebenfalls mit weißen Tüchern umschlungene Baumstämme und andere Sachen, die als Sockel taugten, in den Verkaufsraum, und verteilte zum Schluss die Gold- und Silberwaren darauf.

Zufrieden stand er im Raum und schenkte den Menschen, die von draußen zu ihm hereinspähten, keinerlei Beachtung.

«Was hast du vor?», fragte Eva.

«Was wohl? Die Messe steht vor der Tür. Fremde werden kommen, die den Geruch der Neuen Zeit mitbringen. Sie werden das Neue an meinen Waren erkennen und sie kaufen, während die tumben Sachsen noch immer das Wort Sünde wie einen fauligen Bissen Fleisch im Munde drehen.»

Eva nickte. Die Geldlade war leer, die Regale waren voll. Um diesen Zustand umzukehren, mussten die Waren verkauft werden. Dann hätten sie keine Sorgen mehr.

Als die Messe begann, kam Ute, um sich den Verkaufsraum anzusehen. Sie ließ ihren Blick auch über Eva schweifen. «Dich bedrückt etwas. Willst du mir nicht sagen, was es ist?»

Eva biss sich auf die Unterlippe und schüttelte den Kopf. «Nein, mit mir ist alles in Ordnung. Nur ein Kind hätte ich gerne.»

«Nicht immer klappt es auf Anhieb. Hab Geduld, Eva. Bald schon wirst du schwanger sein.»

«Das ist es nicht», widersprach Eva leise. «David möchte kein Kind.»

«Nicht?» Ute war bestürzt. «Aber warum denn nicht? Liegt ihm nichts an einem Erben?» Eva schüttelte den Kopf. «Ich weiß es nicht.»

Ute sah die Freundin mitleidig an. «Ich würde dir gerne helfen, aber ich muss jetzt gehen. Die Kinder warten auf mich. Und dem Mann ist es auch lieber, dass ich zu Hause bin, wenn er kommt.»

Eva nickte und verabschiedete Ute an der Haustür.

Auf der Straße vor dem Haus tummelten sich Kaufleute aus aller Herren Länder. Spanier trugen nicht nur ihre Waren, sondern auch ihr Temperament zu Markte. Venezianerinnen prunkten mit Gewändern im griechischen Stil, die Burgunder erkannte man an den vom guten Wein roten Nasen und die Frankfurter, Nürnberger, Augsburger an den dicken Kontorbüchern, die sie unter dem Arm trugen und so sorgfältig wie Säuglinge hielten. Der Buchdrucker Kachelofen rollte ein mit Pech verschmiertes Fass vorbei, in dem er seine kostbaren Bücher aufbewahrte, und Andreas Mattstedt flanierte in Begleitung zweier Herren in teuren Hermelinschauben vorüber. Auch Jakob Fugger war dabei, vertieft in ein gestenreiches Gespräch mit den beiden fremdländischen Kaufleuten, deren slawische Züge ihre Herkunft verrieten. Vor der Eingangstür hielt Mattstedt kurz an, sah hinein und machte Anstalten, den Laden zu betreten. Doch Eva wandte ihm den Rücken zu. Als sie wieder aufsah, war er längst weitergegangen.

Am liebsten wäre sie auf die Straße gerannt, Mattstedt und Fugger hinterher, hätte sich eingehakt bei einem der Männer und wäre die Hainstraße hinuntergeschlendert und hätte alle Grüße erwidert, die man ihr entbot.

Es war lange her, dass sie gegrüßt wurde, dass man ihr Respekt und Achtung für ihre Arbeit gezollt hatte.

Ein Geräusch hinter ihr schreckte sie auf. Es war David, der aus der Werkstatt gekommen war.

«Und?», fragte er und sah sich im Verkaufsraum um. «Wie viele Stücke hast du verkauft?»

Eva zeigte auf die Sockel, die allesamt noch voll gestellt waren. «Sieh selbst!»

David blickte sich um und wurde rot vor Zorn. «Es muss an dir liegen, dass das Zeug niemand haben will», bellte er. «In der ganzen Stadt werden Silberwaren angeboten, die nicht weniger Nackte zeigen als meine Sachen. Die Italiener haben Aquamanilen mitgebracht, auf denen sich die Götter der Griechen in aller Blöße tummeln. Bacchantinnen und Satyrn prunken auf Schalen und Gefäßen. Der Gott Amor schießt seine Pfeile von den Schmuckstücken am Halse der schönsten Damen ab. Nur hier, nur bei uns kauft niemand. Kannst du mir das erklären?»

Eva schüttelte den Kopf und schluckte die Worte, die ihr auf der Zunge lagen, herunter. Sie war ja selbst Silberschmiedin, wusste, dass die Waren der Italiener eine bestimmte Leichtigkeit ausdrückten, eine ätherische Schönheit, die Davids Sachen fehlte. Obwohl er ein Meister seines Faches war, ging von all seinen Stücken etwas Dunkles und Bedrohliches aus. Die Nackten auf seinen Silberwaren hatten etwas Animalisches an sich. Nein, so etwas wollte niemand im Hause haben.

Eva spürte das alles, doch sie wusste, dass David es nicht verstehen würde.

Stattdessen sagte sie: «Fugger und Mattstedt sind eben vorübergegangen», sagte sie. «Es hatte den Anschein, als wollten sie hereinkommen. Zwei Messfremde waren bei ihnen. Sie waren ins Gespräch vertieft. Womöglich statten sie uns auf dem Rückweg einen Besuch ab.»

In Davids Augen funkelte es. «Fugger und Mattstedt?», fragte er nachdenklich.

«Steh auf, steh schon auf», forderte er wenige Augenblicke später.

«Warum?»

«Ich will, dass du dich in die Tür stellst. Nimm einen Pokal oder was immer du willst. Wenn Fugger vorbeikommt, so biete ihm den Pokal als Geschenk an. Gefällt er nicht, gut, so soll er sich etwas anderes aussuchen.»

Eva zögerte. Wenn sie tat, was David verlangte, kam dies einer Bankrotterklärung gleich. Dann war offensichtlich, was alle anderen längst vermuteten: Die Silberschmiede war am Ende.

Doch was sollte sie sonst tun? Es gab wohl keine andere Möglichkeit, um sich ins Gespräch zu bringen. Schlimmer, als es jetzt war, konnte es nicht mehr werden.

Sie stand auf, nahm eine Mantelschließe, die ihr von allen Sachen am gelungensten erschien. Ein Zentaur war darauf abgebildet, dessen Maul gleichzeitig den Verschluss bildete. Das Geschlecht ragte groß zwischen den Hinterbeinen hervor, doch wenn man nur flüchtig hinschaute, dann sah man das Obszöne daran nicht.

«Gut, ich werde es versuchen», sagte Eva, hüllte die Schließe behutsam in ein Läppchen aus Samt und stellte sich in die offene Tür.

Sie fühlte sich ein wenig wie eine der Frauen, die während der Messe in den Torbögen warteten und einen gelben Schal an der Kleidung trugen. Statt des Hurenzeichens hatte sie eine Mantelschließe in der Hand.

Nach einer halben Stunde, die ihr unendlich lang vorkam, tauchten Mattstedt und Fugger mit den beiden Messfremden wieder auf.

Eva brach der Schweiß aus, doch sie konnte Davids Blicke in ihrem Rücken spüren.

«Ah, die Tochter der Pelzhändlerin. Gott zum Gruße», sagte Fugger, als sie zu ihm trat.

Unter seinem Blick fühlte sich Eva noch unbehaglicher. «Wie geht es Euch?», fragte der Augsburger Kaufmann.

«Ich habe alles, was ich mir je gewünscht habe», antwortete Eva und zwang sich ein Lächeln ins Gesicht.

Sie begrüßte die Messfremden, denen das Erstaunen über eine Frau, die wie eine Nonne gekleidet war und den großen Jakob Fugger anzusprechen wagte, anzumerken war. Für Mattstedt aber hatte sie nur ein kurzes Nicken übrig.

«Ich habe ein Geschenk für Euch», sagte Eva steif zu Fugger und reichte ihm die Schließe.

Neugierig schlug er das Läppchen zurück und betrachtete das Schmuckstück.

«Von dieser Art sind also die Dinge, die der Eure macht», sagte er. Sein Gesicht zeigte keine Regung. Er sah sie an, dann reichte er ihr die Schließe zurück.

«Nehmt sie wieder mit, Silberschmiedin Eva. Wie Ihr ausschaut, bekäme es Euch besser, das Stück zu verkaufen. Vergebt mir, dass ich keinen Bedarf an Schließen habe und auch die Eure nicht brauche.»

Scham schoss in Eva hoch. Sie wagte nicht, einen der Männer anzublicken. «Ich habe verstanden», flüsterte sie und wollte sich abwenden. Doch einer der Messfremden hielt sie am Arm fest und drückte ihr einen Goldgulden in die Hand. In seiner Miene sah sie Mitleid. Sie starrte auf das Geldstück in ihrer Hand, dann warf sie es zu Boden, als hätte es ihre Hand versengt, und rannte ohne Gruß zurück ins Haus.

Am Abend holte David sie in die Werkstatt. «Du hast Fugger verprellt», hielt er ihr vor. «Durch deine Ungeschicklichkeit werden wir auf dieser Messe nichts verkaufen. Du bist schuld, Eva. Deiner Mutter wäre das nicht passiert.»

«Warst du es nicht, der gesagt hat, ich solle mich von meiner Mutter lösen?», fragte sie.

«Ja, von ihrem Einfluss. Doch auch Sibylla hatte ihre Stärken.»

Dann rührte er Ton an und begann, Abdrücke von ihren Gliedmaßen zu machen. Eva saß auf dem Schemel und ließ es geschehen. Sie saß da wie tot. Sie fühlte nichts mehr. Keine Scham, keine Kälte, keine Trauer, keine Liebe.

Von diesem Abend an begann David damit, Abdrücke aus Ton von Evas Körperteilen zu nehmen. Aus den Fingern und Armen schuf er im Frühjahr Bestecke und Küchengeräte, die Füße dienten im Sommer als Böden für Pokale, und ihre Hände wurden in den Herbststürmen zu Schalen verwandelt.

Sie hatte aufgehört, sich dagegen zu wehren, weil sie wusste, dass David sie nicht verstand. Doch der Gedanke, dass jeder, der es wollte, ihre Füße, Hände, Finger und Waden berühren konnte, verursachte ihr Ekel. Manchmal wusste sie selbst nicht genau, was sie mehr anwiderte: die Waren oder die wenigen Leute, die diese kauften.

Als der erste Schnee fiel, bekam Eva rote Flecken an den Stellen, mit denen der Ton in Berührung kam. Ihre

Haut wurde trocken und schuppig, juckte und brannte, obwohl sie ihren Körper danach stets mit der Ringelblumensalbe, die Adam für sie hergestellt hatte, einrieb. Zum neuen Jahr waren Evas Waden beide so entzündet, dass David davon keine Abdrücke nehmen konnte.

«Priska», rief David und winkte dem kleinen Lehrmädchen.

Sie kam herbeigeeilt. Er hieß sie, das Kleid bis zu den Knien hochzuziehen, damit er ihre Waden betrachten konnte. Priska tat es zögerlich. Sie wagte nicht, dem Meister zu widersprechen. Ihre Wangen waren vor Scham hochrot, und sie stellte sich so, dass außer David niemand ihr nacktes Bein sehen konnte.

Regina hatte bemerkt, was David vorhatte. «Meister, nehmt mich! Nehmt mich!», bat sie und schubste Priska zur Seite.

«Nimm Regina», mischte sich nun auch Eva ein. «Du siehst doch selbst, dass sie sich danach drängt. Priska würdest du nur quälen.»

«Ach ja? Ist es eine Qual, für die Ewigkeit festgehalten zu werden? Geschieht ihr ein Leid, wenn ich ihre Wade in Silber gieße?»

«Ja!», sagte Eva. «Auch ich möchte meine Glieder nicht in Küchengeräten wiederfinden.»

David erwiderte zornig: «Hast du einen besseren Einfall? Hattest du jemals einen Einfall? Etwas, was aus dir selber kam? Nein! Immer hast du nur gemacht, was andere machen, immer gedacht, was andere denken. Du bist ein Abbild. Mehr nicht, Eva.»

Eva schluckte und schwieg. Es war richtig. Sie hatte

keine Einfälle, verfügte nicht über die Schöpferkraft ihrer Mutter. Wozu war sie eigentlich nütze?

David hatte sich in Rage geredet. «Der Mensch ist das Maß aller Dinge. Daran glaubst doch auch du, Eva? Oder nicht?», fuhr er fort.

Sie nickte.

«Gut. Wenn der Mensch das Maß aller Dinge ist, warum dann nicht auch das Maß für Pokale und Kelche?»

Eva schloss die Augen. Sie wusste nicht, was sie dazu sagen sollte. Wieder klangen Davids Worte richtig, und wieder fühlten sie sich falsch an.

David befahl Priska barsch, sich mit nackten Beinen auf einen Schemel zu setzen. Regina aber, die ihren Anspruch auf Ewigkeit noch nicht verloren geben wollte, brachte eine große Schüssel nassen, kalten Ton und hockte sich neben Priska.

David befühlte die Waden der Zwillinge.

Priska hatte die Augen geschlossen und die Zähne fest zusammengebissen. Ihre Hände krallten sich um den Schemel, sodass ihre Fingerknöchel weiß hervorstachen.

Regina aber kicherte, als Davids Hände sie berührten. Sie rutschte auf dem Hocker bis ganz nach vorn und spreizte die Schenkel ein wenig.

Sie ist von Grund auf verdorben, dachte Eva. Der Geruch der Vorstadt hängt ihr wie Pech in den Kleidern.

Sie trat hinter Priska und streichelte deren Schulter. Tränen quollen zwischen den Lidern der Kleinen hervor.

«Warte, ich helfe dir», sagte sie zu David, kniete sich neben die Tonschüssel und bestrich Priskas Waden.

Am nächsten Morgen in der Werkstatt tat David, als hätte er die Szene vom Vortag vergessen. Er scherzte mit Eva und Regina, lobte Priska für ihre Arbeit und hatte sogar für Heinrich ein freundliches Wort. Gegen Mittag verließ er die Werkstatt, um Besorgungen zu erledigen.

«Warum tut er das?», fragte Priska, kaum dass er weg war.

Eva wusste genau, was das Mädchen meinte.

«Er will Neues schaffen. Überall werden neue Dinge erfunden. Bücher werden gedruckt, neue Länder entdeckt. David ist einer der Ersten, die die neue Zeit in den Alltag bringen wollen. Deshalb nimmt er unsere Glieder als Modell.»

«Meint Ihr, die besten Vorlagen liefert die Natur?»

Eva nickte und konnte die Traurigkeit in ihrer Stimme nicht mehr unterdrücken. «Er möchte die Schönheit festhalten. Bald werden sich unsere Körper verändern. So, wie sie jetzt gerade sind, sind sie nur in diesem Augenblick. Verstehst du das?»

Priska schüttelte den Kopf. «Warum malt er keine Bilder? Warum fertigt er stattdessen Masken von unserem Körper?»

Das Wort Maske traf Eva wie ein Schlag.

«Er macht keine Masken. Gott weiß, dass David so etwas nicht tut. Er nicht und auch kein anderer, den wir kennen. Sag so etwas nie wieder. David fertigt Gegenstände an. Mit Masken hat er nichts zu tun. Genauso wenig wie Adam», fuhr sie auf.

Priska sah Eva an, sagte leise: «Ja, Silberschmiedin», und strich ihr tröstend über den Arm.

Diese Geste erschütterte Eva so, dass sie aufsprang und aus der Werkstatt hinauf in die Schlafkammer floh.

Oben verriegelte sie die Tür. Dann hob sie das schwarze Tuch vom Spiegel und betrachtete sich darin. Sie erkannte sich nicht wieder. War sie diese ausgemergelte Frau in dem schäbigen Gewand?

«Wer bin ich?», fragte sie leise. «Bin ich jetzt Eva?»

Es tat weh, sich so zu sehen. Schließlich nahm sie sogar die Haube vom Kopf.

«Ich habe keine Haare mehr», flüsterte sie. «Meine Glieder gehören nicht mehr mir, sondern der ganzen Stadt. Ich habe nichts mehr. Nur noch Davids Liebe. Warum bin ich nicht glücklich damit? Habe ich nicht das, was ich immer gewünscht habe?»

Plötzlich sah sie im Spiegel, dass der Deckel ihrer Kleidertruhe nicht richtig geschlossen war.

Sie drehte sich um, ging zur Truhe und öffnete sie. Sie war leer. Wo waren ihre Kleider? Ihre Haarbänder, Gürtel, Taschen, Schließen, Umhänge und Schuhe? Der Überwurf aus Pelz? Wo das Kleid aus weißem Mailänder Samt? Eva war entsetzt.

Sie schlug die Truhe zu, verhängte den Spiegel, entriegelte die Tür, setzte sich auf das Bett und wartete.

Es dauerte lange, bis sie Davids Schritte hörte.

«Wo sind meine Kleider? Wo die anderen Sachen, die in der Truhe lagen?», fragte sie, noch bevor er die Tür hinter sich geschlossen hatte.

«Du brauchst sie nicht mehr», antwortete David.

«Sie gehören mir», erwiderte Eva.

«Nein, alles in diesem Haus gehört mir. Auch der Inhalt

der Truhen. Deine Kleider und die anderen Sachen habe ich Susanne geschenkt.»

«Aber es sind meine Kleider», wiederholte Eva bestürzt und trotzig zugleich. «Du hättest sie nicht wegschenken dürfen.»

«Du hast mich», sagte er. «Ist das nicht mehr als das, was Susanne hat?»

Eva nickte.

«Lass mir ein Kleid. Ein einziges nur», bat sie. «Lass mir das, was ich an unserer Verlobung getragen habe. Ich möchte es zur Erinnerung an diesen Tag behalten.»

David sagte nichts.

«Es war der glücklichste Tag meines Lebens», fügte Eva hinzu. «Dieses Kleid soll mich für immer daran erinnern, dass ich früher als deine Verlobte noch auf dem Platz stand, den mir das Leben zugewiesen hat. Nun aber stehe ich auf dem Platz, den ich mir gesucht habe.»

Davids Blicke glitten über ihr Antlitz, als wolle er hinter ihrer Stirn lesen. Schließlich nickte er. «Ich werde Susanne sagen, dass sie das grüne Kleid herausgeben soll. Ohnehin würde es ihr wohl nicht passen.»

«Danke, David.»

«Küss mich!», forderte er, und Eva berührte mit ihren Lippen zitternd seinen Mund.

Am nächsten Tag präsentierte sich Susanne in einem von Evas Kleidern.

«Nun, wie gefalle ich dir?», fragte sie und drehte sich vor Eva. «Steht es mir nicht gut, dieses Kleid? Passt es nicht, als wäre es für mich gemacht?»

Eva schluckte, dann sagte sie tapfer: «Ja, Susanne. Dieses Kleid passt zu der Frau, die du immer sein wolltest.»

Als Eva am Mittag über den Markt ging, traf sie Andreas Mattstedt. Zum ersten Mal seit vielen Monaten erwiderte sie seinen Gruß.

Kapitel 16

Das Jahr 1500 begann, ohne dass das auf Flugblättern verkündete und von der Kanzel gepredigte Weltenende als Strafe für die sündige Menschheit eintraf.

Dafür breitete sich die Franzosenkrankheit in Leipzig aus. Sogar einen Professor der Universität hatte sie geholt. Somit hatten die Priester einen neuen Beleg für die Sündhaftigkeit der Welt und insbesondere des triebhaften Weibes. Die Leute strömten nach jeder Predigt in Scharen zu den Ablassverkäufern.

Im April dann schienen sich die Worte der Geistlichen zu bewahrheiten. Zum großen Entsetzen der Leipziger zeigte sich ein Komet über der Stadt.

War das Weltenende nur verschoben?

Oder war der Komet ein von Gott gesandter Vorbote des Todes von Herzog Albrecht, der am 11. 9. mittags um 11 Uhr starb?

Die Leiche des 58-jährigen Herrschers wurde knapp vier Wochen später mit großem Pomp nach Leipzig gebracht und von dort weiter nach Meißen überführt.

Auch David und Eva waren bei dem Spektakel zugegen.

Eva wäre lieber zu Hause geblieben, doch David hatte ihr befohlen, ihn zu begleiten.

«Willst du dich verstecken?», hatte er gefragt. «Die Leute sollen sehen, dass wir nichts zu verbergen haben. Du kommst mit und wirst jedem zulächeln, der dir begegnet.»

Das hätte Eva gern getan, doch es gab niemanden, der sie ansah. Die Leute wichen ihrem Blick aus. Nicht ein einziger Gruß wurde ihnen entboten. Fast schien es ihr, als bildeten sich überall dort, wo sie gingen, Gassen.

So wie für den Herzog, der tot in seinem Sarge lag.

Sind wir auch tot?, fragte sich Eva. Sie wäre am liebsten davongelaufen, als sie Mattstedt sah. Doch David zerrte sie weiter. «Grüß Gott, Eva. Grüß Euch Gott, Silberschmied», sagte Mattstedt, als sie auf gleicher Höhe waren. Er lüpfte sogar sein Barett und lächelte Eva zu.

Ein paar Handwerker, die vorübergingen, grüßten nun ebenfalls, doch Eva wusste, dass sie das nur taten, weil der Ratsherr in der Nähe war.

Herzog Georg, der Bruder Albrechts, regierte nun allein und verfügte, dass zum Ende des Jahres in Leipzig Goldgulden mit Stadtwappen und Jahreszahl geprägt werden sollten.

Die Werkstatt in der Hainstraße ging bei der Auftragsvergabe leer aus. So wie meist in den letzten beiden Jahren.

David mochte ein guter Silberschmied sein, ein guter Geschäftsmann war er nicht. Gleichgültig schien es ihm zu sein, dass die Waren, die er fertigte, nur selten verkauft wurden. Auch hatte er kein Verständnis dafür, dass man sich mit der Innung, die dafür sorgen sollte, dass alle Aufträge gleichmäßig auf die Werkstätten verteilt wurden, gut stellen musste. Seit Mattstedt sich zurückgezogen hatte, wurde die Silberschmiede in der Hainstraße immer öfter übergangen, und David hatte nichts dagegen getan.

Dazu kam, dass David zu viel Geld ausgab. Nur die besten Rohstoffe und die teuersten Steine waren ihm gut genug. Als das Geld immer knapper wurde, fasste Eva sich ein Herz und versuchte ihn auf diesen Missstand hinzuweisen.

«Willst du mir vorschreiben, wie ich zu arbeiten habe?», war seine einzige Reaktion. Dann wandte er sich wieder einem Aquamanile zu, das niemand bestellt hatte, und versah es mit einer Badeszene. Eva ließ er mit ihren Sorgen allein.

Sie hatten sogar die Erträge der Annaberger Kuxen aufgebraucht. Es war nicht möglich, weiteres Silber aus dem Erzgebirge nach Leipzig zu holen. Ohnehin genügte die Qualität Davids Ansprüchen nicht. Silber aus den Ostländern wollte er. Mit dem Kupfer war es nicht anders. Wollte Eva etwas von dem Mansfeldischen kaufen, so weigerte sich David, dieses zu verarbeiten, und bestellte über die Fugger-Faktorei Kupfer aus dem Ungarischen.

Doch nicht nur in der Werkstatt hatte Eva nichts mehr zu sagen. Sie hatte auch die Macht der Hausfrau eingebüßt. Susanne führte sich als Meisterin auf. Sie brachte auf den Tisch, was immer sie mochte. Die Wäsche wurde gewaschen, wann Susanne es befahl, um neue Kleider wandte sie sich nicht an Eva, sondern an David, der in dieser Beziehung ebenso großzügig war wie beim Einkauf von Edelmetallen.

Eva hatte keine Lust mehr, sich ewig mit Susanne auseinander zu setzen. Sie hatte aufgehört, sich zu beklagen. Stattdessen versuchte sie, ihr aus dem Weg zu gehen.

Sie hatte ja Davids Liebe. Obwohl – so sicher war sie sich da nicht mehr. Schon lange hatte er nicht mehr ihr Lager geteilt. Habe ich ihn verloren?, fragte sie sich und erschrak. Sie hatte doch nur noch ihn.

Eines Abends im Winter nahm sie, als sie zu Bett gegangen waren, ihren Mut zusammen und drängte ihren Körper an den seinen. Ihre Hand glitt über seinen Leib, ihr Mund bedeckte sein Gesicht mit Küssen.

David hielt ihre Hand fest, drehte das Gesicht zur Seite. «Ich bin müde», wies er sie ab.

«Warum weichst du mir aus?», fragte Eva. «Ich will endlich ein Kind von dir.»

David stand auf und entzündete die kleine Öllampe und mehrere Leuchterkerzen.

«Es ist nicht die Zeit für ein Kind», sagte er mürrisch.

«Warum nicht?», fragte sie. «Was muss noch passieren, bis die richtige Zeit gekommen ist?»

David antwortete nicht. Er richtete sich auf. Das Licht fiel auf seine Schamgegend und auf die zahlreichen roten Flecken, die dort entstanden waren. Einige waren so groß, dass sie wie Geschwüre aussahen. Eva erschrak und drehte sich auf die andere Seite.

Kurz darauf stieg auch David ins Bett. Stumm lagen sie da, mit den Rücken zueinander.

Wenige Tage später brach David zu einer Reise ins Erzgebirge auf, um Silber zu beschaffen. Eva hatte nicht gefragt, wie er das bewerkstelligen wolle, sie war froh, ein paar Tage für sich zu sein.

Denn nur, wenn David weg war, wagte sie es, das schwarze Tuch zu entfernen. In Davids Augen, die ihr Spiegel sein sollten, erkannte sie sich schon lange nicht mehr. Nur Teile von sich sah sie darin, als wäre sie für David überhaupt keine Person, sondern bestünde nur noch aus Einzelteilen.

Manchmal dachte Eva an die Zeit vor ihrer Hochzeit zurück. Der Spiegel hatte sie verdoppelt, hatte sie kostbar gemacht. Damals hatte es sie zweimal gegeben. Sie war im Überfluss verhanden und hatte nur darauf gewartet, sich zu verschenken.

Jetzt war das anders. Jetzt hatte sie nichts mehr, was verschenkt werden konnte. Alles gehörte David bereits, alles trug sein Zeichen. Auch ihre Haut.

Doch nicht heute Abend, sagte sich Eva entschlossen und schob alle trüben Gedanken und Sorgen zur Seite.

Heute Abend würde sie mit Andreas Mattstedt zu einem Ball im Rathaus gehen. Sie hatte zwar Furcht davor, sich den Leuten, die sie nicht mehr grüßten, zu zeigen. Doch sie wusste, dass nur ihre Präsenz dieses Verhalten ändern konnte.

Eva hatte das schwarze Tuch vom Spiegel genommen und das grüne Kleid angezogen. Es passte ihr noch, doch der Stoff fiel loser als vor wenigen Jahren.

Sie drehte sich vor dem Spiegel, zupfte den Gürtel zurecht und hätte gern etwas von der roten Paste gehabt, um sich damit die Lippen und die Wangen zu schminken, doch sie besaß keine solche Paste mehr.

Der Abendwind drang durch das geöffnete Fenster ein und fuhr über ihren Ausschnitt. Eva erschauerte. Sonst trug sie ja immer die hochgeschlossenen Gewänder. Sie lächelte, als sie merkte, dass ihre Brustwarzen durch die Kühle fest wurden.

Gern hätte sie auch eine Kette gehabt, um ihren Ausschnitt damit zu schmücken, doch ihren Schmuck hatte sie verkauft.

Einen Augenblick lang überlegte sie, ob sie sich eine Kette aus der Werkstatt «borgen» sollte, doch die von David gefertigten Schmuckstücke waren für einen Ball der Ratsherren nicht geeignet.

Sie betrachtete sich noch einmal im Spiegel und fühlte sich plötzlich so leicht und fröhlich wie schon lange nicht mehr.

Heinrich würde dafür sorgen, dass sie unbemerkt aus dem Hause kam. Er war so froh gewesen, als Eva ihn in ihr kleines Geheimnis eingeweiht hatte. «Geht, Eva, amüsiert Euch. Ihr lacht viel zu selten. Eine junge Frau wie Ihr braucht Feste und schöne Kleider. Überlasst Regina und Susanne nur mir. Wenn der Ratsherr Mattstedt kommt, so könnt Ihr unbesorgt zur Haustür hinausspazieren.»

Eva hörte Schritte auf dem Pflaster vor dem Haus. Gleich darauf wurde der Türklopfer betätigt.

Sie drehte sich noch einmal um sich selbst, betrachtete hingerissen den Schwung des Kleides, dann eilte sie hinaus.

Mattstedt reichte ihr den Arm und half ihr in die Kutsche, mit der sie den kurzen Weg bis zum Rathaus fuhren.

Gemurmel entstand unter den Gästen, als Mattstedt mit Eva am Arm den Festsaal des Rathauses betrat.

«Die Silberschmiedin ohne ihren Gatten?», hörte sie eine Frau ihrer Nachbarin zuflüstern.

Ute umarmte sie herzlich, dann schob sie Eva ein Stück von sich weg und betrachtete sie. «Schmal bist du geworden, Eva. Erst in diesem Kleid sieht man, wie zart du bist. Geht es dir gut?»

Eva nickte. «Ja, Ute. Ich gebe mir alle Mühe. Das Fest werde ich genießen, da bin ich mir ganz sicher.»

Eva hatte sich nicht getäuscht; das Fest machte ihr großen Spaß. Sie tanzte, lachte, scherzte und grüßte möglichst viele Menschen. Keiner ging ihr aus dem Weg, niemand behandelte sie wie eine Ausgestoßene.

Sie war beinahe enttäuscht, als die Musiker ihre Instrumente zur Seite legten und das Fest zu Ende war.

Ausgelassen kam sie in die Hainstraße zurück. Das Haus lag im Dunklen. Kein Kerzenschein schimmerte durch die Ritzen der vorgeschlagenen Fensterläden, kein Geräusch war zu hören.

Beschwingt hastete Eva die Treppe hinauf und summte dabei ganz leise ein Lied, dessen Melodie ihr nicht aus dem Kopf ging.

Sie öffnete schwungvoll, aber leise die Tür zur Schlafkammer – und erstarrte!

David stand im Dunkeln mit dem Rücken vor dem geschlossenen Fenster.

Er sah sie an, doch er sprach kein Wort.

Unwillkürlich bedeckte Eva mit der Hand ihren großzügigen Ausschnitt. Nach einer unerträglich langen Minute des Schweigens fragte sie schließlich: «Du bist schon zurück?»

«Wie du siehst. Ich hatte auf einmal den Eindruck, hier dringender gebraucht zu werden als im Erzgebirge, und siehe da, mein Gefühl hat mich nicht getrogen.»

Eva räusperte sich, dann ging sie zur Anrichte und entzündete zwei Lichter auf dem großen silbernen Kandelaber. Sie hasste es, einem schwarzen Schatten gegenüberzustehen.

Als die Kerzen den Raum erhellten, erschrak sie. Davids Gesicht war kalkweiß. Beinahe hatte sie den Eindruck, seine Zähne mahlen zu hören. Eva atmete tief ein. Dann nahm sie die Haube ab, schmiss sie auf das Bett. Sie warf den kahlen Kopf nach hinten, sah David direkt in die Augen und sagte: «Ja, ich war auf einem Fest. Das erste Mal seit vielen Jahren. Deine Wünsche nach Nonnengewändern erfülle ich dir gern. Nun, jetzt hatte ich selbst einen Wunsch und war so frei, mir ihn zu erfüllen. Ich habe es für die Werkstatt, für uns getan. Die Leute sollten sehen, dass es uns gut geht. Bei fröhlichen Händlern kauft es sich besser.»

Wortlos stieß sich David vom Fensterbrett ab. Er packte Evas Handgelenk, sodass sie vor Schmerz leise aufschrie. Mit großen Schritten ging er zur Tür, zerrte Eva hinter sich her, ohne auf ihr Stolpern zu achten. Er schleifte sie durch den Flur, die Treppe hinunter, über den Hof bis zur Werkstatt. Dort stieß er sie auf einen Schemel, entzündete ein Öllämpchen und verschwand im Nebenraum.

Eva begann zu zittern. Sie wäre am liebsten davongelaufen, doch sie wagte es nicht. Schon kam David zurück, und Eva sah die altbekannte und gefürchtete Schüssel mit kaltem Ton.

«Was hast du vor?», fragte sie und legte ihre Arme schützend um ihren Leib.

David sagte noch immer kein Wort. Er trat dicht vor sie, zwang ihr die Arme auseinander, dann riss er an ihrem Ausschnitt, sodass das Kleid in Fetzen flog und Evas Brüste enthüllte.

David zog ihre Arme nach hinten und band sie mit einem Kälberstrick an den Handgelenken zusammen. In seinen Augen loderte noch immer der Zorn.

Mit beiden Händen griff er in die Schüssel, schmierte ihre Brüste mit dem kalten nassen Ton ein, der auf ihrer Haut brannte. Stumm arbeitete er, ohne sie anzusehen, nahm immer wieder eine Hand voll Ton und bestrich den Leib seiner Frau damit. Eva fror. Vor Müdigkeit schwankte sie ein wenig auf dem Schemel hin und her. Endlich hatte er die Abdrücke genommen und befreite Eva von den Fesseln. Ihre Handgelenke schmerzten. Sie hätte gern geweint, doch sie war zu erschöpft. Kaum hatte ihr Kopf das Kissen berührt, fiel sie in einen tiefen unruhigen Schlaf.

Zwei Tage später richtete David in der Werkstatt das erste Wort an seine Frau. Er zeigt ihr zwei Pokale, die die Form ihrer Brüste hatten.

«Wenn du dich unbedingt zeigen musst, wenn du vielleicht sogar danach gierst, dich berühren zu lassen, so werden diese Pokale dein Begehren für dich ausleben. Viele Männer werden mit beiden Händen nach deinen Brüsten greifen und daraus trinken.»

Eva erstarrte. Sie brachte kein Wort heraus.

David fuhr fort. «Du brauchst dich nicht sicher zu fühlen, wenn du glaubst, ich wolle die Pokale verkaufen. Oh, nein. Ich werde dafür sorgen, dass viele Männerhände dich berühren. Der Innung schenke ich diese Pokale. Der Fleischer- und Schlächterinnung.»

Eva erwachte aus ihrer Erstarrung, lief in ihr Zimmer und verlor das Bewusstsein.

Sie wusste nicht, wie spät es war, als sie wieder zu sich kam. Doch sie wollte die Augen nicht öffnen. Sie hatte Angst zu sehen und vor allem, gesehen zu werden.

Vorsichtig bewegte sie sich.

«Meisterin? Seid Ihr wach?»

Es war Priska. Eva schlug die Augen auf. Vor Priska hatte sie keine Scham. Obwohl die Kleine erst 16 Jahre alt war, hatte Eva den Eindruck, dass sie sie verstand. So, als hätte Priska die Weisheit einer alten Frau.

«Euer Bruder Adam hat nach Euch gefragt», sagte sie.

Eva nickte. «Das ist gut. Kannst du ihn holen? Er soll zu mir in die Kammer kommen.»

«Könnt Ihr noch ein wenig warten, Meisterin? Der Meister wird gleich zurück in die Werkstatt gehen. Es ist besser, wenn ich den Medicus Adam erst dann zu Euch rufe.»

Eva nickte dankbar und streichelte Priska die Hand. Für einen kurzen Moment schmiegte sich die warme Haut des Lehrmädchens an Evas. Es war tröstlich.

Eine halbe Stunde später erschien Adam.

«Wie geht es dir? Was ist geschehen? Bist du etwa guter Hoffnung?», fragte er.

Eva schüttelte den Kopf. «Nein, ich bekomme kein Kind.»

Sie bat Adam, sich neben sie zu setzen, und dann berichtete sie ihm, ohne ihn anzublicken, was David getan hatte.

Als sie fertig war, sprang Adam vom Bett auf und lief im Raum auf und ab. Vor der Anrichte blieb er stehen und hieb seine Faust darauf, sodass der Kandelaber wackelte.

«Ich werde nicht zulassen, dass diese Pokale in die Öffentlichkeit gelangen. Und wenn ich sie eigenhändig einschmelzen muss. Kein Gran nehme ich ihm von seinem Besitz, doch die Würde meiner Schwester werde ich wahren.» Mit diesen Worten lief er aus dem Zimmer.

Eva hatte Angst um ihn. Trotz ihrer Schwäche stieg sie aus dem Bett, atmete tief ein und eilte dann Adam hinterher.

Im Hof bot sich ihr ein denkwürdiger Anblick. Heinrich trat von einem Bein auf das andere. Priska und Regina hielten sich an den Händen, und Susanne hatte das Küchenfenster weit geöffnet und lehnte darin, um der Auseinandersetzung in der Werkstatt zu folgen.

«Eva ist mein Weib und mir untertan. Was ich mit ihr mache, ist allein meine Sache», brüllte David.

Und Adam schrie zurück: «Ich werde verhindern, dass du meine Schwester demütigst.»

«Ha! Und wie willst du das anstellen?»

Plötzlich wurden die Stimmen leiser. Doch Evas Gehör war so gut, dass sie trotzdem jedes einzelne Wort verstand.

«Du bist nicht der, der du zu sein vorgibst, David. An dir ist alles falsch. Und du verbirgst etwas. Ich werde herausfinden, was es ist. Die Stadt Halle liegt nur einen Tagesritt entfernt.»

«Und du, Adam Kopper, hast ebenfalls so einiges zu verbergen.»

An dieser Stelle brach das Gespräch ab, die Tür flog auf, und Adam stürmte hinaus.

Eva sah Heinrich an, und als er nickte, sagte sie laut: «Das Spektakel ist vorbei. Wir sollten nun alle wieder an unsere Arbeiten gehen.»

Sie scheuchte die beiden Mädchen in die Werkstatt, schlug Susanne das Küchenfenster vor der Nase zu und ging zurück ins Haus.

Sie sah gerade noch, wie Adam das Haus verließ.

Gleich darauf schlüpfte auch David aus der Tür. Neugierig lief Eva ans Fenster. Was hatte David vor? Sie spähte hinaus und erschrak. David folgte Adam im Schutz der Häuser. Eva warf sich einen Umhang über und eilte hinaus.

Adam hastete, gefolgt von David, durch einen unbewachten und unverschlossenen Seitenausgang des Rahnstädter Tores aus der Stadt und schlug den Weg zum Rosenthal ein, dem kleinen Wäldchen unweit der Stadtmauer.

Sie bemerkten Eva nicht, die ihnen hinterherschlich. Als Adam in einen kleinen Seitenweg abbog und an eine Holzhütte klopfte, versteckte sich Eva hinter einem Baum.

Ein junger Mann in der Kutte eines Geistlichen öffnete die Tür. Das war ungewöhnlich genug, doch dass der Mann Adam zur Begrüßung um den Hals fiel und seine Lippen fordernd auf den Mund ihres Bruders legte, war nicht nur ungewöhnlich, sondern schlicht unbegreiflich.

Sie schloss die Augen und flüsterte leise ein Gebet vor sich hin. Doch das half alles nichts. Als sie die Augen wieder öffnete, verschwanden die beiden Männer eng umschlungen in das Innere der Hütte, und David stand gebeugt unter dem Fenster und spähte hinein.

Eva legte beide Hände auf die raue Rinde des Baumes, um sich zu beruhigen. Ihr Herz raste. Was hatte das zu bedeuten? Was würde David jetzt tun? Panik überkam sie. Sie riss sich los und floh zurück in die Stadt.

Erst im Schutze des Bettes offenbarte sich das Ungeheuerliche, das sie gesehen hatte, in vollem Umfang.

Ihr Bruder Adam war ein Sodomit, einer, der der größten Sünde frönte, der widernatürlichen Unzucht. Jedes Kind wusste, was geschah, wenn herauskam, dass Adam einen anderen Mann liebte. Der Scheiterhaufen war ihm gewiss. Sodomiten wurden verbrannt, das sündige Fleisch musste zur Asche werden, die sündigen Gedanken zu Rauch.

Der Gedanke an Feuer und Folter schnürte Eva die Kehle zu. Sie musste Adam helfen. Er war ihr Bruder. Und war es nicht gleichgültig, wen man liebte? Sie stockte bei diesem Gedanken. War nicht das, was David mit ihr machte, auch eine Form der Sünde? Versündigte er sich nicht an ihr, wenn er sie ihrer Würde beraubte?

Als sie David nach Hause kommen hörte, stellte sie sich

schlafend und wartete voller Angst und Grauen auf den nächsten Morgen.

Das Frühstück verlief in der gewohnten Schweigsamkeit, nur hin und wieder von Reginas Vorwitz unterbrochen.

Eva beobachtete David aufmerksam. Sie musste herausfinden, was er vorhatte. Aber David war wie immer.

Als das Mahl beendet war, suchte Eva nach einer Gelegenheit, ihren Bruder zu warnen. Doch David ließ sie nicht aus den Augen, als ahnte er, was sie vorhatte. Schließlich wurde es Abend.

Priska fegte die Werkstatt, Eva bürstete die Lederschürzen aus, und Heinrich war im Hof verschwunden, um das Brennholz für den nächsten Tag zu spalten. Regina aber hatte sich schon vor einer ganzen Weile mit der Ausrede, Besorgungen für Susanne erledigen zu müssen, aus dem Staub gemacht.

Plötzlich stand Adam in der Tür. Er zeigte mit dem Finger auf die beiden Pokale. «Ich kaufe sie dir ab», sagte er. «Wie viel willst du für die Würde meiner Schwester?»

David lachte. «Du wagst es, von Würde zu sprechen? Ausgerechnet du! An deiner Stelle würde ich mein Bündel schnüren und zusehen, dass ich noch vor dem Abendrot die Stadttore hinter mir lasse.»

«Ich weiß nicht, was du meinst», erwiderte Adam ruhig. «Nenn mir den Preis für die Pokale.»

«Sie sind nicht verkäuflich. Und schon gar nicht an einen, der widernatürliche Unzucht betreibt.»

David stützte die Fäuste auf seine Werkbank und blickte Adam herausfordernd an.

Adam begann zu zittern. In seinen Augen stand nackte Angst.

«Na, Schwager, was sagst du jetzt? Möchtest du noch immer die ‹Würde› meiner Frau verteidigen?»

David lachte. Der Triumph verwandelte sein Gesicht in eine Fratze.

Adam war blass vor Wut geworden.

«Überlege dir genau, was du tust, Silberschmied. Gib die Pokale heraus, und ich vergesse, was in einem Schreiben vom Rat der Stadt Halle stand, das ich kürzlich erhielt. Es ging darin um einen Goldschmiedelehrling, der aus der Stadt fliehen musste, weil seine unehrliche Abkunft offenbar geworden war. Sogar einen Schandbrief gab es, der an sämtlichen Kirchentüren angeschlagen war. Wie du selbst weißt, kommt ein solcher Schand- oder Schmähbrief einer Morddrohung gleich.»

Jetzt war es David, der blass wurde.

«Ein Exemplar des Briefes fand sich noch in der Zunftlade der Goldschmiede. Er wird gut aufbewahrt, schrieb mir der Zunftmeister. Der Geschmähte, so heißt es weiter, stammte aus Naumburg. Ein Lügner und Betrüger sei er gewesen.»

Mit jedem Wort gewann Adam an Sicherheit zurück.

«Du weißt wohl», sprach Adam weiter und trat auf die andere Seite der Werkbank, «dass es ein Leichtes ist, die nötigen Beweise zu beschaffen. Der Galgen ist dem sicher, David, der sich durch Betrug Heirat, Meisterwürde und Bürgerrecht erschleicht. Ebenso wie mir der Scheiterhaufen.»

Die beiden starrten sich über den Tisch hinweg an.

Schließlich begann David zu lachen. Es klang scheppernd und schrill. «Du bist verrückt, Adam Kopper. Die Unzucht hat dir das Hirn aufgeweicht. Meine Papiere sind in bester Ordnung. Du kannst bei der Innung nachfragen. Der Gesellenbrief ist von der Nürnberger Zunft bestätigt, ebenso die ehrliche Geburt. Willst du etwa das Schreiben des Innungsmeisters einer der größten und prächtigsten deutschen Städte anzweifeln? Oh, nein, Adam. Von dir habe ich nichts zu befürchten. Meine Seele ist so rein wie das erste Schneeglöckchen im Frühjahr.»

Er nahm die beiden Pokale, stellte sie in eine Ecke des Regales und verhängte sie mit einem Tuch. Adam blieb nichts anderes übrig, als seine Niederlage anzuerkennen. Er nickte Eva zu und verließ ohne ein weiteres Wort das Haus.

Kapitel 17

In der Morgendämmerung brach Adam zu einem unbekannten Ziel auf. Niemand, auch Eva nicht, erfuhr, wohin sein Weg ihn führte.

Als sie sich am Stadttor von ihm verabschiedete, drückte er sie fest an sich und flüsterte ihr zu: «Behüt dich Gott, Eva. Alles wird gut werden.»

Dann schob er sie von sich, sah ihr in die Augen und fragte: «Denkst du seit gestern anders über mich?»

Eva schüttelte den Kopf. «Du bist mein Bruder, Adam. Wir sind vom selben Blut. Ich werde immer zu dir stehen, auch wenn ich hoffe, dass sich dein Herz eines Tages von seiner Verirrung löst und sich einer treuen Frau zuwendet.»

Adam lachte bitter. «Man kann sich nicht aussuchen, wen man lieben möchte, Eva. Nicht wir suchen die Liebe, sondern die Liebe sucht uns. Wenigstens kannst du jetzt sicher sein, dass ich mich an den Zwillingen nie vergangen habe.»

Dann küsste er sie noch einmal auf die Stirn und ritt davon.

Eva ging langsam zurück in die Stadt. Die ersten Sonnenstrahlen kamen über den Horizont und verwandelten das Kupferdach von St. Nikolai in einen Scheiterhaufen.

Allmählich belebten sich die Gassen. Handkarren rumpelten über das Pflaster, ein Fuhrknecht fluchte, Fässer wurden vorübergerollt.

Heinrich öffnete ihr das Hoftor. Wortlos ging Eva in die Werkstatt und richtete ihre Aufmerksamkeit auf die winzigen Ringe, die sie zu einer Kette zusammenfasste. Als sie den Verschluss befestigen wollte und so fest an dem Schmuckstück riss, dass dieses in Einzelteile zersprang, fing sie an zu weinen. So wie die Kette war auch ihr Leben in tausend Teile zerfallen. Sie hatte nichts mehr, woran sie sich festhalten konnte.

In den nächsten Wochen wurde es immer schlimmer. David holte sie beinahe jede Nacht in die Werkstatt. Er nahm Abdrücke ihres Pos und fertigte daraus eine Obstschale, verzierte sie mit den üblichen Ornamenten und stellte sie in den Verkaufsraum. Ihre Achselhöhlen rasierte er und fertigte daraus Trinkgefäße, die Knie wurden zu Fingerschälchen, die Schenkel und Waden zu Kannen, der Bauch gar zu einer Pfanne aus Kupfer. Von jedem Ding behielt er ein Stück für sich und verleibte es dem Haushalt ein. Bei jeder Mahlzeit musste Eva erleben, wie die anderen aus ihren Achselhöhlen tranken, mit beiden Händen nach ihren Schenkeln griffen, mit schmutzigen Händen fettige Bratenscheiben von ihrem Bauch fingerten. Sie bekam kaum einen Bissen herunter.

Sie sah, wie Hände nach den Einzelteilen ihres Körpers

auf dem Tisch griffen, und dachte: David hat mich zerlegt. Er hat mich auseinander genommen, in Stücke gerissen.

Jeden Abend betete sie um die Auflösung all ihrer Sorgen. Ihre einzige Hoffnung war, dass ein Kind ihrer aufgewühlten Seele Ruhe und Frieden schenken mochte. Doch David machte keine Anstalten mehr, das Lager seiner Frau zu teilen.

Stattdessen war er jetzt immer mit den Büchern beschäftigt, denn seitdem er auf seine gewagten Verzierungen verzichtete und nur seine Frau und er wussten, was die Vorbilder für die Schalen und Gefäße waren, kauften die reichen Leipziger wieder öfter in der Silberschmiede ein. Die Obstschale gehörte nun gar zum Ratssilber.

Der Gedanke daran, dass unzählige Männer ihre intimsten Stellen berührten, demütigte Eva, doch sie vermochte nichts daran zu ändern.

Eines Sonntags trafen sie Andreas Mattstedt beim Kirchgang.

Mattstedt grüßte und blieb stehen: «Nun, es ist lange her, seid ich Euch meine Aufwartung gemacht habe. Und noch länger ist es her, dass Ihr Gast in meinem Hause gewesen seid.»

«Es hat sich nicht ergeben», erwiderte David und sah über Mattstedts Kopf hinweg zur Kirche. Er unternahm nicht die geringste Anstrengung, das Gespräch in Gang zu halten.

Trotz dieser Unhöflichkeit fuhr Mattstedt fort: «Die Dominikaner haben beschlossen, Kreuz und Monstranz doch zu behalten. Die Zeit der Leihgabe ist abgelaufen.

Sie haben das Geld bezahlt. Ich habe auf Evas Namen dafür einige Anteile einer Saigerhütte im Erzgebirge gekauft.»

Ein gewöhnlicher Satz, im Plauderstil vorgetragen. Doch er enthielt eine explosive Botschaft.

Davids Gesicht rötete sich vor Zorn. Auf seiner Stirn pulsierte die blaue Zornesader.

«Seid Ihr der Hüter meiner Frau, Mattstedt? Wollt Ihr mir die Rolle des Ehemannes streitig machen? An mir ist es, zu bestimmen, was mit dem Geld geschieht.»

Mattstedt lächelte fein. «Nun, man hat mich zu ihrem Vermögensverwalter bestimmt. Der Auftrag, der jetzt bezahlt wurde, stammt noch aus der Zeit vor Eurer Ehe. Also ist es an mir, das Geld zu verwalten.»

In diesem Augenblick begriff Eva, warum der Handelsherr die Dominikaner bisher nicht zur Zahlung gedrängt hatte.

David beugte sich so weit zu Mattstedt, dass sein herabfallendes Haar das Gesicht des Ratsherrn berührte.

«Verschwinde aus unserem Leben, Krämerseele», zischte er. Eva schrie erschrocken auf. «Verschwinde, bevor ein Leid geschieht, und wage dich nicht mehr in mein Haus oder an meine Frau.»

«David!!!», rief Eva und legte eine Hand auf seinen Arm, doch ihr Mann stieß sie grob zur Seite.

Mattstedt ignorierte David. Mit einem traurigen Nicken zu Eva ging er in die Kirche. An der Kirchentür blieb er noch einmal stehen: «Ich bin immer für dich da, Eva. Vergiss das nicht.»

Während der Predigt gelang es Eva kaum, den Worten

des Priesters zu folgen. Sie bemerkte die verstohlenen Blicke der Leute, denn der Vorfall vor dem Kirchenportal war nicht unbeobachtet geblieben.

Noch bevor der letzte Segen erteilt worden war, verließen sie die Kirche und eilten durch die stille Stadt nach Hause.

Eva verschwand ohne ein Wort im Wohnzimmer. Sie kauerte sich in den großen Lehnstuhl, schlang die Arme um die Knie und fing an zu weinen.

Sie hatte sie so lange unterdrückt, doch jetzt brachen die Tränen aus ihr heraus. Sie krümmte sich in dem Sessel zusammen, schlug die Hände vor das Gesicht, doch die Tränen quollen zwischen ihren Fingern hindurch und malten dunkle Flecke auf den Stoff ihres Kleides. Ihre Schultern bebten. Sie bemerkte nicht, dass David sich vor sie kniete und ihre Hände in die seinen nahm.

«Niemand darf sich in unser Leben drängen, Eva. Niemand darf sich zwischen uns stellen und unsere Liebe bedrohen, wie es Mattstedt macht.»

«Welche Liebe?», fragte Eva, zog ihre Hände aus den seinen, stand auf und ging in die Schlafstube.

Bis zum Abend blieb sie beinahe unbeweglich auf dem Armlehnhocker sitzen, der vor dem schwarzen Tuch stand. Sie hatte die Hände gefaltet und wollte gern beten, doch sie wusste nicht, was sie dem Herrn sagen sollte.

Als das Dämmerlicht den Schatten die scharfen Kanten nahm, stand sie auf, verriegelte die Tür und zog das Tuch vom Spiegel weg.

Es war das erste Mal, dass sie dies wagte, wenn David im Haus war.

Eine fremde Frau schaute ihr entgegen.

Bin ich das?, fragte sie sich. Dann wiederholte sie es wie eine Beschwörungsformel: Das bin ich.

Ihre Hände griffen nach dem Glas, so als wollte sie sich selbst festhalten. Die Finger rutschten über den Spiegel, hinterließen Schlieren.

Eva drehte sich mit dem Rücken zum Spiegel. Sie wusste, dass das, was sie vorhatte, kindisch war, doch für sie war es richtig und wichtig.

Sie schloss die Augen und sah in Gedanken die Obstschale vor sich. Dann blickte sie über die Schulter auf ihren Po. «Er ist wieder da», flüsterte sie.

Erneut kniff sie die Lider zusammen und stellte sich die Kannen aus Schenkel und Wade vor. Dann sah sie die Körperteile im Spiegel. «Auch ihr seid wieder da.»

Stück für Stück setzte sie sich zusammen.

Sie unterbrach dieses seltsame Spiel auch nicht, als die Türklinke heftig herunterfuhr und die Tür in den Angeln ächzte.

«Mach auf!», hörte sie David rufen, doch sie achtete nicht darauf. Sie überhörte sein Klopfen, sein Rütteln, sein Rufen.

Irgendwann wurde es wieder still draußen. Schließlich hatte sie alle ihre Körperteile wiedergefunden. Sie drehte sich wieder um und betrachtete sich im Spiegel. Ja, das war sie. Der Spiegel war wieder ihr Freund geworden. Zufrieden legte sie sich schlafen, ohne die Tür zu entriegeln.

Seit die Badestuben in der Stadt wegen der Franzosenkrankheit in Verruf gekommen waren, badeten die meisten Leipziger zu Hause. Einmal in der Woche wurde das Wasser von den Mägden eimerweise vom Brunnen im Hof geholt, über dem Herdfeuer erhitzt und in große Zuber gegossen. Zuerst, so war es Brauch, badete der Hausherr darinnen, danach die Hausfrau mit den Kindern, zum Schluss das Gesinde.

Da Eva keine Kinder hatte, musste sie mit Susanne in den Zuber steigen. Früher hatte sie das gern getan. Sie hatte es genossen, wenn die Stiefschwester ihr den Rücken und das Haar wusch. Seit einiger Zeit aber empfand sie das gemeinsame Bad als Qual. Sie mochte Susannes Körper nicht sehen und schon gar nicht berühren. Die großen Brüste, die an Susanne herabhingen, die Schenkel, deren Fleisch langsam schlaff wurde, und der Bauch ekelten sie an.

Susanne aber fand sich schön, und das verstörte Eva noch mehr. Widerwillig, aber unfähig, den Blick zu lösen, sah sie zu, wie Susanne ihre Brüste wusch und sie dabei herumschwenkte wie lederne Wassereimer. Wie sie sich die Schenkel einseifte, mit der Hand dazwischenfasste und so heftig die Finger bewegte, als schrubbte sie ein Wäschestück.

Und sie ertrug auch Susannes Blicke nicht, die über ihren schmalen Leib huschten, die apfelgroßen Brüste mit verächtlichen Blicken streiften und jede Bewegung verfolgten, wenn Eva sich zwischen den Schenkeln wusch.

Sie hätte liebend gern allein gebadet. Wenn es sein musste, auch als Letzte. Dann, wenn alle schon den Schmutz ihrer Körper im Wasser gelassen hatten. Doch das war leider nicht möglich.

Als wenige Tage später Susanne zu Eva in den Zuber stieg, stockte dieser der Atem. Susannes Leib war mit denselben roten Stellen übersät wie auch Davids Körper. Wie gebannt starrte Eva auf die kreisrunden eitrigen Geschwüre, die Susannes Scham zierten.

Ein Lachen stieg in ihr auf. Eva prustete und kicherte, dabei liefen ihr die Tränen über die Wangen.

Susanne sah sie an, die Augen weit aufgerissen, und bedeckte schließlich die Scham mit den Händen.

Doch Eva konnte sich nicht beruhigen. Erst als Susanne zu weinen begann, hörte sie auf.

«War es das, was du immer gewollt hast?», fragte sie die Stiefschwester.

Susanne senkte den Blick und schwieg.

Eva schüttelte den Kopf, stand auf, trocknete sich ab und ging ohne ein weiteres Wort hinauf in ihre Kammer.

Sie verspürte Erleichterung, doch eher der Art, wie sie ein zum Tode Verurteilter empfinden musste, der sehr lange auf die Vollstreckung des Urteils gewartet hatte und sich nun endlich seinem Henker gegenüber sah.

Eva hatte, dessen wurde sie sich erst jetzt bewusst, schon lange darauf gewartet, dass sie auch noch das Letzte verlor, was sie hatte: Davids alleinige Liebe.

Nun, da ihr dieses Letzte auch genommen war, konnte nichts Schlimmes mehr kommen. Jetzt war sie frei von der Angst, etwas festhalten zu müssen, das sich ihr entzog. Sie hatte nichts mehr.

Eva tupfte sich mit einem Handtuch den weichen Flaum trocken, der ihren Kopf bedeckte, und fuhr mit der Hand darüber.

Sie hatte alles verloren, was sie je besessen hatte: ihre Herkunft, ihre Vergangenheit, die Freunde, die Eltern, ihr Hab und Gut, ihren Körper, ihre Seele. Und zum Schluss auch die Liebe.

Es gab nichts, das sie noch schrecken konnte. Jetzt war sie unverwundbar.

Trotzdem war sie noch nicht restlos frei. Eines musste sie noch wissen, mit eigenen Augen sehen. Sie wollte miterleben, wie Susanne unter Davids Händen zum Tier wurde.

Eva hüllte sich in ein dunkles Gewand und ging lautlos die Treppen hinunter und über den Hof zur Werkstatt. Susannes und Davids Liebesnest war bestimmt im Lager mit den Tuchballen.

Eva kannte die Gewohnheiten ihres Mannes. Das heiße Wasser des Bades hatte ihn immer lüstern werden lassen. Auch heute würde es so sein, da war sie sich sicher. Vorsichtig öffnete sie die Tür zum Lager und versteckte sich zwischen den Tuchballen.

Der Abend dämmerte und brachte die Umrisse zum Verschwinden. Die Glocken läuteten zum Gebet, als Susanne den Lagerraum betrat. Ihr Gesicht wirkte angespannt. Sie schnürte ihr Mieder auf, zog sich die Kleider vom Leib, doch der Übermut war verschwunden. In ihren Bewegungen war keine Vorfreude, keine Lust.

Sie war noch nicht ganz fertig, da kam David. Auch er entledigte sich seiner Kleidung, als handele es sich um eine ungeliebte Pflicht.

Er packte Susanne bei den Hüften, drehte sie so, dass sie wie eine Hündin vor ihm kniete. Kein Kosewort fiel, kein Flüstern der Liebe war zu hören, keine Zärtlichkeiten zu sehen. David rückte Susanne zurecht, als wäre sie ein Gegenstand. Er spreizte ihre Beine im richtigen Winkel, stieß sogar mit der Fußspitze gegen ihren Knöchel, dann kniete er sich hinter sie und packte ihre Hüften.

Grob drang er in sie ein, seine Hände kratzten über ihre Lenden, bis rote Striemen entstanden. Susanne keuchte. Ihre Züge waren verzerrt, die Lippen gaben die Zähne frei, wie bei einer Hündin.

Eva musste an ihre allererste Begegnung denken, damals in der Herberge auf dem Weg von Frankfurt nach Leipzig. Wie lange war das schon her? Mehr als ein Menschenleben schien inzwischen vergangen, doch ein paar Sätze konnte Eva noch gut erinnern.

«Würdet Ihr mich auch zeichnen?», hatte Susanne gefragt. Und David, der Fremde, hatte geantwortet: «Merkt ihn Euch gut, diesen Wunsch. Ich bin sicher, eines Tages werdet Ihr für die Ewigkeit gezeichnet werden.»

Nun, jetzt war es wohl geschehen; David hatte Susanne gezeichnet. Doch so ein Bildnis hatte sich Susanne bestimmt nicht vorgestellt.

David fasste von hinten nach ihren hängenden Brüsten und knetete sie so, dass es wehtun musste.

Seine Fingernägel gruben sich wie Dornen in Susannes Fleisch, als er sich in sie ergoss.

Dann verließ er ihren Leib und wischte mit einem Stück Stoff vom Ballen sein Glied sauber.

Susanne lag auf dem befleckten Stofflager und streichelte mit den Händen über die roten Striemen, die ihre Brüste bedeckten.

«Sorge dafür, dass sie endlich verschwindet», forderte sie. «Ich bitte dich, David. Sie soll gehen.»

David achtete nicht auf ihre Worte. Er richtete sich auf und zog sich an. Dabei sah Eva, dass die roten Flecken nicht mehr nur seinen Schoß bedeckten, sondern sich bis hinab zu den Schenkeln und hinauf bis zum Nabel verteilt hatten.

Sie sind einander verfallen, dachte Eva ohne Genugtuung. Sie sind nicht von den Blumen der Liebe gezeichnet, sondern von der Krankheit, die mit der Neuen Zeit gekommen ist.

Kapitel 18

Eva hatte nicht nur begriffen, dass sie alles verloren hatte. Nein, mehr noch. Sie hatte erkannt, dass sie nirgendwo anders hingehen konnte. Was sie verloren hatte, musste sie sich wiederholen. Eine andere Möglichkeit gab es nicht.

Die Liebe sollte der Mittelpunkt ihres Lebens sein, um den herum sich alles andere gruppierte. Nun, sie hatte Hingabe geübt, doch daraus war unversehens Selbstaufgabe geworden.

Die Liebe, die sie groß, stark und mit Sinn erfüllen sollte, war klein, blass und sinnlos geworden. Nein, das, was David und sie füreinander empfanden, war nicht die Liebe, von der sie immer geträumt hatte, war nicht die Liebe, die ihre Mutter mit Isaak nur viel zu kurz gelebt hatte.

Am liebsten würde ich weit weggehen von hier. Weit weg, dorthin, wo mich niemand kennt, und noch einmal ganz von vorn anfangen, überlegte sie. Doch es ging nicht. Sie konnte es sich noch so sehr wünschen, sie wusste genau, dass sie bleiben musste.

Bleiben, um sich das zurückzuholen, was sie verloren

hatte: ihre Würde, ihre Selbstachtung und den Glauben an die Liebe und die Neue Zeit.

Nirgendwo sonst auf der Welt konnte sie diese Werte zurückerlangen. Finden musste sie sie dort, wo sie sie verloren hatte: hier in Leipzig, hier in der Hainstraße.

Nach der Auseinandersetzung mit Andreas Mattstedt hatte David den sonntäglichen Kirchengang aufgegeben. Eva durfte nur in Begleitung Susannes die Messe besuchen.

Schweigend gingen die beiden Frauen durch die morgendlichen Gassen der Stadt, mischten sich unter die anderen Kirchgänger, froh, im Gedränge nicht miteinander reden zu müssen.

Seit dem Zwischenfall im Zuber hatten sie sich nichts mehr zu sagen. Ihr Verhältnis hatte sich verändert.

Letzte Woche noch war eine ängstliche Eva neben einer stolzen Susanne gegangen. Heute jedoch trug Eva ihr Haupt genauso hoch wie Susanne.

Vor der Kirche trafen sie Andreas Mattstedt. Der Kaufmann nutzte die Abwesenheit Davids und näherte sich Eva. Ihm war aufgefallen, wie dünn sie in der letzten Zeit geworden war.

«Kann ich dir helfen, Eva?», fragte Mattstedt besorgt und fasste nach ihrer Hand.

«Danke, Andreas», erwiderte Eva und lächelte ihn an. «Es geht mir gut. Du kannst mir nicht helfen.»

Mattstedt nickte, doch Eva sah, dass er ihr nicht glaubte.

Susanne wandte sich ab. Regina, die bei ihnen war, hatte ihr etwas gezeigt.

«Ich habe Nachricht von deinem Bruder, Eva», raunte Mattstedt.

Eva sah erfreut auf. «Geht es ihm gut?»

«Ja. Er wird noch nicht gleich zurückkommen. Doch wenn er kommt, wird alles besser werden.»

«Ich kann mir nur selber helfen, Andreas. Aber es tut gut, zu wissen, dass du da bist und dass ich mich nicht um Adam sorgen muss.»

Als sie nach der Messe Johann von Schleußig begegnete, legte sie ihm eine Hand auf den Arm.

«Ich würde gern zur Beichte kommen», sagte sie. «Am liebsten an einem Tag, an dem Ihr viel Zeit habt.»

«Kommt morgen nach der Vesper, wenn Ihr wollt. Dann habe ich so viel Zeit, wie Ihr braucht.»

«Vater, ich habe gesündigt.»

«Sprich, meine Tochter.»

«Als aber die Pharisäer hörten», zitierte Eva eine Stelle aus einem Flugblatt, das sie kürzlich auf dem Markt in die Hand gedrückt bekommen hatte, «dass er den Sadduzäern das Maul gestopft hatte, versammelten sie sich.

Und einer von ihnen, ein Schriftgelehrter, versuchte ihn und fragte:

Meister, welches ist das höchste Gebot im Gesetz?

Jesus aber antwortete ihm: Du sollst den Herrn, deinen Gott, lieben von ganzem Herzen, von ganzer Seele und von ganzem Gemüt.

Dies ist das höchste und größte Gebot.

Das andere aber ist dem gleich: Du sollst deinen Nächsten lieben wie dich selbst.

«Ein Gleichnis aus dem Matthäusevangelium», bestätigte der Priester.

«Ja, Vater. Und gegen dieses Gebot habe ich verstoßen. Ich habe den Herrn nicht von ganzem Herzen und von ganzer Seele geliebt, sondern den, den ich zu meinem Herrn erkoren habe: meinen Mann. Und darüber habe ich vergessen, mich selbst zu lieben und wertzuschätzen. Die Seele, die mir Gott gegeben hat, habe ich nicht gehütet.»

«Erzählt, Tochter, was Euch widerfahren ist.»

Und Eva tat es. Zum ersten Mal, seit sie David kennen gelernt hatte, redete sie sich allen Kummer, alle Ängste und alle Zweifel von der Seele. Sie begann mit ihrer Vorstellung von einem Leben in Liebe. Sie sprach von den Blumen der Liebe, von Susanne, von den Abdrücken. Sogar von ihrem Kinderwunsch erzählte sie und von der Angst um Adam.

Sie wusste nicht mehr, wie lange sie geredet hatte, doch hinterher fühlte sie sich erschöpft und erleichtert zugleich.

Johann von Schleußig schwieg lange. Endlich aber sagte er: «Ihr seid eine mutige Frau, Eva, denn Ihr habt den Mut, Fehler einzugestehen. Das, Tochter, ist ein Kennzeichen der Neuen Zeit. ‹Der Mensch ist das Maß aller Dinge.› Mir scheint, Ihr seid eine der ganz wenigen, die diesen Satz verstanden haben. Mehr noch, Ihr habt ihn ergänzt: Der Mensch und sein Handeln sind das Maß aller Dinge.»

«Danke, Vater», flüsterte Eva.

«Ich werde Euch helfen, Tochter, so gut ich es vermag. Kommt zu mir, wann immer Ihr mich braucht. Wisst Ihr, was Ihr als Nächstes vorhabt?»

«Ja. Ich werde mir zurückerobern, was ich verloren habe. Gott hat David und Eva zusammengeführt. Ich werde seine Liebe wiedergewinnen und werde versuchen, sie mit Leben zu erfüllen. Auch wenn ich dabei erkennen sollte, dass ich mich getäuscht habe. Ich muss an ihm festhalten, Priester, sonst war alles das, was ich bisher gelebt habe, vergebens.»

Johann von Schleußig schwieg wieder eine ganze Weile, ehe er sagte: «Ihr habt den schwierigeren Weg gewählt, meine Tochter. Ihr habt meine Achtung schon immer gehabt, doch erst jetzt weiß ich, wie sehr Ihr sie auch verdient. Gott segne Euch, Eva.»

Mit diesen Worten verließ der Priester seinen Stuhl und sein Amt. Er wartete in einer Seitenkapelle auf Eva.

«Ich habe Euch noch etwas zu sagen, das mir im Beichtstuhl verboten ist», flüsterte er.

«Ja?», fragte Eva.

«Ihr könnt die Ehe annullieren lassen. Wenn Euer Mann Euch ein Kind verweigert, so ist dies ein Grund für die Auflösung der Ehe. Hebt die Pessare und die Überzieher aus Tierdarm gut auf. Womöglich müssen sie Eure Worte beweisen.»

«Annullierung?», fragte Eva.

«Ja. Ihr könnt Euch befreien, wenn Ihr wollt. Und ich bin bereit, Euch dabei zu helfen, auch wenn dies nicht im Sinne der Mutter Kirche ist.»

Am Abend setzte sie sich zu David und Susanne in die Wohnstube. Die beiden taten, als würden sie über das Geld reden, welches der Haushalt wöchentlich verschlang.

Eva sah sich ihre Scharade eine Weile an. Schließlich sagte sie laut und mit ungewohntem Nachdruck: «Susanne, ich möchte mit meinem Mann sprechen. Allein.»

Susanne sah zu David. Erst als dieser nickte, verließ sie das Zimmer.

«So, wie es jetzt zwischen uns steht, sowohl im Haus als auch in der Werkstatt, kann es nicht weitergehen, David.»

David öffnete den Mund zu einer Erwiderung, doch Eva hob die Hand. «Nein. Lass mich ausreden.»

David lächelte, als ob sie ein Kind sei, das etwas ganz und gar Unmögliches versuche, dem man aber trotzdem seinen Willen lasse.

«Ich bin deine Frau», fuhr Eva fort. «Den Platz an deiner Seite habe ich mir gesucht, und ich gebe ihn nicht verloren. Kinder möchte ich haben, bestimmen, was im Haus geschieht, und bei den Dingen, die die Werkstatt betreffen, um Rat gefragt werden. Deine Liebe, David, hat nicht gehalten, was ich mir davon versprach. Das ist nicht allein deine Schuld. Ich habe es wohl versäumt, dich kennen zu lernen. Das Bild, das ich von dir hatte, habe ich geliebt und darüber den Menschen vergessen. Verloren habe ich mich dabei, bin verarmt in deinen Armen.»

«Was redest du da?», fragte David und betrachtete Eva seit langer Zeit einmal wieder mit Interesse. «Bist du nicht fähig, meine Liebe zu dir zu erkennen? Warst du es nicht, die sich mir widersetzt hat? Hast du nicht sogar die Schlafkammertür verriegelt? Du hast mir nicht gehorcht, hast dich anderen Männern gezeigt, unfähig, die Neue Zeit zu begreifen. Sie gehört denen, die sich nehmen, was ihnen zusteht.»

«Nun, ich werde mich der Neuen Zeit gewachsen zeigen. Deshalb fordere ich von dir: Gib mir meine Freunde zurück, meinen Bruder, meine Arbeit, die Stellung im Haus. Hörst du, David, ich bitte dich nicht darum, sondern fordere. Ich möchte ein Kind von dir. Verweigerst du es mir weiter, so werde ich die Ehe annullieren lassen. Du weißt, dass dies möglich ist, wenn einer der beiden Eheleute Vorkehrungen trifft, um die Empfängnis zu verhindern.»

Den letzten Satz sagte Eva mit so viel Nachdruck, dass David begriff, dass sie es ernst meinte.

Mit einem Schlag veränderte sich seine Haltung. Sein Gesicht wurde weich, liebevoll blickte er Eva an, nahm ihre Hände in seine und bat: «Du darfst mich nicht verlassen, Eva. Alles, was ich bin, bin ich durch dich.»

Er nahm ihr Gesicht behutsam in seine Hände und bedeckte es mit Küssen. «Bitte, bleib bei mir», flüsterte er dabei.

Eva hatte nicht mit einer solchen Reaktion gerechnet. Ihr Körper war noch ganz angespannt, ihre Sinne gewappnet. Sie blieb steif in seinen Armen, ließ die Küsse über sich ergehen.

Schließlich machte sie sich vorsichtig von ihm los und stand auf. «Ich möchte ein Kind von dir, David. Und die Herrin im Hause werde wieder ich sein.»

Dann nahm sie ihren Stickrahmen von der Anrichte und begann, mit Nadel und Faden zu hantieren.

In den nächsten Tagen und Wochen bemühte sich David um Eva wie nie zuvor. Er rückte ihr den Sessel zurecht, reichte ihr bei Tisch das Salzfass, überschüttete sie mit kleinen Geschenken. Susanne suchte seinen Blick. Doch David wich ihr aus. Stellte sie eine Frage, so tat er, als habe er nichts gehört.

Eva aber sprach so wenig wie möglich. In der letzten Zeit war sie nur mit sich selbst beschäftigt gewesen. Nun da sie wieder ihren angestammten Platz einnehmen wollte, beobachtete sie die anderen und war erstaunt, was sie auf diese Art erfuhr.

Susanne war nun so abhängig von David, wie sie es gewesen war. Unterwürfig und hungrig waren die Blicke, die sie David zuwarf.

Heinrichs Bewegungen waren eckiger geworden, als sie sie in Erinnerung hatte, die Falten in seinem Gesicht tiefer. Er war alt geworden. Die Falten wurden härter, wenn er mit David sprechen musste. Wandte er sich aber an Priska, so wurden seine Züge weich.

Regina hingegen hatte sich nicht verändert. Ihre Blicke huschten wie Fliegen über den Tisch, nahmen jede Regung der anderen wahr. Sie sprach schnell, als fürchte sie, unterbrochen zu werden. Freundlich war sie zu Susanne und David, Heinrich beachtete sie nicht, Priska und Eva aber mied sie.

Priska war Eva immer mehr ans Herz gewachsen. Sie half jedem im Stillen, reichte das Brot herum, legte Heinrich die guten Bratenstücke auf, füllte seinen Krug mit Bier, holte Wasser für Eva und antwortete nur, wenn jemand das Wort an sie richtete. Eva nahm sich vor, sich mehr um sie zu kümmern. Sie war ihr lieb wie das Kind, das ihr bisher versagt blieb.

David verstärkte seine Aufmerksamkeiten Eva gegenüber. Eines Abends brachte er ihr sogar einen Gürtel mit. Es war ein schlichtes Band aus schwarzem Leder mit einer einfachen Schließe, die jedoch aus reinem Silber und aufwändig gearbeitet war. Eva wusste, dass David diese Schließe selbst gefertigt hatte.

«Wenn du dich unbedingt schmücken möchtest, so will ich dir die Freude nicht vergällen», sagte er und strich ihr zärtlich über die Wange.

Eva schloss die Augen, als seine Hand ihr Gesicht berührte. Für einen Augenblick schmiegte sie ihre Wange an seine Haut.

Es ist fast wie früher, dachte sie. Vielleicht war doch ich es, die alles verdorben hat. Vielleicht habe ich die Größe seiner Liebe nicht verstanden, vielleicht habe ich ihn nicht verstanden.

Vielleicht, dachte sie, ist meine Seele wirklich zu niedrig, viel zu dicht noch mit dem Alten verhaftet, nicht wirklich schön.

Aber hat Gott die Menschen nicht nach seinem Abbild geschaffen? Versucht David mit seinen Reden und seinen Arbeiten nicht Gott? Auch David erschuf Dinge neu. Silber- und Goldwaren, die kein Mensch kaufen wollte, die wie Blei in den Lagern verharrten, weil die anderen am Ende auch zu niedrig waren, seine Größe zu erkennen und ihn zu verstehen?

Und hatte er nicht auch sie, Eva, neu erschaffen? Hatte

David nicht die Frau, das Weib in ihr ans Licht gebracht und ihr gezeigt, wer sie wirklich war?

Aber war sie früher nicht eine ganz andere gewesen? Eine, die sich in dem wohl fühlte, was das Leben ihr schenkte. Im Mittelpunkt steht der Mensch, das war Davids Credo. Aber dort, wo Eva jetzt stand, da war kein Mittelpunkt. Sondern der äußerste Rand.

«Liebst du mich, Eva?», fragte David. «Sag, liebst du mich noch?»

Sie sah zu ihm auf und entdeckte etwas in seinen Augen, das sie nicht recht zu deuten wusste. War es Angst?

«Ja, David, ich liebe dich noch», antwortete sie schließlich und wusste nicht, ob sie log.

Das, was sie für David empfand, wechselte so schnell, dass Eva es selber nicht in Worte fassen konnte.

Doch sie ließ es zu, dass er ihr das Kleid von den Schultern streifte, ihren Körper mit sanften Küssen bedeckte und seine Hände ihren Leib streichelten.

Dieses Mal benutzte er weder einen Überzieher aus Tierdarm, noch zwängte er ihr die schmerzhaften Pessare in den Schoß. Er liebte sie so vorsichtig, als habe er Angst, ihr wehzutun.

Lieber Gott, betete Eva, als er sich in sie ergoss, schenk mir ein Kind. Behutsam strich sie über seine Haut, die überall von Geschwüren bedeckt war. Doch sie hatte keine Angst, sich anzustecken. Die Franzosenkrankheit war die Krankheit, die Gott den Sündigen angedeihen ließ. Aber mit dem eigenen Mann zu schlafen war keine Sünde.

Am nächsten Tag erwachte Eva verwirrt. Eigentlich hätte sie über Davids neu erweckte Zärtlichkeit glücklich sein müssen, doch sie konnte nicht mehr ganz daran glauben. Dazu kam, dass sie sich Sorgen um Adam machte. Schon lange hatte sie nichts mehr von ihm gehört. Auch Mattstedt hatte keine neuen Nachrichten empfangen. Selbst wenn sie sonst nichts tun konnte, so würde sie heute für ihn eine Fürbitte lesen lassen. Gleich nach dem Frühstück lief sie zur Nikolaikirche und besprach sich mit Johann von Schleußig.

Der Priester freute sich sichtlich, sie zu sehen.

«Wie geht es Euch, Eva?», fragte er mit warmer Stimme, nachdem sie über den Anlass ihres Besuchs gesprochen hatten.

Eva fiel zum ersten Mal auf, dass Johann von Schleußigs Augen braun waren. Kein besonderes Braun, nicht zu hell, nicht zu dunkel.

Doch da war etwas, das Wärme in Eva auslöste. Ja, es war, als umfange Johann von Schleußig mit einem Blick aus seinen gewöhnlichen braunen Augen ihre ganze Person.

Und plötzlich erkannte sie etwas Wichtiges: David glaubte, alles über sie zu wissen. Johann von Schleußig aber wusste alles über sie.

Während der eine sah, was er sehen wollte, ein Bild vor Augen hatte und sich nicht die Mühe machte, das Bild mit der Wirklichkeit zu vergleichen, sah der andere die Wirklichkeit – und fand sie offensichtlich gut und richtig, sodass er kein beschönigendes Bild benötigte.

Die Wärme seines Blickes malte ihr ein Lächeln ins Gesicht.

Sie umarmte Johann von Schleußig und flüsterte ihm ins Ohr: «Ich danke Euch sehr für alles. Vielen Dank!»

Dann machte sie sich los und lief fröhlich davon.

Schon von weitem sah sie das Pferd, das vor ihrem Haus angebunden war.

«Adam», flüsterte Eva. «Adam ist zurück.»

Sie raffte ihren Rock mit beiden Händen, beschleunigte ihre Schritte, rannte beinahe und kam atemlos vor dem Haus an.

Regina trat heraus. «Ist Adam da? Ist er zurückgekommen?», fragte sie das Mädchen.

«Hmm», antwortete diese und wollte das Pferd losmachen, doch diesmal griff Eva ein. Sie packte das Kind an den Schultern, drehte es zu sich um. «Wenn ich dich etwas frage, dann antwortest du mir. Ich bin die Meisterin, du das Lehrmädchen. Du tust, was ich dir sage. Hast du das verstanden?»

Regina sah sich unsicher um. «Susanne hat gesagt, es reicht, wenn ich tue, was sie sagt.»

«So? Hat sie das? Dann sage ich dir jetzt, dass ich die Meisterin und Herrin im Hause bin. Wähle selbst, Regina.»

«Ja, Silberschmiedin», hauchte das Mädchen. «Soll ich jetzt den Gaul zum Mietstall bringen, wie Susanne es gesagt hat?»

«Ja. Und dann sieh zu, dass du zurück an die Arbeit kommst.»

Eva stürmte in die Küche, wo sich Adam an einem Becher Most labte, und flog ihm in die Arme.

«Adam, Gott sei Dank, dass du wieder da bist. Komm, ich mache dir etwas zum Essen.»

«In Naumburg war ich», berichtete Adam am Abend, als sich Eva, David und sogar Susanne in der Wohnstube eingefunden hatten. Wein stand auf dem Tisch, und Susanne hatte ein paar kleine Kuchen gebacken, von denen sie wusste, dass David sie besonders gern mochte.

«Naumburg?», fragte Eva. «Was hat dich dorthin geführt?»

David, der neben ihr saß, legte eine Hand auf ihr Knie und antwortete an Adams Stelle: «Es gibt einen berühmten Arzt dort. Adam wird seine Studien bei ihm fortgesetzt haben.»

Adam lächelte. «Ich gebe zu, dass dies wirklich ein guter Grund für meine Reise gewesen wäre, doch ich habe deine Eltern besuchen wollen, David.»

«Davids Eltern?», fragte Eva verblüfft und sah ihren Mann an. «Naumburg? Wieso Naumburg? Ich dachte, du stammst aus Halle?»

Davids Gesicht wurde blass, und sein Körper spannte sich. «Hast du sie getroffen?», fragte er und goss sich aus einer Karaffe Wein in sein Glas. Seine Hand zitterte dabei.

«Nein», erklärte Adam. «Ich habe deine Eltern nicht gefunden. Niemand in Naumburg konnte sich an eine Familie mit dem Namen erinnern.»

Eva sah, dass David aufatmete.

«Nun, die Bewohner in den Städten wechseln häufig. Es ist lange her, dass jeder jeden kannte», erklärte David so beiläufig wie möglich.

«Das mag stimmen», gab Adam zu. «Aber ich traf einen alten Gerber. Er lebt vor den Toren der Stadt, dort, wo die Unehrlichen ohne Geburtsschein, die Ausgestoßenen oder die mit den verfemten Berufen hausen.»

David beugte sich ein Stück nach vorn. «Die Unehrlichen werden nicht umsonst so genannt», erwiderte er. «Man kann ihren Worten keinen Glauben schenken.»

«Der Mann, den ich meine, lag auf den Tod darnieder. Er hatte kein Geld für einen Arzt oder Bader, also sah ich nach ihm. Doch ich konnte ihm nicht mehr helfen. Dem Priester war der Weg hinaus vor die Stadt zu den Verfemten zu weit, und so blieb ich bei ihm und hörte seine Lebensbeichte an.»

«Ich glaube kaum, dass jemand die Geschichte eines Fremden ohne Ehre hören möchte», warf David ein, doch Eva widersprach.

«Ich schon. Ich möchte die Geschichte des Gerbers hören.»

Susanne nickte.

«Der Gerber stammt aus Frankfurt, ist dort geboren, hat dort gelebt und in einer Gerberei gearbeitet, die einem Meister gehörte, der aus dem Sächsischen kam.

Dort, in der Gerberei des Meisters Sachs, traf er die Kürschnersfrau zum ersten Mal. Ein Wortwechsel entstand, und der Gerbergeselle wagte sich zu weit vor. Mit vorlauten Worten verspottete er die Meisterin. Nun, diese ließ sich eine solche Behandlung durch einen Niederen nicht gefallen und sorgte dafür, dass der Gerbergeselle büßen musste. Ein Strafgeld sollte er an sie zahlen. Er tat es, kratzte dafür den letzten Groschen zusammen, den er für seine Heirat aufgespart hatte. Die Heirat fiel ins Wasser, und der Geselle schwor, sich an der Meisterin zu rächen.

Einige Jahre vergingen, dann heiratete die Meisterin einen Mann, der ihr nicht wohl gesonnen war und sie nur vor den Altar geführt hatte, um aus ihrem Reichtum Vorteile für sich zu schlagen. Doch das ließ die Frau nicht zu.

Der Ehemann der Meisterin geriet in Wut und beauftragte den Gerbergesellen, ihr während der Fastnacht eine Lehre zu erteilen.

Der Gerber verkleidete sich als Krähe, lauerte der Frau auf und wollte sie schänden, doch ein Vorbeikommender verhinderte dies. Die Frau aber hatte ihn erkannt und sorgte dafür, dass der Geselle der Buhlschaft mit dem Teufel bezichtigt wurde.

Die Stadtknechte holten ihn, befanden ihn für schuldig. Er wurde mit einem Eisen auf der Wange gebrandmarkt und unter Spott und Gelächter aus der Stadt getrieben.

Mit nichts als seinen Kleidern auf dem Leib schlug er sich einige Jahre am Rande des Hungertodes durch das Leben. Für einen Gebrandmarkten hatte niemand Arbeit, niemand ein gutes Wort, ein Stück Brot oder gar Zuneigung übrig.

In Naumburg traf der Geselle auf eine Kräuterkundige, die ebenfalls zu den Ausgestoßenen gehörte. Sie taten sich zusammen und bekamen einen Sohn.

Noch bevor der Sohn erwachsen wurde, war dem Gerber bereits klar, dass er von seinem eigenen Fleisch und Blut verachtet wurde. Sein ganzes Leben lang ließ es der Knabe an Ehrerbietung fehlen und hatte für Mutter und Vater nur Verhöhnung und Zorn übrig.

«Ihr habt mir mein Leben gestohlen», soll er gewütet haben, als er älter wurde. «Weil Ihr versagt habt, zu blöde ward, Euch zu nehmen, was Euch zusteht, stehe ich nun als Ausgestoßener da.»

Im Zorn hat er die Eltern sogar angespuckt und geschworen, sich an der Frankfurter Meisterin, die er für die Ursache allen Übels hielt, zu rächen. Er sei kein Sohn eines Ausgestoßenen ohne ehrlichen Geburtsschein, sondern der Sohn eines ehrbaren Handwerkers, der nur durch die Ränke dieser Frankfurterin um Ehre und einen ordentlichen Beruf gebracht worden sei. Sein Zorn auf die Frankfurterin war so groß, dass er auf das Kreuz schwor, sie und ihre Nachkommen zunichte zu machen. Der Gerber konnte seinen Sohn nicht davon abhalten, sosehr er es auch versuchte. Kaum war er halbwegs flügge, verließ er die Eltern und zog in die Welt, um seine Aufgabe zu erfüllen.

Der Gerber hätte wer weiß was darum gegeben, die Frankfurter Meisterin zu warnen. Gutmachen wollte er damit an ihr die versuchte Schändung. Doch die Meisterin war inzwischen tot. Der Gerber hatte zu lange gewartet und noch mehr Schuld auf sich geladen. Nun lag er hier auf den Tod und konnte nichts tun, als zu beten und um Vergebung zu bitten.

Nun, ich erteilte ihm den Segen und blieb bei ihm, bis seine Seele in den Himmel aufgefahren war.»

Adam beendete seine Erzählung und trank einen Schluck von seinem Wein.

Die anderen schwiegen. In Evas Gesicht standen Unglauben und Entsetzen geschrieben. Susanne wagte nicht, den Blick zu heben. Nur David sah Adam geradeheraus an.

«Es reicht jetzt», sagte David mit vor Wut heller Stimme.

«Die Geschichte ist noch nicht zu Ende. Was damals geschah, sollte vergeben und vergessen sein. Der Gerber Thomas ist tot, und es ist an dem Sohn, dem Vater zu verzeihen und ihn gebührend zu betrauern. Frieden gibt es nur, wenn der Sohn seine Rachegelüste aufgibt. Tut er es nicht, so wird sein Betrug ruchbar werden.»

David war so weiß wie ein Leichentuch geworden. «Die Geschichten anderer Leute sind interessant, doch sie haben mit diesem Haus nichts zu tun», sagte er so energisch, dass wohl jeder andere darauf geschwiegen hätte.

Doch Eva fragte leise: «Wer war die Frankfurter Meisterin? Und wer ist der Sohn des Gerbers aus Naumburg?»

Adam beugte sich nach vorn und nahm die Hand seiner Schwester.

«Die Frankfurter Meisterin war Sibylla Schieren. Deine Mutter, Eva. Und der Sohn des Gerbers Thomas Wolf heißt David. Dein Mann, Eva.»

Kapitel 19

Es musste mitten in der Nacht sein. Etwas hatte Eva aufgeweckt. Sie lauschte, doch kein Laut war zu hören. Auf den Straßen war Ruhe eingekehrt. Nur von weitem drang das trunkene Lied eines Narren an ihre Ohren.

Eva fasste neben sich, doch Davids Bett war leer. Adam war bald nach dem Ende seiner Enthüllung gegangen. David hatte ihn zur Tür begleitet, und Eva hatte gehört, was die beiden miteinander besprochen hatten:

«Ich werde jetzt zu Mattstedt gehen», hatte Adam gesagt. «Falls mir etwas zustößt, so wird es noch einen geben, der von dir mehr weiß, als du zugeben willst.»

David hatte mit einem Lächeln in der Stimme erwidert: «Wer sich in Gefahr begibt, kommt darin um.»

Kurz danach hatte auch er das Haus verlassen, ohne zu sagen, wo er hinging.

Plötzlich hörte Eva unterdrückte Stimmen, die heftig miteinander stritten. Sie kamen nicht von der Straße, sondern aus dem Haus. Eva warf sich ein Gewand über und schlüpfte leise aus der Schlafkammer.

Als sie sich über das Geländer nach unten beugte, sah

sie im Hausflur einen Mann, der David an den Schultern gepackt hielt und heftig schüttelte: «Ihr wolltet Euch an Sibylla Schieren rächen, wolltet ihren Platz einnehmen, sie vernichten. Nun, es ist Euch gelungen, ihr Geld zu holen und ihre Tochter gefügig zu machen. Beinahe hättet Ihr es geschafft, sie zu zerstören. Doch ich werde verhindern, dass Euch das gelingt. Ich werde dafür sorgen, dass sie unversehrt aus Euren Fängen zurückkehrt und den Platz einnimmt, der ihr zusteht, an den sie gehört. Vor das Halsgericht bringe ich Euch. Hängen werdet Ihr. Wie der gewöhnliche Tagedieb, der Ihr in Wirklichkeit seid.»

Die Stimme kam Eva bekannt vor, doch war sie von Wut verzerrt. Bevor sie weiter darüber nachdenken konnte, sah sie, wie David sich losriss. Plötzlich hatte er einen Schürhaken in der Hand und prügelte damit auf den Mann ein. Der Mann schrie auf, bedeckte die Platzwunde auf der Stirn mit seinen Armen, versuchte vergeblich, den Kopf zu schützen, doch David war wie von Sinnen. Immer wieder ließ er den Schürhaken niederkrachen, hörte auch nicht auf, als der Mann in die Knie ging. Im Gegenteil. Er nahm den Schürhaken in beide Hände, hob ihn hoch über den Kopf und schlug ihn mit voller Wucht auf den Schädel des Gegners.

Eva konnte die brechenden Knochen hören. Sie war wie gelähmt.

Wie angenagelt stand sie da, die Augen vor Entsetzen weit aufgerissen, eine Hand auf die Brust gepresst und die andere vor den Mund, um den Schrei zu unterdrücken.

David ließ den Schürhaken fallen, stieß mit der Stiefelspitze gegen den Mann, beugte sich hinunter, rüttelte an ihm. Doch es war kein Leben mehr in ihm. David starrte auf seine blutigen Hände, versuchte sie am Mantel des Toten abzuwischen, aber ohne Erfolg.

Schließlich sprang er auf und stürzte kopflos aus der Haustür.

Erst jetzt, da alles vorbei und alles zu spät war, erwachte Eva aus ihrer Erstarrung. Sie rannte die Treppen hinunter, als gäbe es noch etwas zu retten. Voll düsterer Ahnungen beugte sie sich über den Toten.

Es war Andreas Mattstedt.

Sie hatte es gespürt. Warum war sie ihm nicht zu Hilfe gekommen, warum hatte sie nicht wenigstens versucht, das Schlimmste zu verhüten? Warum?

Sie kniete neben ihm, flüsterte seinen Namen, doch sie wusste, dass es vergeblich war. Andreas Mattstedt war tot, erschlagen von ihrem Mann.

Plötzlich stand Priska neben ihr.

«Wir müssen ihn vor die Tür legen», sagte das Mädchen einfach. «Helft mir, ihn dorthin zu ziehen.»

Als hätte sie ihr Lebtag nichts anderes gemacht, fasste sie Mattstedt an den Füßen und zog an dem toten Körper, ohne viel auszurichten.

Schließlich packte Eva mit an. Sie schleiften den toten Kaufmann vor die Tür und legten ihn auf der Straße ab. Priskas Ruhe ging auf Eva über. Sie dachte nicht darüber nach, sie erledigte einfach einen Handgriff nach dem anderen, als hätte sie noch nie etwas anderes getan.

«Die Börse, den Ring, den Dolch und die Ratsherrnkette», befahl Eva. Priska löste vom Gürtel, den der Tote unter der Kutte getragen hatte, die lederne Börse, während Eva die Ratskette vom Hals und den Siegelring mit den Initialen A und M von seinem Finger zog.

Zum Schluss zogen sie ihm die Stiefel aus, fanden den fein gearbeiteten Dolch darin, der ebenfalls Initialen auf dem Griff trug.

Als sie ihr Werk vollendet hatten, war es mit Evas Ruhe vorbei.

Sie kniete neben ihm, legte eine Hand auf seine Wange.

«Verzeih, Andreas. Bitte vergib mir. Wenn ich Schuld haben sollte an deinem Tod, so bitte ich dich um Vergebung.»

«Kommt», drängte Priska. «Der Nachtwächter muss gleich da sein.»

Sie zog Eva am Ärmel, und beide verschwanden in dem Augenblick im Haus, als der Stadtknecht mit Laterne und Glocke um die Ecke bog.

An die Haustür gelehnt, hörten Eva und Priska, wie die Schritte des Nachtwächters näher kamen.

«Geh zu Bett, Priska. Ich möchte nicht, dass du in diese Sache hineingezogen wirst.»

Das Mädchen widersprach nicht, doch es entfernte sich nicht. Jetzt war der Nachtwächter vor ihrem Haus angekommen.

«Gottsdonner», hörten sie ihn ausrufen. Gleich darauf hämmerte er gegen die Tür.

Priska warf Eva schnell einen Umhang über, der neben der Tür an einem Haken hing.

Eva klammerte ihn mit der Hand vor der Brust zusammen und öffnete dann die Tür.

«Was ist geschehen?», fragte sie so töricht wie eine Frau, die eben aus dem Schlaf geschreckt war.

Der Stadtknecht hielt seine Fackel näher. «Ein toter Mann liegt vor Eurer Tür.»

Eva zeigte Erschrecken, beugte sich zu dem Toten und berührte das blutige Haar. «Oh, mein Gott, wie konnte das nur passieren? Es ist Andreas Mattstedt, der Ratsherr», sagte sie mit überschnappender Stimme. «Ihr müsst ihn wegbringen. Ein Toter vor der Tür bringt großes Unglück.»

«Na, na», machte der Stadtknecht, um Eva zu beruhigen. «Ich werde gleich nach dem Büttel und seinen Knechten schicken. Sie räumen den Mann hier weg. Sorgt Euch nicht. Aber sagt, habt Ihr nichts gehört oder gesehen?»

Eva schüttelte den Kopf. «Ich pflege des Nachts zu schlafen», erwiderte sie mit leisem Hochmut. «Seht zu, dass der Tote hier wegkommt.»

Sie wandte sich um und ging ins Haus zurück.

Innen ließ Eva ihre Blicke in alle Ecken schweifen. Doch sie sah nichts, was sie verraten konnte. Einzig die Wertgegenstände zeugten von dem, was geschehen war. Eva nahm sie an sich und strich Priska, die auf sie gewartet hatte, über das Haar.

«Ich danke dir, Priska», sagte Eva. Das Mädchen lächelte. Da beugte sich Eva über sie und küsste sie sanft auf die Stirn.

«Es wird alles gut, Priska.»

«Ja», erwiderte die Kleine. «Ich weiß. Jetzt wird alles gut.»

Eva legte sich zu Bett und hielt stumme Zwiesprache mit Andreas Mattstedt. Sie hatte einen Freund verloren.

Einen Freund, den sie manchmal nicht richtig geschätzt hatte. Vielleicht wäre sie mit ihm glücklicher geworden. Aber nun konnten sie es nicht mehr ausprobieren.

Nur einen Dienst konnte sie ihm noch erweisen. Sie musste ihr Leben in Ordnung bringen, das hatte sie ihm versprochen, das war sie ihm schuldig.

Als Eva am nächsten Morgen aufwachte, lag David neben ihr. An seinem unregelmäßigen Atem hörte sie, dass er nicht schlief. Sie tat, als bemerke sie es nicht, stand auf und ging hinunter in die Küche.

Susanne, Regina und Heinrich waren bester Laune. Sie hatten ihre Schlafkammern zum Hofe hinaus und so nichts von den Vorfällen in der Nacht bemerkt.

Sie saßen beim Frühstück, als David die Tür aufriss und hereintaumelte. Er ließ sich auf die Bank fallen und starrte stumm vor sich hin. Seine Haut war grau, die Augen rot gerändert, das Kinn stoppelig und das Haar zerzaust.

Bärbe stand auf, füllte eine Schüssel mit Grütze und einen Becher mit Wasser und schob beides vor David.

Ohne aufzusehen, nahm er den Becher und trank ihn in einem Zug leer. Dann fragte er: «Ist etwas geschehen in dieser Nacht?»

Eva schüttelte den Kopf. «Nein. Was sollte denn passiert sein? Ich habe tief und fest geschlafen.»

David nickte und erhob sich. «Ich muss zum Zunfthaus, habe dort etwas vergessen», murmelte er und verschwand schon wieder.

Eva löffelte unbewegt ihre Grütze, und auch Priska schien es zu schmecken.

In der Werkstatt arbeiteten sie schweigend Seite an Seite.

«Er wird auf den Markt gegangen sein», war alles, was Priska sagte.

«Ja. Das wird er», erwiderte Eva, lächelte dem Mädchen zu und reichte ihm einen Rohling, den sie gearbeitet hatte.

Es wurde Nachmittag, ehe David wiederkam. Er ließ sich von Susanne einen Badezuber richten, kam anschließend in die Werkstatt.

«Nun, war alles in Ordnung bei der Zunft?», fragte Eva.

«Andreas Mattstedt ist tot», sagte David mit unbeweglichem Gesicht.

«Mattstedt?», Eva riss die Augen auf und schlug sich die Hand vor den Mund.

David sprach weiter: «Jemand, so hörte ich, hat ihn erschlagen und beraubt. Sein Schmuck und seine Börse fehlten.»

Er schüttelte den Kopf, als könne er nicht glauben, dass so etwas geschehen sei.

Eva seufzte. «Wo? Wo ist es passiert?»

«Hier in der Nähe. Hast du nichts gehört oder gesehen in der Nacht? Gleich neben unserem Haus haben sie ihn gefunden.»

«Ich habe geschlafen», entgegnete Eva. «Die ganze Nacht lang habe ich geschlafen. Tief und fest. Ich habe nicht einmal gehört, wann du nach Hause gekommen bist.»

Sie sah David fest in die Augen: «Doch ich wünschte, ich hätte ihm helfen können.»

Den ganzen Tag hatte sie jeden Gedanken an Mattstedt vermieden. Es tat ihr weh, an ihn zu denken. Sie befürchtete, dass sie zusammenbrechen würde, wenn sie begänne, über die Geschehnisse nachzudenken. Doch jetzt mit der hereinbrechenden Nacht ließen sich die dunklen Gedanken nicht länger verdrängen.

Der eigene Mann als Mörder ihres Freundes. Sie konnte es kaum ertragen.

Ihre Glieder waren so schwer, dass sie kaum in der Lage war, sich zu rühren. Die Augen brannten, in den Ohren rauschte es.

Langsam wie eine alte Frau schleppte sie sich in die Schlafkammer. Auch die anderen im Hause hatten heute vor der Zeit die Betten aufgesucht.

Eva nahm die Haube vom Kopf und strich sanft über den Flaum, der immer länger wurde. Gerade als sie die Schnüre des Mieders öffnete, kam David herein. Auch er sah erschöpft aus. Trotzdem griff er nach ihren Brüsten, wollte sie auf das Bett legen, ihr die Schenkel spreizen. Eva sah die Gier in seinen Augen. Leben wollte er schaffen, um den Tod aus seiner Hand ungeschehen zu machen.

«Lass mich!», befahl sie.

David lachte. «Wir sind wie Adam und Eva. Hast du das vergessen? Willst du mir das Paradies verweigern?»

«An deinem Paradies klebt Blut!»

Eva spuckte ihm die Worte ins Gesicht. Dann machte sie sich los, nahm ihr Bettzeug und verließ die Kammer.

Von nun an schlief sie in der Stube, die einmal für ein eigenes Kind gedacht war.

Kapitel 20

Mattstedts Beerdigung war ein großes Ereignis. Halb Leipzig folgte seinem Sarg. Auch David und Eva waren mit den Zwillingen, Heinrich und Susanne dabei.

Eva hatte einen schwarzen Schleier, der ihr Gesicht bedeckte, an der Haube befestigt. Sie sah, dass David blass und angespannt war. Er hatte Angst, das war klar.

Wenn der Mörder an den Sarg des Opfers tritt, so sagten die Leute, öffnet sich der Deckel.

Aber David kam nicht in die Nähe des Sarges. Er hielt sich fern, und nur Eva und Priska bemerkten es.

Mattstedts Grab lag in einer ruhigen Ecke des Friedhofes. Dort, wo die großen und einflussreichen Familien ihre Gräber hatten. Der Platz unter dem Lindenbaum hätte ihm sicher gut gefallen.

Am liebsten wäre Eva für immer hier geblieben, doch das ging nicht. Als der Sarg mit Erde bedeckt war, verließ sie langsam den Friedhof. Immer wieder blieb sie stehen und drehte sich nach dem Grab um, als hoffte sie, Mattstedt würde wiederauferstehen.

Der oberste Richter der Stadt hatte eine Untersuchung

der Mordes an dem Ratsherrn angeordnet. Zwei Büttel waren in der Hainstraße gewesen und hatten die Bewohner gefragt, ob sie etwas gehört und gesehen hätten.

«Könnt Ihr bezeugen, Silberschmiedin, dass alle Bewohner des Hauses in ihren Betten lagen?», hatte einer der Büttel gefragt.

«Nein, das kann ich nicht bezeugen», hatte Eva geantwortet und dabei kurz zu David gesehen. Der saß am Küchentisch, und seine Finger spielten nervös mit einem kleinen Holzbrett. Als er ihr Nein hörte, fuhr er zusammen.

«Nein», wiederholte Eva. «Ich weiß nicht, wer in dieser Nacht im Haus und wer unterwegs war. Ich weiß nur, wo mein Mann war.»

«Ja?», hakte der Büttel nach.

Eva sah zu David, dessen Finger das Brett fest umklammerten.

«Mein Mann», erwiderte Eva sehr langsam, «lag die ganze Nacht neben mir im Bett. Wir sind zusammen eingeschlafen und zusammen aufgewacht, wie sich das für ein Ehepaar gehört.»

Sie hörte David vor Erleichterung seufzen, doch sie sah ihn nicht an, sondern verließ die Küche und ließ David mit den Bütteln allein.

Sie musste raus aus dem Haus, musste mit jemandem reden. Sie lief zu Adam, den sie in seinem Laboratorium antraf. Doch etwas hielt sie davon ab, ihm alles zu erzählen. Stattdessen fragte sie nach seinen Forschungen.

«Was machst du hier?», erkundigte sie sich und deutete mit der Hand auf all die Gerätschaften, Gläser, Kolben.

«Willst du das wirklich wissen?», gab er zurück.

Eva nickte.

«Nun, wie du weißt, bin ich für die Ehe verloren. Mit meiner Art der Liebe lade ich große Schuld auf mich. Abtragen möchte ich diese Schuld, indem ich ein Mittel suche, das die Franzosenkrankheit heilt. Quecksilber wurde schon oft bei der Behandlung von Krankheiten angewandt. Ich möchte probieren, ob es auch bei der Franzosenkrankheit helfen könnte. Es gibt aber Ärzte, die sagen, Quecksilber zerstöre die Knochen. Ich habe es an einem Knochen aus dem Leichenschauhaus ausprobiert. Er hat keinen Schaden genommen.»

Als Eva das hörte, hätte sie vor Erleichterung am liebsten geweint. Der Knochen! Wie viele schlaflose Nächte hatte Eva deswegen verbracht! Sie strich Adam über den Arm. Endlich konnte sie ihn wieder als Bruder wahrnehmen. Ob er wohl unter seiner Art der Liebe litt?

«Du solltest heiraten», sagte sie. «Damit wären alle Mäuler gestopft.»

Adam schüttelte den Kopf. «Nein, Eva. Das wäre eine Sünde. Ich kann keine Frau heiraten und ihr versprechen, sie zu lieben, wenn ich doch weiß, dass es mir nie gelingen wird. Ich würde die Frau betrügen. Eine Frau hat ein Anrecht auf die Liebe ihres Mannes. Verstehst du?»

«Ja», erwiderte Eva. «Das habe ich auch gedacht. Aber das ist falsch, Adam. Niemand hat ein Anrecht auf die Liebe eines anderen. Und niemand kann sie erzwingen.»

Dabei fiel ihr David mit seinen Drohungen wieder ein. «Hast du Angst vor David? Er könnte dich verraten.»

Adam zuckte mit den Achseln. «Ja, ich habe Angst.

Aber damit muss ich leben. Die Hütte im Rosenthal gibt es nicht mehr. David kann nur mir schaden. Niemandem sonst. Eines Tages wird er es auch tun, da bin ich sicher. Aber noch ist dieser Tag nicht gekommen. Und, wer weiß, vielleicht geschieht noch ein Wunder.»

«Du brauchst keine Angst mehr vor ihm zu haben. Er wird dir nichts tun, das verspreche ich dir.»

Mit diesen Worten drückte sie ihn kurz, dann kehrte sie erleichtert in die Hainstraße zurück. In den nächsten Tagen ging sie häufig zur Beichte. Johann von Schleußig war ein guter Zuhörer. Ihm konnte sie fast alles anvertrauen. Er hatte immer Zeit für sie und verstand ihre Not.

Um ihr finanziell zu helfen, hatte er der Werkstatt sogar einen Auftrag erteilt. Ein Weihwasserbecken wollte er für die Nikolaikirche haben. Ganz aus Bronze sollte es sein, mit einer Legierung von Silber. Statt aufwendiger Ornamente sollte es nur Einlagen aus Emaille haben.

David würde sein Bestes geben müssen, ohne die eigenen Ideen einbringen zu können.

Eines Abends kam der Priester, um mit dem Silberschmied den Auftrag zu besprechen. Eva saß dabei, schließlich war sie die Meisterin.

«Weihwasser ist eines der schönsten Symbole des Christentumes», begann Johann von Schleußig das Gespräch. «Am Eingang jeder Kirche befinden sich Schalen mit Weihwasser. Jeder, der die Kirche betritt, benetzt seine Finger damit und bekreuzigt sich dann. Dies ist für uns ein Zeichen, dass wir nicht irgendeinen Raum oder irgendeine Festhalle betreten, sondern ein Gotteshaus. Das

Weihwasser ist ein Zeichen der Reinigung. Wenn wir uns damit bekreuzigen, beten wir: Lieber Gott, wasche mich rein von meinen Sünden und Fehlern. Vergib mir meine Sünden. Ihr, Silberschmied, dürft dieses Becken schaffen. Seid Euch der Tragweite dieses Auftrags bewusst. Nehmt ihn an als Reinigung Eurer Seele.»

David sah den Priester mit zusammengekniffenen Augen an. Eva konnte seine Angst geradezu riechen. Nachdem Johann von Schleußig sich verabschiedet hatte, eilte sie in ihre neue Kammer. Sie hatte den Spiegel dorthin bringen lassen. Nie wieder sollte das schwarze Tuch ihn verhüllen. Sie riss es hinunter und warf es in die Flammen des Kamins. Gierig fraß sich das Feuer durch den dunklen Stoff.

Dann stellte sie sich vor den Spiegel, betrachtete sich. Die Veränderung war unübersehbar.

Die Ängstlichkeit war aus ihrem Blick verschwunden. Für das, was sie jetzt darin sah, hatte sie keine Worte, aber es gefiel ihr.

Auch die Haltung kam ihr verändert vor. Die Schultern hatten sich zurückgebogen, der Rücken war straffer. Das Haar auf ihrem Kopf hatte inzwischen die Länge eines Daumens. Es fühlte sich gesund und kräftig an.

«Langsam werde ich mir ähnlich», flüsterte sie. Der Satz hallte in ihr.

Was hieß das? Wusste sie jetzt, wer sie war?

Verwundert schüttelte Eva den Kopf. Sie hatte gedacht, in Davids Liebe aufgehen zu können, doch erst jetzt hatte sie ihren wahren Platz erreicht. «Ich bin auf dem Weg, so zu leben, wie ich bin. Und das ist das Wichtigste.»

Ein Klopfen an der Tür unterbrach ihre Gedanken. Sie seufzte. Das war bestimmt David.

Zögernd entriegelte sie die Tür und ließ David ein. Sein Blick fiel zuerst auf den Spiegel.

«Du hast das Tuch entfernt», stellte er fest.

Eva nickte. «Ja, das habe ich. Deine Augen haben als Spiegel meiner Seele ausgedient.»

Sie sah ihn fest an.

«Du hast von meiner Seele nie etwas wissen wollen, David. Sie hat dich nie interessiert. Einzig um Rache geht es dir.»

Er wollte antworten, doch Eva hob die Hände. «Nein, warte, ich bin noch nicht fertig. Du wolltest mich vernichten, willst es immer noch. Doch auch wenn du mich getötet hast, David, wird es dir nicht gelungen sein, Sibylla zu besiegen. Du wirst verlieren, David, was immer du tust. Die Neue Zeit fordert einen neuen Menschen. Das bist du nicht. Du klebst am Alten. Noch fester, als es Mattstedt oder meine Mutter je getan haben.»

«Was redest du da, Eva?»

Davids Stimme klang schmeichelnd. «Was muss ich tun, damit du dich wohl fühlst in diesem Haus? Damit du mir glaubst, dass ich dich liebe?»

Eva lachte auf. «Du?», fragte sie. «Du willst etwas für mein Wohlergehen tun? O nein, David, das kannst du schon lange nicht mehr. Hast du es noch nicht bemerkt? Fragen solltest du mich, was ich für dich tun kann.»

«Du bist meine Frau. Ich bin der Herr in diesem Hause.»

Zorn flammte in ihm auf. Er trat auf sie zu, holte aus

seiner Tasche ein Rasiermesser. «Ich bin gekommen, um dir den Kopf zu scheren. Es ist Zeit dafür, dein Haar ist viel zu lang.»

Eva wich keinen Schritt zurück.

«Du willst mir das Haar scheren?», fragte sie ungläubig.

«Ja!», wiederholte David. «Ich bin dein Mann, habe das Recht dazu.»

Er griff nach Evas Nacken und beugte ihn, sodass Eva den Kopf nicht mehr heben konnte. In der anderen Hand hielt er das Messer, bereit, den ersten Schnitt zu tun.

Doch Eva schlug ihm das Messer aus der Hand.

«Gut», erwiderte sie mit allergrößter Ruhe. Sie ging zum Fenster, öffnete die Sitztruhe, die darunter stand, und entnahm ihr einen Gegenstand.

Mit den Worten «Wenn du mir das Haar scheren willst, dann nur damit» reichte sie ihrem Mann den Dolch von Andreas Mattstedt, auf dem die Initialen A und M blinkten.

David starrte darauf, als handele es sich um eine Erscheinung. Dann sah er Eva an, schüttelte den Kopf, griff sich an die Kehle und floh aus ihrer Kammer.

Wenige Tage später fand auf dem Leipziger Markt eine öffentliche Hinrichtung statt. Die ganze Stadt sprach von nichts anderem, und ein jeder hatte sich vorgenommen, bei diesem Spektakel dabei zu sein.

Die Kunde war sogar ins Umland vorgedrungen. Fahrendes Volk hatte sich eingefunden und unterhielt die wartende Menge am Rande des Marktes mit allerlei Sperenzchen. Ein Feuerschlucker hatte sein Bündel dort abgelegt, wo die Hainstraße in den Marktplatz mündete. Eva stand auf dem Balkon und sah dem Treiben draußen zu.

Geputzte Familien zogen zur Hinrichtung wie zu einem Sonntagsspaziergang. Die Frauen trugen die schönsten Hauben, die Kinder waren sauber und rosig wie Ferkel.

Gesellen aller Gewerke strömten durch die Gassen, scherzten mit den Mägden und hatten sich kleine Sträußchen an die Wämse gesteckt.

Es herrschte eine Stimmung wie auf dem Jahrmarkt. Händler hatten Buden aufgeschlagen und verkauften Würzwein und Most. Bratküchen waren aufgebaut, Krämer hatten ihre Stände mit Tand bestückt.

Unten ging die Haustür auf, und Heinrich trat auf die Gasse. Auch er wollte sich die Hinrichtung nicht entgehen lassen.

Eva kehrte zurück in die Stube und schloss die Tür. Dann ging sie hinunter in die Werkstatt. Nur David war da, alle anderen bereits auf dem Markt.

«Ich möchte, dass du mich zu dieser Hinrichtung begleitest», forderte Eva.

«Was soll ich dort?», fragte David. «Die Arbeit macht sich nicht von alleine.»

«Die Arbeit kann warten. Du wirst mich begleiten.»

David sah seine Frau an, doch er konnte ihrem Blick nicht standhalten. Stumm schüttelte er den Kopf. «O doch, David. Du kommst mit.»

Sie trat dicht vor ihn und sah ihm direkt in den Augen.

«Oder hast du Angst?», fragte sie.

David lachte kurz und schrill. «Gut, gehen wir.»

Wenig später mischte sich das Ehepaar unter die Schaulustigen.

«Wird Zeit, dass es in Leipzig endlich mal wieder eine richtige Hinrichtung gibt», erklärte ein Geselle und nahm einen kräftigen Zug aus einem Weinschlauch.

«Recht habt Ihr», stimmte eine Bäuerin aus dem Umland zu. «Zucht und Ordnung müssen gewahrt werden. Ein Mörder hat nun mal den Tod verdient. Und der Mörder Mattstedts ist auch noch dran.»

Priska stand ganz vorn, nicht um des Vergnügens willen, sondern weil sie ihren Vater sehen wollte. Der Henker trug eine Kapuze über dem Kopf mit nur zwei Löchern für die Augen, doch Priska reichte das.

Regina aber stand in der Nähe einer Bratküche und schäkerte mit zwei Fremden, die niemand zuvor hier gesehen hatte.

Eva zog David nach vorn. Auch ihr ging es nicht ums Vergnügen, sie wollte um jeden Preis, dass David alles genau sehen konnte.

«Was meinst du?», fragte sie ihn. «Ob der Mörder Angst hat? Wie wird es wohl sein im Fegefeuer? Man sagt, unbestrafte Mörder hörten des Nachts die Klagelaute der Gemarterten. Stimmt das, David?»

«Woher soll ich das wissen?», fragte er, doch Eva lächelte nur und sah sich nach allen Seiten um. «Man sieht einem Menschen den Mörder nicht an. So wenig, wie man das Tier im Menschen mit bloßem Auge erkennt. Vielleicht ist Mattstedts Mörder ganz in der Nähe.»

Plötzlich ging die Rathaustür auf, und der Beschuldigte

wurde von zwei Stadtknechten herausgeführt. Seine zerlumpten Kleider waren blutbefleckt. Die Schuhe hatte man ihm abgenommen. Hände und Füße waren mit eisernen Ketten gefesselt.

Die Leute johlten, als sie den Mann sahen. Pferdemist flog, faule Eier und sogar der Inhalt von Nachttöpfen. Der Mörder wurde beschimpft, verhöhnt und angespuckt. Die Leipziger machten sich einen Mordsspaß daraus, ihm auch noch seinen letzten Gang zur Hölle zu machen.

Der Mann hatte den Kopf gesenkt, sah nur auf das Pflaster unter sich. Immer wenn ihn ein Geschoss traf, zuckte er zusammen. Die Stadtknechte trieben ihn unerbittlich weiter durch die Menge.

«Lump», «Schwein» und «Mordbube» wurde er beschimpft.

Beinahe hatte Eva Mitleid mit ihm. Sie sah zu David, der mit erstarrten Gesichtszügen auf den Verbrecher sah.

«Komm, lass uns gehen», bat er. «Ich habe genug gesehen, muss mich nicht am Unglück anderer weiden.»

«Nein», erwiderte Eva. «Wir bleiben. Und diesem Mann dort ist kein Unglück widerfahren. Er hat einen anderen ums Leben gebracht. Und das mit Absicht.»

Endlich hatte der Mann das hölzerne Gestell erreicht, auf dem der Galgen aufgebaut war.

Der oberste Richter der Stadt verlas das Urteil. Als er den letzten Satz gesprochen hatte, brach die Menge in Jubel aus. Wieder flogen Unrat und stinkende Eier. Selbst der Henker entging nur knapp einem Geschoss.

Die Knechte führten den Mann unter den Galgen. Der Henker legte ihm den Strick um den Hals.

Johann von Schleußig stand dabei.

«Bereut Ihr Eure Tat?», fragte er.

Der Mann nickte. Er erhielt einen letzten Segen, dann betätigte der Henker einen Hebel, die Falltür unter dem Mann tat sich auf, der Strick spannte sich, und die, die ganz vorn standen, konnten hören, wie das Genick mit einem leisen Krachen brach.

Der Mann zappelte ein letztes Mal, riss den Mund auf, dann war er tot. Im Sterben ließ er alles von sich. Kot lief ihm unten aus den Beinkleidern heraus und rann auf die Holzdielen.

Die Menge schrie auf. Einige hielten sich die Nase wegen des Gestanks zu. Andere johlten. Einer warf dem Gehenkten einen Haufen Kot ins Gesicht.

«Eine unwürdige Art zu sterben», sagte Eva und sah ihren Mann an. David war bleich wie eine frisch gekalkte Wand.

Als er Eva am Arm packte, spürte sie, dass er zitterte. «Komm weg hier», forderte er, und dieses Mal ließ Eva sich mitziehen.

Sie waren die Ersten, die wieder zu Hause waren. Für die anderen ging das Spektakel jetzt erst richtig los. Man fand sich in Gruppen zusammen und besprach jeden Wimpernschlag des armen Tropfes, der da nun hing und die Hosen voll hatte.

«Hast du mit ihm gefühlt?», fragte Eva.

Sie standen im Korridor vor Evas Kammer.

David musterte sie von oben bis unten, dann packte

er sie bei den Schultern und drängte sie in die Kammer. Er stieß sie auf das Bett, beugte sich über sie und zischte dicht vor ihrem Gesicht: «Die Franzosenkrankheit herrscht in der Stadt. Jeden Tag kommen neue Erkrankte hinzu. Alle anderen haben Angst. Sünde und Fluch schwebt über allen Köpfen. Die Prediger reden von nichts anderem mehr. Und so mancher kauft für den letzen Groschen Ablasszettel. Keine gute Zeit für Männer, die Männer lieben. Sie sind es ja, die die Sünde in die Welt bringen. Was meinst du wohl, Eva, wem man mehr glauben wird? Einem Medizinstudenten, der mit geheimnisvollen Mitteln in einem dunklen Keller herumexperimentiert und sich ansonsten der widernatürlichen Unzucht hingibt, oder einem achtbaren Silberschmied mit ehrlichen Papieren? Ich habe sogar eine Zeugin für Adams sündiges Treiben.»

«Was soll das?», keuchte Eva.

«Das fragst du noch? Entweder du gehorchst mir wieder und kehrst in das gemeinsame Schlafzimmer zurück, oder Adam wird hängen wie der arme Tropf da draußen.»

Mit einem Ruck stieß Eva David weg. Sie lief zum Fenster, öffnete es und ließ den Lärm vom nahen Markt herein.

«Wenn du Adam an den Galgen bringst, David, so wirst du neben ihm hängen. Das ist mein voller Ernst, das kannst du mir glauben.»

Sie wühlte in ihrer Tasche und brachte den Siegelring Andreas Mattstedts heraus. «Mag Adam ein Sodomit sein, du aber bist ein Mörder.»

David starrte den Ring an. «Woher hast du ihn?»

Eva lachte. «Adam wird leben, David. Das schwöre ich bei Gott. Es ist mir egal, wen er liebt. Man kann es sich ohnehin nicht aussuchen. Oder meinst du vielleicht, ich hätte dich immer gern geliebt? Ich habe dich geliebt, aber Gott weiß, wie oft ich mir gewünscht habe, es nicht zu tun.»

Sie schwieg, sah zu Boden und war plötzlich von Traurigkeit erfüllt.

«Ich hatte mir ein anderes Leben gewünscht, David. Die Liebe sollte darin die Hauptsache sein. Nun gibt es keine Liebe mehr. Du bist der Mörder Andreas Mattstedts. Du weißt es, und ich weiß es. Lass Adam in Ruhe, dann werde auch ich nichts sagen.»

David schüttelte den Kopf, breitete die Arme aus, wollte so auf sie zugehen.

«Bleib stehen», rief Eva. «Komm keinen Schritt näher. Ich ertrage deine Beschwörungen und Erklärungen nicht mehr. Ich will leben, David. Leben als die, die ich bin. Geh jetzt.»

Sie wandte sich ab, lehnte sich aus dem Fenster und beachtete David nicht mehr. Er wartete, doch als sie sich nicht mehr rührte, verließ er mit schleppenden Schritten das Zimmer.

Eva drehte sich nachdenklich um. Ich muss mit Adam sprechen, beschloss sie, und machte sich auf den Weg ins Laboratorium. Zu ihrer Überraschung war Adam überhaupt nicht erstaunt, er schien etwas geahnt zu haben.

«Ich habe Furcht um dich, Eva», sagte Adam und griff nach ihren Händen. «Vor mir und meinem Wissen braucht David keine Angst zu haben. Wir sind uns gegenseitig ausgeliefert. Du aber weißt von dem Mord, hast Beweise dafür. Du bist die einzige Zeugin. Wärest du weg, so hätte er nichts mehr zu befürchten. Und er ist nicht der Einzige in diesem Haus, der von deinem Tod Vorteile hätte.»

Kapitel 21

Die nächsten Wochen verbrachte Eva in einer ungeheuren Anspannung. War sie in der Werkstatt oder in der Küche, so achtete sie auf jedes Wort und jede Regung von Susanne und David.

Sie ahnte längst, dass sich die beiden des Nachts wieder zusammenfanden, doch es war ihr gleichgültig.

Eva bestellte sich neue Kleider, dazu Gürtel, Hauben, Schuhe und ein paar Haarbänder sogar. Ihr Haar wurde länger, und bald schon würde sie im Haus ohne Haube gehen können. David sah es, doch er sagte nichts dazu.

Auch in der Werkstatt hatte sie die Zügel in die Hand genommen. Sie ließ David seine merkwürdigen Erzeugnisse nicht mehr durchgehen.

«Du lebst hier, du isst hier. Also wirst du für Essen und Wohnung arbeiten. Was du danach tust, ist mir gleichgültig.»

Alle Sachen, die er einst gefertigt hatte und die sich nicht verkauft hatten, räumte sie aus dem Laden und befahl Regina, die Arbeiten einzuschmelzen. David sah mit zusammengebissenen Zähnen zu.

Danach stellte sie einen neuen Gesellen ein, der mit Priska und ihr die Aufträge der Leipziger besorgte. Auch eine Haushälterin holte sie sich.

Für Susanne und David gab es nichts mehr zu tun. Sie hätten gehen können, und niemandem wäre ihre Abwesenheit aufgefallen. Haus und Werkstatt waren so organisiert, dass sie ohne David und Susanne auskamen. Doch statt froh darüber zu sein, keine Aufgaben mehr zu haben, strengten sich beide auf einmal an. Susanne verbrachte mehr Zeit denn je in der Küche. Sie buk, kochte und versuchte, sich unentbehrlich zu machen. Die neue Haushälterin, eine gemütliche Dicke aus der nahen Muldegegend, ließ sich jedoch von ihr nicht beirren.

David bettelte beinahe darum, arbeiten zu dürfen. Eines Tages kam er sogar und erzählte von einem Auftrag, den die Naumburger Domherren ihm übertragen haben sollten.

Die Statue der Jungfrau Maria solle er schaffen. Ganz aus Bronze und mit einem Überzug von Silber und Blattgold.

«Sie bestätigen den Auftrag schriftlich», erzählte er Eva. «Du wirst sehen, in ein paar Wochen liegt er vor dir.»

«Ach, ja?», fragte Eva und wandte sich ihrer Arbeit zu.

Diese neuen Annäherungsversuche waren ihr nicht geheuer. Was bezweckte David damit? Sie musste mit jemandem darüber sprechen. Am Nachmittag ging sie zu Johann von Schleußig zur Beichte.

«Vater, ich habe Kenntnis von einem Mord. Gesehen habe ich ihn sogar. Mein Mund muss verschlossen bleiben, darf weder den Namen des Mörders noch den des

Opfers nennen. Doch ich habe Angst, selbst umgebracht zu werden.»

«Tochter, in den Geboten steht: Du sollst nicht töten. Ihr müsst zum Richter gehen und ihm alles erzählen.»

«Nein, Vater. Nicht dem Richter will ich alles erzählen, sondern Euch.»

Und dann sprach Eva, erzählte alles, was sich in den letzten Wochen zugetragen hatte, berichtete auch, warum sie bleiben und schweigen musste. Johann von Schleußig war weniger überrascht, als Eva gedacht hatte.

«Ich beneide Euch nicht, Eva», sagte er. «Gott prüft Euch hart. Aber ich bin da, wann immer Ihr mich braucht. Das verspreche ich Euch.»

Und Johann von Schleußig hielt sein Versprechen. Eva ging immer öfter zu ihm ins Pfarrhaus. Sie saßen meist schweigend beieinander, tranken ein Glas Wein. Bei Johann von Schleußig konnte Eva sich ausruhen.

In der Hainstraße war das schon lange nicht mehr möglich. Misstrauisch beobachtete sie jeden Handgriff Davids. Nie fühlte sie sich auch nur einen Augenblick sicher.

Nachts verriegelte sie ihre Kammer, schlief mit Mattstedts Dolch unter dem Kopfkissen, doch der Schlaf war unruhig und brachte keine Erholung.

Neben Johann von Schleußig waren die Sitzungen der Fraternität ihre einzigen Lichtblicke. David ging nicht mehr mit, nur Adam begleitete sie.

«Wie geht es den Zwillingen?», fragte die Thannerin eines Tages mit lauter Stimme.

«Sie sind jetzt schon fast vier Jahre bei Euch. Haben

sie ihren Platz gefunden? Habt Ihr beweisen können, dass die Herkunft keinen Wert hat?»

Eva lächelte. «Ich glaube, das eine wie das andere beweisen zu können. Priska wird eine gute Silberschmiedin werden. Sie kann hervorragend lesen und schreiben, sie beherrscht das Handwerk und lernt jeden Tag dazu. Sie hat ihre Herkunft bezwungen. Ich werde sie als Gesellin übernehmen. Regina aber ist als Weib geboren. Sie ist dafür gemacht, Kinder zu haben und einem Haushalt vorzustehen. Bald schon wird sie einen finden, der sie heiratet. Sie hat inzwischen bessere Manieren als ihre Geschwister in der Vorstadt, doch sie will keine Unabhängigkeit. Ihr Leben wäre dort ähnlich verlaufen. Sie ist die geblieben, die sie war, nur die Umgebung ist weniger ärmlich.»

Ute, Hildegard und sogar Adam bestätigten, was Eva von den Zwillingen berichtete.

«Ist es nun so, dass nicht die Herkunft, sondern der freie Wille den Menschen macht? Ist es das eigene Bewusstsein, das den Weg zum richtigen Platz zeigt?», fragte Johann von Schleußig.

Die anderen nickten. Der Priester, in dessen Haus die Fraternitätssitzungen nun stattfanden, stand auf. «Auch wenn Ihr dieser Meinung seid, so wird es wohl noch lange dauern, bis sich diese Erkenntnis durchsetzt. Ich habe Besuch von weit her, den ich Euch gerne vorstellen möchte.»

Er ging hinaus und kam kurz darauf mit einer Frau wieder, deren Gesicht von Leid und Elend ganz grau war.

«Erzählt, was Euch widerfahren ist, Elsnerin.»

Die Frau setzte sich und nahm einen langen Zug aus

einem Wasserbecher. «Christine heiße ich», begann sie. «Und ich komme aus dem Schwäbischen. Wie Ihr wohl wisst, haben sich dort die Bauern erhoben und sich zum Bundschuh zusammengeschlossen. Der Meine, Joachim Elsner genannt und Wagenmacher von Gewerk, gehörte zu den Anführern einer Rotte, die sich aus mehreren Dörfern und Weihern gebildet hat. Gemeinsam zogen die Bauern zur Burg des Herrn, der uns so viele Abgaben abpresste, dass wir unsere Kinder nicht mehr satt bekamen. Die Rotte war mit Mistgabeln und Stöcken bewaffnet. Als sie zur Burg kamen und nach dem Herrn riefen, schütteten Landsknechte heißes Pech von den Burgzinnen auf ihre Köpfe. Viele starben bereits da, die Rotte zerstreute sich. Am nächsten Tag kamen die Mönche des nahen Klosters. Sie steckten unsere Hütten in Brand und knüpften unsere Männer entlang der Landstraße auf. Auch der Meine war darunter. Mir blieb nur, mich zu verstecken. Das Kind hatte ich an der Brust. Es schrie, als die Männer auch unsere Hütte und die Stellmacherei in Brand steckten. Ich hielt ihm den Mund zu, und es starb mir unter den Händen.»

Die Frau hörte auf zu reden. Tränen liefen über ihr Gesicht. Hildegard füllte ihren Wasserbecher nach. Es dauerte noch eine kleine Weile, bis sie sich beruhigt hatte und weitersprechen konnte: «Ich konnte mich verbergen und fliehen. Tagelang bin ich durch das Land geirrt. Gute Leute gaben mir zu essen und zu trinken. Dann hörte ich, dass in Leipzig die Neue Zeit Einzug hält, und machte mich auf den Weg.»

Christine Elsnerin lächelte: «Wenn hier auch noch vieles so ist wie anderswo, so habe ich doch hier Menschen getroffen, die das Neue wollen.»

Alle hatte die Rede der Elsnerin beeindruckt. Ute stand auf und umarmte sie. «In meinem Haus seid Ihr jederzeit gern gesehen», sagte sie. Auch Hildegard war gerührt. «Ich werde Euch mit in das Beginenhaus nehmen. Dort könnt Ihr bleiben, bis Ihr wisst, wie es mit Euch weitergeht.»

Christine lächelte: «Ich danke Euch, Ihr guten Leute. Und ich gelobe vor Euch, dass ich alles dafür tun werde, dass mein Mann und meine Nachbarn, mein Kind und meine Brüder und Schwestern nicht umsonst gestorben sind.» Damit endete die Sitzung der Fraternität.

Johann von Schleußig ermahnte noch einmal alle Anwesenden, Stillschweigen zu bewahren, dann zerstreute sich die kleine Gruppe, ein jeder von ihnen tief in Gedanken versunken.

David bedrängte Eva wie ein junger Liebhaber.

«Lass uns Susanne fortschicken», schlug er sogar vor. «Wir beide fangen noch einmal ganz von vorne an. Du kannst Kinder haben, so viel du möchtest.»

«Ich muss darüber nachdenken, ich brauche Zeit», hielt Eva ihn hin.

Sie hatte bemerkt, dass ihr Körper sich verändert hatte. Die Brüste waren größer geworden, spannten und schmerzten bei jeder Berührung. Sie hatte schon zwei Monde lang nicht geblutet, und sie wusste, was das bedeutete. Sie war schwanger.

Sie würde ein Kind haben. Konnte sie zulassen, dass dieses Kind keinen Vater hatte? Eva verbrachte lange Stunden vor Mattstedts Grab. Wie sollte sie sich entscheiden? Sie traute David nicht, doch sie wollte nicht, dass ihr Kind wie ein Bastard aufwuchs. Sie beschloss, in Davids Schlafzimmer zurückzukehren, obwohl sie seine plötzlich wieder erwachte Liebe nicht einschätzen konnte. Zu viel war geschehen. Hatte er sie wirklich immer geliebt? Oder war es die Rache, die ihn bewogen hat, sie zu heiraten? Sie versuchte durch seine Augen in seine Seele zu sehen, doch es gelang ihr nicht. Manchmal hatte sie den Eindruck, als wäre seine Liebe zu ihr so unendlich groß und stark, dass sie es kaum fassen konnte. Dann aber dachte sie an die Geschichte Adams – und fürchtete sich.

Wieder war ein neues Jahr angebrochen. Mattstedts Grab lag unter einer dichten Schneedecke.

Es war bitterkalt. In der Vorstadt erfroren einige Menschen in ihren ärmlichen Hütten.

Eva saß nach der Arbeit meist im Wohnzimmer vor dem Kamin und stickte. Fast immer gesellte sich David zu ihr, kurz vor der Fastnacht machte er einen weiteren Annäherungsversuch: «Ich weiß, wie sehr du Feste liebst. Ich werde dir zur Fastnacht eine Maske machen, die schöner wird als alles, was es bisher in Leipzig gab», sagte er und streichelte durch den Stoff des Kleides hindurch ihr Knie.

Dann führte er sie in die Werkstatt und maß mit dem Zirkel in ihrem Gesicht herum. «Ich weiß, dass du es nicht magst, den Ton für einen Abdruck auf deiner Haut zu haben. Deshalb messe ich und werde den Abdruck anhand der Maße herstellen.»

Die Fastnacht kam und mit ihr Wogen von verkleideten Menschen, die sich auf den Straßen und Plätzen der Stadt vergnügten. Alle Schänken hatten geöffnet, der Markt war voller Stände, an denen gewürzter Wein verkauft wurde.

Musikanten zogen durch die Stadt, die Innungen führten Umzüge auf, fremde Menschen fassten sich an den Händen und tanzten in den Straßen und Gassen der Stadt.

Susanne hatte mit Regina und Priska das Haus verlassen. Obwohl ihre alte Fröhlichkeit und die Hochnäsigkeit einen argen Dämpfer erlitten hatten, war Susanne immer noch für jedes Vergnügen zu haben. Sie und Regina hatten sich als Königinnen verkleidet und verrieten damit mehr über sich als mit jedem anderen Kostüm. Priska hingegen war wie immer gekleidet. Eva hatte lächeln müssen, als sie die drei sah.

Auch Heinrich war unterwegs, und Eva ahnte nur, dass er das Fastnachtstreiben nicht allein genießen würde, ebenso wenig wie Adam, der sich dem Umzug der medizinischen Fakultät angeschlossen hatte.

David kam aus der Werkstatt und überreichte Eva die Maske, die er gefertigt hatte. Sie war ganz aus Silber und ging ihr bis zur Nasenspitze. Der Mund war frei, ebenso die Augenpartie. Eva hielt die Maske in der Hand, ungute Erinnerungen stiegen in ihr auf. Doch sie vertrieb die dunklen Gedanken. Zur Fastenzeit trugen alle Masken. Sie setzte sie auf und betrachtete David, der sich eine ebensolche Maske angefertigt hatte. Auch sein Gesicht war bis zur Nase mit Silber bedeckt.

Sie verließen das Haus, tauchten gemeinsam ein in das

Getümmel. Die Nacht war wieder kalt geworden. Schnee fiel in großen Flocken vom Himmel, setzte sich wie Daunenkissen auf die Dächer und verzauberte die Stadt.

Eine Gruppe Narren kam vorbei, umkreiste Eva und David, lachte und zog weiter.

Auf dem Markt kaufte David für Eva ein Herz aus Kuchen, dann liefen sie durch die Petersstraße bis zum Sporergässchen, überquerten den Burgplatz und den Pleißenmühlgraben und waren schließlich in der Pleißenburg angelangt. In allen Gängen und Sälen tummelten sich Maskierte. Eine Frau sprach Eva an, und an der Stimme erkannte sie, dass es Ute war. Sie zog Eva in einen Kreis, der einen ausgelassenen Reigen tanzte. Eva wirbelte herum. Eine Gestalt, deren Gesicht unter einem schwarzen Schleier verborgen war, kam auf sie zu.

«Ich bin der Tod», sagte eine Stimme, die Eva noch nie gehört hatte. «Ich bin gekommen, um dich zu holen.»

Eine Hand griff nach ihrer Maske, und Eva schrie auf. Doch der Tod lachte, ließ sie los und tanzte davon.

Sie sah sich nach David um. Er stand mit dem Rücken zum Fenster, hielt einen Becher heißen Wein in der Hand und betrachtete sie lächelnd.

Sie ging zu ihm. «Der Tod wollte mich holen», sagte sie und lachte, obwohl ihr der Schreck noch immer in den Gliedern saß. «Aber du bist ihm entkommen», erwiderte David und strich über ihr Kinn.

«Amüsierst du dich nicht?», fragte Eva. David schüttelte den Kopf. «Mir ist nicht wohl. Am liebsten wäre ich zu Hause.»

Eva nahm seinen Arm. «Gut, dann lass uns gehen.»

David machte sich los. «Nein, ich möchte dir den Spaß nicht verderben. Bleib du. Ich gehe allein und bitte einen der Stadtknechte, dich später nach Hause zu bringen.»

«Ich gehe mit dir», beharrte Eva.

David streichelte ihren Arm. «Wenn du mit mir gehst, so wird es heißen, ich hielte dich zurück. Es ist besser, wenn du bleibst.»

David küsste sie auf die Wange, dann ging er. Eva aber blieb. An der Seite Utes wandelte sie durch die Gänge, tanzte mit Johann von Schleußig, der sich als Seemann verkleidet hatte und Christoph Kolumbus genannt werden wollte. Sie kostete vom heißen Würzwein, der ihr ein wenig zu Kopfe stieg und sie ausgelassen sein ließ. Sie traf Adam in Begleitung der Begine Hildegard, die sich als Magisterin verkleidet hatte. Als die beiden sich verabschiedeten, trat sie mit einem Glas Wein in der Hand ans Fenster. Der Burgplatz glich einem Jahrmarkt. Überall brannten Fackeln, noch immer schneite es. Eva öffnete ein Fenster und schöpfte tief Luft. Regina ging Arm in Arm mit einem Zimmergesellen, der sich eine Hörnerhaube auf den Kopf und einen Schwanz an den Hosenboden geklebt hatte. Priska trottete nebenher, als bemerke sie den Trubel nicht.

Eva hielt nach Susanne Ausschau, doch sie konnte sie nirgendwo entdecken.

Plötzlich war sie des Treibens müde. Der Wein hatte ihr den Kopf schwer gemacht, der Lärm dröhnte ihr in den Ohren.

Sie nahm ihren Umhang, verabschiedete sich von Ute und verließ die Pleißenburg. Draußen hielt sie Ausschau nach dem Stadtknecht, um sich nach Hause geleiten zu lassen, doch der Büttel war nicht da.

Eva begann zu frieren. Sie mochte nicht länger auf den Büttel warten und beschloss, auf den unbelebten Nebenstraßen nach Hause zu gehen.

Sie eilte die Burgstraße entlang, kam an der Thomaskirche vorbei und bog in die Klostergasse ein. Kein Mensch war weit und breit zu sehen, nur von weit her drang der Lärm des Marktes. Ein unbehagliches Gefühl beschlich Eva. Obwohl die Gasse still und dunkel lag, kam es ihr vor, als wäre jemand ganz in ihrer Nähe.

Sie blieb stehen und drehte sich um. Da war niemand. Sie atmete auf, schalt sich eine törichte Gans, wandte sich wieder um – und schrie auf!

Vor ihr stand ein Mann mit einer silbernen Maske, die bis zum Kinn reichte und sein Äußeres verbarg. Eine Maske, die sie schon einmal gesehen hatte. Die silberne Maske des toten Mädchens von Frankfurt!

Der Mann riss ihr die Verkleidung vom Gesicht und stieß sie zu Boden. Er stand über ihr, hatte plötzlich einen schweren Stein in der Hand, holte aus, um ihr das Gesicht zu zertrümmern. Eva sah die Augen unter der Maske blitzen, schlug die Arme vor das Gesicht und wollte schreien, doch nur ein Krächzen kam aus ihrem Mund. Zitternd wartete sie auf den Schlag. Sie roch den Schnee, fühlte Flocken auf der Stirn, sie wartete – doch nichts geschah.

Langsam nahm sie die Arme vom Gesicht und öffnete die Augen. Über ihr stand David, hielt die silberne Mördermaske in der einen, den Stein in der anderen Hand und starrte sie an.

«Ich kann es nicht», sagte er. «Auch wenn es meinen Tod bedeutet, kann ich dich nicht töten. Ich liebe dich, Eva, habe dich immer geliebt.»

Er legte die Finger der rechten Hand an seine Lippen, hauchte einen Kuss darauf und warf ihn Eva zu, dann wandte er sich um und rannte davon.

Sie blieb liegen. Der Schreck und die Angst hatten ihre Glieder steif gemacht. Sie lag im Dreck, hatte die Augen zum Himmel gerichtet und bemerkte nicht, dass die Schneeflocken ihr Gesicht bedeckten. Sie lag und starrte, unfähig, etwas zu denken, unfähig, sich zu rühren.

Als Johann von Schleußig sich neben sie kniete, sie in seine Arme nahm und darin wiegte, begann sie zu weinen.

«Es ist alles gut, Eva», sagte der Priester. «Ich bin bei Euch. Ich sah vom Fenster, wie Ihr allein über den Burgplatz lieft, und bin Euch gefolgt.»

Behutsam zog er sie hoch, wischte den Schnee aus ihrem Gesicht und legte seinen Umhang um die zitternde Frau. «Ich bringe Euch nach Hause.»

Noch immer hatte Eva kein Wort gesagt. Sie stützte sich auf den Arm des Priesters, zitterte am ganzen Körper, sodass ihre Zähne klappernd aufeinander schlugen.

Als sie endlich das Haus in der Hainstraße erreicht hatten, fanden sie Susanne, die im Flur auf einer gepackten Reisetruhe saß.

Auch ohne dass die Stiefschwester ein Wort sagte, wusste Eva, auf wen Susanne wartete.

«Er kommt nicht», sagte Eva. «Er kommt nie mehr und auch keine Kutsche, die dich zu ihm bringt.»

Susanne nickte. Dann stand sie auf, hüllte sich in ihren Umhang, band die Haube fest und blickte Eva an. «Gott verzeih mir», sagte sie – und ging.

Eva sah ihr nicht nach. Sie schickte auch Johann von Schleußig fort. Dann ging sie in die Werkstatt, zog das Tuch vom Weihwasserbecken und versah es mit Ornamenten.

Epilog

Veränderungen brauchen Zeit.

Bei mir, Johann von Schleußig, kamen die Veränderungen auf so leisen Sohlen daher, dass ich sie kaum bemerkt habe.

Ich war gern Priester, bin es noch. Mein Leben hatte ich dem Glauben zur Verfügung gestellt, und ich schlief, ich sagte es schon, jede Nacht den Schlaf des Gerechten.

Doch mit dem Silber kam die Neue Zeit nach Leipzig. Plötzlich stand der Mensch im Mittelpunkt. Das Wort «Ich» bekam eine Bedeutung.

Das «Ich» war ungewohnt. Wir alle wussten nicht, wie wir damit umgehen sollten.

War das «Ich» das, was man von außen sah? Viele dachten so und drängten danach, das Äußere aufzupolieren. Das Silber gab ihnen das Werkzeug dafür.

Oder war das «Ich» das, was in uns, in unseren Seelen, wohnte?

Wer aber kannte seine Seele? Wer von uns wusste schon, was und wie er war?

Wir alle haben einiges richtig und vieles falsch gemacht.

Ist das ein Wunder?

Ich, Johann von Schleußig, danke Gott besonders für mein Scheitern. Denn nur im Scheitern liegt der Fortschritt.

Auch Eva hat diese Erfahrung gemacht. Und auch sie hat von Gott die Möglichkeit bekommen, aus dem Scheitern heraus einen Neuanfang zu wagen. Ich werde ihr dabei helfen, so gut ich es vermag, denn ich liebe sie, jedoch auf eine Art und Weise, die einem Priester nicht gestattet ist.

Von uns allen hat sich Priska am besten der Neuen Zeit gewachsen gezeigt. Doch auch in ihrer Zukunft hat das Scheitern einen festen Platz. Ich kann den Aufruhr in Priska schon jetzt sehen und fühlen. Und ich weiß, dass ich ihr nur begrenzt helfen kann.

Nichts wird mehr so sein, wie es war. Den ruhigen Schlaf werden wir uns verdienen müssen.

Mein Wunsch für die Zukunft? Ich muss nachdenken. Die Antwort werde ich mit der Zeit erst finden.

Ich habe nur einen Wunsch für uns alle: Gott behüte uns.

Nachwort

Schreiben ist eine einsame Tätigkeit. Man sitzt monatelang allein am PC, allein auch mit seinen Gedanken. Deshalb ist es für mich ungeheuer wichtig, Menschen um mich zu haben, die die Entstehung eines Buches auf die eine oder andere Art begleiten. Und bei diesen Menschen möchte ich mich an dieser Stelle bedanken:

Zuallererst bei meinem Vater Heinz Nichelmann für die umfangreichen Recherchearbeiten, ohne die so manches Detail wohl übersehen worden wäre.

Herrn Dr. Roman Fischer vom Institut für Stadtgeschichte Frankfurt verdanke ich zahlreiche Anregungen und Tipps.

Frau Dr. Sabine Heißler hat mit ihrem ungeheuren Fachwissen in der Geschichte der frühen Neuzeit viel dazu beigetragen, den Roman historisch so genau wie möglich zu gestalten.

Meine Tochter Hella Thorn ist seit Jahren für mich die kritischste Testleserin. Danke, Hella, auch dieses Mal.

Und das letzte Dankeschön geht an meine wunderbare Lektorin Kathrin Blum, die einfach über alle Eigenschaften verfügt, die ein Autor braucht, um jedes Mal vielleicht ein bisschen besser zu werden.

Astrid Fritz

Historische Romane – lebendige Porträts der Ausgestoßenen, der Hexen, Bettler, Gaukler, Huren, Henker ...

Die Hexe von Freiburg
Roman. rororo 23517
Freiburg im 16. Jahrhundert: Der Hexenwahn fegt über Deutschland. Als in dem Universitätsstädtchen am Rande des Schwarzwalds zum ersten Mal die Flammen über einer Hexe zusammenschlagen, wird Catharina geboren. Ein schlechtes Omen? Das wissbegierige Mädchen wächst zu einer selbstbewussten jungen Frau heran, die ihr Leben lang gegen die Abhängigkeit von den Männern ankämpft. Am Ende droht sie deswegen alles zu verlieren — nur eines bleibt ihr: eine unendliche Liebe, vor der selbst der Tod seinen Schrecken verliert.

Die Tochter der Hexe
Roman. rororo 23652
Ein großer Schicksalsroman, eine Liebesgeschichte und ein Porträt der Ausgestoßenen jener Zeit.

Die Gauklerin
Roman
Die junge Agnes führt ein behütetes Leben bis zu dem Tag, als der Krieg ihre Geburtstadt Ravensburg heimsucht. Fünf Jahre währt das Schlachten schon — dreißig werden es am Ende sein ...

rororo 24023

Weitere Informationen in der Rowohlt Revue *oder unter* www.rororo.de